アベラシオン（上）

篠田真由美

KODANSHA NOVELS
講談社ノベルス

カバーデザイン＝柳川貴代＋Fragment
ブックデザイン＝熊谷博人・釜津典之
カバー写真＝「春」ボティチェルリ作／1477年
ウフィツィ美術館蔵
©SuperSTock/PPS

目次

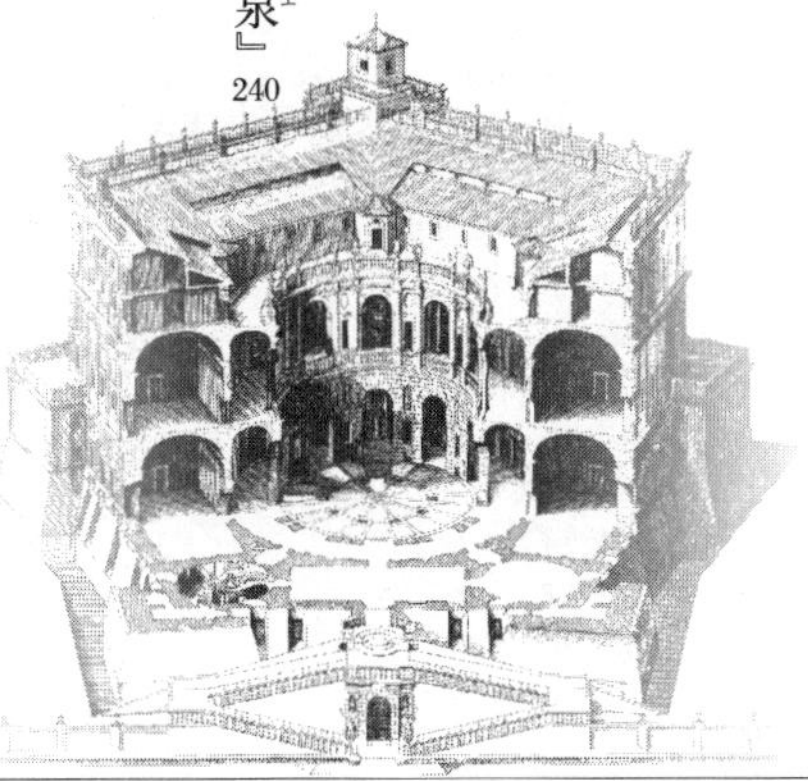

主要登場人物

藍川　芹……フィレンツェ大学の聴講生　美術史専攻
ファビオ・スパディーニ……フィレンツェ大学美術史教授　芹の指導教授
ドナ・レオン……芹のルームメイト　フィレンツェ語学学校生
クリスティーナ……芹のルームメイト　フィレンツェ大学学生
シャルロッテ……ドナの友人
アベーレ・セラフィーノ……美術評論家であり、アンジェローニ・デッラ・トッレ家の当主
ヴィットーリオ……アベーレの父　故人
エリザベータ……アベーレの母　故人
ジェンティーレ……アベーレの弟
アナスタシア・パガーニ(ナスターシア)……アベーレの秘書
ウラニア……ジェンティーレの世話係
ルイジ……アンジェローニ・デッラ・トッレ家の始祖
カール・ヨーゼフ・フォン・シャイヒャー……ヴィットーリオの知人
ルートヴィヒ…………カール・ヨーゼフの息子
ゼフュロス
アグライア
ターリア
エウフロジーネ
……ヴィットーリオの友人

PALAZZO FARNESE

イタリア北部

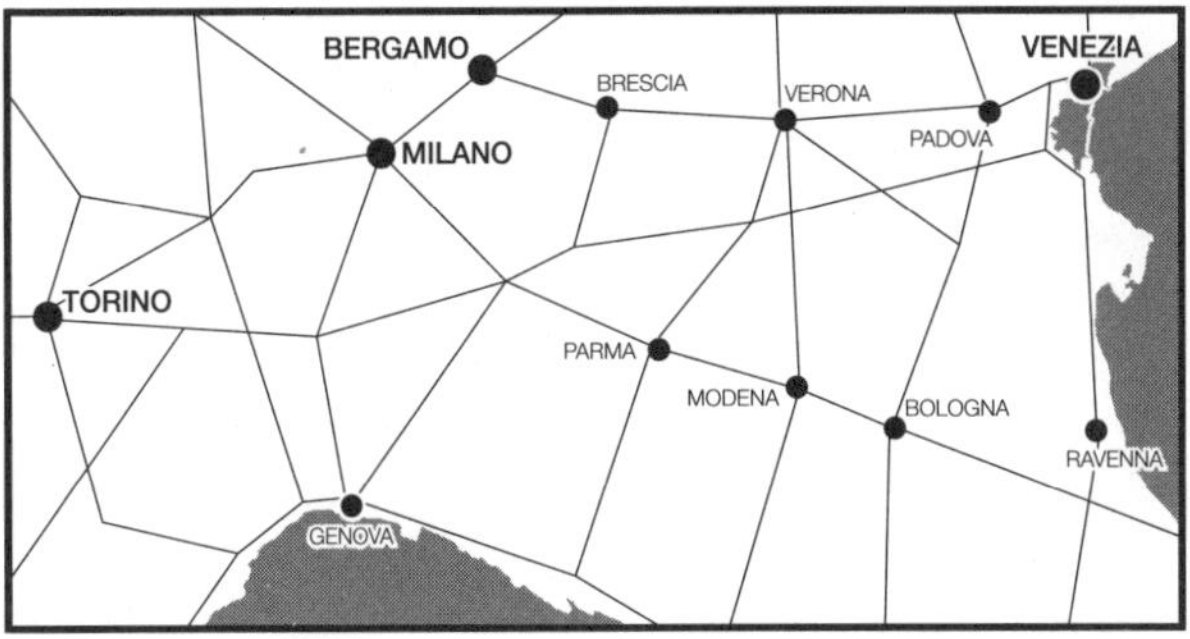

下巻目次

アベラシオン——上

プロローグ　日本からの手紙

藍川芹《あいかわせり》様

元気でやっていますか。イタリアは冬に向かって、あまり良い季候ではなくなりますが、君も二度目の冬でそちらの生活にも慣れたことでしょう。

実は昨日義姉さんから電話をもらったのですが、君がちっとも連絡をよこさないと嘆かれて、いささか返答に窮しました。ぼくも留学中は筆無精もいいところで、君に対してえらそうなことはいえません。しかし便りがないのは無事の証拠とはいえ、待たされている者はやはり気がもめるものです。君は義姉さんにとってはたったひとりの娘なのだし、兄貴はなにせ死んだ親父そっくりの頑固者だから、板挟みになっている義姉さんが気の毒です。彼女にだけでも君から、電話の一本くらいかけてあげて下さい。

今年もフィレンツェ大学の入学許可が下りなかったとのこと。どんな事情があったのかはわかりませんが、ここは割り切って気持ちを切り替えるのもひとつの手ではありませんか。

君がやりたいのはなんといってもピエロ・デッラ・フランチェスカの研究なのだから、フィレンツェ大学以外のところへは入学したくないというのもわかりますが、何年か他の街で暮らしてみる、他の大学で違う芸術家について学んでみるというのもいいかも知れません。

これと思い定めると一直線、というのは君の素晴らしい性格だとは思うけれど、長い人生、少しくらいの回り道は決してマイナスにはならないはずです。

もしも君にその気があるなら、どれくらい役に立つかはわからないが、ぼくの知り合い何人かに声をかけてみますから、そのときはできるだけ早く連絡して下さい。

さて、お説教がましいことはこれだけだ。義姉さんには申し訳ないが、柄にもないことを書くのは苦手なので終わってやれやれだよ。では、喜んでもらえそうなことを書くとしようか。来年こそはなんとか休みを作って君に会いに行く、それはここで約束しておこう。

実をいうとこの冬のうちに所用でヴェネツィアまでは行きそうなんだが、このときはフィレンツェまで脚を伸ばす暇はたぶんないと思うので、君と会うのは早ければ来年の春休みになる。箱崎で見送ったときの約束、フィレンツェ近郊のヴィラを訪ねて葡萄酒《ヴィーノ》を酌み交わすというのはやっと果たせそうだ。その季節だと庭の木陰で、とはいかないだろうが、暖炉の火を見ながらの一杯もいいものだよ。

そのときがいまからとても楽しみだ、ちっともお世辞ではなくね。兄貴には悪いけれど、君がイタリア美術の研究を志してくれたおかげで、ぼくは将来にわたって素晴らしい話し相手を確保することが出来たわけだ。自分では結婚もせず、子供も作らないでおいて、美味しいところだけいただいていく、と非難されても仕方のないところだね。だが、ぼくは甘んじてその非難を受けるつもりだよ。

手紙というのは、人にくれというのは簡単だが、自分で書いてみると実に難しい。くどくなく、しかし誤解されないように、自分の気持ちを伝えるというのは、学位論文を書くよりも遥かにやっかいなことかも知れないな。

そんなわけで、この手紙もここらで終わらせてもらうとしよう。いま読み返してみたらため息が出たが、書き直すよりは早く出した方が良さそうだとあきらめることにした。格好をつけよう、なんてことを思わなければいいのだろうな。だから君も楽な気分で、絵はがき一枚でいいから送って欲しい。

もちろんぼくよりも、実家を優先でね。

では、元気で。

近頃は姪馬鹿になりかけているらしい
君の叔父より

序章　蒼白き屍衣の街
あるいは『虚妄《ウァニタス》』

I

冬のヴェネツィアは連日濃霧に閉ざされる。

まばゆい陽の光、高く澄んだ蒼空、心地よく乾いた風。そのようなものはどこを探しても、微かな気配だに見出すことはできない。まるで深い石造りの井戸の底に、封じられているようにさえ思われてくる。

空気は淀んだ潟《ラグーナ》の水そのまま、生臭く、ぬとりとした粘性を持ち、呼吸しづらいほど湿り気を帯びている。足を止めれば靴底から容赦ない冷気が浸透してくるにもかかわらず、気づけば服の下の皮膚は薄気味悪く汗ばんでいる。

いや、汗ばんでいるのは人の体だけではない。足に踏む敷石、たたずむ石壁、ドアを排してたどりついた住まいの壁紙も、詰め物した椅子の張り布も。

寄せ木のテーブルを覆うブラノ・レエスの卓布の襞も、すべてが空中の湿気を吸って、潮臭く湿っている。バールのカウンターに湯気を上げる淹れ立てのエスプレッソさえ、口に運ぶときはすでに生ぬるく、しかも心なしか塩っぽい。まるで疾《と》うにこの街全体が海に沈んでしまっているように。

運河《カナル》を往来する大小の舟、階段を上り下りして橋を渡る人々の足元にひらめくコート、電灯を点《とも》した金と赤のショウ・ウィンドウ。活気に満ちたものや色あざやかなものも、すべては霧の帳《とばり》に包まれ、おぼろに滲んでいる。そんなものはすべて、死んだ街の見る夢でしかないというように。

絶対にそうではないと、なぜいえるだろう。

かつて東地中海《レヴァンテ》の女王と美称されたのがこの都市であってみれば、現在同じヴェネツィアという名を持って存在しているのは、実は伴侶たる運命《フォルトゥーナ》に先立たれて、独り生き延びてしまった寡婦に過ぎない。

荒廃した屋敷の片隅に身を縮めて、在りし日の輝かしい思い出に耽るより時を費やす術も持たぬ老女。晴れることないこの霧は彼女の纏う喪服の裳裾か。それとも老いに霞んだ視野のなぞりだろうか。

違う。そうではあるまい。やはりこの街はすでに死んでいるのだ。そしていま人が見ることができるのは、昔日の艶姿をかたどった空虚な蠟人形か、さもなくばあまり手際の良くない剥製師の手にかかったミイラ、それとも金銀細工の匣に収められて聖者の遺物のように恭しく祀られた骨のかけらかもしれない。

人々はしきりとそのあらたかな霊験を誉めそやすが、奇蹟はただ彼らの思いのうちに立ち現れるのみで、聖遺物それ自体は光も放たず香気も漂わせず、祭壇の上で少しずつ朽ちていくのみ――

次々と湧いてくる連想の陰鬱さに自分自身でうんざりし、藍川芹は独り短く笑いをもらす。

人に誤解される癖だとはわかっているのだが、自己嫌悪を覚えればしかめ面よりつい笑みが浮かんでしまう。

人間の思いというのは、そんな自分を外から眺めれば深刻であればあるほど滑稽だ。やはりこんな場所に来るべきではなかったと、いまさら後悔してなんになるだろう。

それにしても、まるで自分に後ろめたいことでもあるように、逃げ出してきたのは最悪の愚行だった。

己れの意思を放棄してひとたび流れに身を任せてしまえば、過ちに過ちが重なってとんでもないところまで連れて行かれてしまう。

その結果が、いま居るここだ。貪欲なツーリストたちもさすがに数を減らす十二月のヴェネツィア。ろくにわけもわからぬまま引っぱり出されたパーティ。サン・マルコ広場を北東に外れ、小さな広場に面した巨大な宮殿建築《パラッツォ》の、十数年かけて行われた修復が完了し、美術館として一般公開されるに先立ってのお披露目という名目だった。

視線を上げれば天井画は、お定まりのティエポロ風。騙し絵《トロンプルイユ》の技法で描かれた渦巻く雲と神々の中から吊り下げられた、シャンデリアが燦然と黄金の光を放ち、その下にはタキシードや仕立ての良いスーツを着こなした紳士たちと、大きく開いた襟元に宝石をきらめかせた淑女たちが、グラスを片手に華やかな社交振りを繰り広げている。

自分にはおよそふさわしくない場所だ、と芹は思う。建築や室内装飾に、興味がないわけではない。こういう場所なら客足の途絶えた午後にでも、独り足音静かに巡り歩きたい。

だが俗物たちの集うパーティなど、もともと関心はなかった。誇り高き海の共和国は二百年の過去に滅びたとはいえ、その伝統は健在、知性と財力と品格を独占する上流階級はこの通り、とでもいわんばかりの情景には、気後れと同時に反感を覚えてしまう。

体に合わない借り着のドレスを何ヵ所も安全ピンで留めている、それだけでも気分が悪いのに、あたりはさまざまな香水と、煙草の煙と、ラテン民族の濃密な体臭、料理の匂い、そして喧噪渦巻く濁った空気。見回しても知った顔ひとつない。

芹をここへ連れてきた友人、アメリカからの留学生ドナ・レオンはとっくに姿を消している。彼女の目的である《麗しのセラフィーノ《イル・ベッロ》》の姿を探して、精力的に人波を遊弋しているのだろう。芹は彼女の不屈さと、どんな事態に直面してもへこたれないファイトを思って、いつものようにひとつため息をついた。

「セリ。あんたって変に頑固なくせに、肝心なところで後込みしちゃうのね。それ、日本人的な謙譲の美徳ってやつ？　それもいいけど状況を変えようと思ったら、人より一歩でも前に出なけりゃ。後ずさりばかりしていたら、運命の女神《フォルトゥーナ》の前髪は摑めないわよ」

からかい半分、ドナの口にしたことばが耳元によみがえる。自分の性格が民族的特性だとは思わないが、それ以外の部分については彼女がいうことがたぶん正鵠《せいこく》を射《い》ているだろう。語学学校に一年通ってもちっとも上達しないへたくそなイタリア語で、どこへ行っても物怖じする気振りもなくまくしたて、人より一歩どころか二歩でも三歩でも前に出てやろうというのがドナだ。

遠慮や気後れといったことばは、彼女の辞書には存在しない。ぽっちゃり丸い小柄な体と、赤みの強い巻き毛のショートヘアに、触れれば弾けるような陽性の精気が充満している。考えすぎてなかなか踏み出せない芹とは、およそ真反対の性格だ。そんな彼女に惹かれるところはあるが、自分とはあまりに両極端の美点を見習うことはできそうにない。

友人の姿を人波の中に探すことは断念して、芹は広間を離れた。人いきれと話し声でむせかえるようだったその部屋を出ると、急にあたりは静かになり、人影も絶えて空気はひんやりとしてくる。この街の湿気には一日で嫌気がさしていたが、人の多さに疲れた頭、たった一杯飲んだワインで火照った体には、冷たさも湿り気も快いようだ。

ヴェネツィアを訪れる旅人の誰もが嘆賞して止まないのが、大運河《カナル・グランデ》に面して並ぶゴシック期のパラッツォの偉容だが、それらは主階の大半を表から裏まで広大な通り広間《ポルテゴ》が占め、その左右に階段といくつかの小部屋が付随する、極シンプルな構造をしている。商人貴族たちの活動の拠点として、一階は運河に面した船着き場を活用する商館の機能を担い、家族の住まいは二階以上に設けられた。

だがオスマン・トルコの侵攻に東地中海の制海権を失い、支配階級は己れの資本を海外交易から本土の農業経営に向けるようになり、彼らの豪奢な住まいも大運河沿いから島の内部へと移っていった。

一六〇〇年代の建造と思しいこのパラッツォは、もともと細い運河に囲まれた土地のかたちに応じて不整形に建てられている上、周囲の建築を吸収合併しながら数代にわたって拡張されたものだという。

つぎはぎされた内部空間は、当然迷路めいた複雑さを呈しているだろう。迷うかもしれないな、という思いが脳裏をかすめたが、静かなところで少し休んでから戻ろう、そんなに離れなければ大丈夫だ、とまた思い返す。ほの暗い廊下には人影ひとつない。

藍川芹は現在二十四歳。東京にある某私立美大の美術史学科を卒業し、イタリア留学を志した。卒論で扱った十五世紀中葉の画家ピエロ・デッラ・フランチェスカの、さらなる研究が一番の目標だった。美術史研究者となることは小学生の低学年のとき、イタリアから戻ったばかりの叔父の家で偶然に見た画集の『聖十字架伝説《レジエンダ・デッラ・クローチエ》』に惹きつけられて以来の夢だったのだ。

それはイタリア中部、アレッツォのサン・フランチェスコ聖堂の壁に描かれている。アダムの墓に蒔かれた原罪の木の種子から生えた樹木が、ソロモン王の架けた小川の橋となり、イエスの磔刑《たっけい》の十字架とされ、地中に埋められたが後に発見されてさまざまの奇蹟を起こすという、一連の絵巻物風フレスコ壁画だ。無論のこと十歳にもならぬ芹が、そんな日本ではあまり知られていない伝説を承知していたわけではない。よくは覚えていないが親に連れられて訪ねた叔父の家で、大人たちが席を外してひとり残され、目の前にあった大きな本を所在なくめくっていたのだと思う。そして、それを見た。それ以後の芹の人生を決めてしまった一枚の絵を。

頭の三角に尖ったテントの中で、髭を生やした男がひとり眠っている。

テントの垂れ布は左右に引き開けられ、その両脇には子供の目にも兵士とわかる男がふたり槍を手にして立ち、ベッドの前には従者だろうか、白い服の男がひとり、肘をついて物思わしげな様子で座り込んでいる。

空は夜を表す暗い青。だがテントの前面には不思議な光が射している。画面の左上から天使が舞い降りようとしているのだ。光はたぶんその顔から放たれている。天使の顔は差し伸ばされた腕の陰に隠れ、見えるのは開いた片方の翼と白く輝く前髪、そして光に縁取られた袖の襞ばかりだ。

(ひかってる……)

(この絵、中からひかってるわ……)

なんてきれいなんだろう。だけどそれだけじゃない。なぜかわからないけれど、悲しいみたいな変な気持ちがする。こちらを向いている白い服の人の顔を見ていると。悲しくて、痛くて、でも、それが嫌というのじゃなくて。なぜだろう。わからない。こんな気持ち初めてだ――膝に余る大判の画集を抱えて動かない芹に、叔父はやさしくいつでも見においでといってくれた。なんといえばいいのかわからなくて、芹は黙ったまま絵を見つめ続けていた。

ここにはなにが描いてあるのかと、その叔父に尋ねたのは数年経ってからだったろう。時が経ってもその絵が、芹に与えた衝撃は薄れていなかった。彼は子供にもわかりやすく、聖十字架の伝説を話してくれた。叔父の話を聞きながら芹は、自分の胸に覚えた痛みの正体を、おぼろげながらようやく理解していた。

それは、戦場で眠る皇帝コンスタンティヌスに下された、夢の啓示の場面なのだ。強敵との開戦を前にした皇帝に天使が舞い下り、十字架のしるしを掲げて戦えば勝てるだろうと告げたという。夢という主観でしかあり得ないものを、あからさまな天使降臨の奇蹟としてではなく、テントや警護の兵士の現実的な描写と、彼岸の光の交錯によって描き出した構想の妙。そんなことも無論わかったはずはない。ただ幼い芹の目に焼きついたのは、眠る皇帝と兵士というふたつのかけ離れた次元の中途に座っている従者の顔だった。

天上の光を身に受けながら、ついにそれに気づくこともできないひとりの人間。ついた片肘に頭を預け、典型的なメランコリアの姿勢をした彼の胸を占めているのは、物語に沿って考えるなら翌日の戦況に対する憂慮だろう。

だがそれだけではないかもしれない。彼はいま、背後に眠る皇帝の身に奇蹟が訪れていることを、知り得ぬにはしても感じているのかもしれない。

しかし彼は振り返らない。自分が決して天の光を見ることはないと、わかっているから。それは神に選ばれた皇帝のみの特権だ。選ばれ得ぬ者の悲しみと諦めと。そしてそれは同時に、絵の外に、つまり現世に立つ自分たち人間の思いなのだ。芹がそのとき思ったことを、いまことばにしてみるならばそんなふうだろうか。

目を上げると微笑んでいる叔父の顔が、フレスコ画の中の従者の顔に重なる。この人はきっと口に出さなくとも、私の感じたことをわかってくれているのだと芹は思った。芹の父親は、弟である彼のことをあまりよくいわない。子供の出来ない長姉の嫁ぎ先に養子に入りながら、結婚もせぬまま歳を重ねている彼を、常識外れの変人と決めつけている。だが父は決して、この叔父のように自分と話すことも、自分を理解してくれることもないだろう——

「叔父さんは、そういうことがみんなわかっているの？　どうしてなの？　絵本みたいに、絵のそばに字でお話が書いてあるわけじゃないのに」

芹が尋ねると、

「みんなじゃあないな。わからないことの方がずっと多い」

こだわらぬ口調で叔父は答えた。

「だから一生懸命勉強するのさ」

「――大人になっても勉強するの？」

そのときまで勉強なんてものは、子供のときだけ仕方なくするものだと思っていた。大声で聞き返した芹に、叔父は苦笑して、

「ああ。それが俺の仕事ってわけだ。兄貴たちが煎餅を焼いたり、魚をさばいたりするのといっしょさ」

芹の父親や叔父の生家は老舗の煎餅屋だ。祖父母は疾うに亡いが家業は長兄が継ぎ、次男である芹の父は遠からぬ場所で小料理屋を営んでいる。大人の働く姿はそうして見慣れていたが、叔父がどういう仕事をしているのかまだよくわからない。

「勉強がお仕事って、大変？」

「まあな。仕事ってのはなんだって大変さ」

叔父は真面目な顔でうなずいてみせる。

「だけどな、どうせ大変なことなら、自分が一番したいことをするのがいいと思わないか？」

「じゃあ叔父さんは、そうやって絵のことを勉強するのが一番したかったの？」

「ああ、そうだよ」

そういいながら微笑む叔父の顔に向かって、芹は大声で答えていた。

「じゃあ私も、大人になったら叔父さんみたいなお仕事をする！」

それが十二年後のいまの自分を決めることになったのだから、変に頑固、といわれればまさしくその通りかもしれない。

だが、大学を卒業するときになって、ふたつの障害が芹の前に立ちはだかった。父親の反対と、彼女が留学したいと望んだフィレンツェ大学が、その年定員超過で入学許可が下りなかったことと、どちらがより大きかったかといえば、芹にとっては間違いなく後者だろう。

以前から折り合いの悪い父というわけではなかったが、大学を出たらさっさと結婚して孫の顔を見せ

ろというようなことばを吐く彼に、従うつもりはまったくなかった。

　美術史研究を一生の仕事としたいということは、子供の頃から繰り返し明言し、高校時代からイタリア語の勉強を始めたのもそのためだ。これまで特に反対もしなかったのは、自分の夢を認めて許してくれたからではなく信じていなかったからかと思うと、泣きたいくらい情けなかった。

　だが、そんなことで決意をひるがえす芹ではない。日本で大学院に進んで、修士を終えてから留学という選択肢もあったのだが、その先二年毎日父親とやり合いながら、というのは考えただけで気が滅入る。といってここまで積み上げてきた目標を、放棄する気には毫《ごう》もなれない。結局W大で美術史の教授をしている叔父にも相談し、取り敢えずはフィレンツェの語学学校に通いながら大学には聴講生として登録し、次年度を待つというかたちで日本を発ったのが昨年の秋だった。

　フィレンツェでの学生生活は楽しかった。イタリア語は日常会話なら困らないくらいにはできたから、美術史研究には欠かせないラテン語の学習にも手を伸ばす余裕があったし、世界各国から来ているクラスメイトもほとんどが大学に入る下準備として語学を習っている学生で、知的な刺激には事欠かなかった。聴講に通うフィレンツェ大学では、一四〇《クアトロ》〇年《チェント》代トスカーナ絵画研究の第一人者であるファビオ・スパディーニ教授に師事することとなった。

　住まいはアパートを学生ふたりとシェアした。ひとりはアメリカから語学学校に来ているドナで、やたら友人を作るのがうまい陽気な遊び好き。もうひとりのクリスティーナはフィレンツェ大学の学生で、慣れぬうちは煩雑な事務手続きのことなどずいぶんいろいろと助けてもらった。アパートとはいえ歴史地区のただ中にある古い建物で、水が漏れた、電気が切れたといったお定まりのトラブルは毎週のように起こったものの、教会の鐘で目を覚まして窓を開ければ煉瓦色の甍が広がり、週末毎に小さな村の教会を巡って中世やルネサンスの美術に浸る一年は、芹にとって快適の一語に尽きた。

その快さに、突然きしみが出始めたのはこの秋のことだった。まずなにより新学期が始まったというのに、今年も芹はフィレンツェ大学への入学が許可されなかった。それも間際までなんの問題もないと信じていたあげくのことだったから、受けた心の痛手は決して浅いものではなかった。日本に知らせないわけにはいかなかったが、電話をかければ父親に頭ごなしに「帰ってこい!」といわれそうで、実家宛と叔父宛、大学に入れなくてもいま日本に戻るつもりはない、とだけ手紙を書き送ってそのままにした。

心配をかけている、という自覚がなかったわけではない。先月には叔父から手紙が来た。母が泣きついたのだろうとは読むまでもなくわかったが、やはり誰よりも心を赦せる叔父のことばは嬉しく、胸に染みた。忠告に従って実家には絵はがきを一枚、『元気でやっています』とだけ書き送ったが、叔父へはかえって返事を書けないでいる。今後の見通しが決して明るくはないとわかっているだろう叔父にだからこそ、出来れば良い知らせを書き送りたいのだが。

イタリアの場合いわゆる大学入学試験はなく、原則として高等学校卒業資格者はすべての大学に登録が可能なのだが、一九七〇年代に入って学生数が急増し、教員とのアンバランスや施設の劣悪化から、定員制を取る大学が多くなってきていた。その上大学を出ても、就職先が見つからないことは珍しくもない話だから、ほとんどの学生は卒業を急がない。富裕な階層の若者は親元に寄食したまま、十年近く大学に籍を置く。勢い人気と定評のある大学ほど、学生が溢れていることになる。

叔父も手紙で書いていたが、他大学への入学を考えなかったわけではない。

だが聴講生としてでも一年出入りした研究室と、指導教授から離れる決意ができない。謹厳な中にユーモアを滲ませたスパディーニ教授の人柄を、芹は心から敬愛していた。

そしてピエロ・デッラ・フランチェスカの作品も文献資料もフィレンツェの近辺に多く残されているし、これまでの研究実績もイタリア国内ではフィレンツェ大学が中心になっている。研究対象を変えるのでない限り、ここを離れるのは極めて不利だということもあった。新年度の始まった十一月いっぱいを奨学金などの手続きに費やして、結局もう一年同じ身分でフィレンツェに留まることにした。

ところがようやく心を決めて勉強に戻ろうとした芹に、ルームメイトのクリスティーナがささやいたのだ。『──あなたが大学に入れなかったのは、スパディーニ教授が有力者から頼まれた学生を無理やり押し込んだから。あなたも大学に入りたいのだったら、それなりの運動をしなくては駄目よ』

秘密めかして声をひそめた彼女の忠告を、鵜呑みにしたわけではない。むしろ冒瀆的なことばを聞かされたような、不快な驚きの方が大きかった。彼女もまたスパディーニ教授の教えを受ける美術史学科の学生で、自分同様教授を敬愛しているものと信じていたから、なおのことだった。

それでも同じ部屋の中に暮らしている相手なのだ。露骨に反発するのはまずいだろう。仕方ないので冗談を聞かされた風な笑い顔を作って、自分には紹介状を書いてくれるような有力者の知り合いはいないし、まさか賄賂を払うわけにもいかない、と答えた。すると彼女はにやりと笑っていった。

『お金なんか使わなくてもあなたなら、もう少し積極的になれば大丈夫でしょうに』

わけがわからないという顔しかできなかったのは、実際その通りだったからだ。すると相手は口元の笑いを消し、ひとこと吐き捨てて歩き去った。だがその捨てぜりふは芹の耳にはっきりと届いていた。

「なによ、聖女ぶって！」

それまでまがりなりにも友好的な関係を保ってきた自分に対して、なぜ急にクリスティーナがそんなことをいったのか。謎解きをしてくれたのはもうひとりのルームメイトのドナだった。教授に対して『積極的に』振る舞ったのはクリスティーナの方で、首尾良くとはいかなかったのをあなたのせいにしているに違いないわ、と彼女はいうのだった。

「あんたと教授、ずいぶん仲がいいように見えたのじゃない？」

「それはもちろん、親しくさせていただいたけれど」

「男と女として？」

「ドナったら！　そんな、ひどい誤解だわ」

「そうでしょうよ。でもね、人間っていつだって自分を基準にして他人を判断するものだし」

それが果たして正解かどうかはわからない。だがどんな種類の誤解があったにせよ、正面から非難されたのではないものを、こちらから問いただして釈明するのは容易《たやす》いことではない。芹は意気消沈した。なにもかも放り出してベッドにもぐりこみ、そのまま起き上がりたくなくなった。

なにより嫌なのはひとりで考えているうちに、クリスティーナのことばも誤解だけではないかもしれない、という思いが湧いてきてしまったことだった。無論芹はこれまでただの一度も、教授を異性として見たことはない。教授が自分にそうした目を向けたなどとも思わない。彼はすでに六十を過ぎて父親よりも年上だし、人間的な魅力や好意は感じても、それはいわゆる恋愛感情とはまったく異質の思いだ。

そんなことはどうでもいいのだが、問題は予想もせず大学の登録から外されたことの方だった。それだけは邪推でもなんでもない、確かな事実なのだから。前年度の終わりまでは、なんの問題もないといわれていたはずなのに。

確かにイタリア社会には、日本人の目から見て恐ろしく旧弊で非能率的な部分が少なくない。あらゆる場所で公平な試験や競争の代わりに、縁故や有力者の推薦がものをいう。リベートの授受が当然のように行われる。スパディーニ教授はアメリカ留学の経験も長い、悪しき慣習に囚われることをいさぎよしとしないタイプだと思うのだが、彼とてこの社会で暮らしていることに変わりはない。強力な推薦者の力を無視するわけにはいかないこともきっとあるだろう。

とすれば、クリスティーナ自身の意図はどうであれ、彼女のことばは決して的外れではなかったことになる。芹はここで何年待とうと、大学に受け入れられることはない。しかしだからといって、色仕掛けなど思いもよらないことは無論だし、たとえ自分の自由になる金を何百万持っていたとしても、芹は賄賂を使うようなことは絶対にしないだろう。

そのような方法で大学の学籍を手に入れる、入れなければならないということ自体、ひどい冒瀆であるように思えてしまうのだ。なによりも自分の愛したピエロ・デッラ・フランチェスカ、あの静謐で澄明な、秋の青空のような世界に対する――

そんな芹をドナが、気分を変えましょうよと有無をいわさず旅行に連れ出してくれたわけだ。『ほんの二、三日だけど、ヴェネツィアまで行ってみない？』と。

「向こうに住んでる友達が誘ってくれたの。彼女の部屋に泊めてくれるから、交通費と食費だけでOKよ。あんた、いままでにあの街行ったことある？」

一度だけ、と芹は答えた。三年前の夏休み、日本からたった一週間でミラノからローマまで回るツアーだったから、ヴェネツィアにいたのはほんの半日、やたらとくたびれただけだった。ただもうサン・マルコ広場の雑踏だけが印象に残っている。

夏ならそうよ、当然よ――とドナは笑う。

「でもいまの季節ならオフシーズンで、うるさいツーリストも少ないからね。楽しんできましょうよ。そんな、ぐったりしたお婆さんみたいな顔してちゃ駄目。ここでくよくよしてたって仕方ないでしょう?」

それは確かにひとつの救済だった。これまで一年のイタリア滞在は、もっぱらトスカーナ地方の絵を見て回ることに費やしていて、それ以上遠くに出たことは用事で数回ローマに行ったくらいだ。片手に着替えと本を詰め込んだバッグを抱え、もう片方の手には水の瓶とパニーニの紙袋を持って、特急列車で三時間弱。あっけないくらいの旅だった。

ドナの友人というのは、夏にフィレンツェに旅行に来た美術学生で、シャルロッテという名のスイス人。歳はだいぶ上のようで、最初顔を合わせたときはちょっと気後れを感じたが、芹のことも気さくに迎えてくれた。その日はゆったりサン・マルコ広場を散歩して、明日はアカデミア美術館と、午後からトルチェッロにでも行ってみましょうかという話をしていたはずが、朝になると話が変わっている。パーティだ。それも学生仲間が集まってのダンス・パーティなぞではない、ヴェネツィアの名士や美術館関係者たちが一堂に会する祝賀会。シャルロッテの所属する研究室がそのパラッツォの修復プロジェクトに関わっていた関係で、招待状が回ってきたからいっしょに行こうというのだ。

無論芹は断った。前夜ひとりベッドの中で思いをめぐらして、やはりフィレンツェを離れてきたのは間違いだったのではないかという結論に達したところだった。なぜ自分が登録から外されたのか、疑問に思うなら直接教授に質問するべきだ。礼儀知らずと非難されるかもしれないが、こちらの真意をことばを尽くして伝えれば、理解してくれぬものでもあるまい。彼を信頼するならなおのことそうではないか。クリスティーナにももう一度、正面から問いただしてみよう。自分に恥じるところがない以上、なにも恐れることはないのだから。

私はこれから戻ろうと思って、というと案の定ドナに大声で反対された。だがそれだけなら、翻意することはなかったろう。言い出したら頑固、という点では人後に落ちない。どうしても帰るといい張る芹に、しょうがない人ね、とひとつため息をついた彼女は、

「だったら教えてあげる。これはないしょにしとくつもりだったんだけど、いい？　今夜のパーティにはあの《セラフィーノ》が来るんですって。彼ってうわさ通り、っていうかうわさなんかよりもずうっと美男なんですってよ」

　それがどういう人物なのか、芹も詳しいことは知らない。《セラフィーノ》の筆名で多くの雑誌や新聞に美術評論や書評エッセイを発表しているが、たとえば大学教授や美術館学芸員といった職業についているわけではない。テレビなどマスコミの表層に顔を晒すことはないが、正体を隠しているというほどのこともなく、北イタリアに多くの不動産といくつかの企業を持つ、十六世紀以来の古い家系の当主だという。

　称号は伯爵《コンテ》。一九四六年、イタリアが王制から共和制に移行したときから制度としての貴族階級は消滅しているはずだが、二十世紀末の現在でも慣習的にその称号が使われることを、イタリア人は誰も不思議だとは思っていないらしい。この国が非常に前衛的な部分を持っている反面、強固な階級社会であることを、芹はようやく肌で理解していた。

　昨年一度、あまり上品とはいえないゴシップ新聞に、『その名に違わぬ麗しの熾天使《セラフィーノ》の横顔』というキャプションとともに写真が掲載されたことがあり、ドナは確かにそのときからきゃあきゃあいっていた。

　だが望遠レンズで隠し撮りでもしたのか、お世辞にも鮮明とはいえない写真だ。わかるのはカフェのテーブルに片肘をついた若い男らしい、というだけ

だったが、彼女は丁寧に切り抜いて壁に貼りつけ、芹が興味を示さないとお冠だった。

「セリの審美眼てどうなってるの？　美術史を研究しようって人間が、そこまで美に対して鈍感でいいものなんでしょうか？」

　生身の男性にはあんまり興味がないわ、と芹は笑って答えた。

「私が興味を持つとしたら、そうね、レオナルドの『聖ヨハネ』くらいでないと。眺めるだけだったら絵の方がいい」

「だってセリ、絵の中の男は結局ただの絵よ」

「写真だったら？」

「伯爵様だろうとローマ教皇《パーパ》だろうと、現実に生きている相手なら知り合える可能性はあるもの。この世の中、どんな奇蹟だって起こらないとは限らないでしょ」

　奇蹟を待つというなら、彫像に血が通うことを願ったピグマリオも同じではないかと思ったが、友人をやりこめる気はしなかったので芹は黙って笑っておいた。だがドナのおかげでともかくその印象的な筆名は芹の記憶に刻まれ、それから後で彼の文章に出会った。

　用事でスパディーニ教授の自宅を訪れた折り、しばらく待たされた応接間のラックにさしてあった雑誌『ＦＭＲ』。分厚いアート紙が手に重いそれは、カラーページの印刷も鮮明で、雑誌というより大部の美術書と呼ぶ方がふさわしい。

　食べ物や交通費など生活物価が日本よりはるかに安いイタリアだが、本は日本と較べても高価だ。特に美術書は造りも豪華で、ページを開くのも苦労なほど大きく重く、そして誰が買うのだろうと頭をひねりたくなるような値が付けられている。この雑誌の版元フランコ・マリオ・リッチも、そんな、限られた客層を相手に少部数の豪華本を刊行している出版社だ。

　その中に、ルネサンス絵画の代表的名品であるサンドロ・ボティチェルリの『春《ラ・プリマヴェッラ》』の図版と並べて、彼の短いエッセイが印刷されていた。
タイトルは——ABERRATIONS《アベラシオン》。

II

フランス語だ。イタリア語ならばABERRAZIONE《アベラッイオーネ》。だが芹は、『アベラシオン』というタイトルの本があったことを思い出した。

二十世紀のフランスで活躍したリトアニア生まれの美術史家ユルギス・バルトルシャイティスの著作で、九一年に邦訳も出ている。だがこのエッセイの書き手である《セラフィーノ》は、古代から現代にいたる観相術の隔世遺伝や、十八世紀庭園に見られる異国趣味について闊達に語った原著に触れているわけではない。

そこに論文というよりは詩のことばで、甘く、だが同時に極めて辛辣に書かれていたのは、絵画のあらゆる細部に意味と象徴を見出すことを使命としている図像学者に対する反論だった。

——あなたたちは遺跡の土台石から古代の宮殿を復元しようとする考古学者のように、あるいは神秘のエジプトの聖刻文字を解読せんと努める言語学者のように、一枚の絵に向かう。あなたたちはしかし絵を見ない。かたちを見ない。色を見ない。あなたたちが探し求めるのは自らの学説を証明するに足る証拠の断片だ。それは些細なものであればあるほど望ましい。

あなたたちにとって木の枝になる金の果実は楽園の象徴であり、楽園とはときにギリシア神話のヘスペリスの園、またときには原罪の果実を実らせたエデンの園である。赤い薔薇はあるときは異教的な愛欲の、あるときは主の流す贖罪の血の象徴であり、そうでなければなにかまた別の象徴である。あなたたちの語る象徴の体系はアマゾンの原生林よりも鬱蒼として、互いに絡み合い矛盾し合うが、そんなことはあなたたちを一瞬でも立ち止まらせはしない。

私は尋ねたい。かつてクレタ島でイギリス人エヴァンスが見出したと信じ、いとも大胆に復元してみせたコンクリート・クノッソスをあなたたちは笑うことができるのか。十七世紀のイエズス会士アタナシウス・キルヒャーが、象形文字に対して付した『翻訳』のすばらしさを覚えているか、と。

エヴァンスは手のひらほどの壁画の破片から、彼の趣味を投影させたアール・ヌーボー風のクレタを再現し、それを疑いもなく過去の実像と信じた。その時代の人々もまた。そしてキルヒャーは一点の根拠もなく、ヒエログリフのひとつひとつに我が思想を盛り込んで真実を解明したと確信した。

分析とは、解釈とは、つまりあなたたちの望むものをそこに見出す技に他ならない。答えは発見されるというより、創造される。

確かに人間は、そのような営為が好きだ。そのように分析し解釈することで、対象を我が支配のうちに収めたと信ずることが。あなたたちはシャーロック・ホームズにも似ている。ただそれと違うことは、かの探偵氏は友情溢れる記述者によって常に、己れの正しさを保証されていることだ。

あなたたちにそのような幸せはあり得ない。絶対の正解は聖杯のように隠されている。あなたたちはひたすら対象の上を彷徨《さまよ》い歩いては、声高に議論し続けるよりない。だが、そうであればこそあなたたちの探索の旅は終わることなく、終着のエルサレムを恐れることもいらないのだ。

すべての謎が解かれるとき、探偵は立ち去り、物語は閉ざされ、あなたたちは廃業を余儀なくされる。だがそんなことは、我々の生きる世界では決してあり得ない。何千何万の分析と解釈が公表されようと、未解決の謎は尽きず、あなたたちは永遠に栄え続けることだろう。幸いなるかな、象牙の塔に住まう図像学者諸氏よ。

私は学者ではない。一介の素人であり、美しきものをこよなく愛する人間である。そして私は私がそのようであり、あなたたちのようでないことを神に感謝する。

私の目に映る『春』は、ネオ・プラトニズムの絵解きでも、アンジェロ・ポリツィアーノの詩の挿し絵でもない。いかなる解釈も必要とはしない。ただ限りなく美しい色でありかたちである。

私はあなたたちのように声高には語らない。ただ聞く耳を持つ人々に、いっとき口を閉ざし、心に垢のように降り積もった知識を捨て、初めて海を見た子供のように絵の前にたたずんでみてほしいと提案する。

解釈の欲望を捨てよ。せめてはいっとき眠らせよ。そうすればきっとこれまで私が述べてきたことの真実が、おわかりいただけるに違いない。

読み終えてもしばらくの間、芹はそのページを膝の上に広げていた。そしていつかいわれた通り、色の校正にも細心の注意を払ったに違いない図版の上に目を当てていた。フィレンツェ、ウフィツィ美術館の一室に収められたその絵の現物を見たことは、無論幾度となくある。ほぼ等身の人物八人を横に並べて描き、それはヘルメス、ヴェヌス、三美神など、ギリシア神話の登場人物だが、具体的な神話のエピソードが描写されているわけではない。

プロセニアム・アーチで縁取られた舞台を、そのまま正面から描いたような平面的構図もどこか奇妙で、日本で画集を見ていたときも首をひねった。そんな芹に叔父はやはり、当時メディチ家の下で隆盛した新プラトン主義の背景や、ポリツィアーノの詩『騎馬試合《ジオストラ》』といったことを話してくれたものだった。だがフィレンツェの美術館を訪れて現物の前に立ったときは、押し寄せる団体客とガイドの放つ喧噪に辟易し、結局は『分析と解釈』を通してしか見ていなかった気がする。

大学でも、ボティチェルリ研究に一生を捧げた白髪白髭の老学者が、この絵のスライドを前にしてほぼ一年間語り続けた。ヘルメスの衣装に描かれた下向きの炎の意味するもの、人物の足元に咲き乱れる花々の特定とそれぞれのシンボリズム、三美神の装飾、フローラとクロリスとゼフュロスの解釈……それは確かに図像学研究の精華というべきものだったのだろうが、図像は切り刻まれ、解体され、テーブルの上に崩れ落ちたカードの城のように、混乱を極めながら索漠として干からびる。ほとんどの学生はノートの陰であくびを噛み殺していた。芹もまた。

だがいま改めて、初めてその絵に接するようにして写真の『春』を眺めていると、暗い背景から近景の人物が立体的に浮き上がってくるように思えてきた。春、それも黎明の頃だろうか。手を繋いで踊る三美神の、ひるがえる衣の襞、草を踏む素足。背後を閉ざす暗い森の幹の間には、薄青い空が覗いて、そこから芳しい初夏の微風が流れてくるようだ……

そのとき待っていたスパディィーニ教授が現れて、それは一瞬の白昼夢のように消えてしまった。教授は芹が開いていたページを一瞥し、――おもしろいかね？　と聞いた。どういう人なんでしょう、と芹は聞き返し、彼は肩をすくめて、

「素人は好きなことをいうものさ」

とだけつぶやいた。文中で批判されている『あなたたち』のひとりとして、あまり好意を抱いていないことだけは明確に感じられる口調だった。

教授の元を辞してアパートに帰ってから、芹は辞書を開いた。なぜ筆者があのエッセイを「アベラシオン」と題したのか、その理由がわからないと思ったのだ。少なくとも同題のバルトルシャイティスの著書に、ボティチェルリに触れた箇所はなかったと思うのだが。

フランス語の辞書は手元にないので、イタリア語のaberrazioneを引く。

一、逸脱、錯視、偏向、勘違い。

二、《医》変調、異常。～mentale 精神変調、
～crom-osomica 染色体異常。
三、《物・光》収差、錯行。
四、《天》光行差。
五、《法》錯誤。

物理や天体学の用語としては、日本語に訳されてもまるで意味がわからないが、エッセイの筆者は図像学者たちの『偏向』や『勘違い』を揶揄する意味でそんなタイトルをつけたのかもしれない。教授のむっつりした表情を思い出して、ずいぶんな皮肉屋らしいと思う。《セラフィーノ》などという筆名とは、だとしたらあまり似合わない。

（いったいどういう人なんだろう――）

そのとき抱いた疑問は小さな小石のように芹の胸に沈んでいたが、たとえば彼の名を探して雑誌や新聞をめくるというほどのこともしなかった。ドナもたちまち忘れたらしく、壁の切り抜きはいつともなく消えて、これまで日が経っていたのだが。

「ね、行くでしょ、セリ。絵でも写真でもないわよ。本物の血と肉をそなえた美男《イル・ベッロ》だわよッ」

ドナはいつにもまして景気の良い巻き舌でまくしたてる。そんなときの彼女は、芹が生まれ育った東京の、八百屋か魚屋のおかみさんのようで、つい口元がほころんでしまう。――行こうかな、と答えると、今度は大喜びで飛び上がった。

「そう来なくっちゃ。美術館に行くより、ずっと目の保養になるわよ！」

別に彼が美しいというから見たいわけではないというのは、どう見ても言い訳めくから止めておいた。

だがそのパーティの豪華で大規模なことは、芹たちの予想をはるかに上回っていた。美しく着飾った何百人という人間がひしめく大広間の隅で、どこに《セラフィーノ》がいるかなど尋ねようもない。ど

う考えても場違いな場所に、紛れ込んでしまった格好だ。すっかり気後れを覚えてしまった芹は、背の高いシャルロッテの後ろで肩を縮めていたが、そんなことでおとなしくなってしまうドナではない。

「いいわよ。あたし探してくるから」

決然と言い放ってその場を離れたきり、もう一時間になる。取り残されて気まずいような思いでいたのも数分。シャルロッテは知り合いの顔を見つけたらしく、ちょっとごめんなさいね、といってこれもまた歩いていってしまう。独り置いていかれ、人混みを眺めながらあてどもない物思いに時間を潰すのもさすがに疲れ果て、広間を離れた芹だった。

天井の高い廊下の壁には、燭台型の壁灯とムラーノ・グラスの鏡が交互に並んでいる。カードほどの大きさの四角い板ガラスを金で繋ぎ、縁にも同じ鏡を並べて黄金色のロカイユ装飾で囲んだヴェネツィア鏡。その表に固い真っ直ぐの黒髪を肩まで伸ばした、むっつりした顔の娘が現れては過ぎる。

（我ながら、なんて愛嬌のない顔かしらね……）

ため息が出る。自分の顔を見るのはいつも苦手だ。目を鏡から、金糸を混ぜて織り出した豪奢な壁布や、彩色された天井の梁に逃がしながら、あまり遠くまで歩いてはまずいだろう。ドアが開いたままになっている小部屋があったので、一休みさせてもらうつもりで椅子に腰を下ろす。

控えの間とでもいいたいような、装飾の少ない小さな部屋だが、女人柱《カリアティッド》を左右に立たせた暖炉回りの大理石彫刻が美しい。小さなふたつの乳房をつんと尖らせて、唇には蠱惑的な笑みを浮かべた少女の顔だ。たっぷり詰め物をした背もたれの高い肘掛椅子は、ヒーターを収めた暖炉に斜めに向かっている。

椅子から目を上げると、壁にかかっている一枚の絵が正面に見えた。ヴェネツィア派ではなく、浮き彫りに金彩をほどこしたアーチ窓形の額縁に納められた聖母子像。左右には礼拝の姿勢を取るふたりの天使。ガラス越しに見えるのはペルジーノ風の甘美な画面だが、それにしてはどことなく違和感があった。

しばらく見つめていて、ようやく違和感の源に思い当たった。絵の様式と、左側の天使の髪型がそぐわないのだ。顔の両側に縦ロールを垂らして、まるで映画『風と共に去りぬ』のヒロインだ。後代の加筆による修正が加えられているのか、巧みに古色をつけた近年の贋作かもしれない。

ふいと芹は思い出す。この世界にいかに多くの贋作が、専門家の鑑定書に守られて流通していることか。そういったのはスパディーニ教授だった。

それまでの講義の流れを中断し、突然一回分を贋作の話に当てたときのことだ。作例をスライドで映写しながら、彼はさまざまなタイプの贋作変造作の例を解説した。いつにも増して、熱のこもった講義であったと記憶している。

「——絵の中に時代錯誤や図像学的な誤りが見られたからといって、それをただちに贋作、すなわち後世に造られた偽物と決めつけることはできない。趣味や価値観の変化から描き加えや描き直しをされてしまった絵画、たとえばシスティナ礼拝堂のミケランジェロに、裸体を隠す衣類が描き加えられたような例は数多い。

近年はそうした加筆を取り去って、オリジナルの絵を復元することが盛んだが、私は安易な復元には賛成できない。加筆の下から完全な画面が現れるならよいが、しばしばそれは加筆の絵具と混じり合い、溶け合って回復し難く損なわれている。加筆時にオリジナルが削り落とされていることも多い。

安易に行われた溶剤による洗滌が、絵を腐食させて救い難く損なってしまった例も枚挙に遑無《いとまな》い。経年による汚れや傷みも、後世の加筆も、ひとつの作品の上に積み重ねられた歴史の証である。

まがりなりにも一枚の絵として存在しているものを破壊し、分断して、断片的なオリジナルのみが残る廃墟のような作品を取り出すことが、正しい修復といえるだろうか——」

教授は熱を込めて語り続けた。一口に贋作といっても、その成り立ちは一様ではない。傷んだ板絵の表面を掻き削りその上に新しく絵を描いた物。画面に時代がかったひび割れを入れる方法。もっともらしい贋作を作るために、同時代の真作からモチーフを寄せ集めた物。画家が技法の研究のために作った習作を、画商がサインを偽造して贋作として売り出すケース。貧しい村の教区が聖像を売りに出す前に、教会に残すために作らせた模写が市場に流出した例。興味深く耳を傾けていた学生たちに、彼は最後にいったものだった。

「——こうして私が贋作の贋作たる理由を具体的に述べれば、諸君はなるほどと納得するだろう。そして贋作を見破るのは、さほど難しくはないと思うかもしれない。だが、贋作はしばしば状況証拠によって補強される。社会的に尊敬される高貴な人物の館で、紛れもない真作に囲まれて提示されれば、専門家といえども彼を詐欺の共犯などとは信ずるはずもない。

また、巧妙な贋作者は美術史家の助言を受けて仕事をする。その場合助言者は、必ずしも報酬のためにそれに加担するわけではないということは承知しておいて欲しい。自分の同僚を侮辱し、ひそかに笑いものにしたいと思うやからがいるのだ——」

一般論として聞くには妙に話が具体的だ、と感じたのは芹だけではなかったらしい。男子学生のひとりがおどけた顔で、——先生の経験ですか？　と質問し、教授も笑ったがそれには答えなかった。だが、いまになってふと芹は思った。あれは、自分が教授の住まいで、《セラフィーノ》の文章を読んだ、翌日のことではなかったろうか……

III

　昨夜もベッドの中でいろいろなことを考えてしまい、あまり眠れなかった。夜の物思いは暗いものにしかならないとは、わかっているのだが。ひとりになって緊張が途切れると、眠りが足元から忍び寄ってきた。部屋の静かさとほどよいぬくもりに、椅子の上でまどろんだのはほんの数分のことだったはずだ。

　だがふと気がつくと、妙に部屋の中が暗い。さっきは点っていた壁の明かりが、いつの間にか消されている。開けたままにしていた廊下向きのドアも、いまは閉ざされているようだ。誰か、芹がここにいることに気づかないで、ドアを外から閉めたのだろうか。

　扉はニス塗りの分厚い木製だが、修復のときに新しくされたものらしく、金属のノブも新しかった。ずっしり重い手応えのそれを、回しながら開こうとしたが動かない。まさか鍵をかけられた？　芹は一瞬茫然となった。両手で力一杯叩いても、外までろくに響くとは思えない。それに廊下には人影ひとつなかった。といってこの部屋には、窓もないし――

　追いつめられた思いで狭い室内を見回した芹の目が、小さな光を捕らえる。ドアから見て左手の壁に、もうひとつドアがあった。ぴったり閉ざされていると思っていたが、わずかに透いていてそこから隣室の光がもれている。そして、気づいてみれば低く話し声が聞こえる。

　糸に引かれるように、芹はそのドアに近づいた。指幅一本ほどの細い隙間に顔を寄せてみた。そして、声を呑んだ。ドアの向こうに見えたのは一枚の、見事な活人画だった。

　純白の布をかけたテーブルの向こうに、ふたりの男が向かい合って、こちらに横顔を見せて立っている。くっきりと白い鼻の線が、線対称に相似形を描いて浮き上がっている。ふたりとも着ているのは黒のタキシードだ。だがそれ以外のすべての点で、ふたつの横顔は対照的だった。

右側に立っているのはカノーヴァの大理石像を思わせる青年だ。細かく縮れたダーク・ブロンドの髪を額に垂らし、薄い唇をきつく引き結んでいる。眼窩の奥の目は険しく、眉間に縦皺の刻まれているのがここからもはっきり見て取れる。

もうひとりの男は老人、それも髪は抜け落ち、皮膚の下の筋肉も脂肪もすべて失われ、漂白したような皮膚の下の頭蓋骨の輪郭が、そのままうかがわれるまでに痩せた横顔だ。タキシードの胸には真っ赤な薔薇が一輪飾られているが、頭勝ちして前へ抜け落ちかけたそれが、胸から噴いている血のように見える。

卓布の上には剝き出して置かれた薄紅の薔薇の花束。乱暴に取り扱われたのか、花びらが布の上に幾枚も散り落ちている。それから火の点いていない蠟燭を立てた燭台と、空のガラス杯。

背後の暖炉には火が入って、黄色の光がテーブル上の品々と、ふたりの男を淡く照らし出している。そのほのかな陰影が、フランドル派の室内画を思わせた。

レオナルド・ダ・ヴィンチのデッサンにこれと良く似たものがあった、と芹は思う。似ているが印象はまったく違う。画家が美貌の青年と醜悪な老人を向かい合わせに描いたのは、一種のカリカチュアであったのかもしれない。青年の横顔は頭を包む巻き毛から繊細な鼻梁、ほのかな笑みを含んだ口元まで丹念に描かれていた。しかし青年は、抱擁するほどの近さにある老人の顔を見ていない。まるで別の空間に立っているようだ。頭が禿げ上がり、歯の抜けた口元を窪ませた老人は、青年を正面からまじまじと凝視しているというのに。

それは老人の、自らから失われた美に対する哀惜と執着の視線かもしれない、とスパディーニ教授はいったものだった。老人はひたすらむさぼるように青年を見つめるが、青年はその視線に答えない。無視しているというよりも気づかないのだ。彼にとって老いは未だあまりに遠く、無に等しいものでしかないから。彼は己れの若さに満ち足りている。しかし彼はその真の価値には気づかない。それは失われて初めてわかることだ……

だがいま芹が扉越しに見ているふたりの男は、互いの視線を合わせていた。どちらかといえば、目を怒らせて睨み付けているのは青年の方だった。その唇が動く。表情にあるのは冷ややかな怒り、あるいは蔑みめいたものだが、声はやわらかく甘い。イタリア語ではない。英語でもない。

血の気のない老人の唇がそれに答えた。がさがさとかすれていながらときおり高い、金属をこすり合わせるような不快な声音。いずれにしても、芹にはまったく理解できないことばだ。

老人の口元に皺が寄る。笑ったらしい。死神みたい、と芹は思う。彼の腕が上がる。骨に薄皮一枚かぶせたような手が、青年の方へ向かってゆるゆると差し伸ばされる。いずこかへ彼を誘うように。そう思った途端芹の中に、新しい連想が浮かび出た。

――『死の舞踏《ダンス・マカブル》』

それは十四世紀のフランスから流行した、一種の宗教劇に端を発するという。上は皇帝、国王、教皇、枢機卿から、騎士も学者も、農夫も乞食も、あらゆる階級の人々が登場しては死によって連れ去られる。ひとりの生者にはひとりの死がつきそうが、それは抽象的な死神ではなく、生者の未来である死者なのだ。

何人も死をまぬがれることはできない。ヨーロッパ中世後期を黒々と塗りつぶした『死を思え《メメント・モリ》』の思想。それは一三四七年、黒死病患者を乗せた貿易船のシチリア到着に先立ち、むしろそれを予知した。自給自足の封建社会が行き詰まり、きしみを上げ、そこから起こる不安が人々の目を彼岸に向けさせた。そしてその不安の目に見える表象として、ペストが現れたのだ。一切の免疫を持たぬ未知の疫病の前に人々は為す術もなく、死亡率はしばしば六割を越えたという——

それは疑いもなく芹の無知から来る驚きだったのだろうが、西洋美術史を学ぶに連れて意外に思い、たびたび当惑させられたのは、西欧の精神風土に染みついた強烈なまでの死の匂いだった。永遠であること、不朽であることに最大の価値を見出し、石をもって堅固な建築を築き上げることを最高の人間的営為と見る文化が、同時に生の虚しさを、明日の計り難さを、突然訪れてはすべてを奪い去る死の残酷を執拗に語り続ける。背理としか思えなかった。

舞踏劇のかたちで発生したダンス・マカブルは、各地で壁画に描かれ、詩句に木版画をつけた活版本として広く流布した。ハンス・ホルバインによる同題の木版画集は、中でももっとも知られている。

貴人の墓碑にはミイラ化した全裸の屍が、なんら美化されることなく刻まれた。日々目に触れる館の暖炉に、食卓の酒壺に、髑髏の飾りと死に通ずる銘文が掲げられた。

とはいえそれが流行したのはフランスからドイツで、芹の愛するイタリアには、カプチン修道会のカタコンベのような例外はあるにせよ、そうした死臭愛好趣味とでもいいたいものは少なかった。

しかしやがてルネサンス・イタリアの政治的文化的没落から宗教改革、さらに対抗宗教改革の時代を迎えて、カトリック側の反攻の旗印のように死の図像は西欧世界を席巻する。

イエズス会の創設者イグナチオ・デ・ロヨラの『霊操』は、己れが臨終の床にある様を瞑想し、さらに死んで葬られ、死体が朽ちていく様をありありと心に浮かべよと説く。そうして生を貶《おとし》め、神の永遠を賛美するのが正しいキリスト教徒ということなのか。理解できないというより、したくないと芹は思う。

だが美術史を学ぼうとする以上、それは避けて通ることができない。

素人目にはリアルな肖像画や静物画としか映らないタブローが、図像学的に読み解くときは、死や無常のシンボルで満たされているのは珍しくもない。虫喰いのある果実、散り落ちた花びら、消えた蠟燭、糸の切れた楽器、空のガラス杯、鏡、髑髏、砂時計、シャボン玉……そのどれもが生の虚しさ移ろいやすさを象徴する。そうしたシンボルを描いた寓意画を、『虚妄《ウァニタス》』と呼ぶ。

そうして見ればいま芹が扉越しに眺めているのは、ウァニタスの図以外の何物でもなかった。青年と老人、ふたりの男は生と死を表し、背後の壁には鏡、テーブルの上には火の消えた燭台と薔薇の花びら、もろいガラスの杯が配置され、驚いたことに髑髏さえあった。明かりを受けて飴色にひかっている。手のひらに握りこめるほどの小ささだから、象牙かなにかの細工物だろう。後ろに鎖がとぐろを巻いているのが見える。

突然、理解できない言語の叫びが隣室から響いた。短く鋭く芹の耳に突き刺さった、青年の方の声だ。意味はわからなくとも、そこに込められた怒りの感情だけは聞き取れる。思わず息を呑んだ。なにが起きたかは見えていた。老人が伸ばした手が青年の頬に触れ、その手を青年が思いきり振り払ったのだ。

青年は目元を怒りに赤く染め、きつい口調で老人になにかいう。だが老人は怒りも驚きもせず、あの死神めいた薄笑いを浮かべたままだ。薄い唇が動く。がさがさとかすれた声に、ときおり高く上擦った金属的な響きが交じり、聞いている青年の頬はいっそう紅潮する。

彼は突然テーブルの上の花束を摑んだ。力任せにそれを老人の肩から胸に叩きつけると、そのまま身を翻した。こちらに来るのかと芹はあわてて扉から離れ、壁に体を押しつけたが、青年は隣室からそのまま足音も荒く、ドアを開いて廊下へ出ていってしまう。思わずため息が出た。

たぶん芹に気がつかずに、この部屋の明かりを消したのはふたりのうちのどちらかだ。人に聞かれないようにと続き部屋の方も、廊下に通ずるドアを内から閉めておいたのだろう。自分もどうかしていた。落ち着いて見れば下りているのは内鍵なことくらい、すぐに気づけただろうに。

あの青年はもう行ってしまったろうか。ここから出るのは老人も立ち去ってからの方がいいだろう。話の内容はまったくわからなかったとはいえ、あまりいいことのようには思われなかった。

立ち聞きしてしまったのはまったくの偶然だし、交わされていた会話の意味は一語たりとも理解できなかったのだが、無様な言い訳などできればしたくない。気づかれずに済むなら、それに越したことはない。

だが、気になるのはいまの時間だ。この部屋には時計がない。借り着のドレスにふさわしいものでなかったので、腕時計はしてきていない。いまごろはドナたちが探しているかもしれない。もしも先に帰られてしまったら、あのアパートの場所がひとりでわかるだろうか。いや、まず無理だ——

突然、すぐ近くで教会の鐘のような音が鳴り出した。芹は心臓が止まりそうになり、大声をあげかけた口を危うく押さえる。なにも驚くようなことじゃない。時計の時鐘だ。たぶん隣室に置かれているのだ。

三……四……五……、息を詰めてその数を数えた。六……七……八……九……十打って停まる。ほっとした。パーティが始まってから、まだ二時間しか経っていない。これならいまのところ、先に帰られてしまう心配はないだろう。でも、いつまでも待っているわけにはいかない。廊下で鉢合わせするのだけは避けたいから、老人が隣で落ち着いているようなら、いまのうちに。

もう一度ドアの隙間に目を寄せた芹は、今度こそあっと声を上げていた。老人が床の上にうずくまっている。表情は見えないが手足が奇妙なかたちにねじくれて、痙攣しているようだ。——急病？　なにか発作でも？　だとすればもはや隠れてなどいる場合ではない。芹は扉を開けて飛び込んだ。

「あっ、あのっ、だいじょうぶですか？」

口を突いたのは日本語。とっさのことで英語もイタリア語も出てこない。床に膝をついて、老人を抱き起こそうとした。

強い煙草の匂いが鼻を突く。仰向かせた顔からはすっかり血の気が失せて、陶器か彫像のようだ。そのとき閉じていたまぶたが、いきなりかっと見開かれた。白目に浮いた青い血管。飛び出しそうな目が芹を見つめ、唇が震える。

「ア……」

開きかけた口から喘ぎが洩れ、

「ア、ピ、ス——」

そういったのか。それとも、ただ芹の耳にそう聞こえたのか。

「サン・グ……」

しかしそれは再び来た痙攣に断ち切られ、痩せてはいても大柄な体は芹の膝から床にもがき落ちる。震え続ける右手の指から、丸い玉のようなものがころげ出した。頭頂の部分が蓋状に開いて、中に収めた時計の文字盤があらわになっている。さっき卓の上に見えた小さな象牙の髑髏は、懐中時計だったのだ。

うつろな眼窩と剝き出しの口がこちらを向いて、芹を嗤っているように見えた。髑髏の額に巻き付いたリボン、そこに記されたラテン語の銘文は——

『SIC TRANSIT GLORIA MUNDI《このよのえいこうはかくうつろう》』

老人の体はすでに動かなかった。

IV

「ふーん。で、それから?」

アパートの居間の椅子に座り込んで、カフェ・ラッテのマグカップを抱えた芹を、テーブルの向かいからドナはやけに不満げな顔で見つめている。なに に対しても好奇心満々の彼女には、芹ひとりがおもしろい目を見たと思えるのかもしれない。だがこちらにしてみれば、到底おもしろいなどといえる話ではなかった。

「それからって、後はあなたといっしょにシャルロッテのアパートに戻っただけでしょ。朝になったらあなたはいなくて、警察が来て、私はなにがなにやらわからないまま丸一日尋問されて、やっと帰れたと思ったら風邪で動けなくなっちゃった。シャルロッテに三日も看病してもらって、やっと熱が下がって我が花の都に戻ってこられたってわけよ」

ドナは横を向いて、フンと鼻を鳴らす。彼女の機嫌は容易なことでは直りそうにない。

「だってあんたったら、あのときあたしがどうしたのって聞いてもなんでもないとしかいわなかったじゃない。そんな事件があったなんてさ」

「それはごめんなさい。ほんとに疲れてたの。だからいまは全部、話したわよ」

もちろんいくら聞かれても、見たことのなにもかもを話して聞かせたわけではない。偶然覗き見た隣の部屋の情景が、フランドル絵画のように見えたなどといえば、ドナは大声で笑い出すだけだろう。カノーヴァの彫刻のような美青年にならば、少しは興味を示すかもしれないが、今度はうるさく聞きほじられて閉口することになりかねない。

手足を強ばらせ、目を引き剝いたまま倒れている老人。誰か人を呼んでこなければ、と芹は思う。まさかそんなに簡単に人間が死ぬはずはないけれど、医者が要ることだけは確かだ。

立ち上がろうとすると、両膝が自分のものではないようにわなないている。家具にすがりついて、ようやく身を起こした。さっき青年が出ていったドアを開き、依然人影のない廊下に出てあたりを見回す。こちらに向かって歩いてくる人影を見た芹は、片手を振りながら、

「――すみません《スクーズィ》」

声を上げた。

「どなたか助けていただけますか。こちらに倒れておられる方がいるんです」

だが足早にやってきた相手の顔を見て、芹は危うく声を上げそうになった。それはさっきの青年だった。怒りの名残のようにまだ顔が赤い。暗い褐色の目が、芹を正面から、というよりは真上から見つめる。倒れたのが誰か、彼にはすぐにわかったようだった。

「シニョリーナ、あなたが見つけて下さったのですか?」

「ええ、いまそこを、通りかかって――」

相手が彼でなかったなら、正直に隣室にいてといったかもしれない。だが、故意ではないにしろ盗み見のようなことをしてしまった、当の相手にそれを告げる勇気はなかった。

「わかりました。私は彼の知り合いなので、すぐに手当させます。どうぞあなたは戻って下さい。――ですが、後ほどお礼を申し上げたいので、差し支えなければお名前とご住所をお教え願えませんか?」

やわらかな口調でありながら、逆らうことを許さぬ威厳がある。芹は彼の差し出すカードの裏に、ドナの友人の住所と自分の名を書いて返した。

「日本の方ですか。ヴェネツィアへは留学で?」

「あの、日本からですが、いつもはフィレンツェにおります」

「ああなるほど。日本の方はあの街がお好きですね」

愛想良く微笑みながらうなずかれて、芹は内心む

っとした。自分の子供の頃からの夢が、団体ツアーの観光客たちと等し並みに扱われた気がしたのだ。まさか口に出しはしなかったが。

「ではシニョリーナ、今日のところはこれで失礼いたします」

「――あの、どうぞ、お大事に」

芹が下げた頭を戻したときにはすでに、青年は老人が倒れている部屋に入ろうとしている。その前に背を見せているふたりは、さっき彼の後ろを歩いてきた人影のようだ。連れだったのか。青年よりは背の低い、スーツに包まれた華奢な後ろ姿と、その隣に見えた背に芹は一瞬立ちすくんだ。それが、知っている者のように思えたのだ。

それ以上その場に立ち続けているのは不作法すぎるように思え、パーティの喧噪が聞こえる方へ向かって歩き出した。だが心臓はそれまで以上に速く、音立てて鳴り続けていた。あの大きな、たっぷり肉のついた少し丸い背、肩越しに見えた薄くなりかけた白い頭髪、ふっくらとした耳のかたち。似ているのだ、フィレンツェ大学のファビオ・スパディーニ教授と、あまりにも。

パーティ会場に戻った途端ドナと鉢合わせし、どこに行っていたのよ、ずいぶん探したわよ、と憤慨する彼女に謝って、ただそのときはなにも説明する気にはなれず、疲れたからもう帰りたいといった。お目当ての《セラフィーノ》の影も踏ませてもらえなかったドナも、あたしもうんざりだわというので、ふたりしてそこを出た。シャルロッテは戻っていなかったが、合鍵でアパートには入れたのだ。着替えたドナはまだ盛んに、パーティで見聞きした人間模様についてしゃべりまくっていたが、くたびれ果てた芹はもう目を開けている気がしなかった。

すべてが頭の中で、シャッフルされたカードのようにぐるぐる回っている。活人画のヴァニタス――青年と老人の横顔――胸に咲いていた真っ赤な薔薇――床の上で嗤っている時計仕掛けの髑髏――

あの老人はどうなっただろう。なにかの発作だったのだろうか。でも、まさかあのまま死んでしまったなんてことが。いいえ、助かったに決まっている。あの人たちはそんなに、あわてているようには見えなかったもの。

でも、どうしてあんなところにスパディーニ教授が？　もちろん、美術界の関係者として招待されることはあって不思議ではないけれど、あんな近くにいたのに教授は私には気づかなかったんだろうか。それとも結局は単なる考えすぎ、他人の空似に過ぎなかったのか。

考えすぎてめまいがする頭のまま目をつぶって、夜中にいい争っているような声を聞いたと思ったのは夢ではなかったらしく、朝目が覚めるとドナがいない。

前夜のうちにシャルロッテと口喧嘩をして、一番の電車で帰ってしまったという。『あなたは気にしないで泊まっていって』といわれたが、まさかそういうわけにもいかない。あわてて帰り支度をしていた芹は、驚くような訪問を受けた。

司法警察の警官だった。日本のテレビドラマでのように二人組というわけではないが、私服だったから刑事というべきなのだろうか。昨夜あなたがパラッツォ・コンタリーニで立ち会われた一件について事情をお聞かせいただきたいと、口調はあくまで丁重だがやはり目つきは鋭く有無をいわせぬものがある。

お話はこちらでうかがってもとはいわれたが、友人ともいえない他人の家で、そんな話をするのはやはり気兼ねだった。ならばご同道下さい、ということになる。普通ならパトカーに乗るところだろうが、車のないヴェネツィアの街なので芹は刑事に同道して警察署まで歩いていった。その朝も気が滅入るほどに濃い霧で、その中を右に曲がり左に曲がりして行く内に、たちまち方向もさだかではなくなってしまう。

刑事はイタリア男には珍しい陰気なタイプで、なにもしゃべろうとはしない。彼と並んで歩いていると、自分が犯罪事件の犯人にでもなったような気がしてきた。

（でも、犯人ならこんなじめじめした路地を歩かされるのじゃなくて、あのモーターボートに乗せてもらっているわよね……）

一昨日フィレンツェから駅についたばかりのとき、運河に浮かんだ青いボート、屋根に回転式のランプを載せて船腹にPOLIZIAと書いたそれを、ドナが『見て、見て、かわいい！』と大声を上げたものだった。くすっと思い出し笑いをもらした芹を、刑事はぎょっとしたような顔で振り向いた。いけない。こんなところでいつもの癖を出したら、どんな誤解をされないものでもない。

まさかそのためでもあるまいが、芹が予想した以上に話は長引いた。刑事は芹にはなんの情報も与えぬまま、昨夜彼女があそこに居合わせることになった事情と、そこで見聞きしたことを、微に入り細を穿って、それも繰り返し話させた。

なにも隠すようなことはないが、いい加減な推測や、主観的な印象だけは口にしないことにしよう。理解できない言語だったので、会話の内容はわからない。彼らが争っていたのかどうかも、と言明したが、相手はあまり信じていないようだ。自分が思いの外忍耐強い性格であったことを、芹は再確認しながら感謝した。

あの老人はよほどのVIPだったのだろうか。それともふたりはどこかの国の二重スパイで、国家機密の売り買いでもしていたんだろうか。そして私も彼らを監視していた日本の工作員だとか？

もちろん芹があそこにいたのは単なる偶然だし、老人の身になにが起こったにせよ、それに自分が関わっているわけはない。だが、疑われてしまったことに腹を立てるのは無駄だった。少なくともいまは幾度でも、同じことばを繰り返すしかない。

それにしても下品な覗き魔のように隣室を盗み見していたということを、認めるのはあまり楽しいことではなかった。これはまるで愚かな女の好奇心が災いの元になるという、青髭物語の教訓みたいだ。

そんな連想が浮かぶとまた笑いがもれそうになったが、今回はどうにか我慢できた。なにもことさら相手の心証を悪くすることはない。午後になってやっと解放されることになって、だが明日もう一度来ていただけないかといわれてさすがに首を横に振った。

『今日はこれからフィレンツェに戻ります』

『そうですか。では、申し訳ありませんがもう少しお話を』

話す相手が替わっても、変わった事実が出てくるわけではない。老人が自分に口走ったことばの断片のようなものと、そこにやってきた青年の連れがスパディーニ教授のように見えたことは、最後まで口にしていない。それもまたあやふやな印象でしかないのだから。

最後には、あなたの方からなにかお知りになりたいことはないのですか、と聞かれたが、芹はかぶりを振った。よほど、あの方は亡くなられたのですか、と聞こうかと思ったが、ひとつ聞けばひとつでは済まなくなる。それくらいならなにも知りたくなどなかった。

あの老人と青年が何者であり、どんな驚嘆すべき秘密を語り合っていたとしても、そんなことは自分になんの関わりもない。いまはただひたすら、住み慣れたフィレンツェに一刻も早く戻りたいだけだ。

ようやく本当に警察を出られたのが夕刻近く。そのときになってアパートの鍵を持っていないことに気づき、心配しながら戻ったがやはりシャルロッテは留守。財布だけはあったので近くのバールで夜更けまで時間を潰し、ようやく入れてもらえたときはフィレンツェへ帰れる時間ではなくなっていて、肩身の狭い気分でもう一泊させてもらった。

ところが、翌朝起きようとすると体が動かない。頭の中で鐘が鳴り続けている。昨夜風邪を引いたらしい。這ってでも帰るつもりだったが、途中でなにかあったらかえって迷惑よといわれ、結局それから三日も世話になってしまった。

初めは無愛想に感じられたシャルロッテは、親しくなってみると芹とは興味の所在も近く、教えられるところも多い。やはり事件には関心がないのか、そんな質問はいっさいすることなく、最後の夜は日本語学科の学生を呼んでお別れの小パーティまでしてくれ、すっかり元気になって帰ってきたのだが、それをドナが待ち受けていたのだった。

「ねえ。それじゃあんた本当に、警察には聞かれるばっかりで、なんにも教えてもらってないわけなの？　その、死んだ爺さんが誰で、なんで死んで、いっしょにいた人が何者だったか、その程度のこともさ？」

とても信じられないという口調だったが、ひょいとひとつ肩をすくめると、

「でも、そうよね。わかっていたらいくらあんただって、そんなにお気楽な顔していられるわけないわよね」

口調に明らかに棘がある。そのくせ奇妙に思わせぶりな物言い。いったいドナはなにをいおうとしているのだろう。いいたいことがあれば、ためらいなく口に出すのがいつもの彼女なのに。

「こっちのニュースになにか出たの？」

「出ないわ。おまけにあんたは帰ってこないし。だからヴェネツィアの知り合いに電話して、新聞記事とか教えてもらったの。あ、その知り合いってシャルロッテとは別よ」

いったいどんな理由で喧嘩したのか、いまいましげな表情でその名前を口にして、

「あんただって彼女のとこにいたなら、少しくらいニュースとか見たでしょうに」

「本当に見てないってば。熱が下がらなくてほとんど寝ていたし、彼女もなにもいわなかったわ。私も聞かなかったし」

口を尖らせたまま黙り込んだドナに、

「ねえ、それじゃ教えてもらえる？　あのお爺さんと青年は何者だったっていうの？」

「——死んだのはオーストリア人ですってさ。貿易商かなにか。でも、病死じゃないの」

「病死でなかったらなんなのよ？」

思わず大声で聞き返してしまう。

「自殺か、さもなければ殺されたって」

「そんなの、嘘よ——」

とても信じられない。だがそれでは警察は、芹のことも容疑者のひとりと見ているのだろうか。

「どうして嘘？」

「だって、私ずっと隣の部屋にいたのよ」

「だからさ、あんた犯人らしい人間を見ているんじゃない？」

ああ、そうか。我ながら、なんて鈍いんだろう。目撃者として事情聴取されたのに、ちっともそれらしいことをいわなかったから、隠していると思われてあんなに執拗に繰り返し聞かれたのだ。

でも、芹はなにも隠してなどいない。少なくとも、老人の死因になりそうな場面なんて、ありはしなかった。まさか薔薇の花束で服の上から打たれただけで、人が死ぬはずはない。

「犯人がいるとしたら、ひとりきりでしょうね」

どこまでもつっかかるようなドナの問いに、むっとして芹は答えた。

「同じ部屋にいた金髪の青年。あなた好みの美男だったわよ。ただの印象だから警察には話さなかったけど、ふたりはなにかいい争ってるみたいだったもの」

もちろん本気でいったわけではない。青年が足音高く部屋から出ていってから、老人が倒れるまでは少し時間があった。彼が毒を呑ませるとかしたなら、それは芹が覗くより前だったはずで、その後もずっと部屋に留まってはいないはずだ。

（でも、本当に？……）

もしも、と芹は思う。もしもあの青年が本当に老人を殺したとしたら、自分は殺人者に名前と連絡先を教えたことになる。彼が尋ねたのだ。それはでも、なんのために？――

だが気がつくとドナが大声で笑っている。

「やあだ、そんなはずないじゃない。あんたほんとになんにも知らないらしいわねえ！」

「どういう意味。なんでそんなに笑うのよ」

ふん、と鼻から息を吐いて、ドナはいままで手に持っていたものをテーブルの上に放り出した。卵色の封筒に古風なタイプ文字が並んでいる。

『Gentilissima Dottoressa Signorina Seri Aikawa』

なんとも大仰な感じがするが、最初の三語は敬称と肩書きだ。文系大卒者は、男ならドットーレ、女ならドットレッサ。それに、敬愛するといった意味合いのジェンティリッシマと、未婚の女性につけるシニョリーナ。だが住所も書かれていなければ、切手も貼られていない。

「昨日わざわざお届けにいらしたのよ」

「誰が？」

「さすがにご当人じゃなかったようね。執事とか、そういう類の人じゃないの？」

ますますわけがわからない。他にしようもなくて、芹は封筒を裏返す。金色の封蠟に押された紋章は、翼の生えた塔のように見える。そしてサイン。だが幸いその下にはタイプで名前が打たれていた。

『Abele Serafino Angeloni della Torre』

芹はぼんやりとその文字を眺める。まだ熱があるのだろうか。どうも頭がはっきりしない。――これがあの青年から？　やはり彼は殺人者で、現場を見られたかもしれないと思っていて、私の口を塞ごうと考えている？

でも、そのためにこんな仰々しい手紙を送りつけてくるなんてことがあるかしら……

「あんたねー!」

痺れを切らしたようにドナが声を上げた。

「いくら鈍感でも、その名前を読めばわかったでしょう?」

「え? だって私あのとき、自分の名前は教えたけど、向こうはなにも――」

「だから、もういっぺんよくその名前をご覧っていうの。あんたいったいなに見てたのよ。それ、あの人の本名よ。《イル・ベッロ・セラフィーノ》よ!」

第一章　天使の名を持つ一族　あるいは『ヤコブの梯子《スカーラ・ディ・ジャコベ》』

I

北に向かう列車――

そう思っただけでなぜか車窓は暗く、耳に聞こえる車輪の響きさえ、心なしか陰鬱なものに感じられてくる。藍川芹は背をシートに押しつけたまま、そんな自分の感慨をひどく滑稽で感傷的なもののように思ったけれど、日頃の癖であるひとり笑いをもらす気にはなれなかった。

一九九九年十二月二十三日。

フィレンツェで芹が通う語学学校も、聴講生として籍を置くフィレンツェ大学も、すでにクリスマス休暇に入っている。車窓に広がる空は鉛色の雲に覆われて、昼だというのに夜が近いかと思うほどだ。この季節、イタリアの中部以北では暗鬱な曇天の日が続く。

それは疾うに承知のことだが、こうしてひとり列車の座席に膝を抱え、所在なく窓を過ぎていく暗い空を眺めながら、単調な振動に身をゆだねていると、ゆるい下り坂をとめどもなく滑り落ちていくような思いに襲われる。

北行きの列車にそんな暗さを感ずるのは、どこかで日本の文化に染みついた北国に対する感傷を連想してしまうからだろうか。近代の日本では東京中心の価値観が強固に形成され、『日本のチベット』といった明らかに差別的な呼称は消えたとはいえ、北という方位にはなお、暗い、寒い、貧しいといった負の印象がつきまとう。それもまた東京で生まれ育った者の、一方的なイメージに過ぎないのだろうが。

だが、いま芹を乗せた列車が北上しているのは、日本ではなくイタリアだ。同じ南北に長い国土とはいえ、緯度から見ればイタリア半島のほとんどは日本より北にある。日本の東北地方北部をよぎる北緯四十度線は、イタリアではナポリの遥か南を通過しているのだ。そのことに気づいたのは小学生のときだが、美術史研究者の叔父を通じてすでにこの国に対する憧れを育てていた芹には、それがひどく意外に思えたものだった。

イタリアとは、気候温暖にして蒼空に黄金色の太陽の照り輝く、古代文明揺籃の地、南の楽園ではなかったのか。いつしかそう信じ込んでいた。『君知るや南の国』――イタリアから見れば明らかに北国の人、詩人ゲーテが歌った南国幻想、地中海憧憬の想いが、時とところを隔てた極東の民にとっても、異国人がイタリアを恋い慕う心として馴染みやすいからだろう。

北と南、方位に付着するイメージ。ヨーロッパにあってはそれは当然ながら日本とは違っているが、そこにはまた別種の差別概念が存在する。政治的実権を握り、工業化され、勤勉で豊かな北、対する後進的な、享楽的な南、という幻像だ。ヨーロッパ全体では明らかに地中海地方に南のイメージが固着するが、それぞれの国の中でもやはり良く似た北／南の価値観念はある。

いまEUというかたちでひとつの共同体を目指そうとしているヨーロッパ。だが僅かでもその歴史をかじり、その一角に住むことが長くなるにつれてますます、芹にはそれが途方もない難事であるように感じられてくる。国境を接するそれらの国々が、民族、言語、文化、宗教の違いによって、憎み合い血を流し合っていた時代は、歴史のスケールから見ればつい昨日のことだ。

ドイツ、フランス、スペイン、イタリアの四ヵ国を見ても、ドイツとイタリアは統一国家の体裁を成してから百三十年しか経っていない。フランスは百年戦争終結後の十五世紀後半、スペインも十五世紀末には絶対王制国家を成立させたが、それから五百年を経たいまもなお、フランス南部には北の王権に併合されきらぬラングドックの記憶が、スペインにはカタルーニャ、バスク、アンダルシアといった民族言語を異にする国家内国家が、歴然として存在を主張している。まして近代国家としての歴史の浅いイタリアにおいてをや。

その郷土愛、カンパニリズモと呼ばれる熱烈な感情もまた、統一国家成立以前の記憶の産物だろう。カンパニリズモとは、他人が聞けばみな同じようにしか聞こえない教会の鐘の音も、おらが村のが一番といい張る、というほどの意味だ。

ときにそれは微笑ましいが、過ぎれば偏狭な差別意識ともなる。知的な訓練を受けた階層の人間であっても、ジョークというには過ぎる口調で、「ミラノ人は金の亡者だ、人生の楽しみを知らない」「ナポリ人はだらしなくて泥棒ばかりだ、イタリアのお荷物だ」と互いを差別し合う。

日本でも明治維新当時敵同士となった福島県人と鹿児島県人の間には、いまなおわだかまりがあるというが、当事者たちにとってはその通りなのだろうが、部外者が共感を覚えるのはかなり難しい。どこか滑稽な、アナクロニズムを感じてしまう。しかしイタリアで、カンパニリズモに裏付けられた南北問題を時代錯誤と片づけかねるのは、歴然たる所得の格差がそこに存在するからだ。昨年の統計でも、南部の失業率は全国平均の倍、中北部と較べれば三倍に上るという。

統一国家は存在しなくとも一種の文化概念として、イタリア、ということばは長く存在した。ルネサンス期から、知識人たちは好んでそれを筆に乗せた。『イタリアの統一』こそは、諸国が分立し、しばしば外国勢力の介入を招く祖国の現状を憂えて、詩人ペトラルカも外交官マキャベリも夢見た理想だった。だが、遥か時代を下った十九世紀、統一国家イタリアが成立した時代の政治家がこう述べたという。『イタリアは成った。これからイタリア人を創らねばならない』。

　しかしそれから一世紀以上が過ぎ、存在するのはイタリア人ではなくミラノ人、フィレンツェ人、ローマ人、ナポリ人……以外のなにものでもないようだ。

　イタリア一国でそれだとしたら、たぶん芹の知らない他の国々でもそれぞれに似たような事情があるに違いない。近代国家を越えた欧州共同体など、所詮は幻想でしかないのではないだろうか。

　気がつくと思いは暗い方へ、暗い方へと向かってしまっている。結局陰鬱なのは天気でも、北という方位でもなく、自分の気持ちの方なのだ。芹は吐息して、いくら読もうとしてもページが進まないエーコの小説、『L'isola del Giorno Prima（前日島）』をシートに放り出した。この個室《コンパルテイメント》にいるのは芹だけだ。いや、車両全体でも何人の客がいるのか。ドアを透かして耳を澄ましても、線路を打つ車輪の響きの他通路は静まり返っている。

　ローマ・テルミニ駅とミラノ中央駅を四時間半で結ぶ列車は、途中フィレンツェとボローニャでしか停まらない。たったいま後にしたボローニャ駅でも誰も乗り込んではこなかったから、後は目的地のミラノまで、芹はひとりきりだということになる。疲れているときなど、二等車両では相客のおしゃべりに閉口させられることが少なくないが、話し相手がいてくれたらと思ういまのようなときは誰もいない。

　だがいま芹が乗っているのは、全席指定の特急列車ユーロスターの一等だ。いずれにしてもローカル列車に乗っているときのような、のどかな会話は期待できないかもしれない。

（私は、どこへ行こうとしているんだろう――）

　組んだ膝の上に肘を乗せ、その手の甲に顎を支えて、芹はひとりそんなことを思う。より気持ちに正確な表現を選ぶなら、『どこへ連れて行かれようとしているんだろう』だ。列車の向かう先はミラノ。しかしそこでなにが自分を待っているのか、芹自身明確に理解しているとはいえない。

このところ自分は、後悔ばかりしている。自分の意志ではなにも決められぬまま、ふらふらと揺れながら周囲に動かされてばかり。目覚めたまま、奇妙で不条理な悪夢に巻き込まれている気分。そんな状態から抜け出すためにこそ、招待に応ずると心を決めたはずだった。

逃げることができなかったわけではない。『連れて行かれる』のでもない。自らの選択として、悪夢の正体をこの目で確かめてそこから抜け出すために。そう心に決めたことを忘れたわけでは無論ないが、芹を捕らえた奇妙な無力感は、このいまも消え失せてはいなかった。

「うわあ、ユーロスターの一等。凄いわねえ！」

封筒から落ちたチケットを拾い上げて、ルームメイトのドナは広くもない室内に響き渡るような大げさな声を上げた。

「じゃあそれ招待状なの？　セラフィーノの自宅へ招かれたってわけ？　どうしてそんなことになったの？　あのパーティでなにがあったのよ。さっき話してくれただけなんてことはないわよね。聞かせてよ。まさか秘密だなんていわないでしょう？」

テーブルの向こうから身を乗り出して、畳みかけるようにまくしたてられても、芹はなにも答えられないでいた。なんといえばいいのかわからない。ばらばらにシャッフルされたカードのように、目の前に示されたものがひとつに繋がらない。

「あの人が、セラフィーノだったたっていうの？　そんな偶然、信じられない……」

芹は茫然と口ごもった。だが何度読み返してみても、封筒の裏側にタイプされた名前は、アベーレ・セラフィーノ・アンジェローニ・デッラ・トッレ。

エッセイスト、セラフィーノの本名だ。

「信じられないっていったって、事実こうして列車のチケット入りで手紙が来てるんじゃないの。いいから早く読んでごらんなさいよ。手紙の方にはなんて書いてあるの？　読めばわかるでしょ。ねえ早くったら！」

ドナは顔を赤くして、いまにもこちらに摑みかからんばかりの勢いだ。だが便箋を開いてみても、芹の困惑は深まるばかりだった。――先日ヴェネツィアでお手を煩わせたことを謝し、改めてお礼を申し上げる機会をいただきたい。あなたが美術史研究を志す学生であることを知ったので、ご興味があられるなら数日ご滞在いただき、当家のパラッツォと収集品をお見せしたいと思う。ご都合も伺わぬままでぶしつけながら、同封の乗車券で、ぜひミラノまでおこしいただけないだろうか――

チケットの日付は十二月二十三日。その週の初めから芹の学校のクリスマス休暇が始まることも、わかっているといいたげだ。しかし、

（違う……）

読みながら芹は頭を振っていた。

（私はなにもしていない。そしてそのことは、あの人にだって当然わかっているはずなのに）

「――ねえ、ちょっと、セリったら！　あんた本当に気がつかなかったの。その人がセラフィーノだってことを？」

手紙を手にしたまま茫然としていた芹に、ドナがふたたび声を張り上げた。

「覗き見してただけじゃなくて、正面から話しかけられたんでしょう？　顔を合わせたんでしょ。どうしてそのとき気がつかなかったのよ。酔っぱらってたわけじゃないんでしょッ？」

「だって私、彼の顔なんか知らないもの。あなたが見せてくれた新聞の写真は、すごくピンぼけだったし……」

「それにしたって、ああいう人にはオーラみたいなものがあるんじゃない？　いくらあんたがぼんやりしてたって、それくらいわかっていいと思うけど」

芹はぶるっと体を震わせた。そう、あのとき私は知らなかったけれど、彼がセラフィーノだ。ドナが騒ぐ美貌には少しも心は動かなかったけれど、あの詩的で鮮烈な文体には心をそそられた。ことばを交わすなど思いもよらなかったが、遠目に顔を眺めてみたいというほどのことは考えた。だから気の進まないパーティにも、ついていく気になったのだ。だが無論彼が、芹のそんな気持ちを知るはずもない。

ではなぜ？　なぜ彼はわざわざ、大仰な手間をかけて芹を招待するようなことをする？　そんなことをして彼に、どんな利益があるというのか。

ドナは芹の手から便箋をもぎ取り、目を走らせていた。会話の能力も危うい彼女では、読解には当然自信がないらしく、不機嫌な顔で何度も読み返していたが、

「あんたに感謝してるみたい。やっぱり招待状ね」

「そう、でも変なのよ。私本当に、お礼をいわれるようなことはなんにもしていないわ」

「そんなことといったって向こう様は、わざわざあんたのフィレンツェの住所まで調べて、それも郵便じゃなくて人に届けてこさせたのよ、これ」

「それは、そうだけど……」

あんなふうに出会って会話を交わしたことだけでも信じられないのに、この招待状はさらに非現実的だ、と芹は思わずにはいられなかった。

「誰かのいたずらじゃないかしら」

「ユーロスター一等のチケットまで使って？　ずいぶんお金のかかるいたずらね。それともこれが偽物に見える？　それにその誰かって、あんたにそんなことしてなんの得があるの？」

そういわれてしまえば、芹には答えようがない。

「そんなに行きたくないの？　セラフィーノのご招待」

「行きたくないわよ。決まってるじゃない」

「なぜ？」

「だって理由もないのにこんなのって、なんだか気味が悪いわ」

「贅沢ねえ。あたしなんかからしたらこれ、いわばプラチナ・ペーパーよ」

芹は黙って頭を振った。

「ねえ、芹。あんたさっきいったわね。あんたが立ち聞きしたとき、セラフィーノと死んだ老人はいい争ってた。でもそれは警察にはいわなかったって」

「ええ」

「それはなぜ？」

「確信が持てなかったから。ことばはわからなかったし、そんなふうに見えたのも私の誤解だったかもしれない。ただの印象でものをいって、それが冤罪の原因になったりしたら嫌だし、それにドナ、私やっぱりあれが殺人だったなんて思えない」

「どうして？」

「だってあの人、どこにも傷なんてなかった。なにか病気の発作だろうとしか思えなかったわ」

「でも、毒殺ってことだってあるわよ、さもなければ服毒自殺」

「あの部屋には飲み物も食べ物もなかったし、自殺だとしても毒薬が入れてあったような入れ物も見えなかったわ」

テーブルにグラスがひかってはいたが、その中は空っぽだった。それだけははっきり覚えている。

「犯人が持ってきて、持ち去ったとしたら？」

「私が覗く前に飲まされた、すごくゆっくり効く毒だっていうの？　さもなければ目に見えない犯人？　それとも、まさか」

ドナは腕組みをして、ふっと唇を曲げて笑ってみせた。

「そうね。あんたの証言が百パーセント正しいとするなら、一番犯人の可能性があるのは、さっきあんたがいった通りセラフィーノだわ。いい争っていたというなら、動機もあるんじゃない？」

それはついいいましがた、ドナのつっかかるような口調に苛立って芹自身が口走ったことばだ。しかしそのときはまだ、あの金髪の青年がセラフィーノだったことを芹は知らなかった。

「そんなはずないって、あなたはいったわ」

芹は正面からドナを睨んだ。

「それに、彼があの老人をどうかして殺したなら、私が全然気がつかないなんてあり得ない。錠剤だか液体だか知らないけど、無理やり毒を飲ませるなんてしたら大騒ぎだし、険悪になっていたらなおのこと、騙して飲ませるのは難しいでしょう」

「かもね。でも、警察がどう思っているかは別」

「私が、嘘をついて彼をかばっていると思われたっていうの？」

芹は愕然とする。

「さもなければあんたが誰か、彼以外の犯人をかばっていると思われたか。そう、こっちの方がずっとありそうだわ」

「どうして私がそんなことするのよ！」

「知らないわ。でも、あんたがそんなに何時間もしつこい取り調べを受けた理由って、他には考えられないじゃない？　そしてあんたにも、身に覚えがないわけじゃない。だからセラフィーノの招待に応じられない。違うかしら」

「だって、そんな——」

唇を震わせながら、芹はそのときのことを思い返す。自分に向かっていわれたことばのひとつひとつ、それ以上に自分を見つめていた刑事たちの目、その表情。昨夜の件でお話を伺いたいと口調は丁寧だったが、芹が目撃したことを根掘り葉掘り問いただし話させる、それも同じことを幾度となく繰り返す、その執拗さは尋問とでも呼びたいほどだった。

『そのふたりの男性とあなたはまったく面識がなかった、あなたが立ち聞きすることになったのもまったくの偶然だといわれるんですね』

『そしてあなたはおよそ三十分はその場にいて、隣室の様子を眺めていたが、会話はまったく理解できなかったし、どんな話がされていてどんな様子だったか、推測することもできない、と』

『失礼だがそれは確かですか。つまり、私のいうことをあなたは理解しておられますか？……』

「たとえば、あんたとセラフィーノの証言が食い違ったとしてごらんなさい。あんたがいうには、老人が倒れたのは彼が出ていった直後。でも彼は警察には、自分はそれより三十分も前に部屋を出たといっているとする。

もしもセラフィーノが立ち去ってから老人が倒れるまでそれだけ時間があったとしたら、他の人間が来て殺人を犯した可能性はずうっと大きくなるわね」

「ちょっと待ってよ——」

ドナは大声で続け、芹に口を挟ませない。

「実はその通りのことが起こった。でもあんたはその犯人をかばって、時間も一分足らずだったし、セラフィーノ以外の誰も見なかったといい張っている。つまりあんたはもともとその犯人の共犯で、最初からその人物をかばって逃がすために隣の部屋で待機していたのかもしれない」

「冗談は止めて！」

「冗談なんかじゃないわ。警察がそう考えたとしても、不思議はないだろうっていうのよ。あんたとセラフィーノ、かたや一介の留学生、かたや名士にして文化人にして貴族。どちらの証言に重きが置かれると思う？」

ドナは意地の悪い微笑を浮かべてこちらを見つめている。芹は大きく頭を振った。胸がむかむかしてきた。もう嫌だ。私はこの国で美術史を学ぶために来ただけなのに、なんでこんな関係もないことに巻き込まれなければならないのだろう。

大学に入るにもコネが要ると聞いたときは情けな

くなったが、今度はそれよりも腹が立ってきた。顔が熱い。握りしめた手が震える。しかしドナは顎を上げて、無神経な笑い声を立てる。

「ああわかった。セラフィーノがあんたを招待したのは、きっとその真相を確かめるためね。あんたとその犯人のおかげで、セラフィーノは白とも黒ともつかない状態に置かれてしまった。もっと露骨な偽証をして、直接罪を着せないところが巧みだってわけよ。で、それで収まらない彼は、自分にかけられた汚名を雪《そそ》ぐために、自分の手であんたを尋問するつもりなの」

「だったらドナ、私といっしょに行って、彼がなんというか聞いてやりましょうよ！」

芹は声を高くした。

「あなたがいった通り私とセラフィーノの証言が食い違っていたなら、私はいまもヴェネツィアの警察に留められているでしょうね。確かに私と彼とじゃ、信用度が全然違うだろうから。


でもいっておきますけどね、私はあの日の朝まで、パーティに行くことなんか知らなかったのよ。前の日は一日中ずっとあなたたちといっしょにいたわね。携帯電話も持ってないわよ。いつどうやって私は殺人犯と、そんな偽証の取り決めができたというの？

それからもうひとつ。私がその犯人をかばうつもりなら、警察に信用されようとされまいと、セラフィーノが老人を殺す場面を見たというわ。ふたりが争っていたことも、隠したりしないわ。その方がずっと信憑性が出るじゃない！」

「あらそう。じゃあんた、セラフィーノに含むところはなにもないってわけね？」

「ないわ。当たり前でしょ」

「だったら彼を恐れる理由もないじゃない」

「ええ。私は本当のことしかいってないもの」

「それじゃなんにも問題はないじゃない」

「――え？」

「お行きなさいね、このご招待」

ドナはそれまでの腹立たしげな顔が嘘のように、にっこり笑って封筒に畳んだ便箋と列車のチケットを戻すと、両手で持って芹の前に差し出した。

「それとも今度はやっぱり彼が殺人鬼で、証人のあんたの口をふさごうとしている、なんていうつもり？」

「ドナ？――」

「ヴェネツィアの新聞に、病死じゃないって記事が出たのは本当よ。でもこの国の警察も病院もマスコミも、およそ当てにならないんだもの。なにが本当かなんてわかりゃあしない。あんたがそうじゃないって思うなら、そのお爺さんは病気の発作かなんかだったのよ、きっと。それに彼がおかしなことを考えてたら、まさかこんな招待状はよこさないんじゃないかしらね」

ドナはふふっと笑って、招待状の封筒を指でピン、と弾いてみせた。

II

それでもまだ、招待に応じる気持ちはなかった。だがその封筒に、相手の連絡先は書かれていない。どこへ断りの連絡を入れればいいのだろうというと、ドナに馬鹿なこといわないで、とまた声も荒く怒られた。

「なにいってるのよ、もう。断る理由なんかないじゃない！」

「だって、招待される理由もないのよ」

「そんなことないでしょ？　きっと彼は一目見て、あんたに興味を持ったのよ」

「興味って、どういうこと？」

「そんな怒った顔しないの。女が男に興味を持たれて、嫌だってことはないでしょ？　ましてあんないい男よ。道端でナンパされたわけじゃないのよ。それともセリって男嫌いだったの？」

「そんなんじゃないけど……」

「あんたね、将来もずっとイタリアで美術研究をしていくつもりなんでしょ？　有力者のコネとか援助とか、必要になるに決まってるじゃない。いくら気に入らなくても、それがイタリアの社会よ。セラフィーノが美男どころか脂ぎった中年でもよれよれの爺さんでも、ご機嫌伺いしておいて悪いことはないわ。彼が口きいてくれたら、どこの大学だってきっとすぐ入学許可が出るわよ」

「だからよけい気が進まないの。物欲しげに思われるのは嫌だわ」

もしかしたら向こうは芹が彼の名や地位に気づいていて、それが目的で警察にも口をつぐんだと考えているかもしれない。そう思っただけでうんざりして、彼の美貌もへったくれもなくなってしまう。そしてどんなに違うといい張ってみても、実際なにか利益を与えられて受けてしまえば、否定するわけにはいかなくなる。

「クリスティーナにいわれたこと、まだ気にしているの？」

「——ええ」

「そんなに教授を疑うのは嫌？　でも、彼が縁故を優先したとしても、この国では別に悪いことしたわけじゃないのよ。むしろ当然過ぎるくらい。だからあんたがセラフィーノのコネを使っても、悪いわけがないわ」

「それは、わかってる——」

「あんたの潔癖さも理解できないじゃないけどね、あんたはあたしと違ってちゃんと将来の目標があるんじゃない。だったらこんなところで時間を無駄にするのはもったいないわよ。この国にはこの国のやり方があるんで、それに腹立てて足踏みしてたってなにもいいことないわ。違う？」

芹はため息をついた。それは、そうかもしれない。自分のこだわりは子供っぽすぎるのかも。しかし——

「それにね、招待を断ったらあんた、それですっきりする？　セラフィーノがなにを考えてあんたを招いたのか、あんたが見ていたところで起こった事件は結局なんだったのか、気にならない？　それともあっさり忘れられる？」

忘れられますとも、といおうとして、だがためらいが生まれた。これほどわけのわからないことに遭遇して、自分がどんな役割をさせられたのかも皆目不明なまま、人形のように動かされて終わってしまう。そんなことはこの世ではいくらもあるのかもしれないし、あっさり忘れられるなら、頭を切り替えて別のことに目を向けられるならいい。だが、それができるだろうか。

「あんたなんだかこの秋からずうっと、もつれた紐にからまれて身動き取れないみたいになってるわよね。あたしがヴェネツィアに連れていったせいで、ますますその紐がもつれちゃったのかもしれないけど、するっとそこから抜け出せるほど器用なタイプじゃないでしょ。迷ってるなら思い切って行動あるのみよ。相手が貴族だろうが天使だろうが、あんたらしく無鉄砲に、正面から彼にぶつかっていけばいいんだわ」

「私、そんなに無鉄砲？」

「そりゃあもう。だけどあたし、あんたのそういうとこ意外と好きよ」

背中を力一杯押すようなドナの追い打ちに、つい笑みがこぼれた。

「行くのね？」

うなずいた。

「彼をコネに使うかどうかは、わからないけど」

「ほんとに頑固ね、感心しちゃう」

肉のついた顎をそらせて、ドナは笑い声を上げた。

「でもセリ、ひとつだけお願い」

彼女は突然身をひるがえすと、自分の机から持ってきたものを芹に突きつけた。

「これに彼のサイン、もらってきてよ」

いつからそんなものを用意していたのか、書店の袋から取り出したハードカバー。タペストリの図柄か、緑の上に咲き乱れる花々の表紙に、金で押されたタイトルは『Il Giardino della Volutta』、美術評論家セラフィーノの最新の著書だった。

『イル・ジャルディノ・デッラ・ヴォルッタ』日本語に訳せば『快楽の園』とでもなるだろうか。その本はいま芹の旅行カバンの中に入っている。ミラノで発行されている日刊紙に掲載されたエッセイを集めたもので、簡潔平易な文章だったから昨夜の内に読み終えてしまった。だが文章が易しく明快なことに較べて、書かれている内容は決して浅薄でも、平凡でもなかった。

その本のタイトルそのまま、セラフィーノの筆は広い庭園を散策するように、古代から中世、ルネサンス、マニエリスムからバロックへと至る美術の世界を逍遥し、巨大な塔のようにそびえ立つ巨匠、ジオットやミケランジェロの知られざる側面を語るかと思えば、地方に忘れられた画家の作品を紹介して美術史の欠落を埋めてみせたり、遠くラテン・アメリカの土俗と混交した不思議な芸術を紹介したりする。闊達でしかも間然するところない語り口は、軽やかにはばたいて自在に空を翔る天馬を思わせた。

『これ、読んだの？』

『読みかけたけど、あたしには難しくて』

ドナは悪びれもせずに肩をすくめた。

『会話はともかく読む方はさっぱり。でもこれがあったから、つい買っちゃったのよね』

彼女が表紙を開いて広げて見せたのは、扉の左側の著者写真。芹はいま列車の中で、ふたたびそのページを開いている。モノクロだが新聞に載っていたのとはまったく違う鮮明さで、彼の書斎だろうか、壁を埋める本の背を後ろに、デスクの向こうに体を横向きにして、顔だけを正面に向けた肖像だ。

芹の記憶に刻まれたそのままの、額に波打つダーク・ブロンドの髪、鋭い鼻梁、前方を見つめるふたつの眼。知性を欠いた、見てくれだけの美貌になど軽蔑の念しか覚えないが、彼の綴る先鋭で華麗な文体に、その面差しは確かにふさわしかった。

この眼はなにを見てきたのだろう。自分はドナのように、彼の容貌の美しさに惹きつけられはしない。けれど雑誌に載せられた彼のエッセイを読み、今度はこうして彼の著作を読んで、初めて心が動くのを覚える。胸騒ぎにも似た落ち着かぬ感情。それは果たして彼に対する好意だろうか。そうではない気がした。

このさりげない、一回分日本語に直して十枚程度のエッセイの背後に、どれだけ膨大な知識の集積があるかと思えばため息が出る。いったい彼はいま、何歳なのだろう。顔を見た限りでは三十代とは思えなかった。芹は今年二十四歳。二十代なら、多く見積もっても五歳しか違わないわけだ。

しかし彼はおそらく、芹が叔父の家の画集を眺めて遠い国に憧れていた年頃から、長い歴史と伝統を持つ家の子供として、空気のようにこの国の美術に触れ、鑑賞享受し、それを血肉として育ってきたのだろう。

そんなことを考えると、日本に生まれ育った自分がわざわざ西欧の美術史をやることの難しさが、いまさらのように思われてしまう。

(まったく、いまさらだけど……)

芹の進路に反対だった父も、顔を見ればひとつ覚えにいい続けたものだった。『なんでイタリアなんだ。日本人なら日本の美術をやりゃあいいだろうに』。その無神経ないいように腹を立て、毎日のようにいい争い、親の無理解を嘆いてきた。そうしていまここにいることを悔いるつもりは毛頭ないが、やろうとすることの困難さを改めて噛みしめている。

芹にこの進路を選ばせるきっかけとなった叔父、

十年以上イタリアにいて、もう日本には戻らないのだろうかと思われていた彼も、いまは母校W大で呑気そうに教授をしている。彼はこの国に住んで、いま自分が覚えているような蹉跌の思いに捕らわれたことはなかったろうか。

芹は腕時計を確認する。列車はミラノ中央駅に十五時ちょうどに着き、駅前まで車の迎えが来ることになっていた。後一時間と少し。

正午過ぎには紺の制服を着込んだ乗務員が、食堂車に席が用意されているといいに来たが、食欲がないからと断ってしまった。意地を張ったわけではなく、実際なにも欲しくなかったのだ。だが間もなくあの男と向かい合わなくてはならないなら、あまり落ち込んでいるわけにもいかない。

芹はカバンに入れていたミネラルウォーターのペットボトルから一口飲むと、ガイドブックを取り出した。ミラノを含むイタリア北西部四州のガイドで、その中にたぶん今日見ることになるのだろう地名も、ごく簡単にではあるが記載されている。ミラノの北東、ベルガモの北八キロほどのところだ。

『Villa d'Alma（ヴィラ・ダルマ）。十七世紀、アンジェローニ・デッラ・トッレ家の当主により宮殿と、それを中心とする新都市が計画されたが、都市計画は放棄され、丘陵上に五角形の巨大な館と、背後の庭園のみが残されている。Palazzo S. Angelo見学不可』

そしてそのページに、一枚折り畳んだコピーがはさんである。大学の図書館を掻き回して見つけた、その家名に関する資料だ。時間がなくてこれしか発見できなかった。

『アンジェローニ・デッラ・トッレ家

神聖ローマ皇帝カール五世がボローニャで戴冠式を行った一五三〇年、皇帝の随臣として現れたルイジから始まる家系。十三世紀までミラノの領主であり、オットーネ・ヴィスコンティによって失墜させられたデッラ・トッレ家の後裔と自称しているが、その根拠は明らかでない。以後伯爵位を賜ったルイジはミラノに留まり、ミラノ公国がスペイン総督に支配される時代に入っても、彼の子供たちは総督の補佐として実質的権力を握り続けた。

ルイジの子チェーザレの代に、ロンバルディア州ベルガモの北にヴィラ・ダルマの地を賜り、ヴェネツィア共和国との国境線の守りとして要塞を築くことを命じられた。ピエトゥラ・サンタと呼ばれる巨大な岩盤上に築かれた五角形の建築は、地形的には防衛上の要衝ではあるものの、要塞というよりは華麗な宮殿であり、ラツィオ州カプラローラにヴィニョーラが建てたパラッツォ・ファルネーゼを想起させる平面を有しているが、規模は遥かに大きい。外壁に翼を広げた天使の姿をした人像柱《テラモネス》の大オーダーを用いた意匠からパラッツォ・サンタンジェロと呼ばれ、マニエリスム期建築のもっともよく保存された例といわれる。

またこれを設計したのは、神聖ローマ帝国皇帝ルドルフ二世に仕え、皇帝の没後プラハを去ってイタリアに帰還した、建築家で錬金術師ともいわれたネロッツォ・ダ・カンゾであるとの伝承もあるが、確たる証拠はない。皇帝が没した一六一二年には、すでに宮殿の建設は始まっていたと見られるので、彼の関与があったとしても全体のプランにではないと思われる。

宮殿はいまもルイジの末裔によって保持されているが、調査公開はいっさいされておらず、そこに保存されているという幾多の美術作品も目録すら公表されぬまま伝説と化している。』

（なるほどね……）

支配階級が崩壊して初めて、芸術作品は世間に現れる。そんなことを書いていたのは誰だったろう。フランスの王権が革命によって倒れて後、ルーヴル美術館は創られた。税制の優遇特権を奪われたイギリス貴族は、先祖伝来のカントリー・ハウスと集めた美術品を庶民に公開して収入を得ている。一方、スペインでいまだ莫大な土地と財産を保有するアルバ公爵家は、フランシスコ・ゴヤの描いた傑作として知られる女公爵の肖像を秘蔵して公開しない。

ふたりが恋愛関係にあったという風評のせいかもしれないが、経済的必要にでも迫られぬ限り、私物を人目に晒す理由はないというのが彼らの本音なのだろう。

(伯爵様、か——)

イタリアで芹はまだ、貴族階級の人間と親しく交わったことはない。聴講生をしているフィレンツェ大学で、授業の一環として公開されていない古い貴族の館を見学に行ったとき、その建物の所有者だという初老の女性に出迎えられたことがある。彼女の家系はすでに絶えかかっていて、アルノ河の岸近い十六世紀のパラッツォは久しく閉じられ、荒廃していた。

学生を引率していたのはまだ二十代の助手だったが、彼は所有者の女性を恭しく男爵夫人《バロネッサ》と呼んだ。その様子はいささか大時代で、いまにも床にひざまずいて、押し頂いた手に口づけするのじゃないだろうかと、芹は内心意地の悪いことを考えていた。

確かに彼女の口から聞こえるイタリア語の響きは上品だった。服装は見たところ一般のイタリア人よりも質素で、派手な宝飾品をつけているわけでもなかったが、それは経済的窮迫のせいというより、貴族の慎みであるらしい。

なんの説明もなく彼女と出会ったとしても、彼女が貴族の末裔であることは容易に納得できただろう。しかし同時に芹が、この男爵夫人に対してそれ以上の関心を覚えなかったことも事実だ。

彼女には、この国の人々を生き生きと輝かせ、すばらしく魅力的に見せているあの野放図なまでの生命感、活力が感じられなかった。その優雅なことばづかいも、物腰も、閉め切られた館同様うっすらと埃をまとった過去の遺物だった。

イタリアの諸国がヨーロッパの文化の中心であった時代、芹を惹きつけた芸術作品が盛んに産み出されていた時代、国を動かし芸術家を庇護した貴族階級は、彼女ほど洗練されても優雅でもなかったろうが、同時にもっと強健で生気に満ちあふれていたのではないか。市場で包丁を振り回す腹の突き出た親父や、樽のように太ったおかみさんたちのような。

芹は絵を見るのと同じくらい、イタリアの街を歩くのが好きだった。美術館に通うのと同じ気持ちでフィレンツェ旧市街の中心部にある体育館のような市場に通い、威勢のよいトスカーナことばの奔流や、店主らの身振り手振りのパフォーマンスに見とれていた。

そんな頃の貴族だったら会ってみたいけれど、と芹は思ったものだった。そうでなかったら私には、関わりないことだわ。

もちろん研究のためには、美術品の所有者や有力者のご機嫌を取り結ぶ必要もあるのかもしれないけれど、幸いなことにそれはまだずっと先のことだ。いまから悩んだり、覚悟を決めたりするほどのことはない。

だがそのとき芹の胸を、ふっとデジャ・ヴめいたものがよぎった。美術品の所有者や有力者、ということばを思い浮かべながら、それに付随するイメージが映像となって浮かび上がる。豪奢な貴族の邸宅、壁を埋めた大小の絵画。主人らしい男の顔は漠然としているが、彼の前にかしこまってしきりとうなずいているのは、芹の師であるスパディーニ教授だ。

こんな情景を前に見たことがあったろうか。違う。これもまた芹の頭に浮かんだイメージだ。講義の中で、贋作を補強する状況証拠について彼が述べたことばがあって。

『社会的に尊敬される高貴な人物の館で、紛れもない真作に囲まれて提示されれば、専門家といえども彼を詐欺の共犯などとは信ずるはずもない』

男子学生のひとりが冗談めかして、先生の経験ですか？　などといい、教授も学生たちも笑った。そのとき芹の頭の中には、やはりいかにもそれらしい貴族と、彼に向かい合うスパディーニ教授のイメージが浮かんでいたのだ。常日頃、講義と関係ない雑談や個人的な話などしない教授にしては、おかしなほど感情のこもった、いってしまえば無念げな口調であったから。

いまそのイメージ映像の、貴族の顔がセラフィーノのそれと変わっていく。彼の後ろ姿に、教授が親しげに寄り添う。これはイメージでも空想でもない。ヴェネツィアのパラッツォの廊下、そのときはまだ名を知らない青年と短い会話を交わした直後、そこに丸い背中、後頭部が薄くなりかけた白髪頭を見た。

スパディーニ教授だと思い、そんなはずはないと思い返した。教授だとしたら、芹がそこにいたことに気づいたはずで、なにもいってこないわけはない。だが、こうして思い返せば思い返すほど、ますますそれが教授だという確信は強くなる。それとも単に芹の記憶が、思いこみによって修正されているだけなのだろうか。

列車が減速を始めている。頭を一振りして立ち上がった。棚に載せてあるカバンを降ろそうと腕を伸ばす。

と、個室の外の通路を、ソフト帽に黒いトレンチコートの男がゆっくりと通り過ぎていくのが見えた。とがった鼻と白い髭に覆われた丸い顎、小さな眼鏡の横顔。芹は息を呑んだ。

「教授《ドットーレ》？」

今度こそ間違いはない。暗かったとはいえ目と鼻の先だ。もちろん大学もクリスマス休暇に入っているわけで、彼がミラノに出かけてきたところでなんの不思議もない。ただの偶然であっていいのだが、たったいま彼のことを考えていた事実が、シンクロニシティのようで芹の驚きを誘った。あわててコートを羽織り、帽子をかぶり、ショルダーバッグを肩に、旅行カバンを提げ、扉を引いて通路に飛び出した。教授の姿は見えない。デッキには降りる客が数人立っていたが、そこにも彼はいない。隣の車両に移ったのだろうか。

ため息のようなブレーキ音を立てながら、列車はゆっくりと鉄骨の屋根の下へ滑り込んでいく。扉が開くのを待ちかねて、プラットホームに降りた。出迎えらしい賑やかな家族連れ。荷物を手に行き交う人々。芹は両手で荷物の持ち手を握りしめたまま、せわしなく視線を巡らせる。

しかし、あれは白昼夢だったのだろうか。いくら見回しても、教授の黒いコート姿は見えないのだ。

そのとき腕が背後から軽く引かれて、思わずヒッと息が洩れた。

「シニョリーナ・セリ・アイカワ？」

弾かれたように振り返る。サングラスをかけた顔が、軽く首を傾げてこちらを見つめていた。

「ごめんなさい。お迎えに来たのですが、驚かせてしまいました？」

声はやわらかく、アルトというよりはもう少し低い。声だけ聞けば男性のそれと思えたろう。黒髪をうなじで小さくまとめ、化粧気のない顔に口紅だけがあざやかに赤い。身長は芹より少し高い程度、ということは百六十五センチほどで、ほっそりと少女のような体を男仕立ての黒いパンツ・スーツとキャメル・ブラウンのコートに包んでいる。マニッシュな着こなしだが、襟元に入れたダーク・レッドのスカーフが女性らしい華やぎを添えていた。

「——あ、あの、セラフィーノの？」

いってから、あまりに不躾すぎたろうかと顔が赤らんだが、その女性はにっこり笑ってうなずいた。笑みを浮かべると印象が急にやわらかになる。

「ええ。ヴェネツィアで一度お顔は拝見していましたから、きっと見つけられるとは思っていたんですけど、間違えたりしなくて良かった」

「私、お会いしたでしょうか」

こんな印象的な人、一度でも会ったら忘れないと思うのだが。

「パラッツォ・コンタリーニのパーティで。でも、ご挨拶はいたしませんでしたから」

「では、あのときに？――」

スパディーニ教授らしい背中の隣に見えたのはこの人だったのか、と芹は思う。スーツの背は男のようだったが、それにしてはずいぶん華奢に思えて、どちらともわからないままだった。彼女なら背格好もそのままだ。

歳は、いくつくらいだろう。四十は越えていそうだが、溌剌とした口調、切れの良い物腰はもっと若いようにも感じられ、同時にその表情からは成熟した女性の威厳さえ感じられる。それが彼女の纏う雰囲気に深みを与えて、日本ではめったに出会うことがないタイプの、魅力的な女性だ。キャリア・ウーマンのことをイタリア語でドンナ・イン・カリッエラというが、彼女はまさしくその典型だ。

「どうぞ、駅前に車が待たせてありますから。お荷物、お持ちしましょうか？」

「いいえ、だいじょうぶです。なにも入っていないようなものですし」

「手紙にはご滞在の用意を、とお書きしたはずですけれど、なにか他に大切なご用事でもおありですか？」

人の流れの中を芹と並んで歩き出しながら、彼女はまた軽く首を傾げた。濃いアンバーのレンズの中から、大きな目が動いてこちらを見ている。

確かにあの招待状の中には、そうしたことも書かれていた。数日滞在して、と。だが、ここまで出かけてくることさえさんざんためらった芹が、まさか幾日も泊まり込む気になどなるはずもない。

「そういうわけではないですけれど、お尋ねしていいでしょうか。どうして私を招いていただけることになったのですか？」

「それは、私が説明することではありませんね」

微笑とともにいわれたのでなければ、ずいぶん冷ややかなことばに思われたことだろう。

「これからあなたがアベーレにお尋ねになればいいと思います」

「アベーレ?――」

「セラフィーノ、といわれる方がお気に召します?」

彼女は、それが癖なのか、また顔を傾けて、

「でしたらお召し物の方は私が用意させていただきますから、どうぞご心配なくね」

芹は抗議のことばを口にしようとしたが、そのときはもうふたりは神殿のように巨大で大仰なミラノ駅の階段を下りきっていて、そこには漆黒のリムジンが待ち受けていた。

「どうぞ」

彼女がすばやく後部座席のドアを開ける。

「あの、お招きいただいたのは私だけですか?」

そう尋ねたのは、さっき見かけたと思ったスパディーニ教授のことを考えたからだ。パラッツォの廊下で彼女といたのも、やはり教授だったのではないだろうか。しかし開きかけた芹の口を封ずるように、彼女はうなずいた。

「はい。私がご案内をいいつかったのは、あなただけです」

III

中央駅からミラノの中心街であるヴィットリオ・エマヌエレ二世通りまで、距離は三キロ程度のはずだったが、車道は例によって混み合っていて、かなり時間がかかった。ローマやナポリと同様、イタリアの大都市には渋滞がつきものなのだ。

その間芹は出迎えてくれた女性と世間話のようなことをしていたが、わかったことはといえば彼女の名がアナスタシア・パガーニといって、アンジェロ

ーニ・デッラ・トッレ家に長く仕え、現在は当主アベーレの秘書のような仕事をしていることくらいだった。とすれば年齢的には、やはり四十を越しているのかもしれない。

彼女は芹がフィレンツェ大学に入学を希望していて、さらにピエロ・デッラ・フランチェスカの研究を志していることまで、承知しているようだ。スパディーニ教授から話を聞いているとすれば、それもなんら不思議ではないのだが、それにしては彼女の口から教授の名が出ないのが奇妙に思える。芹は何度も『スパディーニ教授をご存じなのですか？』と尋ねようとして、結局止めた。また、さっきと同じことばを聞かされるだけのような気がしたからだ。

——それは私が説明することではありません——

日本人観光客も多く行き交う、華やかなブティックが並ぶ舗道で車を降ろされた。目の前にあるのは黒い石壁がいかめしい建物で、建造は十八世紀というところだろうか。

この通りに並ぶ建造物はどれも同じ頃のもので、申し合わせたように一階部分が現代風の店舗に改装されている。洗練された飾り付けで目を奪うショウ・ウィンドウには、クリスマス・カラーの赤と緑があふれていた。

車が止まったところにある店は、アーチ形をしたスモークのガラス扉に金色で『ARCANGELI』というロゴと、図案化された二枚の翼が描かれている。石壁にはめ込まれた小さな飾り窓の中には、きれいなかたちのガラス瓶が並んでいて、切り子のカット面がきらめく様は宝石店のようだ。

しかしそれをゆっくり眺める間もなく、横のドアからエレベータ・ルームに通された。この店はなにか、セラフィーノと関係があるのだろうか。芹の不思議そうな顔に、アナスタシアが微笑む。

「ご存じありませんでした？　アンジェローニ・デッラ・トッレ家はさまざまな企業に投資していますが、家業とでもいうべきもっとも古い事業は薬品や化粧品を製造することなんです。その一環としてワインやオリーブ油も造り、薬草の栽培もしてきました。

近頃は化学製品を使わない化粧品や香水、健康食品が注目されるようになって、一般向けにアルカンジェリのブランド名でこの店を開いたのも、そう古いことではないのですけれど、近頃は日本からのお客様もたくさんいらっしゃいます。ご興味がおありでしたら、後ほどご案内いたしましょうね」

アルカンジェリ——大天使、と芹は頭の中でそのことばを日本語に置き換える。そういえばセラフィーノというのも、確かラテン語ならセラフィム、天使の階級の第一位の名前ではなかったろうか。家名のアンジェローニ・デッラ・トッレにもAN-GELO（天使）が含まれ、その所有するパラッツォの名は聖天使宮。

（そしてご当主は天使のような美貌？　とんだ天使尽くしね）

いつもの癖で芹は思わず笑いそうになったが、アナスタシアは幸い背を向けていた。

鉄の鳥籠のような古風なエレベータで最上階の五階に上がる。扉をアナスタシアが鍵で開けた。中はすぐ短い廊下、そしてさらにもうひとつの扉。

「アベーレ、シニョリーナ・セリをお連れいたしました」

「お入り《アヴァンティ》」

短く声が答え、気がついたときは芹はひとり室内に立って、背後でドアが閉じようとしていた。

驚くほど飾り気の少ない部屋だった。白漆喰の壁がそのまま上に伸びてヴォールト天井を形作っているが、そこにも装飾ひとつない。都会のビルの一室というより、中世の修道院の内部のようだ。一方の壁は作りつけの本棚に埋まっていたが、通りに面した壁には白のロールカーテンで閉ざされた窓があり、芹の背にした扉の向かいの壁にデスク。それも飾り気のない木製だ。

その背後に彼がいた。象牙色のスーツにダーク・ブラウンのシャツ、ブルー・グレーのタイ。細かく縮れて波打つ金髪の下から、目がまっすぐに芹を見つめている。手がノート・パソコンの蓋を落とす。目は一瞬たりともそらさないまま、ゆっくりと立ち上がった。均整の取れた体つきだが、身長は百九十近くあるかもしれない。

並んで立ったら目をあわせるだけで、芹は首が痛くなりそうだ。手が差し伸べられた。形の良い、真っ白な、手入れの行き届いた手だった。

「ようこそ。シニョリーナ・セリ・アイカワ」

「突然、お招きにあずかりまして」

多少の気後れは覚えないでもなかったが、芹は手を伸ばして握手に応ずる。呼びかけはシニョーレでいいのか、それとも伯爵と呼ぶべきなのだろうか、まさか閣下《スア・エクセレンツァ》といえなんていわないでしょうねとも思ったが、いまここで迷ったところで仕方がない。セラフィーノの双眼がじっと芹を見ている。暗い褐色の瞳だ。

(天使とまではいわないけど、確かにきれいな顔ね)

(作り物みたい)

(でも私は、男性だったらもっと不細工でも、がっしりして暖かい感じの人の方が好きだわ――)

椅子を勧められて、脱いだコートを膝にして腰かける。金属の骨組みに黒い革を張った、バウハウス風のモダン・デザイン。狭い部屋ではないのだが、ここにあるのは彼のデスクと椅子の他は芹がかけているそれだけだ。著書の写真の背景になっていたのは、少なくともこの部屋ではないらしい。

「殺風景な部屋で、驚かれたのではありませんか?」

芹の視線に先回りして、彼はおもしろがっているような口調で尋ねる。口元に浮かぶ微笑は気さくなものだったが、ややわざとらしくも思えた。彼の顔立ちにも雰囲気にも似合っていない。

「私のような人間は、骨董品に埋もれて暮らしていると思われたかもしれませんね」

「そんなことはありませんけれど、ローマのマリオ・プラーツ教授のお住まいのような感じかな、とは思いました」

一八九六年ローマに生まれ、一九八二年ローマに没した美術史研究者、プラーツの自宅は現在博物館として公開されている。イタリアに来た当初、芹も早速足を運んだが、学界に認知される以前からマニエリスムという概念を把握し、奇矯《ビザール》さを愛した人物にふさわしく、八つの続き部屋には生前彼が収集した絵画や家具、オブジェがひしめいていた。

それも、名の知られた芸術家の手によるものではない。無名画家の描いた肖像画や風景画、ガラスドームに収めた陶器の人形、額に入れた紗の扇子、ブロンズや大理石の胸像、ガラス器、エジプト風の燭台、七宝細工……

あと一歩踏み出せば悪趣味、子供じみたガラクタの集積になるところを、ぎりぎりで踏みとどまっているような眺めは、一種の奇観といえた。

「ああ、ドットーレ・プラーツの『驚異の部屋《ヴンダー・カマー》』！」

彼は顔を上げて大げさに慨嘆してみせる。

「私は彼についてはたったひとつしか記憶していないんです。ある友人に送った手紙の中で書いていた一節、イルカと小さなアモルのついたアンピール様式の書き物机ほどには、いかなる人間も愛することができない、と嘆いたという。ご存じですか？」

「はい、存じています」

芹はうなずいた。それは邦訳されたプラーツの評論集の解説にも引用されていて、いかにも美に婬した彼らしいことばだと思ったものだった。

「彼はイギリス人の女性と結婚して、子をもうけながら離婚したそうですが、たぶんはいはいする赤ん坊か掃除中の細君が、彼の大切なコレクションのひとつを壊すかどうかしたのでしょうね。すると教授はたちまち家族愛も消え果てて、妻子を後にふるさとへ逃げ帰ってしまった。気の毒な人だとは思いませんか？」

「どうでしょう。彼は、自分を不幸だとは思わなかったと思いますけれど」

　ああして自分の美意識の集大成のような巣を築き上げ、そこで生涯を終えられたなら満足していたのではないか、と芹は思う。孤独ではあったかもしれないが、それを他人が見て気の毒だとはいえないだろう。

「そうですね。しかし私は物に縛られるのも、物に婬するのもまっぴらです。プラーツ教授の著述は価値あるものとしても、あの収集を美しいとは私には思えない。奇矯というよりはむしろ俗悪だ」

　それはあなたが生まれたときから、溢れるほど物に囲まれてきたからではありませんか。芹は口には出さないまま答えていた。マリオ・プラーツはブルジョア階級の生まれで、母から貴族の血と美的趣味を受け継いだというが、十七世紀のパラッツォを所有する旧家の嫡子ではなかった。

　プラーツ博物館の収集は、二十世紀、大富豪でもない個人がなし得るコレクションの限界を示しているように思える。彼が生きた時代、古典的な芸術作品を手に入れることは到底叶わないからこそ、他人が美とは認めないような雑多な小品を集め、その調和《アルモニア》（いやむしろ不調和《ディサルモニア》か）から生まれる効果を自らの発見として誇示し、楽しもうとしたのだと。

　セラフィーノは芹の内心の声を聞き取ったかのように、ことばを継いだ。

「確かにプラーツ教授のコレクションには一種の魅力があります。だがシニョリーナ、あなたが美術史研究を志されるならば、対象に婬してはいけません。芸術作品にはしばしば毒がある。科学者のように冷静であるべきです。さもないとその虜にされて、三文詩人のような寝言を垂れ流すことになる」

「私のことを、ずいぶんよくご存じでいらっしゃるんですね」

芹は顔を上げて、相手をまっすぐに見た。世間話も結構だが、そろそろ本題に入ってもらいたくなったのだ。

「教えていただけませんか？　私をお招きくださったのは、どういう理由なのでしょう」

「理由――」

さっきまで芹を見つめていた眼が、今度ははぐらかすように横にそらされている。

「我が家のパラッツォに、興味はおありになりませんか？」

「いいえ、拝見させていただけるのはとても嬉しく存じます」

「そういっていただけて安心しました。実のところイタリア国内だけでなく、他国の研究者からもしばしば見学の要請があるのですが、どなたもお断りしているのですよ」

「そんな貴重なものを、なぜ私に見せていただけるのですか？」

「あなたという方に興味を覚えたから、というのでは理由になりませんか？」

「どういう種類の興味でしょう」

「もちろん若い女性に対する、です。私はプラーツ教授のように、美術品と生きた女性を引き比べるつもりはありませんよ」

芹は一息吸って答えた。

「シニョーレ、そんなことをおっしゃるのでしたら、帰らせていただきます」

前を向いたまま椅子から立ち上がる。こんな答えもあるかと多少の予想はしていたので、本気で腹を立てるつもりはなかった。セラフィーノも所詮はラテン男のセクハラ野郎か、と思えば情けない気はするが、現実とは結局そんなものだろう。だがある程度は演技しても、怒りの様子を見せつけてやるべきだ。芹は顎を上げて、まっすぐに彼を見据えた。

「名士であり貴族であるあなたの目から見れば、私など取るに足らない人間なのかもしれません。だからといって封建時代でもないいま、あなたにおとなしくからかわれたり、気紛れにつき合わされたりする理由はないはずです。イタリアに来る日本人についてあなたがどんな先入観を持っておられるにせよ、私は大層旧弊な人間なんです」

しかし芹がきびすを返すより早く、彼は立ち上がっていた。

「私のことばがあなたの誇りを傷つけたなら、謝罪いたします、シニョリーナ。だがどうか信じていただきたい。私にはあなたを侮辱するつもりはありませんでした。ああいういい方をして、あなたがそれほど不快に思われるとは考えなかったのです。確かにあなたは私が理解している、最近の若い女性とは少し違っておられるようですね」

いかにも恐縮しているという神妙な表情だが、それもどこまでが本心か作り物か、わかりかねる気もする。生きた人間の顔というには整いすぎた容貌が、かえってそんな印象を与えるのだろうか。


だが、彼に興味を持ったといわれて不愉快に思う人間の方が少ないのかもしれなかった。人と同じ反応を求められても困るのは確かだが。

「でしたら率直にいっていただけませんか？　私にどんなご用がおありなんです？」

「率直に――」

彼はつぶやいて苦笑をもらす。

「それはなかなか難しい。あなたを誤解させぬように話すのは」

「でも、話される意志はおありなんですね？」

「それは、もちろん」

「わかりました。最後まできちんとうかがいますわ。誤解の余地などないように。だからどうかお話しになって下さい」

他にしようがなくてまた腰を落とした芹に、

「ではいいましょう、シニョリーナ。私があなたと話したいのは、まずヴェネツィアであなたが立ち会うことになったあの老人のことなのです」

当然、それ以外のことではないだろう。芹はうなずいて見せる。

「彼が死んだことは知っておられますね?」

「ええ」

「死因はなんだったかご存じですか?」

芹は頭を振る。死因どころか名前も知らない。

「彼はカール・ヨーゼフ・フォン・シャイヒャーという名のオーストリア人で、先代の伯爵、私の父の知人でした。というか、彼がそういったのです。私自身は彼を知りません。あの日突然パーティの場で呼び止められて、そう名乗られた。彼は第二次大戦後我が家のパラッツォに寄宿していたこともあるというのだが、私には彼の顔に記憶がない。まったくの初対面で、それまでは彼の名前すら知らず、父から聞かされた記憶もなかった。ここまではよろしいですか?」

「ええ」

「彼の死因は、ニコチン中毒でした」

「ニコチン? そんなものを呑んだんですか?」

そういわれると、床に倒れていた老人を抱き起こしたとき、煙草の匂いが鼻についた記憶がある。

「いや。血液中から発見されたが、消化器にはなかった。つまりそれはなんらかの方法で、直接彼の血管に注入されたということです」

「じゃあ、やっぱり殺されたというんですか——」

芹はふいに体の芯が、ぞくりと震えるのを覚えた。目を上げて、もう一度セラフィーノの顔を見る。殺人だとしたらそれができたのは、いま目の前にいるこの男しかいない。やはりここに自分を呼び寄せたのは、証人の口をふさぐため?——

「シニョリーナ、誤解しないで下さいと申し上げましたよ」

彼の唇に皮肉な笑みが浮かんでいる。

「そのニコチンがどこから来たかは、もうわかっているんです。彼は胸に薔薇の花をつけていた。覚えていらっしゃいますか?」

「え、ええ。そうでした。真っ赤な薔薇を」

目の中によみがえる、頭勝ちして抜け落ちかけて、血が噴いているように見えた薔薇。

「でも、倒れたときにはもうなかった気がします」

「床の上に落ちていました。私が立ち去った後、抜けかかった花を直そうとしたのでしょう。その花の中に注射針が仕込んであったのです。少し力を加えると、中から飛び出して手に刺さるように。そしてそれと繋いだ小さなゴム袋に、ニコチンの溶液が」

「！――」

芹は思わず上げた手で口を覆っている。そんな仕掛けがされていたなら、確かに殺人者が現場に出入りする必要はない。セラフィーノが立ち去ってから、芹が異変に気づくまで、ほんの数秒あれば足りたはずだ。

「私に対する疑いは、それで晴れたと思ってよろしいでしょうね」

彼が微笑む。


「別に驚くほどのトリックではない。煙草葉から抽出したニコチンの濃溶液を針に塗って凶器とするというのは、なにかで読んだ記憶があります。古いミステリでそんな話がありませんでしたか？」

「え、ええ、――確かあれはクイーンの」

芹はようやくうなずいたが、それ以上ことばが出てこない。小説の中と実際に起こる事件とでは、当然のことながら印象がまったく違う。ひとつ間違ったら自分も老人を抱き起こしたとき、その針を手に刺していたかもしれない。そう思うと胸が悪くなった。目の中にありありと、そのときの情景がよみがえる。芹の膝からふたたび床に落ちた老人の、震えわななく指。そのかたわらで薄笑う、髑髏のかたちをした懐中時計――

「この話はもう止めておきましょうか」

しかし芹は頭を振った。どうしても知りたかったわけではないが、聞き始めたからには中途半端は御免だ。

「その花はどこから来たんですか?」

「パーティ会場の入り口で、客の襟元に花をつけている係が何人かいましたね。カルナヴァレの仮装のように、仮面《マスケラ》をつけて。覚えていますか?」

「ええ。でも私たちは知り合いに連れてきてもらったので、そちらは遠慮したんです」

「私も彼らのそばには行かなかった。だがその仮面の中に犯人が紛れ込んでいたのだろう、というのがいまのところの警察の見方のようです。あの日だけ集められたボランティアだったので、知らない人間が紛れ込んでいても気がつかなかったということでした」

「まさか、他にも誰か?」

「いや。そういうことはなかった。犯人はあの老人の顔を見分けて、彼の襟にだけ仕掛けのある花をつけたことになりますね」

芹はもう一度ぞくっとして、思わず自分の肩を抱き寄せている。あの華やかな賑わいに満ちたパーティの中に、人ひとりを葬り去ろうと狙っている人間が混じっていたなんて。

「あなたは警察でだいぶ長いこと引き止められた、と聞きました。そのせいで熱を出されて、寝込まれることになったとか? たまたま隣の部屋におられて、聞きたくもないことを聞いただけで、とんだ災難でしたね。ともかくそのことはお詫びしなくては、というのもお招きした理由のひとつだったのですよ」

「それは偶然でしたもの。私の方こそ故意にではありませんけれど、立ち聞きなんて礼儀知らずのことをしてしまって、申し訳なかったと思っています。でも私、お話の内容は少しもわかりませんでした。ドイツ語だったんですか? 全然理解できなくて」

彼はかすかに眉を寄せる。

「——そうなのですか? なにもおわかりにならなかった?」

その口調に、ふいに芹は彼が自分を招いた理由がわかったと思う。つまりは口止めなのだ。父親の知り合いと称する初対面の老人は、よほど他人に聞かれたくないような話をしかけてきたのだろう。恐喝とか、そういったこともあったのかもしれない。古い家名を汚し、現在の当主の名声や企業のイメージをも揺るがせるような、前伯爵の醜聞といったものを種に。

セラフィーノに取っては幸いなことに、老人はなにものかに殺された。恐喝をしかけるような類の人間なら、他にも恨みを買っていて不思議はない。しかし思いがけず、肝心の話を他人に聞かれてしまったことに彼は気づいた。芹は警察には、話の内容は理解できなかったと繰り返した。彼はそれを知らないか、あるいは知っていても、それさえも話の重大さを理解している証拠だと思われたのだろう。

殺人のようなリスクをともなう行為に出なくとも、人の口をふさぐことはできる。芹がフィレンツェ大学の入学許可をなにより望んでいることも、彼はすでに知っているのではないか。ため息が出た。彼が悪いわけではない。誤解されるような状況に居合わせたのは、自分の不運だ。

「信じていただけないかもしれませんが、本当のことなんです。警察にもそういいました。隠す理由なんてありません」

ですからそのことでのご心配は無用です、と続けようとした。だが彼は重ねて、

「しかし、あなたはかなり長いこと隣室におられたのではありませんか？」

「ええ——」

どうしてご存じなのですか、と聞こうとして止めた。芹がその話をしたのは、ヴェネツィアの警察とドナにだけだ。やはり彼は警察にパイプを持っていて、芹の供述はすべて筒抜けになっているのだろう。それが貴族というものの特権なのだろうか。覚悟していたこととはいえ、芹は顔が硬くなるのを抑えられない。

「あなたが立ち聞きをしてしまうことになったのは単なる偶然ですから、気になさることはないのですが、まったく理解できない話をそう長いこと聞いているというのは不自然なように思えるのです。あなたの部屋のドアには内鍵がかかっていたそうですが、静かに開け閉めすれば隣室の我々にまでは聞こえなかったはずです。つまり必ずしも立ち去ることが不可能だったわけではない。決してあなたのことばを疑うわけではないのですが、なにかそれに対する説明はしていただけますか？」

「それも、そうですね」

仕方なく芹はうなずいた。警察に対する供述がもらされていることに、こだわらぬわけではないが、相手の疑念はもっともに思われたからだ。

「その前にお聞きしておきたいのですが、あのとき私が隣の部屋にいたのはご存じでなかったのですね？」

「ええ。私はさっきもいいましたように、パーティ会場で彼に呼び止められ、父のことで話があるといわれた。彼に指定された時刻に、指定された部屋へまっすぐ入りました。そこは我が家のために用意された控え室で、私宛に届けられたという花束も置かれていたようですが、私が入ったとき彼はすでにそこにいた。うかつな話で右手のドアが隣室への扉であることにも気がついていませんでした」

すると芹のうたた寝していた部屋のドアを内から閉め、明かりを消したのはシャイヒャーという老人の方だということになる。芹はできるだけ言い訳がましくならないように、自分が閉じこめられてしまったと思ってひどく驚いたことから、ドアの隙間から隣を覗いたときのことまでを話した。そしてそこから見えた光景が、まるで世の虚しさ、移ろいやすさを象徴する『虚妄』の活人画のように見えて、それに目が惹きつけられてしまったのだということを。

呆れられたとしても、笑われたとしてもこの際はしょうがない。彼の不審を解くことが一番だ。だが芹が驚いたことに、セラフィーノは興を覚えたように目を輝かせた。

「それは面白い、といってもお怒りにはならないでしょうね。あなたはとてもよい目を持っておられるようだ。画像に対するセンスと記憶力。それは美術史研究者にはなくてはならぬ資質ですよ」

　大げさだと思う。あわてて頭を振る。

「あ、いえ、そんな大したものではないんです。ただ私の癖みたいなもので、なにを見ても頭にある他のものと連想が働いてしまったりするというだけで」

「結構な話だ。美術史学の基本訓練は、徹底的に絵を見て記憶することです」

　それは、まだ学生になれていない芹も知っていた。日本の大学ではそんな話は聞いたことがないが、美術史学科の学生は学期の始めに一四〇〇年代なり一五〇〇年代《チンクエチエント》なり、リスト・アップされた画家数百人の作品を、美術館を巡って見て歩き、頭に叩き込むという課題を与えられるのだという。作品の現物がすぐそこにあるイタリアならではの教育プランだが、それを聞いたときは眩暈がした。

「頭の中にデータ・ベースを作るんですね」

「無用な修業ではありませんよ」

「それはわかります。でも、容易いことでは」

　語尾がため息に変わってしまう。なにもかもごっちゃになってしまいそうだ。自分にそんなことができるだろうか。

「しかし、あなたは視覚的な記憶力をお持ちのようだから、そういうことは得意なのではありませんか」

「とんでもない。それほどのものではありません。私の叔父の知り合いで、直観像記憶を持っている人がいるのですが、こういうときは彼の能力がうらやましくなります」

「ほう、その人は何歳です?」

「今年で二十歳だったと思います」

「直観像記憶の能力は子供の方が強く、成人に達するにつれて失われる、ともいいますが」

「そうですね。最近は会っていないのでわかりませんが、十歳のときに千ピースのジグソウ・パズルを、元絵を見ないで十五分で完成させたと聞きました」

「なるほど――」

彼はこちらに横顔を見せてつぶやいている。

「それは私にもうらやましい。人間の能力というのは、なかなかにすばらしいもののようですね」

「でも、人間の目ってとても恣意的なものですから」

ことばを返した芹に、すいと視線を流して、

「と、おっしゃるのは？」

「例えば贋作のことです。どうしてハン・ファン・メーヘレンの絵が、ヨハネス・フェルメールの作品だとあれほど広く信じられたのでしょう。子供のときから私、不思議でなりませんでした。ちっともフェルメールのようには見えなかったんです」

メーヘレンというのは十七世紀オランダの画家フェルメールの贋作をもっぱら描いた人物だが、驚きなのは彼の『作品』が当時の鑑定家たちに諸手を挙げて迎えられ、真作として何点も高額で美術館に購入されたことだ。第二次大戦後、彼はナチスのゲーリングに国宝級のフェルメールを売却した、すなわち対独協力者として告発され、それが自分の描いた贋作であることを告白したが、容易に信じられなかったという。

だが、いま写真版でメーヘレンによる贋作を見せられても、芹にはどうしても納得できないのだ。主に風俗画だけを描き続けていたフェルメールの、存在しなかった宗教画を描くという、発想は巧みだと思う。すでに存在する絵を丸写しにしたり、いくつかの作品を切り貼りしたりするよりはずっと。

しかしゲーリングに売られた『キリストと悔恨の

女』にしても、ボイマンス美術館が過去オランダ絵画に払われた最高金額をもって購入した『エマオのキリスト』にしても、ちっともフェルメールらしくはないし、作者名を外してみても美しい絵とは思えない。

宗教画ではなく風俗画、フェルメールそっくりのカーテンや窓明かり、床の敷石をちりばめた『ヴァージナルを弾く女と紳士のいる情景』も同様だ。こちらは宗教画よりはそれらしく作られているが、色は鈍重で輝きがなく、人物は硬直して不格好、ドレスやマントの襞は粘土製のように見える。しかしこれを当時の美術史学界の権威プレディウスは、『巨匠の作品中のもっとも美しい宝石のひとつ』と絶賛したのだという。

「それは、あなたの目が優れていたからではないのですか?」

とんでもない、と芹は肩をすくめた。

「そんなはずはありません。自分のことはわかっています。なによりメーヘレンの作品を真作としたプレディウスには、何十年にわたる鑑定家としての経験があったはずですもの」

「すると、どうなります?」

「さっきいった私の叔父は、長くイタリアに留学していた美術史学者で、ヴェネツィア派絵画の研究者です。私の志望も叔父に影響された結果のようなものですが、彼が私の質問に答えてくれました。メーヘレンの成功には、それなりの理由があるのだと。

死後長らく忘れられていたフェルメールが、十九世紀の後半に再発見されて、評価が高まったけれど作品点数が少なくて、新作発見の期待が消えなかったこと。それがことに鑑定家の求めていた、フェルメール作品のミッシング・リンクともいうべき宗教画であったこと。真作か贋作か決めかねていても、国外に流出させるのはまずいという、ナショナリズムの加わった危機感が先に立ったこと」

「そう——」

「鑑定家プレディウスと当時のオランダ社会は、新発見のフェルメールを切望していました。つまり人の目というのは、見たいと思うものをそこに見てしまうものなんです。真作であって欲しいという思いが、疑問点に目をつぶらせ、巧みに模倣された美点をそれ以上に輝かせてしまう。人の目、というか心は、それほど容易く惑わされる」

「そして少なくとも子供のあなたには、メーヘレンをフェルメールの真作と鑑定した当時の美術史家のような、フィルターはかかっていなかったというわけですね」

「それだけではなく、現代は複製技術が発達して、写真や精巧な図版が造られるようになったおかげで、図像研究も進んでいます。現物を見ることができなくとも精巧な図版で、居ながらに絵の比較研究をすることが可能になりました。

私もフェルメールの現物はルーヴルの『レースを編む女』しか見ていませんが、フェルメール的な要素はある程度理解できています。そして私がどうというのではなく、いまメーヘレンが出現したら騙される人はいないと思います。彼の描いた贋作には明らかな彼のタッチがあることは、図版を並べて見れば一目瞭然ですから」

「するとあなたは現代に近づけば近づくほど人の目は高度化し、贋作は減少していると考えていますか？」

「それは、——当然そうなのではないでしょうか」

ちょっと口ごもりながら芹は答えた。

「材質や製造法を調べる技術もずいぶん進んでいるそうですし、肉眼はごまかせても、顕微鏡検査をすれば製法の違いが明らかにされることもあると聞きました」

「ああなるほど。つい先年は死せるイエスの亡骸を包んだというトリノの聖骸布《シンドーネ》が、炭素年代測定で十三、四世紀のものと判定されたのでしたね。だが、聖骸布の信奉者はその後も減っていないそうですよ。それが実施されるまでは炭素年代測定検査を切望していた彼らは、いまやその限界と誤りを証明することに奔走しているのだとか」

「それは、人間の目が見たいものをしか見ないことの証明だと思います」

聖骸布信奉者にとっては、それが真の聖遺物であることはすでに信念、というよりは信仰の問題となってしまっている。自らの信仰を揺るがせる検査結果を非難して、彼らは自分の目が正しいと主張しているが、その目は信仰によってゆがめられているのだ。

「しかしそうした先入観から自由であれば、人の目というのは決して役に立たぬものではない。そうはお思いになりませんか？　人間の目と脳というのは、非常に優れた装置だ。我々はコンピュータを始め多くの器機を発明したが、それはいまだに人間の肉体を超えるどころか、模倣するにも至っていない」

「おっしゃる通りだと思います」

芹はうなずいた。

「フィレンツェ大学のスパディーニ教授も、贋作に関する講義のときにいっておられました。

対象に向かったときの漠然たる印象、違和感や不快感、居心地の悪い感じ。そんな気分をないがしろにしてはいけない。鑑定の専門家は頭の中に集積したデータを、いま目の前にしている対象と比較し、不自然な点がないかということを検討する。そのときの第一印象をなにより大切にしなくてはならない。

どこがおかしいと明確な指摘ができるより前に、潜在意識はデータと比較して発見した齟齬を、違和感として心に響かせるのだ。それをすばやく捕らえなくてはならない。逆に時間をかければかけるほど、第一印象を先入観が覆い隠し、期待や野心が判断をゆがめてしまう場合がしばしばある。そんなふうに」

　ここで教授の名前を出したのは、意識的にしたことだった。ヴェネツィアで彼と同行していたように見えた、後ろ姿の人物。先程車内で見かけた、教授としか思えぬ横顔。セラフィーノが教授と知り合いであるなら、当然そのことを口にするだろう。だが彼は、

「すばらしい《ベニッシモ》」

　そうひとことつぶやいただけだ。しかし、と芹は思う。それが記憶されたデータに由来する正しい直観か、先入観に導かれた誤れる結論なのか、見分けることは途方もなく困難だ。そもそも人間が完全に、先入観や置かれた立場から自由になれることなどあるだろうか。

「——つまりシニョリーナ、あなたはご自分の眼力にかなりの自信をお持ちだということになる」

　思いがけぬことをいわれて、芹はあわてた。

「私、そんなことは申し上げていませんけれど」

「しかしあなたはいわれました。人の目は非常に恣意的で先入観に惑わされやすい。権威者の熟練もそれを免れることはできない。だが現代は複写技術の発達によって図像研究も進み、データの集積が容易になって、贋作を見破ることも以前よりは容易くなった。自分もそのようにしてフェルメール的なものを理解しているし、先入観からも自由だ。だからメーヘレンの贋作になど惑わされなかった、と」

「ええ。でも、だからといって私は自分に眼力があるなんて思ってもいません。私はご存じの通り、まだ学生ですらないんです。メーヘレンがフェルメールに見えないのは、私だけでなく現代の誰にとってもだと思います」

　しかし芹のそのことばを聞き流すように、

「では、ひとつあなたにすてきなものをお見せしましょう」

　彼は立ってデスクの脇の扉から隣室に入ると、ほどなく戻ってきた。その手には高さ二十センチほどの木彫りの像がある。芹にもよく見えるように、デ

スクの上に置いた。赤子のイエスを抱いた聖母マリアが台座の上に立ち、ひざまずいた三人の天使が両手でその台座を支えている。

「私が最近手に入れたものです。ドイツ、ライン地方の後期ゴシック様式で彫られた彩色彫刻ですが、あなたの目にはどう見えますか？」

それはとても美しく精巧な造りの像だった。聖母は栗色の髪を波打たせ、頭には金色の王冠をいただき、白い下着の上に青いローブを纏っている。その腕に抱かれた幼子イエスは薔薇色の裸身。台座を支える天使たちの顔は、こけしのように古拙で少し汚れていたが、広げられた六枚の翼は繊細で破損もしていない。すべてが優雅で自然なやわらかみを帯びていた。なろうなら手元に置いて愛でたいほどだ。

「とってもきれいですね。気品があって」

「本物だと思いますか？」

芹は顔を上げて彼を見た。その端正な口元に、どこか思わせぶりな微笑が浮かんでいる。

「偽物なんですか？」

「それをお尋ねしているわけです」

「そんな——私、ゴシックの木彫に対する知識なんてほとんどありません」

「なまじな知識など、ない方がいい場合もあるのではありませんか？　それも一種の先入観といえますから。あなたの美的センスからしてこの像を良しとするか悪しとするか、贋作的な違和感を覚えるかどうか、それを聞かせて下さい」

「あなたは、解答をご存じなのですね」

「ええ。数ヵ月前に友人から贈られて、以来手元に置いているものです。確かにあなたのいわれる通り、気品のある作品だと私も思いますね。しかし、本物でしょうか？」

「そうおっしゃられても、困ります——」

顔を動かした拍子にロールカーテンの下がった窓が目に入り、それがすっかり暗くなっているのに気づいた。腕時計を見るとすでに五時を回っている。

「あの、私そろそろ失礼いたします」

「おやおや、あなたはまだ私の先程の失言を赦して下さらないのですか?」

彼は両手を開いて困惑の身振りをすると、デスクの上のスタンドのスイッチを入れた。

「これから夕食を共にしていただいて、その後我が家のパラッツォへご案内しようというつもりでいるのですよ」

「これから、ですか?」

宮殿が建っている場所は、ベルガモの北だとガイドブックにはあった。車を飛ばしても一時間はかかる。つまりいまからそこを訪ねるとしたら、少なくとも今夜は泊めてもらうしかない。

「ええ。そのおつもりで来て下さったのではないですか?」

「シニョーレ、先程も申し上げましたけれど、私はドイツ語がわかりません。あのときあなたと亡くなった方がなんの話をしておられたのか、まったく理解していないのです。ですからそのことでは、なにもご心配に及びません。信用していただけませんか?」

しかし彼は芹のことばに、にっこりと笑い返した。

「なにか誤解があるようですね、シニョリーナ。私があなたをお招きしたいと思ったのは、なにより偶然のことでご迷惑をかけてしまったあなたに対する償いの気持ちからです。確かにあのとき、亡くなられたシャイヒャー氏と私の会話はあまり快いものではありませんでしたが、あなたに沈黙をお願いするほどの秘密でも、ましてやその口を永遠に塞ぎたいと思うほどの醜聞でもありませんでした。信用していただけませんか?」

「ええ、ではそれはもう結構です。でも、償いということでしたらもう充分に頂戴しました。こうしてお目にかかれて、いろいろ興味深いお話も伺えましたし——」

口を動かしながら、芹自身も自分の気持ちが不思議になっている。どうして自分はこれほどにも、アンジェローニ・デッラ・トッレ家のパラッツォに招かれることを固辞したがるのだろう。内外の専門家が見学を申し込んでも断られる非公開の邸宅に招待されて、宿泊してつぶさに見せてもらえるというのだ。美術史学を志す者として、喜び勇んで飛びついたところで不自然ではない。

それにこうして会話している限り、セラフィーノは快い話し相手だった。貴族だ、名士だといってえらぶるところもなく、礼儀正しく、同時に気さくだ。口止めの意図などないという彼のことばを、信用しない理由もない。自分のような小娘を歓待するくらい彼には単なる暇つぶしで、それを重大に考えすぎることこそ自意識過剰なのかもしれない。

そう思いながら芹はまだ心のどこかで、迷いとためらいを覚えている。この秋以来ずっと感じ続けている奇妙な感覚、自分が自分の意志ではなく、なにものかに操り動かされているような気分を、ふたたび感じながら。

「ではシニョリーナ、ひとつ賭けをいたしませんか」

快活な口調で彼はいう。

「この木彫り像がゴシック期の真作か否か、あなたに当てていただく。正解であったら、あなたのお望み通りにいたしましょう。お帰りになるといわれるなら、残念だがこれ以上お引き止めすることはいたしますまい。けれどももし外されたら、私の招待を承諾して下さい。いかがですか？」

しかしその解答を知っているのも、彼自身だということだ。芹の答えの当否を、この場で確かめる術はない。それは失礼すぎる疑念だろうか。いや。これはむしろ座興と考えるべきなのだろう。物怖じしてぐずぐずいっている芹を、うなずかせるための。

（いいじゃない。ここまで来てしまった以上、じたばたしたって仕方がないわよ——）

そう思ったら逆に気が楽になった。わかりました、とうなずいて、改めて聖母子像に視線を注ぐ。贋作なら彼がそれを手元に置いておくはずはないだろう、と思う。だがこれまでずっと贋作と鑑定の話をしてきて、思わせぶりに持ち出されたものなら、やはり精巧な贋作ではないのか、という気もする。いや、そう思わせておいて裏をかくつもりなのか？芹は苛立たしげに頭を振った。そんなふうに考えるだけ無駄だ。先入観を捨てて、第一印象を大切に。しかし自分はもう、どっぷりと先入観に囚われているようだ。

ゴシック期の彫像といえば、数年前にドイツでリーメンシュナイダーの石彫を見たことがあるだけだ。あれはもっと面長で、体つきもほっそりと引き延ばされた姿をしていた。この木彫は違う。聖母の顔は丸いし、全身のプロポーションも衣装の襞もずっと自然だ。主張されている年代と作品の様式が合致しないという贋作のしるしだろうか。いや、それは駄目だ。そもそも自分の中には、様式を論じられるほどゴシック彫刻の知識がない。こういうスタイルもあり得るのかもしれない。

贋作はいくら巧みに作られていても、作者の下劣な品性が表れる。人を騙そうとする作為の卑しさが出る。そんなことを誰かが書いていなかったろうか。真作を真似るためのためらいがちな線、現代の趣味に媚びるわざとらしい美しさ、不自然な時代色や補修の痕。

スパディーニ教授の講義でもその時代にあり得ないヘア・スタイルの聖人の例が出て、それは一見して珍妙だった。若き日のケネス・クラークはボティチェルリのテンペラ板絵に描かれた聖母の顔が現代の映画女優を思わせるとして贋作説を主張、その後科学検査から彼の正しさが証明されたという。

しかしこの聖母子には、そうした不自然さは見出せない。聖母の髪はゆるく波打って垂れ、赤子イエスの髪はくるくると渦巻き、中世の宗教画を思わせる姿形にはどちらも現代風のところはない。おかしな修理の痕もない。色彩の褪せ方も汚れ具合も自然なものに見える。

強いて難点を探せば、あまりにも完全で傷がない点だろうか。天使の翼は別に彫られてはめ込まれたものだろうが、花びらほどの薄さに削られて、羽の一枚一枚が刻み出されていて、それがどこも欠けていない。どんなかたちで伝来してきたにせよ、これほど完全に保存されていることがあるだろうか。

用途はなんだろう。少なくとも祭壇飾りから外されたような様子はない。背後まできちんと彫られている。個人の礼拝用に作られた像だろうか。それにしても剝き出しで置かれるには、ずいぶん凝った作りだ。だが厨子に収められるなら、背後の彫りはもう少し簡単なものになるだろう。

この像の場合天使が三方にひざまずいていて、裏側というものがない。強いていうなら、現代の愛好者が手元に置いて眺めるのにふさわしい。それを現代人に媚びた贋作のしるし、と考えるべきなのだろうか。

(でも、少なくともここには下劣なものは感じられないわ――)

芹は胸の中でつぶやいた。

(見せかけだけのいい加減な細部や、これみよがしの細工も)

偽物であればこれほど完全ではなく、台座の端あたりに修理痕がありそうな気がする。全体の価値に響かなそうなところを、破損させるのも贋作者がよくやる手だ。そして用途がわからないのは、自分にその知識がないだけかもしれない。後は全体の印象から判断するだけだ。

「いかがです?」

「私には、真作のように思えます。贋作めいた不自然さが見えませんし、宗教的な敬虔さが感じられるのと同時に、とても美しくて眼に快いので」

彼は手を腰の後ろに組んで、こちらを見ている。

その唇に浮かんだ微笑みは、なんだかいたずら小僧のようだと芹は思う。

「違います?」

「ええ。試験の解答としたら外れです。だが、あなたはとてもよく見られた。そしてこの場合は問題自体に罠があったので、そのことを告白しなくてはなりません。どうか怒らないで下さい」

「罠ですって?」

「私は最初に後期ゴシック様式、といいました。しかしゴシック期の作品とはいわなかった。それは嘘ですから。だが実のところ、贋作ということばは当たりません。これは私の友人で美術品の修復をしている工芸家が、私のためにゴシックのスタイルに倣《なら》い、古色を加えて制作してくれた像なんです」

彼は手を伸ばして像を持ち上げると、天使の下にある円形の底板を芹に見せた。そこには大きくMで始まるサインの文字が、刻み込まれていた。

これがゴシック期の作品なら彫り師は無名の職人で、作者の名を彫ることなどあり得ない。

「シニョリーナ、鑑定を頼まれたら見るだけでなく、触れてみることも大切です。中には舐めれば材質がわかる、という専門家もいるくらいですからね」

「おっしゃる通りです——」

芹はため息をついた。それくらいのことも考えつかないなんて、どうかしている。触れるなといわれたわけでもないのに。はめられたというよりは、ひとりで勝手に罠にはまったのだ。冷静だと思っていたのは自分だけなのだろう。

「解答はすぐそこにあった、私が思いつかなかっただけで。そういうことなんですね」

「いや、あなたがもしもこのサインを見つけたら、私はそれは修復者がつけた底板に過ぎない、と答えたでしょうね。それとは関係なしに、彫刻の方を鑑定してくれ、と」

「まあ、ひどい!」

芹は思わず声を上げ、同時に笑い出してしまった。

「シニョーレ。あなたにかかったら私なんて、まだ歩くこともできない赤ん坊みたいなものです」

「いやいや、そんなことはない。あなたはちゃんとご自分のことばを証明なさいましたよ。この像は確かに後期ゴシック期に彫られた作品ではない。しかし人を欺いて高く売りつけようというような、卑しい意図は微塵もふくまれていない。様式的にはやや現代的なものを加えながら、精神はゴシック期の彫り師さながら、敬虔で謙虚な信仰の心を表しています。あなたの目は確かにそれを感じ取られた。

だがもしもあなたに、鑑定家というにふさわしいほどゴシック期彫刻の知識があれば、様式の逸脱からあなたはこれを贋作と断言して、それ以上のものを見ようとはされなかったでしょう。現代の複写技術に裏付けられた図像研究の発達は、確かに美術品と向き合う人間の知識を豊かにし、見識を高めたかもしれない。しかしそれが別種の先入観となって、人の目を曇らせることもないとはいえますまい」

「おっしゃる通りです」

芹はうなだれて、もう一度同じことばを繰り返していた。後はため息しか出てこない。確かに彼のいう通り、中途半端な知識は目を曇らせることにしかならないだろう。それを正しく役立てるにはどうすればいい。

経験か。努力か。それとも生まれつきの天分なのか。自分が到底たどり着けない高山のふもとで、立ちすくんでいるような気がしてくる。自分は所詮極東のアジア人、西欧文明の伝統を血肉化している人々とは、血も文化も異なる異邦人でしかない。

「気になさる必要はありませんよ、シニョリーナ。これにはメトロポリタン美術館の中世部門学芸員ですら引っかかったんです。むしろ我が友の技能と、中世の彫り師に通ずる高い精神性を称揚しなくてはなりますまい。そして彼が経済的に困窮して、贋作作りの誘惑に駆られぬように気をつけなくては。さもないと美術市場は混乱に陥ります。彼にその気がなくとも、途中に入った画商が小細工をすれば、たちまち新発見のゴシック彫刻として取り引きされることになりかねませんからね」

そうだった。作者は贋作を作る気もないまま、過去のスタイルを復元した作品を制作し、それを安く買い上げた美術商が偽りの来歴をつけて高く売りさばく。そんな事件もこれまでたびたび起こっている。その場合作品は贋作として産み出されるのではなく、流通の過程で贋作にされるのだ。そうしたケースでは意図的な贋作以上に、見分けることが困難になるかも知れない。

「たびたびこれを、賭けに使ったりなさいますの？」

「とんでもない。話の通ずる方だけです」

「そして種明かしをされても、怒り出さないような人だけ？」

「その通りです」

彼は真面目くさった顔でうなずいてみせた。

「では私の誤魔化しはお許し願うとして、改めて私からの招待を受けていただけますか？」

「――はい、喜んで」

一切のためらいが払拭されたわけではない。だが、いまとなってはそう答えるよりなかった。この部屋に足を踏み入れてから、彼と交わした会話のすべてがここに行き着くためのものだったことを、芹は気づかないわけではなかったが。

IV

芹と彼が階下に降りると、すでにリムジンが路上に待ち受けていた。アナスタシアがすばやくドアを開き、三人が後部座席に並んで乗り込むと、車はすべるように動き出す。

日頃は観光客ばかりが目立つブティック街に、クリスマス・イブを明日にしたせいだろうか、美しいラッピングを抱えたミラノっ子の姿も多い。夕暮れ時のことで、車道は昼にも勝る混雑だ。だが運転手がよほどの手練れなのだろうか、その中を軽やかにかいくぐって、漆黒のベンツはスピードを上げる。

「一時間？　一時間半？」

いきなりセラフィーノが口を開いた。誰に向かってのことばかわからず、芹ははっと振り向いたが、

「晩餐の用意は七時半に申しつけてあります」

アナスタシアが答える。

「早すぎましたか？」

「いや。あまり遅くなるとお客様がお疲れになる」

感情のない口調でそう答えた彼は、芹に顔を振り向けて微笑みかける。

「ベルガモは行ったことがおありですか？」

「いいえ。まだです」

「あの街に我が家の館がひとつあります。そちらに夕食を用意させました。なにか召し上がれないものはおありですか？」

（館がひとつ、ね——）

まあ、お金持ちというのはいうことが違うわ、と思ったがそんなことは口には出せない。

「いいえ、特に食べられないものはありません。でも、あまりたくさんはいただけませんので」

「まさかダイエットでも？」

「違います。ただ、イタリアの食事は日本人には少し量が多すぎますから」

「最近はミラノ人も、それほど大食はしなくなりましたわ。ダイエットに関心を持つ人も珍しくありません」

アナスタシアがことばをはさんだ。

「ビジネスマンなら朝はカプチーノにブリオッシュ、昼はパニーニで済ませるのが普通になりましたし」

北イタリアでブリオッシュといえば、見たところはフランスのクロワッサンそっくりだが、かなり甘

みがついていて、ときには砂糖衣がかかっていたり、中にジャムやクリームが入っていたりする。そういう菓子パンをひとつつまんで、砂糖入りのカプチーノを飲むのがイタリアの一般的朝食だ。夕食が八時九時という時間なので、朝からベーコン・エッグなどは食べられないのだろう。甘いもののそれほど好きでない芹も、最近はそうしている。

パニーニというのは皮の固いドッグ・パンにチーズ、ハム、サラミなどさまざまな具を挟んだもので、軽食としては手軽で美味しいし、芹ならばそれひとつに飲み物で昼は足りる。しかし体の大きなイタリア人男性が、そんな程度で満腹になるだろうか。物足りない分を遅い時間の晩餐にまとめて食べるとしたら、あまり健康的な食生活とはいえなさそうだ。

「南の方がたくさん食べる、ということはあります？　以前シチリアに行ったときですけれど、パレルモだったかしら、サーディンとフェンネルのスパゲティを頼んだら、どう見ても乾麵にして二百グラム以上はありそうな大皿が出てきてしまってびっくりしました。一人前じゃないんだろうかって」

「それを、全部召し上がったの？」

「いいえ、半分くらいでギブ・アップしました。食べ物を残すのっていやなんですけれど、どうしようもなかったんです」

「でもそれは、店の方で加減してくれていいのではないかしら。ミラノなら、ある程度のレベルの店ならそれくらいしてくれると思いますよ」

「観光地の店だからかもしれません」

「そうね。どちらにしろ同じイタリアといっても、南は北とはまったく違う国とお思いになられた方がいいわ」

彼女は芹が列車の中で考えていたことを、裏書きするような見解を口にする。ふたりが話している間、真ん中に座ったセラフィーノは口を閉ざして、物思いに耽《ふけ》っているようだった。

やはりミラノ周辺の渋滞から抜け出すのにはそれなりの時間がかかり、車がベルガモに入ったのは七時を回っていた。この街で有名なのは、十九世紀の整然とした街並みが広がるベルガモ・バッサの北側に、堡塁に囲まれた中世的な丘の街ベルガモ・アルタが浮かんでいる独特の景観だ。だがいまはその丘も、すっかり夕闇に包まれている。

漆黒のリムジンは丘に向かってまっすぐに延びる大通りを進み、アルタに通ずるケーブル駅の手前を左に入った。糸杉の突き立つ丘の斜面を、巻くようにしてしばらく上がり、停まる。鉄柵の門が内から開かれた。ツゲを刈り込んだ緑の花壇、園路の交差点には噴水のある円形の池。その向こうに三階建ての館が、白壁に夕闇をまとって静まっている。

数段の階段の上に扉が開き、明るい灯火がもれていた。その光を背にして立っていた影が、ふいに動いてふかぶかと頭を垂れた。

「お帰りなさいませ、ご主人様」

タキシードを着込んだ老人が、真っ白な髪をきっちりとなでつけ、しなびた顔を上げる。まるで絵に描いたような執事じゃない、と芹は笑いたくなった。これじゃエラリィ・クイーンより、ディクスン・カーだ。そんな考えが頭に浮かんで、しかし古典的な本格ミステリとなれば、当然のごとく事件は連続殺人——

(いやだ、冗談じゃない。これ以上不審死なんてまっぴらよ!)

頭に浮かんだものをあわてて振り払った。

敷居をまたいだところは天井の高い玄関ホール。その壁に畳三枚分くらいはありそうな巨大な金塗りの額縁に納められてかかっているのは、細かく枝分かれした樹を横から描いたもののように見えるが、絵ではない。木の枝には白い札が描かれて、名前と紋章が枝に生った木の実のように書きこまれている。家系図なのだ。イタリア語ではこれをアルベロ・ジェネアロージコ、子孫の樹と呼ぶ。

照明が暗くて、その名前まではとても読みとれないが、額縁の上中央に立体の紋章がついているのが見えた。盾形の楕円の中央に見えるのは、芹のもとに届けられた招待状の封蠟に押されていたのと同じ、翼の生えた塔だ。それがアンジェローニ・デッラ・トッレ家の紋章なのだろう。そういえば家名のTORRE《トッレ》には、『塔』という意味がある。

　若い主のコートを受け取った執事が、何日ご滞在でございますか？　と問う。夕飯を済ませたらパラッツォに行くと彼が答えると、謹厳な執事の表情が揺らいだ。老人は見るからに悲しげな顔になった。だがアベーレは声をかけてやろうともしない。冷たい人ね、と芹はひそかに憤慨する。その表情に気づいたのだろうか。アナスタシアが自分のコートを腕にかけ、芹のそれを受け取りながら小さな声でささやいた。

「アベーレはこの屋敷で生まれたそうですの。執事のアルフレートは子供時代から彼の世話係でしたから、彼が時折帰ってきてくれるのだけが楽しみなんです。でもアベーレはあまりここが好きではなくて、ミラノのアパルタメントに住み着いたきり。たまに食事をしに帰るのがせいぜい」

　確かに自分の住居として考えたら、この館は陰気過ぎるかもしれない。無論傷んでいるわけでも、汚れているのでもないのだが、そんなふうに感じてしまうのはなぜなのだろう。

「でも、他のご家族は？」

　芹は問い返したが、返ってきたのは視線とわずかに振られたかぶりだけ。それもまた、自分が説明するべきことではないというのだろう。

　晩餐の間は玄関ホールの左手にあった。外から見たときは比較的こぢんまりした建物のように見えたが、こうして中に入ってみると天井の高さは日本の住宅の二階分は優にありそうで、その下に置かれた長いテーブルには椅子が二十脚並んでいる。主人の席は、芹が立ったまま入れそうな暖炉を背にしていて、その上にはこれも巨大な肖像画が一枚。髪を短く切った壮年の男性で、軽く体をひねってこちらを見つめる視線が険しい。面長で鷲鼻、下唇が厚く、少し受け口。美男とはとてもいえないが、印象的でただならぬものを感じさせる顔ではある。手袋を脱いだ左手を腰に当て、右手はその手袋を握って奥へ伸ばしている。

(服装は十六世紀前半……)

ルネサンス盛期の十五世紀の衣装とは明らかに違う。けれど十六世紀も後半になるとスペイン風の、ぴったりした胴着やかぼちゃみたいに膨らんだブルマー状の脚衣が流行してくるから、それ以前だ。とするとこの肖像は、アンジェローニ・デッラ・トッレ家の始祖であると資料に記されていたルイジだろうか。彼は神聖ローマ帝国皇帝に従って、一五三〇年にイタリアへ現れたとあったから。

しかし絵のスタイルは十六世紀的には見えない。もっとずっと新しい。古い肖像画をもとに新しく描き直させたのかもしれない。この館にしても、食堂のインテリアは武骨な中世風だが、外観は優雅な新古典期のスタイルだった。制作された年代と描かれている対象の時代がずれるのは、贋作のためとは限らない。過去に対するノスタルジーや回帰願望が、造形芸術にあっても過去の模倣を生み、ときにはそこから新しい様式が生まれる。

決してへたな画家ではないな、と思いながら丹念に視線を巡らせていた芹は、ふと奇妙なことに気づいた。まさか急に乱視にでもなったわけでもあるまいと、目をこすりたくなる。だが、やはり見間違いではない。筆がすべったとも見えない。

(どうして？——)

「シニョリーナ・セリ？」

背後から呼ばれてはっと我に返る。

「お支度ができましたわ。どうぞ」

アナスタシア・パガーニが、スーツの上に白いエプロンをつけて立っていた。

いつの間にか巨大なダイニングテーブルには純白のクロスが敷かれ、長いテーブルの真ん中あたりに皿やグラスやカトラリーが三人分セットされている。アベーレ・セラフィーノは椅子にかけて、金色の液体が入ったグラスを手にしていた。

「お飲みになりませんか？　我が家の葡萄園で作らせたものです。辛口の、シェリー風の味ですが」

「シェリーも作っておられるんですか？」

「生産量が少ないので、製薬用に回す以外は自己消費です」

アナスタシアがグラスを芹の前に置いた。手に取って顔を寄せると、少しくせのある強い芳香が鼻先に立ち上る。口に含むとその香りが、口から鼻へやわらかく抜けていく。続いて出された食事も、いままで芹がこの国で食べた料理の中では五本の指に入るだろう味わいだった。

イタリア料理といえば日本では、トマトとオリーブ油が真っ先に頭に浮かぶが、北イタリアではバターや乳製品が多く使われて濃厚な味わいになる。嫌いな味ではないが、ときにはしつこくて持て余す。

だがここの料理は決して重くない。鴨の炙り肉とキノコのサラダから始まって、ワイン風味のリゾット、シナモンの香りを効かせたほんのり甘いかぼちゃのラビオリ、白身魚のフリット、子牛のカツレツ。玄関で出迎えた老執事は現れず、ドアのところまで運ばれたカートをアナスタシアがそのたびに席を立ち、受け取って給仕した。さすがにチーズとデザートは断ってコーヒーをもらったが、ぽこんと出っ張ってしまった下腹を、いまさら遅いとはわかっているものの、スカートの上から押さえたくなる。

ワインは当然この家の葡萄園で醸されたもので、料理に合わせて軽くフルーティな白からきりっとした辛口の白、ミディアムの赤から重厚なタンニン味と香気のある赤まで、各皿ごとに換えられたが、アルコールには弱いので、と、グラス半分味見をさせてもらった後はミネラルウォーターを飲んでいた。

シェリーも一口だけで止めている。

本当をいえば、芹は決して弱い方ではない。父と父の兄弟が無類の酒好きで、顔を合わせれば必ず酒盛りになる、その遺伝かもしれない。だが若い娘があまり大酒を呑むのはみっともないと、自分は飲まない母親に口が酸っぱくなるほどいわれたことを思い出して、猫をかぶることにしたのだ。いくらなんでもここで酔っぱらったり、眠ったりしてしまうわけにはいかない。

(それにしても満腹……)

ミラノ行きの列車に揺られていたときの緊張感など跡形もなく、あくびをもらしかけた芹に、

「先程、あの絵を見ておられましたね」

コーヒーを飲み終えたアベーレが声をかけた。アナスタシアはコーヒーを出したときに、空いた皿を載せたカートを押して食堂から姿を消している。

「なにかお気づきになりましたか?」

「テストの続きですか?」

アルコールは少しでも、効いていないわけではない。すっかりリラックスしてしまった芹は、笑いながら聞き返す。

「あれはご先祖の肖像、それも十六世紀ではなく後世に描かれたものだろう。それくらいしかわかりません」

「正解です。ということはあなたは、ある程度我が家の歴史については予備知識をお持ちなのですね」

「ほんの少しです。一五三〇年のカール五世の戴冠のときに、ルイジという方が皇帝の随臣としてやって来られた。彼はそのままイタリアに留まり、何代か後にベルガモの北にパラッツォが建てられた。それくらいしか存じません」

「結構。では我が家がその当時から、もっぱらミラノと神聖ローマ帝国についていたこともご承知ですね?」

「ええ」

「しかしベルガモは一四二八年のカルマニョーラの

戦い以降、ナポレオンの侵攻まで、約四百年間ヴェネツィア共和国の支配下にありました。我が家がこの土地を得て住まいを建てたのはイタリア王国の統一後、今世紀に入ってからで、あの肖像画が描かれたのはそのときのことです。もっとも生前に描かれた原画は別にあって、画家はそこに表されているルイジの特徴を、余すところなく正確に写し取ったといいます」

「でも……」

いいかけて、芹はまたちょっとためらう。

「どうぞ。なんでも気がつかれたことをいってごらんなさい」

うながされてようやく口を開いた。

「あの絵の中の人物の手、指が六本あるように見えるのですが――」

腰に当てた左手と手袋を握った右手。どちらも中指が二本ある。描き間違いだと思いますけれど。そう続けようとしたのに、

「そうです」

アベーレはうなずいている。

「我が家に伝えられているところでは、始祖であるルイジ・アンジェローニ・デッラ・トッレは両手の指が六本あったということです」

「え……」

しばらく芹は絶句していた。どう答えていいのかわからなかったのだ。食卓の向こうでアベーレは平然と微笑んでいる。その気楽そうな顔。これもまた冗談なのか。それとも……

「そんなに驚かれますか?」

尋ねられて、ようやくうなずいた。

「え、ええ。だって、そんな人とは会ったことも、話に聞いたこともありませんし。――冗談では、ないんですね?」

「もちろん違います。第一冗談だとしたら、あまりよい趣味ではありませんね」

彼はふらりと椅子から立ち上がった。両手をスー

ツの上着のポケットにつっこんで、長い脚を左右に振りながら歩いていく。まるですねた子供みたいな格好だ。暖炉の前に立ち止まった。肖像画を見上げながら、こちらに向き直る。

「彼の両手には生まれたときから六本の指があった。奇形としてはさほど多いものではありませんが、といって極めて稀というほどでもない。Polydactylia 多指症、という症名もついています。たとえば、そう、あなたの国にも過去の有名人で、六本の指を持っていた人物がいました。ご存じではありませんか」

「ほんとですか?」

芹は半信半疑で聞き返す。

「なんという人です?」

「イデヨシ、そんな名前でしたね。四百年ほど前の日本の支配者だそうです。あ、いや。語頭のHを発音《アッカ》するわけだから、——ヒデヨシ、ですか」

「ヒデヨシ、豊臣秀吉ですか?」

「ええ。ご存じですか」

「それは、彼の名前は日本人ならほとんど知っていると思いますが、彼が六本指だったなんて、いま初めて聞きました」

「ヒデヨシの親しい知人であったトシイエというサムライが、晩年の回顧談の中で語っているそうです。『タイコウ・ヒデヨシ』は右手の親指が一本多かった、そのために彼は仕えた君主から、『六』という異名で呼ばれていた、と」

「トシイエ——前田利家ですね……」

そして彼が仕えた君主とは、織田信長だろう。日本史は専攻もしなかったし、それほど興味があるわけでもないが、大衆歴史文学やテレビドラマで繰り返し取り上げられた時代だ。それくらいの名前は、なんとなく記憶に残っている。前田利家というのは確か、秀吉が木下藤吉郎であった時代からの盟友だったはずだ。彼のことばなら、信憑性は高いというべきだろうか。

「もちろん私は日本語の文献は読めませんから、参照した翻訳が不正確だという可能性はあります。ただ当時日本にいたイエズス会の宣教師ルイス・フロイスも、彼の未完の草稿『Historia de Iapam』の中に秀吉の片手の指は六本あったと書き残しています」

「『Historia de Iapam』——フロイスの『日本史』のことですね」

「古い時代のポルトガル語で書かれている上に刊行はされていないので、私もリスボンの図書館にある写本の当該箇所を見せてもらっただけですが、確かにこうありました。『彼は身長が低く、また醜悪な容貌の持主で、片手には六本の指があった』」

そこまで明快に断言されても、まだ芹はうなずく気にはなれなかった。秀吉に思い入れがあるわけではない。だが、なまじ有名すぎる人物だからこそ違和感は強い。眠くなるほどお腹がくちいところで聞く話題にしては、刺激的すぎる。

「でも彼は日本では大衆的にとても人気のある人物で、小説などでも繰り返し取り上げられています。けれどその中にはこれまで一度も、彼が六本指だったなんて書かれていなかったと思います」

「フロイスが秀吉のキリスト教徒弾圧に怒って、彼に対する悪口雑言を並べている、その中に出てきたことばですからね。しかしそれだけでなく、あなたがたにとって見たくないことだったからではありませんか？」

「そうですね。おっしゃるとおりです。日本では昔から障害者に対する差別はありましたし、それはいまも無くなったわけではありません」

肉体に対する差別を肯定するつもりなど毛頭ないが、秀吉がそうした先天性奇形を持っていたことが知られていたら、テレビドラマが彼を主人公にすることなど絶対なかったろう。最近のマスコミは差別に抵触することを警戒するあまり、逆にそうした非難を受ける恐れのあるものには一切触れまいとしているようだ。天皇制へのタブー、部落差別、民族差別、さまざまな病気や障害に対する差別……

「それはおそらくルイジが生まれた当時の欧州でも、あまり変わらなかったと私は思います。キリスト教社会にあっては、奇形児の誕生は神の怒りの現れであり、災害や惨事の予兆として受け取られましたから」

アベーレは頭を反らすようにして、背後の壁にかかった肖像画を見上げた。

「彼はその指のために、そうでなければたどっただろう人生とは、まったく別の道を歩むことになった。それが不幸ばかりではなかったことは、彼の残した事績からしていえるとは思いますが」

「それは、どういう意味ですか？」

彼は視線を戻して、微笑んだ。

「良い眼を持つシニョリーナ。どうかもう一度よく、ルイジの顔を見てみて下さい。この特徴的な容貌と似た顔を、他で見た記憶はありませんか？」

確かに、凡庸な顔ではないと芹は思う。突き立った鷲鼻、長すぎる顔、分厚い下唇の顎が前にせり出した――

「あ！」

思わず声を上げていた。まさか、そんなはずはないと思いこんでいたからいままで気がつかなかった。だがこれほど顕著な特徴、わからない方がどうかしている。

「ハプスブルク面貌……」

「そう。おわかりになりますか？」

「ではルイジは、ハプスブルク家の血を引いていたといわれるんですか？　デッラ・トッレ家の流れを引くというのは――」

「それが表向きの名乗りだったのでしょう。しかし真実は神聖ローマ皇帝マクシミリアン一世と、ミラノ公ルドヴィコ・スフォルツァの姪、ビアンカとの息子。我が家ではそういい伝えられています」

ヨーロッパの中心部にほぼ七百年の長きにわたって、君臨し続けた汎国家的一族。それがハプスブルク家だ。一二七三年、スイスの西国境近くの山地に本拠を持っていた無名の小貴族が、神聖ローマ帝国の支配者に選出された。むしろその無力さゆえに。当時の皇帝は選帝公らに担がれる旗印のようなものでしかなかったのだ。

だがハプスブルク家はその思惑を覆した。時代時代の紆余曲折はあったが、一族はやがて中欧の覇者となり、いっときはスペインをも支配下に置いて、現代の入り口までその国家を維持した。

ハプスブルク面貌とは、しばしばその一家に現れる特徴的な容貌で、十八世紀に女帝マリア・テレジアの娘として生まれたマリア・アントニア、フランス王家に嫁いだマリー・アントワネットにも、受け口が伝えられている。だがたったいま芹の脳裏に浮かんだのは、アベーレが口にしたまさしくその名、マクシミリアン一世とその子供たちを描いた絵だ。

ブルゴーニュ公国の公女と結ばれて一族繁栄の基礎を築いたマクシミリアンとその子供たちは、そろって鷲鼻、面長、分厚い唇と受け口の持ち主だった。

マクシミリアンの妻となったマリー・ド・ブルゴーニュは、フィリップとマルガレーテ、ふたりの子供を残して五年足らずで逝った。フィリップはスペインの王女ファナと結婚し、その子カールがやがてスペインと神聖ローマ帝国、双方の王座に登ることになる。芹が大学で見つけてコピーした本によれば、このカール五世がルイジ・アンジェローニ・デッラ・トッレを連れてイタリアへ現れることになるのだが——

「マクシミリアンは一四九三年、父フリードリヒ三世の死によって帝位を継いだ直後、ミラノ公スフォルツァ家のビアンカと再婚しました」

「でも、ビアンカ・スフォルツァとマクシミリアンの間には、子供は生まれなかったと読んだように思うのですけれど……」

生まれついた肉体の奇形のために、その存在は歴史から抹殺されたというのだろうか。アベーレは芹の目を見ながらうなずいた。

「そのためだけではなく、もともとマクシミリアンとビアンカの結婚は祝福されるものではなかったのです。当然子供の誕生も」

「身分が違いすぎた、ということでしたね」

「そう。結婚はハプスブルク王朝繁栄の最大の武器でしたが、だからこそ貴賤結婚《メザリアンス》は忌むべきものとして排斥されました」

各国の王族クラス以外は、正当な結婚相手とは見なされない。その伝統は延々と受け継がれた。

ハプスブルク王朝末期の皇帝候補者フランツ・フェルディナンドは、ボヘミア貴族ホテク伯爵家の娘ゾフィーに恋し、幾多の反対を押し切って結婚を強行した。

だがその代償として彼は、ゾフィーには皇后の称号もいかなる栄誉特典も与えられず、その子たちにも皇位継承権は与えられないという文書に署名しなければならなかった。彼が皇位に即《つ》くことなく、妻とともにサラエボで暗殺され、そのわずか四年後にハプスブルク帝国が消滅することとなったのは、歴史の皮肉以外のなにものでもない。

スフォルツァ家はミラノ公といっても、その祖フランチェスコ・スフォルツァは、舅であるミラノ公フィリッポ・マリア・ヴィスコンティの地位を我がものにした平民上がりの傭兵隊長に過ぎない。そしてイル・モーロの異名で知られるビアンカの叔父ルドヴィコ・スフォルツァもまた、甥ジャンガレアッツォ・スフォルツァの公位を簒奪するかたちでミラノ公となっている。モーロ、すなわちムーア人という名は、彼が色黒であったのと同時に腹黒いといったニュアンスを含んでいた。つまり当時から、決して世評は高からぬ人物だったのだ。

「それならなぜマクシミリアンは、そんな結婚をしたんでしょう?」

「ひとつには、数十万グルデンといわれる莫大な持参金のため」

「――――」

それはちょっと情けない、と芹は思う。皇帝といっても富裕だとは限らないだろうが。

「しかしより大きな理由は、彼がローマに行くことを切望していたからといわれますね。神聖ローマ帝国の支配者は、皇帝と名乗るためには聖都ローマに上り、神の代理人たる教皇によって戴冠されなくてはならない。彼の父フリードリヒ三世はその機会を得た。彼もまたローマへの道を確実にするための橋頭堡として、ミラノとの同盟を築きたかった。

しかしマクシミリアンは、とうとうその宿願を果たすことはできませんでした。一四九九年、イル・モーロはフランス軍に破れてミラノを落ち、捲土重来を期して兵を起こしたものの再度破れて投獄された。一五〇八年、冬のアルプスを越えたマクシミリアンは行く手をヴェネツィアとフランスの軍勢に阻まれ、トレントの大聖堂で戴冠の儀式も教皇の祝福もなく、皇帝宣言を行うことになった。以後マクシミリアンは文書でも口頭でも皇帝の称号を使用することになりましたが、厳密にいうなら皇帝にはなれぬまま、一五一九年に没したのです」

「その宿願を達したのが、孫のカール五世」

「そうです」

アベーレは軽くうなずいて、

「そしてルイジはマクシミリアンが孫に最初に与えた側近でした。歳はルイジが四、五歳上なだけですから、乳兄弟のようなものでしたが」

「ではマクシミリアンは、ビアンカが生んだ息子を嫌っていたわけではないんですね」

「ほっとされましたか？」

「はい」

思わず大声で答えてうなずいてしまった。

「おっしゃるとおり、マクシミリアンがルイジを心から信頼していたのでなければ、彼を大事な跡取りの孫の側近とすることはなかったでしょう。ルイジは幼いカールとともにフランドルからブルゴーニュ、カスティーリャへと赴き、マクシミリアン崩御に続くアーヘンでの即位式にも、その後も、常にカールのそばを離れることはありませんでした」

「でも、一五三〇年以降はミラノに留まるんですね？」

「そうです。彼は皇帝カール五世であると同時にスペイン王カルロス一世でもある主を、ミラノから支え助ける役を負いました。ただし、彼の真の役割を理解している者は、あまり多くはなかったのではないでしょうか」

「私にもよくわかりません」

「それは、そうですね。いずれお話しすることになるかもしれませんが、いまは時間がありません。そろそろ出かけた方がいいでしょう」

急にアベーレは手首の時計に眼を落とした。

「ヴィラ・ダルマまではほんの数キロですが、道があまり良くないので、思いの外時間がかかるのです」

こちらに向かって歩き出しかけて、しかし彼はまた足を止めた。壁の肖像画を振り返った。

「古代宗教の中には、第六の指を叡知のしるしと考えるものもあったそうです。しかし我が家では、ルイジの指は『天使の翼』と呼ばれていました。いまとなってはあまり、口にする者もありませんが」

「天使の翼……」

口の中で繰り返しながら、芹もふたたび肖像画を見つめている。飾り気のない黒衣の男の腰に、白く輝く指。

「天使尽くし、なんですね」

アベーレは一瞬戸惑ったように眼をしばたたいたが、

「お名前も、これからうかがうパラッツォも、ミラノのお店も」

「ならばあそこにもあります」

いいながら彼は手を上げて、額縁の上辺を指した。

「我が家の紋章。そして周囲のリボンに描かれているのは、銘言です。お読みになれますか？」

「いいえ――」

芹は近眼ではないが、さすがに遠すぎる。

「『天と地を結ぶ』です」

額にはラテン語で記されているのだろうが、彼はイタリア語に訳して聞かせた。芹はそのことばを口の中で繰り返して、ようやく気がついた。

「それでは、あの紋章の図柄は翼の生えた塔ではないんですね？」

「ええ、あれは『ヤコブの梯子《スカーラ・デイ・ジャコベ》』です。おっしゃる通り、天使尽くしですね。だが我が家に現存するもっとも天使的《アンジエリコ》なものを、これからあなたはご覧になることになります」

（天使的なもの？……）

それ以上聞き返すことはできなかった。ドアが開いてアナスタシアが姿を見せたのだ。彼女はすでにコートを着て、芹のコートを腕にかけている。彼女の背後には黒服の執事が、アベーレの外套を抱えて控えていた。

「そろそろまいりませんと、遅くなりますわ」

彼はそのことばに、軽く顎をしゃくる動作だけで答えた。

V

『ヤコブの梯子』――それは旧約聖書創世記二十八章に現れる物語だ。

ユダヤの族長イサクの息子ヤコブが、旅の途上石を枕に野宿をして夢を見た。ひとつの梯子が天と地を結び、そこを天使たちが上り下りしていた。そして神が現れ、ヤコブに彼の伏している土地を与えて祝福したという。『我汝とともにありて、すべて汝が往くところにて汝を守り、汝をこの地に引き返すべし』

芹もクリスチャンでは無論ないが、聖書は一通り読んでいる。物語としては福音書が中心になる新約よりも、ユダヤ民族の歴史小説的な旧約の方がおもしろい。だが物語的な興味で読んだ場合、ヤコブという人物にはあまり好感が持てなかった。彼にはエサウという名の双子の兄がいたが、ヤコブは兄の留守に、年老いて目の見えなくなった父イサクを欺いて父の祝福を受け、本来なら長子のものである相続権を得た。

父のために猟をしていたエサウは遅れてやってくるが、イサクは欺かれたとわかっても、一度与えた祝福を取り消すことはできない。『父よ、父の恵みただひとつならんや。父よ、我を祝せよ、我をも祝せよと、エサウ声を上げて泣きぬ』。初めてそれを読んだ高校生の頃、彼の嘆きの生々しさに胸を突かれたものだった。

話では母親のリベカが、兄より可愛がっていたヤコブをそそのかし、その欺きに力を貸したことになっている。兄は当然ながら弟を憎んで、父が逝ったらヤコブを殺そうと考える。それに気づいたリベカがヤコブを自分の兄の元に逃がし、その旅の途上で彼は天地を結ぶ梯子と神の夢を見るのだ。

それは神が、ヤコブの欺きを了承したことを意味する。旧約の神はしばしば人間に対して理不尽な真似をするが、これもそのひとつだと芹は思った。神は正義を守るものではないのか。確かにエサウは長子権を軽んじるようなことをいったり両親の意に添わぬ異民族の妻を娶ったりはしているが、それがこれほどの仕打ちを受けねばならぬ罪なのだろうか。

例によって叔父にその疑問をぶつけると、彼は少し困ったような顔をしながら顎を掻いた。

「知恵のある末の子が力ばかりの兄たちを圧倒して、最終的な勝利を得る、てなタイプの話は世界中にあるからな。グリムの童話とか、日本神話の大国主尊《おおくにぬしのみこと》と八十神《やそがみ》の話とか。旧約の話もそのひとつだと見ていいんじゃねえか？　どこの国だったか忘れたが、末子相続が正統とされていたところもあったはずだ。不思議なようだがよく考えれば、親子の年齢差からみてもその方が合理的だったたってのもわかるだろう？」

叔父はその後で、こういう話はあんまり兄貴の前ではしない方がいいかもしれねえぞ、と釘を刺した。兄貴とは芹の父のことだ。どんなきっかけのことがあってか、確かなことは知らないが、芹が物心ついたときから父と叔父は折り合いが良くなかった。

芹には兄弟がいない。妊娠中の母親に卵巣嚢腫が見つかり、命に別状はなかったものの、芹の出産後摘出手術を受けたのだ。それでも淋しいと思ったことはない。父の実家である煎餅屋には伯父の子供が八人もいて、家が近いもので子供の頃は毎日行き来し、いっしょに暮らしていたようなものだったから、遊んだり喧嘩したり小さな子の面倒を見たり、賑やかすぎるくらいだった。

父は五人きょうだいで、長姉は一度結婚したが、子供ができぬまま夫に先立たれて以来は実家に腰を落ち着け、大家族の切り盛りを助けてきた。長男は大学を出て会社勤めをしていたが、父親の死後結局煎餅屋の後を継ぎ、幼なじみと結婚して生まれた子供が八人。次男が芹の父で実家の近くで小料理屋を営んでいる。彼には双子の妹がいたが、子供の頃に病気で死んだ。末が美術史学者の叔父だが彼は長姉の嫁ぎ先に養子に入って、その姓を名乗っている。ただし結婚はしておらず、子供はいない。

一月一日から店を開ける商家の正月はないも同然だが、十五日には毎年必ず叔父も、家を離れている従兄弟たちも帰ってきて、祖父母はすでにないが父の兄弟が四人、子供が芹を含めて九人、孫の世代がすでにふたり。広くもない下町の家は賑わいにあふれ返る。去年はイタリアから帰って参加したが、今年はたぶん帰らないだろう。日本を離れ、血の繋がった者たちから遠く隔てられた土地で暮らすことに慣れてくると、膝をつき合わせての一族集合が自分とは無縁のもののように思われてくる。懐かしくはあるがすでに遠い過去のような、そんな気がしてしまう。

それでも自分に兄弟姉妹がいたらどうだろう。これほど簡単に、日本との距離を感じてしまうことはなかったのではないだろうか。親は確かにもっとも密接な肉親だが、そこには絶対超えられない距離がある。兄弟は、たとえ年齢差はあっても基本的に対等だ。喧嘩したりいじめたりいじめられたりしながらも、いざとなればお互いを信じ合い頼り合う、伯父の家の八人兄弟を見ているとやはりうらやましくなる。だが兄弟のきずなが負の方向に働いたときは、他人同士より遥かに陰惨な感情が湧くのではないか。

創世記はヤコブの兄に対する思いを語らないが、ヤコブが穏やかな人であったのに対し、エサウは巧みな狩猟者であって、父イサクは鹿肉が好きだったからエサウを愛したという。ヤコブは母に愛されたというが、彼の中に父に愛される兄への妬みはなかったろうか。飢え疲れて野から帰ってきた兄が食べ物を求めたとき、その代わりに長子権を売れとヤコブはいい、エサウは承知した。聖書は『かくエサウ、家督の権を軽んじたり』と、あたかもエサウの罪のように描いているが、疲れた兄から冗談めかして言質を引き出したヤコブの卑劣さ、そんなことを彼にさせた屈折の深さをこそ、芹は感じるのだ。

母リベカが父を騙すことを薦めたときヤコブは、父にそれとわかれば祝福どころか呪いを受けるだろうと後込みする。それを母が、呪いは自分が受けるからと重ねていってヤコブを説得する。これはヤコブの責任を軽くするための修辞とも考えられるが、父よりも母に愛された『質朴《すなお》なる人』ヤコブの母への従順さ、言い換えれば性格的な弱さを示す記述とも読める。

だとすれば彼は母の企みに乗るだけの狡猾さは持ち合わせていたものの、首尾良く父を騙した後も父と兄の怒りに恐れおののいていたはずで、逃亡の旅の途次に見た夢、天と地を繋ぐ梯子と天使たち、そして彼を祝福する神は、彼の恐怖と後ろめたさの表れだということになるだろう。無論旧約聖書がユダヤ教キリスト教の聖典である以上、神が現れたと書かれてあればそれは文字通りの意味なわけだが、そんな深読みをそそるものが簡潔な文章の中には確かにある。そして物語的な読み方をしていると、旧約の中では兄弟の葛藤が執拗に繰り返されているように思われてくる。

聖書に現れる最初の殺人も、兄カインによる弟アベルの殺害だった。神が弟の供え物を受容したが、彼の供え物は顧みなかった。

その妬みのゆえに兄は弟を殺したという。なぜ神はそんな不公平をしたのか。カインを試みたのかもしれない。彼が弟に対する怒りに負けぬことを望んで。しかし彼は試みに耐えることができなかった。

カインは己れの罪を隠そうとするが、無論のことそれは叶わない。神はカインの罪を責める。『汝何をなしたるや。汝の弟の血の声地より我に叫べり。されば汝は呪われてこの地を離れるべし』。神はそれ以上カインを断罪することなく、彼が他人から復讐されることもないようしるしをつけたが、その罪が雪《そそ》がれたわけではない。アダムから始まる人類の系譜において、カインは永遠に追放されたのだ。

自分だったらエサウとヤコブ、どちらになりそうだろう。血の近さゆえの愛憎。妬み。神の、あるいは親の、愛情を奪い合い争う兄弟。原初的な人間の業だ。それを味わうべくもない自分は、幸せなのかもしれないと芹は思う。エサウになって弟に裏切られても、ヤコブになって兄に憎まれても、きっと苦しい。カインであればおそらく弟に対する妬ましさで身を焦がし、アベルであれば神の恵みを当然と受け取って、兄の苦悩になど気づきもしないだろう。

「──なにもかもってわけにゃあいかねえんだよ、芹。人間ってえのはな……」

また、叔父のことばが耳によみがえる。きょうだい五人の中でなぜ歳の近かったふたり、次男の父と三男の叔父の仲がうまくいかなかったのかはわからない。だがふたりのわだかまりはいまも消えたわけではなく、父は酔えば叔父に対する批判を口走って、母にたしなめられることも稀ではない。子供のできない姉の嫁ぎ先に養子に入っておきながら、結婚もせずにイタリアに逃げ出して、養父が亡くなるまで戻ってもこなかった。父がいうのはいつもそれだ。芹が叔父の感化で将来を決めたことを、父が喜ばないのもそのためだったかもしれない。

「兄貴がいう通り、俺ァ逃げた人間かもしれねえ。結婚もせず、子供も作らず、この歳になっても好き勝手、気ままに暮らしている。人としての義務を果たしてねえと、いわれりゃあその通りかもしれねえさ。だがな、俺は後悔はしねえと思うよ。だってなにがあろうと、そりゃあ俺自身が選んだことなんだからな──」

「──シニョリーナ、お疲れですか?」

ふいに声をかけられて、芹ははっとまばたきした。まどろんでいたわけではないが、いつか物思いに沈んでいまいる場所を忘れていた。ミラノから乗ってきたベンツにふたたび乗り込んで、走り出した道は闇に包まれている。不規則な振動が足元から絶えず伝わってきて、まさか舗装されていないわけではないだろうが、かなり傷んだ道のようだ。

車内のほの暗さに、アベーレの白い顔の輪郭がおぼろに浮かんでいる。その眼が、垂れかかった前髪の陰からこちらを見ていた。

「すみません。ちょっと、いろいろ考え込んでしまっていたんです。招待状をいただいたときからずっと、紋章は翼の生えた塔だとばかり思っていたものですから」

「ああ、『ヤコブの梯子』が意外でいらっしゃった」

「それで、旧約のヤコブのエピソードをあれこれ思い出していたんです」

彼には兄弟はいないのかしら。芹はふと思う。いるとしたらうっかりしたことはいえない。もしも本当に折り合いが悪かったりしたら、知りませんでしたでは済まなくなる。芹は、いまは助手席に座っているアナスタシアの表情が気になった。

さっきベルガモの屋敷を出る前、食堂に入ってきた彼女が、それまでとは違った表情でこちらを見ている気がしたのだ。目は色の付いたレンズで隠されて、はっきりとはわからなかったが。

彼女はドアを開ける少し前から、アベーレの語ることばを聞いていたのではないだろうか。祖先がハプスブルク家の隠し子で、しかも多指症だった。そんなことまで初対面の自分に話してしまうことに、彼女が異論を覚えたとしても不思議ではない。

「天使が梯子を上り下りしているって、とても具象的で興味深いですよね。他にはそんな記述は見られないし、羽が生えているのにどうして梯子がいるのかしら、なんて思ってしまいました」

芹は話題をそちらへ向けることにした。四世紀のカタコンベの壁画や中世写本の細密画では、文字通り大地から天に斜めにかけ渡された梯子に、天使が取りついていた。宗教的な厳粛さなどより、メルヘンぽさを感じてしまう情景だ。しかし時代が下がるに連れて、画家もそのあたりが気になってきたのか、梯子は天地を結ぶ壮麗な階段となり、また光の帯や混沌とした雲で表現されるようになる。

「そう。しかし私はなぜそれが夢であったのか、ということも気にかかります。創世記の中で、神はたびたびユダヤの族長の前に姿を顕わし、あるいは天使を遣わして奇蹟を成す。なぜこのときヤコブは夢でしか、神とまみえることができなかったのでしょう」

「さあ——」

「そう考えると、ヤコブは神を見たのではなく、神の顕われる夢を見たのだ、と考えたくなりますね。なぜなら彼にはその夢が必要だった。彼は已れの所業ゆえに、親元を離れていく旅の途次にあったのだから」

芹が考えていたことを読み取られたようだった。

「なぜか旧約ではしばしば兄が弟に辱められ、貶められる。カインのアベル殺害も、元はといえば神が弟の捧げ物だけを嘉納して兄を辱めたからだ。いったいなぜなのでしょうね。神はアブラハムの最初の子イシマエルではなく異母弟イサクを契約の主と選び、イサクの長子エサウは双子の弟ヤコブに負け、ヤコブの末の子ヨセフは誰よりも父に愛されたがために兄弟たちに憎まれ、エジプトへ奴隷として売られたが、最後には祖国に戻って勝利を我がものとした。シニョリーナ、あなたはそのことを疑問に思われたことはありませんか？」

「あります。旧約の神は、しばしば人間の理解を越えていますね。全知全能の神なんてものが、容易く理解できたらその方が不思議かもしれませんが」

そう答えてから、芹はとうとう我慢しきれずに尋ねてしまった。

「あの、ご兄弟がおありですか？」

前の助手席から、アナスタシア・パガーニが一瞬首をひねってこちらを見たようだった。とがめるような視線を感じた。しかしアベーレは穏やかな口調で答える。

「おります。母の違う弟ですが、間もなくご紹介できます。だがどうかご心配なく。我々兄弟の関係は極めて良好ですから」

そんなつもりではなかったんですけど、といおうとした。だが彼はにこやかに続けていた。

「神聖にして無垢なる我が弟ジェンティーレ。シニョリーナ、さきほど申し上げた、我が家に現存するもっとも天使的なるものとは、つまり彼のことです。

始祖ルイジにあっては、天使とは彼の奇形を美化するための修辞であり、母の国イタリアの父の国ハプスブルクによる征服という事業に、仲介者として立とうとする自らの名乗りに過ぎなかった。天とはハプスブルク王朝、地とはイタリアです。なんという卑俗ないい換えでしょう。

だがジェンティーレは違う。四百七十年に及ぶ我が家の歴史の中で、ようやく実を結んだ天使こそ彼だ。その霊性はまさしく天に通じている。字義通り彼は『天の使いする者』です。セラフィーノの名は彼にこそ与えられるべきだった。私などではなく――」

「アベーレ」

アナスタシアが静かに割って入った。

「それくらいになさいな。シニョリーナが驚いていらっしゃるわ」

姉が弟をたしなめるに似た調子だった。アベーレは断ち切られたように口をつぐみ、すっと息を吸う音が聞こえた。暗すぎて表情は明らかではなかったが、

「失礼。少し酔ったかもしれません」

「いいえ、そんな、別に」

「そろそろ着きますわ、シニョリーナ。少し歩くようになりますけれど、それでかまいません?」

そのことばに合わせるように、リムジンは減速していた。

「お荷物はそのままで。車で運ばせておきますから」

そういわれて、空手で外に出た。車の滑り込んだ石張りの楕円形の広場に、ぽつんと高い街路灯が立っている。だがその光の輪から外れた部分は、完全に真っ暗でなにも見えない。人家ひとつない山の中のように思える。吐く息がはっきりと白く、暖まっていた頰がたちまちひんやりと冷たくなってくる。

明かりの脇に門があった。大きなアンフォラ壺を

載せた二本の柱の間に、武骨な鉄柵の門がある。左右に延びる塀は腰ほどの高さの石垣に鉄棒を並べ、さらに内側には糸杉がびっしりと植えられて視界をさえぎっているが、いまはどちらにしても暗すぎてなにも見えない。

アナスタシアが先に立って、門にかけられていた錠前を外した。扉を押し開きながら、無言で芹をうながした。アベーレは両手をコートのポケットに入れて、ぶらぶらと後ろからついてくる。門の正面は、幅広の緩い下り階段。だがその左右に薄い夜霧をまとい、青ざめた下からの光を受けて浮かび上がっているのは石に彫られた天使だった。大きさはちょうどおとなの人間ほど。背に翼を畳み、髪を波打たせ、長い衣を纏った、いわばもっとも天使らしい天使の格好をしている。

ある者は合掌して天を仰ぎ、ある者は物思いに耽るかのように面を伏せ、ある者は伸ばした腕に楽器を支える身振りをした天使たち。それが闇に浮かんで見えるのは、足元にそれぞれガラスの火屋で包まれた、オイルランプらしいものが置かれているからだ。

また天使の足元には小さな水盤があって、水面には指ほどの小さな水柱が上がっている。揺れる水がランプの光を映し、霧がその光を散らしながら天使を照らしているのだ。

「まあ、きれい……」

思わず芹はつぶやいていた。天使の配置された地面には、門を中心にした半円の、同心円状の段が刻まれている。それを目で数えて納得した。段は全部で九。天使の九階級に対応しているのに違いない。

すなわち熾天使、智天使、座天使、主天使、力天使、能天使、権天使、大天使、天使。現在も一応定説扱いされている、偽ディオニシオスの『天上位階論』によればこうだ。中世のスコラ学者は、天使の数を数えることに空しい努力を注いだと、しばしば笑い物にされる。ある説によれば三、〇〇一、六五

五、七二二人の天使がいた、あるいはいるという。
ルシフェルに従って堕天した天使がこの数に含まれるか否かで、さらに説が分かれるのだ。このいやに詳細な数字はどうやって導き出されたのだろう。もちろん彼らなりの根拠はあるに決まっている。いまの人間から見ればその努力は確かに滑稽だが、それで意義ある研究をしていると信じられた人間は幸せかもしれない。現代のさまざまな研究が後世、同様のそしりを絶対に免れ得るとどうして決められるだろう。

「いかが?」

アナスタシアに聞かれて、弾む声を返す。

「ええ、とってもすてきですね。イタリアの庭でこんなふうに天使が飾られているの、初めて見ました」

「庭園といえば、古典古代風の彫刻が普通ですものね。けれどアンジェローニ・デッラ・トッレ家にとって、この天使の像は象徴以上のものがありましたのよ」

芹と並んで緩い階段をゆっくりと下りながら、彼女は顔を左右に巡らせて、

「いまは暗くてよく見えませんけれど、天使像の足元はすべて花壇なんです。それも、栽培しているのは花ではなく薬草。立木や塀で風をさえぎり、陽の光だけは充分に当たるように設計されています。だからここには真冬でも霜が降りない。いまに伝わるこの家の製薬業の、ここが濫觴《らんしょう》の地というわけなのですわ」

芹は足を止めて、左右に広がる階段状の地を眺める。蠟燭の火とさして変わらぬ小さな明かりに辛うじて見えるのは、ある場所では黄色くなりかけたなにとも知れぬ草の茂り、ある場所では剝き出しの土ばかりだが、この季節なら当然だろう。冬も霜が降りないというなら、春になればまた新しい芽が吹き出すのだろうか。

「天使像と、その足元に植えられている薬草には、

関係があるんですか?」

「ええ、それはもちろん。興味がおありならまた明るいときにでも、ご説明いたしましょうね」

「このパラッツォができたときから、ここは薬草園だったのですか?」

「そうだと思いますけれど」

なぜそんなお尋ねを?　というようにこちらを見たアナスタシアに、

「さきほどうかがいました。ルイジ・アンジェローニ・デッラ・トッレはハプスブルク家のマクシミリアン一世と、ビアンカ・スフォルツァの子供だと。ルイジはマクシミリアンの孫であるカール五世の側近として彼に従ってきたけれど、カールの戴冠以降はイタリアに留まっていた」

「ええ。ルイジはイタリアとハプスブルクを結ぶ使者として働いていた。家伝ではそうなっています」

「でも、そうした政治的な任務と、薬草を栽培しての製薬業というのは、どういう関係があったんでしょう。それが、よくわからなくて——」

アナスタシアはすぐには答えなかった。口を引き結んで大股に歩いていたが、ふっと息を吐くと、

「それはあなたから、アベーレにお尋ねになるべきことでしょうね。あなたになら、彼は隠さずに答えるかもしれません」

「私にならって……」

「さきほど食堂までお迎えに上がったとき、私たいそう驚きましたのよ。彼は決して寡黙な人間でも、非社交的なたちでもありませんけれど、家のことをそう誰にでも打ち明けるなんていつもなら考えられません。それをあなたにはああして、なにも隠すつもりなどないように。まるで人が変わったようでした。見かけによられませんことね、シニョリーナ」

ことばに棘が感じられる。芹は、なんと答えればいいのかわからない。アナスタシアは足を止めて、体ごと芹の方へ向き直った。

「シニョリーナ・セリ・アイカワ、お尋ねしていい

かしら。あなたはなにを知っていらっしゃるの。それともあなたはどういう方なの？」

「私——私、なにも存じません。ただの、日本からの私費留学生です。そんなふうにおっしゃられても、なにも申し上げることなんてありません」

「お隠しになるの？　でも、そんなことをなさっても無駄なのよ。だってあなたはもう、ここまで来てしまわれたんですもの」

アナスタシアが一歩、大きく前に出た。下がろうとした芹の腕を摑んで引き止める。アンバーのレンズを貫いて、彼女の目が射抜くような光を宿している。

「おっしゃいな。あなたはヴェネツィアであのときなにを見たの？　なにを聞いたの？　アベーレはそれを知りたがっているのでしょう？　それならわかるわ」

離して下さい、と声を立てようとした。声は芹の喉に絡みついて、口から出ていかない。アナスタシアのひかる眼が芹の全身を呪縛している。

「代わりにあなたが欲しいのはなに？　彼にどんな要求をつきつけたの。大学の入学資格？　パラッツォの調査？　いってごらんなさい。私が聞いて上げます。でもそれはいまの内よ。パラッツォに着いたら、こんな話はしていられなくってよ」

「知りません——」

ようやくかすれた声を絞り出す。

「なにも隠していることなんてありません。あなたがなにをどう誤解しておられるのか知りませんけれど、シニョーレ・セラフィーノは納得してくれました。私にいえるのはそれだけです」

「そんなことばで私に、信じろとおっしゃるの？」

私の知ったことじゃないと、叫び出したくなった。だが腕を摑んだ彼女の指はゆるまない。こちらを見つめる眼の光もだ。

そのとき——

「おーい、なにをしているんです?」

少し離れたところから、アベーレの呑気そうな声が聞こえてきた。姿は闇に呑まれて見えない。だが、それほど遠くはない。

「シニョリーナ・セリ。庭見物も結構ですが、こんな寒くて暗いときでなくてもいいでしょう。行きますよ」

「あ、——はい。いま行きます!」

答えて芹はアナスタシアの手を振り切り、声の方へ走り出した。心臓が割れそうに鳴っている。問答無用で疑われた悔しさに、頰が火照る。目頭が痛む。手が震える。顔を合わせたときから、なんて魅力的な人だろうと思っていたのに。なぜあんなふうにと思えば思うほど、混乱で頭がどうかなりそうだ。

でも、アベーレは私のことばを信じてくれた。だから私は彼の招待を受けたのだ。彼女は私たちの会話を知らないから。いや、聞いたところで信じないかもしれない。彼女はアベーレと芹が親しげにしている、それが気に入らないのだ、たぶん。それにしても、あんなふうに疑われているとわかっていたら、誰が——

「危ない、シニョリーナ」

声と同時に固いものが、前に泳いだ芹の胸をさえぎった。

「きゃ……」

息が詰まり、悲鳴がもれる。両手でその固いものにしがみつき、どうにか体を立て直した。

「だいじょうぶですか?」

すぐ頭の上で声が聞こえる。いや、自分が摑まっているものは、彼の腕だ。あわてて手を離し後ずさろうとして、またころびそうになって彼にしがみついて、

「す、すみません。シニョーレ……」

なにをやっているんだろう、私ったら。情けなさに涙が出そうになった。

「目が慣れていないんですね。ここからまた下り階段です。気をつけて、私の腕につかまりなさい」

「いいえ、もう結構です。気をつけて歩きますから」

「いいや、そそっかし屋のシニョリーナ。まだ脚が震えているじゃありませんか。あなたをひとり歩きさせて、捻挫でもされたら我が家の名誉にかかわります。私の腕に両手をかけて下さい。いいですか、行きますよ」

「すみません、本当に……」

脚が震えているのは、闇が恐いせいではない。アナスタシアの非難を聞かされたときのショック、高ぶりがまだ消えていないからだ。彼女の目がいまこのときも、背中に突き刺さってくる気がする。しかしここでアベーレに、いいつけ口をきく気にもなれない。当然彼女はそれも、聞いているはずだ。

階段は直角に折れ曲がって、次のレベルへと下っていた。右手は塀、左手は石の手すり。その上にも細い水路と小さな噴水がいくつもあって、水が流れ落ちているのがようやくぼんやりとわかってきた。

「今夜あたり、まだ満月からさほど日が過ぎていないはずなのですが雲が出ていますね。月明かりで眺める庭はなかなか美しいものですが、残念です」

「ええ、シニョーレ」

「ここはオールド・ローズのコレクションがある薔薇園なのですが、いまはなにもお見せできない。今度は五月にお招きしましょう。約束して下さいますか?」

「――――」

「シニョリーナ?」

「あ、いいえ、それは困ります、本当に!」

くすっと笑う声が聞こえた。

「アナスタシアになにをいわれました?」

「いいえ、別に、なんでもないんです。花壇の説明を、うかがっていただけです」

「あなたは嘘が下手ですね。恐いものにでも遭ったように息を弾ませて、花壇の説明ですか」

小娘のようなくすくす笑いが聞こえてきた。

「あなたはとてもやさしい心の方なのですね。私が死んだ老人といい争っていたことを、警察にいうまいとされたように、ルイジが父親に疎んじられていたのではないと知って喜ばれたように、いまもアナスタシアのことを私に知らせまいとする。それはあなたのやさしさだ。しかし——」

「違います！」

押し殺した声で芹はいい返した。

「私はただ、臆病なんです。諍いや、妬みや、憎悪や、そういう人間の負の感情を直視する勇気がないだけ。見て見ないふりができればそれでいいと、そう思ってしまう——」

すぐそばを歩いていながら、闇に包まれて相手の顔は見えない。そのことが、いいにくいことを語るのをより容易にしていたのかもしれない。

「あなたのそのお気持ちは理解できます。臆病だなどと卑下されることはない。きっとあなたはこれまで一度も、人を妬んだり、憎んだりしたことがないのでしょう。それはなににも勝る幸せです。ただ人は、そのことの価値には容易に気づかないものですが」

（妬んだり、憎んだりしたこと？……）

確かにそれはないと思う。なにもかも恵まれていたというわけでは毛頭ないが、人と自分を引き比べて嫉妬を感じた覚えはない。親のしつけだろうか。人は人で自分は自分だと、子供のときからそう納得して疑わなかった。好き嫌いという以上の、深刻な憎悪を抱いたこともない。憎まずにはいられぬような目に遭っていないという意味では、確かに幸せなのかも知れない。

これまで抱いたもっとも妬みというに近い感情は、あなたに対してです。口に出すことはできないことばを、芹は胸の中でつぶやく。なろうことなら私も、あなたのようにこの国に生まれて、この国の文化と美術を呼吸して成長したかった。

「シニョーレこそ、きっと人を妬まれるようなことはない方でしょうね？」

「――私が、ですか？　おお、とんでもない！」

彼は小さく声を上げた。

「あなたがご存じないだけで、私はそれこそ毒蛇のごとき妬みの巣ですよ。アベルを弟に持つカイン、ヤコブの兄であるエサウ。弟に、人にはいえぬ嫉妬の炎を燃やしている。

アナスタシアはそれを知っています。そして私がどんなにか、そのことを他人に知られたくないと思っているかも。だから彼女は私があなたに、平気で打ち明けた話をするのに驚いたのです」

彼の口調は異様なまでになめらかで軽かった。深刻な打ち明け話をしているとは信じられぬほど、すべてが冗談だと思いたくなるほどに。しかし芹は、そのことばの背後に紛れもない真実の響きを聞いていた。

「シニョーレが、弟さんを？」

「そうです。我が愛しき弟ジェンティーレ。いっそ彼がヤコブのような狡猾さを備えていたなら、私も安んじて彼を憎むことができたでしょうに、それはない。彼はこの地上に受肉した天使なのです。彼を憎むことなど誰にもできはしません。私は彼を妬みながら、同時に愛している。あなたもきっと彼を一目見れば、私のことばがどれほど正しいかおわかりになります」

階段を下り終えたふたりは、庭の外壁に沿って園路を歩いている。左手に広がっているのはアベーレがいった薔薇園らしいが、いまはなにも見えない。右は高い塀で、その向こうから糸杉の列が伸び上がり、塀の頂きには装飾の壺が並んでいるのがぼんやりとわかる。

アベーレと腕を繋いで機械的に足を運びながら、芹の頭には疲労で靄がかかってきていた。今日一日であまりにも多くのものを見、多くのことを聞いた。もうこれ以上消化できない。眠いわけではないが、ひとりになって休みたい。

「では、聖天使宮《パラッツオ・サンタンジエロ》には本当に天使がいるのですね……」

半ば独り言のように、芹はつぶやいていた。

「でもシニョーレはなぜそんなことまで、私にお話しになるんですか。そんなこと、他人には知られたくありませんでしょう?――」

だがそれに答える代わりに、彼は急に足を止めた。その腕に手をからめたまま歩いていた芹は、たたらを踏んで危うく立ち止まる。

「ごらんなさい、シニョリーナ」

彼は前方へ腕を伸ばしていた。塀に沿った園路はもう一度直角に折れ、数十メートル先でその塀が切れている。顔を上げて前を見た芹は、思わず息を呑み込んだ。雲に包まれたほの暗い空。その下に浮かぶ淡い霧をまとった巨大な青白い正五角形。五角形の内部には中心を同じくする円。闇に沈む、それが中庭だろうか。

「あれが?……」

「ええ、あれが聖天使宮です」

VI

すぐそばに見えたパラッツォまで、たどりつくのにはさらに時間がかかった。薔薇園のある庭から、今度は段滝《カスカータ》の脇の芝を張った斜路を下り、自然の森のように木々の茂った林苑を通り抜け、ふたたびゆるい階段から塀に開いた戸口を抜けると、ようやくそこは明かりに照らされた整形庭園だった。

暗さに慣れた目にはひどく明るく感じるが、高い柱の上に電灯を載せた庭園灯が二本、花壇の中に立っているだけだ。そこまで三十分近くも歩いた気がしたが、それはおそらく芹の主観に過ぎなかったのだろう。とはいえ疲れていることには変わりなく、庭を通って案内してくれるというアベーレの演出が、いささか有り難迷惑に感じられるほどだった。

いま絨毯の刺繡のように刈り込まれた花壇の向こうに、パラッツォの壁が高くそびえている。ここから見えるのは五角形のひとつの辺だけだ。

全体の形はここからはわからない。ただ左の端に四角い塔状の建造物が張り出している。あれがたぶん五角形の北の頂点に当たるはずだ。そしてここの庭がカプラローラのパラッツォ・ファルネーゼと同じ平面を持っているなら、同じ形をした整形庭園がふたつ五角形の上の二辺に接していて、いまいるのはその向かって右側の庭ということになるだろう。

下から当てられた照明が、黒ずんだ外壁をおぼろに照らし出す。上下二段に並んだ窓の間、ふたつの階を貫いて伸びる飾り柱の柱頭は、軒に接する部分で左右に開いているようだ。その部分が資料にあったように天使で、開いているのは翼かもしれないが、いまは暗くてそこまで見極めることはできない。それにしても、翼持つ天使を人物柱に用いた意匠はここだけだろう。


「行きましょう。弟たちが待っているでしょうから」

うながされて芹はうなずいた。庭を通って近づいていくと、庭とパラッツォの間に深い濠があることがわかった。建築の規模にしてはいかにも華奢な橋が濠を越えて、決して大きくはない扉と庭を繫いでいる。

「車は、どこから入るんですか?」

「南側が玄関です。お疲れになりましたか?」

「ええ、少し」

本当は少しどころではないのだが、つい遠慮してそう答えてしまう。ここに泊めてもらうにしても、十七世紀の建築そのままだとしたら快適な居住性という点では期待できないだろう。やけに天井の高い薄暗くて寒い部屋に、少し黴臭い大きなベッドというところ。だが寝床にありつく前に、アベーレが天使と呼ぶ方に挨拶しなければならない。

「ナスターシア、案内を」

無造作な口調でいい捨てた彼に、

「はい、ただいま」

すかさず返事の声があって、背後から小走りに追い抜いたアナスタシアが先に橋を渡る。ドアを開く。ひどく大きなきしみが聞こえた。中に明かりは見えない。人がいるとは到底思えないほどだ。しかし彼女が入っていくと、迎えるように黄色い光の輪が浮かんだ。

「お待たせしました。ようやく迎えが来たようです。行きましょうか」

そういいながら、ふたたび芹の腕を取って歩き出すアベーレに、

「あの、弟さんの他にはどなたが？」

「使用人の他は弟の世話をしてくれている女性と、毎年この時期にやってくる断れない客が四人。これも父の代からの習慣でして、少々奇妙な連中ですが、害はありませんのでご安心下さい」

「はあ……」

そういう間にもふたりは歩き続けて、開いた扉はすでに目の前だ。アナスタシアが戸口の内側で、こちらを見ているのがわかる。そしてその隣に、彼女よりずっと小柄な人影が。

「ボナ・セーラ、ウラニア。元気かい？」

ふいにアベーレが親しげな声を放った。

「ボナ・セーラ、アベーレ坊ちゃま。ご無沙汰しております」

答えた声は聞き取りにくいほどかすれた老婆の声だ。その声を聞いた途端彼はごく自然に芹の腕を外し、軽やかに扉の中へ走り込んだ。二足遅れた芹の耳に、彼の声が聞こえる。

「こんな寒いところに外套も着ずにいて、手が冷え切っているじゃないか。早く暖かいところへ行こう」

「ほほ、だいじょうぶでございますよ。このところとても調子が良くて、夜も眠れますし膝もちっとも痛みませんの」

「またそんなことをいって、信用できやしない。おまえは痩せ我慢ばかりするのだから」

ようやく扉をくぐった芹が見たのは、背の曲がりかけた小柄な老女と、その体を抱きかかえているアベーレの姿だった。広げた腕の中に抱擁されて、老女の持った手の燭台が揺れていまにも落ちそうだ。まるで母親に甘える息子だわ、と芹は思った。

話しかけることばつきからして、いままでとは全然違う。イタリア男はマザコンだというと、大抵のイタリア男はむきになって反論するけれど、やっぱりそれは事実に思える。実の母親のようではないが、彼もそのひとりということらしい。

「セリ、紹介させて下さい。彼女がウラニア。いまは弟の世話をしてくれているが、私は彼女に育てられたようなものなんです」

なるほど、乳母殿というわけだ。家光《いえみつ》と春日局《かすがのつぼね》かしらね、などと思いながら手を差し出す。

「ボナ・セーラ、シニョーラ。初めまして。セリ・アイカワといいます」

「ボナ・セーラ、シニョリーナ。こちらこそ初めまして。ようこそ遠いところを」

握った老女の手は確かに冷たく、枯れ葉のように乾いている。灰色をした髪をひっつめにして、さざ波のような皺の寄った顔から、芹を見上げる目には生き生きした表情があった。紛れもなく老いた顔の向こうから、いたずらっぽい少女の笑みが覗いている。

「庭を下りていらしたんですか？　お寒かったでしょう。なにか温かいものをさしあげましょうね。チョコラーテはお好き？　ナスターシア、坊ちゃまとシニョリーナを塔のお部屋にご案内して下さるかしら。ここの台所はどうも使い勝手が悪くって、小間使いにはとても頼めないのよ」

「それじゃ連中は塔の部屋にいるんだね？」

老女のかすれた、しかし楽しげな饒舌をアベーレがさえぎった。

「ええ、いつもの通りにおいでですよ。四人様おそろいで」

眉間を軽く寄せて、本当に困ったわねというような笑顔だ。

「ジェンティーレはまだ起きている？」

「ええ、それはもちろん。お兄様が来られるのをとても楽しみにしておられましたもの」

「ではウラニア、私たちは塔の部屋に行っているから彼を連れてきてもらえないか」

「あら、そうですか。それはもうお待ちかねでしたものね。でも、チョコラーテが」

「飲み物の用意は私がいたします」

それまで黙っていたアナスタシアが低くいった。

「悪いわね。それじゃお願いしていいかしら。あなたなら台所の具合はよくわかっていますものね」

「ええ、お任せ下さい」

大股に歩き出すアナスタシアの後を、こちょこちょとした足取りでウラニアが追う。明かりは彼女が持っていた燭台だけなので、あたりはたちまち暗くなる。

「どうぞ、回廊に出れば明かりがありますから」

うながされて、入ってきた庭側の扉の向かいにあるドアを通った。そこは列柱に支えられた、円形の中庭を巡るロッジアだった。手すり越しに下を覗いて見ても、井戸の底のように闇に沈んでいる。床はタイルと煉瓦の模様張りで、天井や壁はフレスコ画で飾られているようだが、暗くてほとんどなにも見えない。明かりというのは石の手すりのところどころに立てられた蠟燭の光だった。

「電気は使わないんですか？」

「ええ。できる限り伝来の状況を変えぬように、といわれておりますので」

「でも、外観はライト・アップされていましたけれど」

「あれはあなたに対する歓迎の意味です」

「それはどうもご丁寧に」

「どういたしまして」

芹の堅苦しい口調に折り目正しく答えて先に立った彼は、ふいに顔を振り向けてくすっと笑った。

「なにを怒っておられるんです？」

「怒ってなんかいません」

「いや、ずいぶんとお顔が恐い」

「こんなに暗いところで、顔なんて見えっこないじゃありませんか！」

むっとしていい返した芹に、

「ほら、怒っておられる」

歩きながらうつむいて、くすくす笑っているようだ。なにもむきになることなんかなかった。馬鹿みたい、からかわれただけじゃないの。芹は唇を嚙んだが、胸に手を当ててみれば確かに、怒っているというほどではないがなんとなく気分が悪かった。

なぜ？　いつから？　彼がウラニアという老女を抱擁して、マザコンみたいだと思ったときからだ。なぜ彼がマザコンだからといって、自分が不愉快にならねばならないのか。今度はわけもなく恥ずかしい。

「シニョリーナ、こちらです」

キイ、と歯の浮くようなきしみを上げて、アベーレが扉を開いている。

「よろしかったら手すりの蠟燭をお持ちなさい。燭台もそのあたりにあるはずだ」

蠟燭の火でわずかに照らされた回廊から見ると、扉の中は塗り込めたように暗い。アベーレはすでに歩き出している。だがさすがに明かり無しで後に続く気にはなれなかった。手すりに立てた蠟燭の脇に、ウラニアが持っていたのと同じ金属製の燭台が置かれている。教会の灯明のように太い蠟燭を取って、その上に立てた。急いで歩けばそれだけで炎が流れ、消えてしまいそうになるのをそっと片手でかばいながら、さっきとは別のドアを入った。

しかし蠟燭の灯は、電気の明かりに慣れた目にはあまりに心許ない。いくらかでも明るむのは足元の床と、前を行くアベーレの背だけだ。

あたりの様子はなにひとつわからない。ただその冷え切った空気、かすかに鼻を突く埃と黴の匂いが、たとえ明るかろうと見えるのは無人の廃墟と変わらない荒れすさびようだろうことを、芹に感じさせた。

「本当にこのパラッツォを、いまも使っておられるんですか？」

芹の投げた問いに、

「半分以上の部屋は使ってはいません」

アベーレの答えが返る。

「ジェンティーレがここを好んでいるので、彼は夏の半年はここで過ごしていますが、私が足を踏み入れるのは年に一度だけだ。後は先祖伝来の美術品の収蔵庫のようなものです。だからほとんどの部屋は手入れもしていません」

確かにこの山の中、石造りのパラッツォも高すぎる天井も、夏はそれなりに快適かもしれない。だが十二月のいまは、壁の中でもまるで氷室だ。外を歩いていたときよりかえって寒い。足元から寒気が這い上ってくる。どうしてこの季節に？　と重ねて尋ねようとしたが、アベーレの足取りは速く、芹は蠟燭を気にしながら小走りに後を追わねばならない。

闇の中でもあんなに速く歩けるなんて、彼があたりの様子を熟知しているからだろうか。それとも、

（まさかこんな暗いところで、夜目が利くとでもいうのかしら……）

「シニョリーナ」

アベーレが呼んだ。彼は閉ざされた扉の前で足を止めていた。

「はい？」

「いまさらこんなことをいうのもどうかとは思いますが、ここにいる四人がなにをいっても、あまり真に受けたりしないでいただきたいのです。もしかするとあなたには、多少不愉快なことがあるかもしれませんが——」

「そんなことがありそうだと？」

「はい」

「本当にいまさら、ですね」

芹は肩をすくめて彼を見上げた。

「シニョーレ。そんな心配があるなら、前もっていっていただきたかったたと思います」

「おっしゃるとおりです」

蠟燭の灯に浮かんだ彼の表情は、掛け値なしに恐縮しているようだ。

「しかし正直に申し上げれば、あなたはきっとミラノからお帰りになったでしょう」

「そんなに不愉快な人たちですの？」

「はっきりいえば、そうです」

「理由は存じませんけど、そんな人たちをお客に迎えなくてはならないなんて、ずいぶん大変ですね」

「古い家系などというものは、樽の底で寝かせすぎた葡萄酒のようなものです。上澄みが美味であったとしても、底には必ずタールのような澱《おり》が溜まっている。彼らもいわばその澱のひとつなのです。どうかご同情下さい、シニョリーナ」

眉を寄せた情けない顔に、芹は辛うじて吹き出したいのをこらえた。

「同情なんてして差し上げません。いくら古くなった樽でも、ポリエチレンのバケツしか持たない身には充分過ぎるほどうらやましいですもの。――でも、いいわ。お客様のことを隠していらしたのはお赦ししますし、なにか失礼なことをいわれても、その人の顔を平手打ちするのは止めておきます。だからそんな顔しないで下さいな。私の友人のセラフィーノ・ファンが、きっとがっかりしますから」

「痛み入りますね、心寛《こころひろ》きシニョリーナ」

「でも、いざというときの援護射撃くらい期待してはいけませんか？」

「それはもちろん、努力しますが」

ひとつため息をついて、彼はドアを引く。突然まばゆい明るさと熱せられた空気が、芹に向かってなだれ落ちてきた。同時にびっくりパーティにでも遭遇したような、けたたましい歓声が湧き起こった。

「やっと来たか、セラフィーノ！」

「遅かったのねえ、セラフィーノ！」

「待ちくたびれちゃったわ、あたしたち」

「こんなにお客を待たせるなんていけないわねえ！」

最初の声は男で、後の声は女だ。そのまま一斉にさえずり立てるから、なにをいっているのかもよくわからない。聞き取れないのは誰もが一斉にさえずり立てるからだけではなく、発音やアクセントがひどく変わっているせいだ。外国人らしい。

ようやく目が明るさに慣れてくる。ここには電灯が点っていた。天井は高いがさほど広くはない、平面がほぼ正方形の部屋だ。歩いた方向から考えて、庭から見えた塔状の張り出しの内部かもしれない。

天井は曼陀羅を思わせる寄せ木の細工で、中央に金色に塗られたアンジェローニ・デッラ・トッレ家の紋章のレリーフがある。四方の壁は下半分が木の腰壁、その上は少し色褪せた臙脂《えんじ》の模様壁紙で、あまり古いものではない。といっても数十年は経っていそうだが、その頃に修理改装されたのだろう。

壁の一方に暖炉があって、火事になりそうな勢いで火が燃えていた。いましがたまでは寒さに震えていたが、今度はむっとした空気に息苦しくなる。だが芹はコートの襟元をゆるめるのも忘れて、そこに待ち受けていた『四人の客』を見つめていた。

アベーレがあれほど嫌がっているのは一体どんな人間だろうと思っていたところが、いま椅子から立ち上がって彼を取り囲み、握手やら抱擁やらを繰り広げているのは、タキシードを着こなした長身の男と、けばけばしい色合いの服に身を包んだ三人の美しいとはいえない老女たちだった。

「ヴェネツィアではとんだ災難だったたな」

男がアベーレの顔を覗き込む。彼よりもまだ額ひとつ背が高いが、顔が小さくて奇妙に首が長いせいで、蛇が人間に化けたような印象がある。

内臓を患ってでもいるのか、肌の色がどす黒い。真ん中から分けてなでつけた金髪が、変にてかついてかつらのようだ。歳はいくつとも、まるで想像がつかない。

「ホテルまで刑事が来たって？　まさか警察は君を疑っているのか？　え？」

「ああら、そんなはずないわ。アンジェローニ・デッラ・トッレ家の当主に対して、警察ごときが指一本触れられるものですか！」

耳に突き刺さる金切り声。弾ける笑い声。そうよそうよ、という同意の声。どの女性が発した声なのか、後ろから見ている芹には皆目わからないままだ。

「ねえ、そうでしょ、アベーレ？」

甘ったれた声を上げて、ピンクと白のワンピースの女がアベーレの腕にしなだれかかる。レエスの袖から出た手が、痩せて枯れ木のようだ。

「まあ、嫌だ。そんなの聞くまでもないわよ。ねえ？」

そういったのは、ぎょっとするほどあざやかなエメラルド・グリーンのニットドレスの女。こちらは逆にウェストのくびれもない太すぎる体が、ニットの編み目を押し広げ、襟から出た首回りには幾重にも肉が輪になっている。

「災難ねえ、アベーレ」

いかつい顔に眼鏡をかけた女が笑う。

「説明してくれないとこの人たち、一晩中あなたを離さないわよ」

彼女が着ているのは紫色のスーツで、しかもビーズの刺繍が一面にされている。派手で悪趣味という点では、三人ともいい勝負だ。

「あらひどいわ、アグライア。あなただけはそうじゃないみたいなことといって！」

痩せた女がアベーレの腕を摑んだまま騒ぎ立てる。

「そうよ。だったらあなた消えなさいよ。アベーレの話はあたしとターリアだけで聞くわ！」

太った女が残ったアベーレの腕にしがみつく。いかつい女は腕組みをして、ふんと鼻を鳴らした。

「いい加減にしなさいな、ターリアもエウフロジーネも。アベーレがうんざりしているのがわからないの？」

ふたりがそれと同時に口を開いてわめき立てようとしたとき、いかつい女の目がふいに芹を見た。

「——あら、そちらが例の日本人のシニョリーナ？」

その声と同時に残された者の顔も芹の方を向く。年齢の知れない黒ずんだ男の顔、痩せしなびた、むくんだ、岩のようにごつごつした、三人の女の顔。

仮面のような厚塗りの中から、三対の目がまっすぐに芹を凝視している。アグライアと呼ばれた紫のスーツの女が、眼鏡をずらしながら大股に近寄ってきた。

「あなた幾つ？　高校生、それとも中学生？　ことばはわかるんでしょうね。黙っていないでなんとかおいいなさいな。え、名前はなんていうの？」

顔をすりつけるようにしてまくし立てられて、後ずさりたくなったが芹は踏みとどまった。完全に舐められている。失礼ね！　両手のこぶしをぐいと握りしめると、厚化粧した顔を睨み付けた。

「人の名を聞くときはまず自分から名乗るものと、私の国では子供に教えています。それはイタリアでも通ずる作法といままでは承知しておりましたけれど、あなたのお国では違うのでしょうか」

マスカラで黒々と塗ったまぶたが、大きく丸く引き剝かれた。芹がそれほど流暢なイタリア語をしゃべるとは、思ってもいなかったらしい。

「わ、私の国って——」

毒々しい赤紫に塗った唇が震えた。

「なにいってるの、あんた。違いますよ。私はイタリア人ですよ」

「まあ、それは失礼いたしました。私は日本人の留学生セリ・アイカワと申します。初めまして。シニョーラ。あなたのお名前をうかがってもよろしゅうございますか？」

ふん、と彼女はふたたび鼻を鳴らした。

「それだけしゃべれるなら聞いていたんでしょう。私の名前はアグライア」

「あたしはターリア」

ピンクのワンピースの中で痩せこけた体を泳がせていい、

「そしてあたしはエウフロジーネよ、よろしくね」

太りすぎのエメラルド・グリーンが、胴を揺すりながら名乗った。芹は思わずまじまじと、その三人を見返している。アグライア、ターリア、エウフロジーネ。よもやそれが本名のはずはない。ギリシア神話に登場する美と愛と貞節のシンボルである三美神の名ではないか。アグライアは輝き、エウフロジーネは喜び、ターリアは花の盛りを意味する。それが三人の名前だとは、単なるニックネームだとしても、皮肉を通り越して醜悪かつグロテスクだ。

「――そして私はゼフュロスという」

タキシードの男が進み出てくる。その長身で、芹は頭の上から見下ろされている。間近に仰いだ彼の目は青く、浅黒い顔にはまった、ふたかけらの水色のガラスのようだった。

「我々はいずれも先代の伯爵の友人でね。代が変わってからも、こうして親しくさせていただいているわけだ。毎年この時期になると、比類なきアンジェローニ・デッラ・トッレ家のパラッツォに集い、その長き歴史を偲びながら新しい年を迎えることになる。しかし今年は君のような、愛らしいシニョリーナに加わっていただけるとは望外の喜びだな。ひとつよろしく頼むよ」

尊大な口調は、決して快いものではない。だが手を差し伸べられれば拒むわけにもいかず、右手を出そうとしてふと男の手の指に目を惹かれた。その指に鈍い銀色をした指輪がはまっている。その意匠は、極めて精巧な髑髏だった。

それを見た途端、ふっと思い出したのだ。ヴェネツィアで死んだ老人。その手元にころがっていた、髑髏のかたちをした懐中時計。

「この指輪が、どうかされたかな?」

「いえ、なんでもありません――」

「いやいや、そんなことはあるまい。なにかを思い出された。そうであろう? ならば遠慮なさらずいってみられるがいい。あなたのように愛らしいシニョリーナのことばなら、なんであろうと喜んで耳を傾けよう」

いつの間にかあたりが静かになっている。三人の女も口をつぐんで、こちらを注視しているらしい。芹は困惑した。ヴェネツィアでのことなど、この得体の知れぬ連中に聞かせたくはないが、どうやってこの場を切り抜ければいいのか、まったくわからない。


だが、そのときドアが鳴った。細く開かれた隙間から、かすれたウラニアの声が聞こえる。

「ジェンティーレ様をお連れいたしました」

「お入り」

アベーレの声にドアが大きく開かれる。同時に芹は聞き慣れぬ音を聞いた。かすかな、車輪のきしむに似た。

「元気だったか、ジェンティーレ」

どこかぎこちないことばに、

「兄様――」

少女のように愛らしい声が答える。

「その方が、電話でいっておられた日本人のシニョリーナ?」

「そうだ。ご挨拶おし、ジェンティーレ。シニョリーナ・セリ・アイカワだ」

(天使……)

それは本当だったと芹は思う。目の上でまっすぐに切りそろえ、肩まで垂れるくせのない薄金色の

髪。その髪に囲まれたハート形の顔。水色よりもまだ淡い色のふたつの瞳が芹を見上げ、

「ようこそ、初めまして。シニョリーナ・セリ・アイカワ」

薔薇の花びらに似た唇が微笑んだ。

「お会いできてとても嬉しいです。ここにいられる間だけでも、ぼくの話し相手になって下さいますか?」

「――ええ、喜んで」

魅せられたようにその淡い瞳を見つめたまま、芹はうなずいた。小さな冷たい手を握り返しながら。アベーレの弟ジェンティーレ。天使そのものの美貌を持った少年は、大きな車椅子にその身を埋めていた。

第二章 秘められしもの あるいは『神秘の薔薇《ローザ・ミスティカ》』

I

暗い水底から薄明るい水面にゆっくりと浮かび上がるように、目覚めがやって来る。

寝台の上に仰向けに横たわり、目は閉じたまま藍川芹はかすかに身じろぎした。

カーテンの隙間から射し入る光に、室内の闇はすでに仄かに明るんでいる。

銀鼠色の薄陽が浮かび上がらせる、高天井の輪郭、壁と扉の線。眼を閉じていてもそれはぼんやりと芹の眼裏に立ち現れてきていた。

いつのまにか朝が来ている。アンジェローニ・デッラ・トッレ家のパラッツォで迎える朝。昨夜はどうなることかと思ったが、夢を見ることもなく熟睡できたようだ。時計を見ると七時を回っている。けれど、なにか足りない気がする。それは、そうだ。賑やかに鳥の囀る声が聞こえないのだ。

芹は語学学校と、大学には聴講生として通いながら、足掛け二年フィレンツェに暮らしてきた。歴史建造物の改築には法的な規制がうるさいイタリアだが、中世以来の都市中心部《チェントロ・ストリコ》にも住民は生活している。芹が見つけたアパートも十七世紀まではさかのぼれるだろう建築の一フロアにあって、日本流に数えれば五階。だが当然のようにエレベータはなく、荷物が多いときなど狭い階段を上がるだけでうんざりするが、さすがにスペースは広い。ゆったりした寝室が三つにキッチンとバス、その中央に二十畳ほどもあるリビング・ルームがあり、そこをアメリカ人のドナと、地元の生まれでフィレンツェ大学生のクリスティーナと、芹の三人でシェアしていた。

リビングの東向きの窓には朝になると、雀といわず鳩といわず、芹には名前のわからない小鳥までもが、窓枠に留まりきれないほど集まる。ドナがおもしろがってパン屑を撒き始めたせいで、彼女が男友達のところに泊まって帰らない朝は、鎧戸を叩く羽音と囀りで否応なく起こされ、知らぬ顔の出来ない芹がパンを撒いてやる羽目になった。

日本で人に話せば、のどかだとか微笑ましいとかいわれそうだが、どうしてそんな生やさしいものではない。数えたことはないが、幅が一メートルもない窓に集まる鳥は、押し合いへし合い数十羽を下らないだろう。場所を確保できなかった鳥はホバリングしながら隙を窺い、窓枠に摑まっている他の鳥を蹴り落とし押しのけて割り込み、首を差し入れてパン屑をついばもうとする。ときには押されて室内に飛び降りるものまでいて、あわててガラス戸を閉めないわけにはいかなくなってしまう。

ドナがいれば芹とふたり、『まるでヒッチコックね！』などと笑い合うのだが、クリスティーナはそれをひどく嫌がって、止めてくれと繰り返した。床に羽やパン屑が散る、窓枠が糞で汚れる。鳴き声がうるさい。それは確かに嬉しいことではないが、そう大仰に眉をひそめるほどでもあるまいに。

そういえばクリスティーナには、少し不潔神経症めいたところがあった。大型犬を飼っている人が多いのに、その糞を始末しているところなど見たことがないフィレンツェでは、うっかりすると靴底にやわらかな感触を覚えて、お洒落な靴を履いているときなどなおさら情けない思いをすることになる。

だが地元の人間はその程度のことでは誰も驚かない。いちいち驚いていたら道が歩けないのだ。芹にしても、ぎょっとしたのは最初の内だけで、数ヵ月もすればなんとも思わなくなり、ただし用心の目配りは忘れぬまま、軽く避けて通るだけになった。

しかしこの街に生まれ育ったクリスティーナには、そうした汚らしさが我慢ならないらしいのだ。

行く手に犬の落とし物が見えた途端おぞけをふるい、ハンカチを取り出して鼻と口元を覆う。さも嫌そうに眉を寄せて顔を背ける。ときには行くつもりの道を変更して、横に曲がってしまう。彼女が講義に遅刻したりすると、きっとまた犬の糞に行く手を阻まれたからだ、というのが教室の笑い話だった。

一度ドナが犬を飼いたいといい出したことがあり、そのときは反対するクリスティーナとそれにいい返すドナで、何日も大騒ぎだった。生活にだらしないあなたのような人間が、毎日犬の世話をしきれるはずがないというのがクリスティーナの主張で、それには芹も同感ではあったのだが、たとえドナがどれほどまめな性格だったとしても、クリスティーナは犬と同居する気にはならなかったろう。

しかしいま思えば、彼女は犬が嫌いというよりは恐いようだった。不潔に感じられるから、細菌や汚れを運んでくるように思えるから。洗面所やバスルームを汚したといって、声高にドナを罵っていたクリスティーナ。外から戻るたびに薬用石鹼でしつこいほど手を洗い、『あなたは清潔好きだからいいわ、セリ』と、思い出したように繰り返していた彼女。化粧気もなく、痩せて生真面目な、どこか修道女めいた自制と克己をさえ感じさせた彼女が、あのときはどんな誤解をしたのだろう、急に芹に向かって底意ありげにゆがんだ笑いをしてみせた。奇妙なほのめかしのあげくは、――『なによ、聖女ぶって!』。

「ああ……」

思わず口から声が洩れて、芹は腕を上げて顔を覆う。私は、まだちっともそのことを忘れていない。なのにその理由を、尋ねることさえできなかった。クリスティーナがフィレンツェのアパートにいなかったのだ。ドナの話では、地方でアルバイトをするのでしばらく留守にするといっていたそうなのだが、これまで一度もそんなことはなかった。たぶんバイトは口実で、芹が避けられているのだ。

結局芹は迷いに迷った末、フィレンツェに気がかりを置いてミラノまでやってきた。セラフィーノと会って納得のいかない招待状の真意を確かめたら、さっさと回れ右して帰ろう。そして今度こそクリスティーナと話し合おう、と決めて。

（それなのに、私ときたら――）

まぶたの上に腕を乗せたまま、芹は唇を曲げて自嘲した。机ひとつを隔てて対面したシニョーレ・セラフィーノの美貌に魂を奪われたわけでもないが、彼の浩瀚《こうかん》な知識とさわやかな弁舌は確かに芹を動かした。たちまち相手のペースに巻き込まれて、そのまま帰るどころかベルガモの屋敷で夕食を振る舞われ、さらに車で連れてこられた。十七世紀以来アンジェローニ・デッラ・トッレ家の保持するパラッツォ、聖天使宮に。

夜半近く、案内されたのは三階の寝室で、半ば覚悟していたような冷え冷えして広すぎる部屋に黴臭い寝台ということはなく、天井高も普通の住宅よりはやや高いという程度で――それでも日本の住まいとは較べものにならないが――インテリアも簡素でモダンなものだ。壁の暖炉には灯油のヒーターが置かれ、心地よい温もりが室内に満ちている。

二階の中庭を巡る回廊や無人の部屋は闇のままで、この部屋までも懐中電灯で案内されたが、室内には電灯があった。といってもこの部屋にあるのはベッドサイドのランプとデスクのスタンド、フロアスタンドの三本だけで、全部点けても心細いほどのものだが、外の闇とは較べものにならない。

ドアを閉じた途端、それまでの緊張の糸が切れたように疲労感と眠気がこみ上げて、寝間着を持ってこなかったことを後悔する暇もなく、ベッドにもぐりこんだ。具合良く毛布にくるまってから、ヒーターと電灯を消していなかったことに気づき、思わず呪詛の声を上げながら立ち上がる。

裸足のまま暖炉に近づいてスイッチを切ったとき、ふと芹は人の気配を感じたような気がして振り返った。これは創建当初からのものらしい、武骨なドアがかすかに揺れているように見える。

外から人の手がそっと押しているような。

風？　だが、さっき肩がつかえるほど狭い螺旋階段を上がって三階の廊下に出たときも、空気は冷えていたが風はまったくなかった。

まだ、揺れている。

揺れているだけでなく、なにかがぶつかっているような音も聞こえる。ノックみたいな。でも、人が叩いているとしたらもっとはっきりした音がするだろう。他に聞かれまいと、あたりをはばかっているようだ。だがこんな時間に、廊下に聞き耳を立てている者がいるとも思えないし、誰かが芹を訪ねて来るわけもない。

まさか？　――ほんの数分前まで同じ部屋にいた人間の顔と声を思い出して、芹はふいに肌の粟立つ思いがした。いっしょにいた三人の女も無論、愉快な人物ではなかったが、目の中に浮かんだのはゼフュロスと名乗った男だ。

顔が奇妙に小さく、その頭に短く刈った金髪を真ん中で分けてぴったりと撫でつけている。顔色は内臓を患っているのではないかと思われるほどどす黒く、歳は若いとも老人とも判別できない。その薄青い眼が芹をじっと凝視していた。『シニョリーナ』といった声が、舌なめずりでもしているように聞こえた。

その後にセラフィーノの弟、ジェンティーレ少年が部屋に入って来て、芹はゼフュロスの前からは離れたのだが、彼の眼がなおも自分を追い、凝視し続けていることを感じずにはおれなかった。

恐いというよりはおぞましい。まさか、あの男が寝室までやって来るなんてことが……

息を殺し体を固くして、扉を見つめていたのは一分足らずのことだったろう。芹は扉越しに、立ち去っていくかすかな足音を聞いたと思った。開けて確かめたい、という気がしなかったわけではないが、それは止めておく方が無難だ。たとえ立ち去っていないとしても、内鍵はしっかりとかかっている。この頑丈な扉が破られるはずはない。それでも気になって眠れないだろうと思ったが、体の疲労は心以上だったのか。もう一度寝台にもぐりこむと、枕に頭をつけた途端、引きずり込まれるように眠りに落ちたのだった。

おかげで気力体力は回復している。自分はそれほど繊細な人間ではなかったらしい。ドアが叩かれたと思ったのはやはり気のせいかもしれない。夜の闇の中では、風の音さえ恐怖を生む。だが朝になれば昨夜の恐れは雲散霧消して、滑稽にしか思われない。部屋はかなり冷えていたが、ヒーターのスイッチを入れるとたちまち温風を吹き出し始めた。

厚地のカーテンを引くと、射し込む光はやはり冬のことで薄く曇っている。パラッツォの三階から眺められるのは、暗緑の樹々に覆われた緩い下り斜面。首を窓から突き出して下を覗くと、赤っぽい瓦屋根が道の左右に並んでいるのが見える。それもほんの数十戸のささやかな集落だ。

のどかな景色を眺めている内に、気分もすっかり上向きになった。こんなところまで来てしまった以上、びくびくじたばたしても仕方がない。自分がどこにいるかは、フィレンツェのドナが知っている。まさか殺されることはあるまい。そして戻ったら、どうかしてクリスティーナと話し合う。入学許可が下りなかったことについては、失礼にならないようにスパディーニ教授へ尋ねてみよう。腹を決めてしまえば、ここしばらくの狼狽振りが我ながら馬鹿馬鹿しい。そう思えるようになっただけで、ここまで来た意味はあったのかもしれない。

(少なくとも、セラフィーノ・ファンのドナには山ほど土産話ができるわね。神秘的なイメージが壊れるって、苦情をいわれるかもしれないけど――)

白いドアを開けると、清潔なタイルを張ったバスルームとトイレ。高級ホテル並みに分厚いタオルが山ほど備えられていて、蛇口をひねるとほどもなく湯気が立ち出した。熱いシャワーには誘惑を感じたものの、着替えの用意がない。

結局埃っぽい顔と手を念入りに洗い、足はビデで洗って、これだけは念のために持ってきた化粧水と乳液で肌を整え終える頃、ドアが鳴った。今度は昨夜のそれとは違い、はっきりノックとわかる音だ。

「はい？」

ドアを開けると、ウラニアと名乗った小柄な老女がにこにこ笑いながら立っていた。背が曲がっているせいもあって、向かい合って立つと額の位置が芹の顎よりかなり低い。黒いスカートにグレーのカーディガンという地味な服の上に純白の胸当て付きエプロンをかけて、

「おはようございます、シニョリーナ。朝御飯はいかがですか？」

いわれてみて初めて、自分が少なからず空腹なことに気づいた。

「よろしければあちらで、ジェンティーレ様がご一緒に、と申されておりますが」

「はい、喜んで」

ゼフュロスや、他の客や、そしてどうしてか芹に対していまやいい感情を持っていないらしいアナスタシアたちと、ひとつテーブルを囲まなくてはならないとしたら、少々の空腹くらい我慢した方が増しだ。しかし、ジェンティーレなら。

廊下は寒いからといわれたのでコートを羽織った。ドアには内鍵しかなかったが、別に見られて困るようなものはないし、気にしても仕方がない。そのままウラニアの後について出た。二階の廊下は正円の中庭を巡る輪型の柱廊だが、三階のそれは斜めに屋根のかかった直線の廊で、全体で五角形をしている。パラッツォ全体の平面が真北に頂点のひとつを向けた正五角形で、中庭は中心を五角形と共有する正円なのだ。芹の寝た部屋は庭とは反対側、南面した一本の辺になる。

中庭に面する右手には天井際の高い位置に小窓があり、左手には規則的にドアが並んでいる。全部でどれほどの部屋数があるのだろう。普通の屋敷だと一階には台所や倉庫、二階は主室、三階が使用人の寝室などに当てられるが、ここでは屋根裏の四階がそれらしく、いま歩いている三階はさほど天井も低くはない。ただ装飾はほとんど見られず、天井は斜めに木の梁を見せ、壁は白漆喰、床は煉瓦色のタイルが貼られているだけだ。

五角形の北の頂点にあたる場所で、ウラニアは足取りを緩めた。扉の開いたままの戸口を潜り、細い廊下を奥へと向かう。そこは昨夜聖天使宮で初めて足を踏み入れた、二階の塔の部屋の真上に当たる部屋だ。

小さく扉をノックした老女は、こちらを振り向いて微笑んだ。

「どうぞお入り下さいまし、シニョリーナ」

自分より遥かに年上の人間に、そんなふうに丁重に対されるのはどうにも落ち着かないが、いまここでそんなことをいっても始まらない。芹は会釈を返して部屋の敷居を越えた。

淡い薔薇色の壁紙を張り巡らせた部屋だった。庭に面した二方の窓には白い紗のカーテンが引かれ、小机にはうすくれないの薔薇をこぼれるほど挿した花瓶が置かれている。真っ白な卓布をかけた丸テーブルの向こうから、天使がひかり輝く笑みとともに両手を差し伸べた。

「おはようございます、シニョリーナ・セリ。よくお休みになれましたか？」

後光にも似た薄金色の髪、ふたかけらの水晶を思わせる淡い水色の瞳、そして薔薇の花弁のような唇。兄である当主アベーレ・セラフィーノが、地上に受肉した天使と呼んだ少年。目の当たりにしてもそれは、現実というよりも夢の中の存在めいて感じられる。夢以上かもしれない。これほど完璧な美を備えた容貌を、人は想像力によってさえ見たことがあるだろうか。

「おはようございます。ええ、とても」

「ぼくは本当をいうと、あまりよく眠れませんでした。こうしてあなたとお話しできるのが、楽しみでならなかったから」

差し伸べられた手を取って、芹は息を呑んだ。少年の指先が、氷に漬けてでもいたように冷たい。この部屋では暖炉に朱金の炎が躍り、コートともう一枚服を脱ぎたいほどなのに。

「お加減が？——」

「ああ、ご心配なさらないで下さい。ぼくの手は冬になると、いつもこんなふうに冷たいんです。手だけでなく体のどこもかしこも。だからって気分はどうもありませんから。驚かせてしまったならごめんなさい」

ほがらかな口調でそういわれて、あまり心配げな顔をしているのはかえって礼を失することだと思う。芹に向かい側の椅子を勧めて、ジェンティーレは快活な口調で語り続けていた。

「生まれつきこんな体のくせに、人の手を煩わせてまで、不便な場所に来たがるなんてわがままのぜいたくだとはわかっています。でもシニョリーナ、ぼくはこのパラッツォが好きなんです。

ここにいると自分がひとりではないと感ずる。ぼくは家系樹の伸びた枝先に実った一個の果実だ。少しばかり色が悪かろうと、形がゆがんでいようと、先祖たちはぼくを責めない。ぼくがここに存在することを許してくれるって」

「またジェンティーレ様はそんなことをおっしゃる」

部屋の外から朝食のカートを押してきたウラニアが、低くつぶやくように口を挟んだ。

「あなた様を責める者なんて、どこにもおりはしません。どんなことでもお好きになさっていいんです。お望みのことは私たちが、命に換えても叶えてさしあげます」

「ごめんよ、ウラニア。おまえを悲しませるつもりじゃあなかったんだ」

少年は手を伸ばして、そっと老女の灰色のほつれ毛に触れた。

「珍しいお客様が来て下さったから、つい気が高ぶって口がゆるんで、埒もないことをいってしまっただけさ。赦しておくれよ。ほら、そんな顔をするとシニョリーナがびっくりなさる」

だがウラニアは誰にともなく、

「御免下さいませ――」

とだけいって、エプロンで顔を押さえて足早に出ていってしまう。仕方なく芹が椅子から立ち上がった。カートの上にはコーヒーと温めた牛乳を入れた銀のポットがふたつ、クロワッサンや砂糖衣をかけたデニッシュを山盛りにした籠と、黒紫の葡萄の房を盛ったアラバスタの足付き皿、赤ワインを入れたカットグラスのデキャンタとグラスが載せられていた。少年は手を伸ばしてそれを取ると、グラスを満たした酒を一息に飲み干す。

「シニョリーナもお飲みになりますか？」

「いいえ。ワインは好きですけれど――」

こんな時間から飲むのはちょっと、といいかけて口を押さえた。ジェンティーレはまたにこっと笑って、

「ぼくにはアルコールも薬なんです。体が動かせなくても、血行を良くしておく必要はあって、適度のアルコールを摂取することは医師から勧められています。さもないと脚に血栓ができたりするんだそうですよ。使えもしないのにそんな問題もあるなんて、ずいぶん厄介なものですね」

少年はもう一杯グラスに注いだワインを、顎をそらせて一息に飲み干した。透き通るように白かったハート形の顔に、ほんのりと血の色が昇ってくる。

いたずらめいた微笑を浮かべてこちらを見た表情は飽くまでも明るかったが、芹は答えることばを知らない。もちろん彼の言の意味するところは、昨夜

から知ってはいた。ジェンティーレのかけているのは椅子ではなく、背中をすっぽりと包み込む車椅子なのだ。兄セラフィーノが語ったままに、現《うつ》し身《み》の天使を目の当たりにするかのような美貌の少年は、しかし生まれつき立って歩くことができなかった。翼を奪われた天の住民のごとく、彼のために作られた車椅子から一歩も立ち歩くことの叶わぬまま、十五年を生きてきていたのだった。

II

　芹は熱いカフェ・ラッテを二杯飲んで、籠に盛られた小ぶりな菓子パンも勧められるままに三つも食べてしまったが、ジェンティーレはワインのほかはほとんどなにも口にしない。皿に置かれたクロワッサンは端をちぎられたが、指先ほどのかけらがひとつ唇に運ばれただけで置き去りにされた。そのそばには少年の手で房からもぎ取られた紫水晶の細工物めいた葡萄の粒がひとつ、半ば潰れて赤紫の汁を虚しく滴らせていた。

　食事が済むとまたどこからか見ていたように、ウラニアが現れて食卓を片づけ、ふたりの間にある円形の食卓をどかして小さなティーテーブルに換え、湯気の立つポットを置いた。中に入っていたのは紅茶ではなくあざやかな紅色をした液体で、カップに注ぐとなにとも知れぬ香草の香りが立つ。

　野薔薇の実の茶《ローズヒップ・ティー》と似た酸味のある味で、もしかしたらこれも庭の薬草園で栽培されたものなのだろうか。コーヒーには手をつけなかった少年も、これには蜂蜜を入れて飲んでいる。それまでは食卓に隠れて見えなかったが、彼の膝から下は白い毛皮の膝掛けですっぽりと覆い包まれていた。

　生まれつきだという彼の障害が、脚というよりは脊椎にあるのだろうことは、医学の心得などない芹にも想像された。少年は昨夜もそして今朝も、ルネサンス期を思わせる白い細かな襞を畳んだブラウスと黒い胴着をつけているが、車椅子の背もたれに半ば埋もれたその上半身は、通常の人間と較べて明らかに小さい。その分頭部と腕が大きく長く見えることになるが、それが決して奇妙でも醜悪でもなく、むしろ彼にとっては正しく望ましいバランスであるとさえ感じられるのだった。

少年は華奢な指にティーカップをもてあそびながら、楽しげな口調で問わず語りに語った。歳は十五歳になったばかりだが、学校へは行っていない。数年家庭教師に語学などを習った。普段はウラニアとミラノ郊外の家に住んでいる。不便なことはなにもない。本でもビデオでも取り寄せたいと思えばすぐだし、旅行に出かけたければ車を出せる。船でスペインやエジプト、ギリシアの島を訪れたこともある。最近はインターネットで遊ぶことも覚えた。そのうち自分のサイトを作りたいとも考えている。夏は聖天使宮に暮らす。できるなら一年中ここにいたいが、健康に障るというので許されないのが唯一の不満だ。

長兄のアベーレとは母親が違う。父のヴィットーリオは五十を過ぎてようやく娶ったものの、若い妻は二年足らずで、生まれたばかりのアベーレを残して亡くなった。晩年渡米した伯爵は二年後、赤子の自分のみを連れて帰国したと聞いている。再婚はしなかった。つまり生みの母親がどこにいるのか、どんな事情で彼を生み別れたのか、いま生きているのかもわからない。自分が四歳のときに父は死に、兄からは母親の消息を調べようかと幾度も尋ねられたが、自分は首を振った。

「もちろん、知りたいと思わなかったわけではありません。父は彼女と結婚するつもりだったのか、ただ子供が欲しかっただけなのか、性欲の捌け口を求めた結果に過ぎないのか。母は障害のある赤子を喜んで手放したのか、父が無理やり連れ去ったのか。それから彼女はどうしたのか。

けれどいまさらそんなことを詮索してどうなるで

しょう。父がどんなつもりであったにせよ、彼はぼくを異国に捨てはしなかった。由緒ある家系の一員として迎え取り、手厚い世話を与えて生かすことをしてくれた。明らかなのはそれだけです。ぼくは兄と違ってこんな不自由な体ですけれど、アンジェロ－ニ・デッラ・トッレ家の血を引いていることを心から誇りに思っている。そうした家系の末裔に生まれ得たことを、幸せだと感じています。

さっきは変に愚痴めいたことをいってしまいましたが、それはぼくがこのパラッツォを愛し、自分の体に流れる血を愛している、という以外の意味はありません。お聞き苦しかったら謝りますが、わかっていただけますか、シニョリーナ・セリ？」

「ええ、あなたはとても立派だと思うわ」

芹は生真面目な顔でうなずいた。彼がそうして繰り返し自分は不自由ではない、幸せだと繰り返すのは、一種子供の強がりなのかもしれない。だがもしも自分が彼のように生まれついていたら、たとえ強がりにもせよ幸せだなどということばを口にできるだろうか。そう思えば彼の外見の愛らしさなどよりも、その内に宿る精神の強靭さこそ敬意に価すると芹は思う。

「だからこれからは決してあなたに同情するような失礼な真似はしません。だってあなたは私なんかより、ずっとしっかりした大人ですもの」

「本当に？」

「え？」

「本当にそう思って下さいますか？」

ジェンティーレの体が、音もなくすうと前に出た。彼が立ち上がったのかと芹は息を呑んだが、そうではない。電動の車椅子をほんの少し前に動かしたのだ。間にあるティーテーブルを巧みに避けて、芹のすぐそばまで車椅子を寄せると、

「いまぼくがどんなに嬉しいか、あなたには想像もできないでしょうね」

少年は腕を伸ばして芹の右手に触れた。

「正直に告白するなら、ぼくはいまの生活で多くのものを満たされているけれど、欲しくてならなくとも決して手に入らないものはあります。それは語り合うことのできる友人です。電子メールで世界中の人間と通信はできても、こうして向かい合って声を聞いて、目を見合わせることのできる人はいない。

旅行に出たとしても、出会う人の目に浮かぶのは好奇心と憐れみだ。仕方ないことだとわかっていても、ときにはそれがやりきれなくなります。同情なんていりません。可哀想がられるのはうんざりだ。ぼくは対等な理解が欲しいんです。ぼくの外見ではなく、ぼくの魂を見てくれる人が。でもセリ、あなたなら——」

堰を切ったように早口でしゃべっていた少年は、ふいに我に返ったというように口ごもった。顔が見る見る紅潮していく。

「すみません。ひとりで勝手に興奮してしまって。怒らないで下さいますか。こうして知らない方とお話しする機会がめったにないので、つい、失礼を」

「失礼だなんてあるものですか」

胸が高鳴っていた。自分に血を分けた弟がいたら、こんなふうに愛しいものかしら。もう一度、華奢な少年の手をそっと握り返す。

「私なんかで良ければ、お友達になりましょう。あなたをジェンティーレと呼んでいいかしら。私のことはセリといってね」

骨細で指の長いその手は、ひんやりと冷たく人のものというよりは鳥の翼のようだ。人の、あるいは天使の、というべきだろうか。セラフィーノは弟を『天使』と呼んだ。彼を妬みながら同時に愛していると。確かにジェンティーレの容貌は、一四〇〇年代美術に盛んに描かれた美しい天使たちのそれを思わせる。

だがこの少年の魂は決して天上的ではない。人とは違った肉体的条件を負わされて、しかしそれに負けまいと雄々しく闘っている。それはとても人間的な強さだ。兄はどこまで弟を理解しているのだろう。名声と富と健康と美、およそ現代の人間が望むあらゆるものを一身に備えた彼が、なぜこんな弟を嫉妬せねばならないのだろうか——

「セリ、あなたは兄様に恋しているの?」

「え——」

　彼のことを考えていたのを読み当てられたような気がして、芹は目を見張った。

「とんでもないわ。どうしてそんなこと」

「だって、兄様と会った女の人は誰でも兄様に恋い焦がれる。彼はまるでアポロンのようでしょう? その彼が招待したから、あなたも来られたのじゃないかと思ったのだけれど。だとしたらなによりも、兄様に感謝しなくちゃって」

　芹は大きく頭を振った。

「ジェンティーレ。お願いだから私たちの友情のためにも、そういう憶測は捨ててくれない? 確かにエッセイスト・セラフィーノには関心がなくもなかったわ。彼のエッセイを読んでいたから。でも、ろくに人柄も知らない人に恋するほど、私はロマン派《ロマンティコ》風な性格ではないの。美術史研究者の卵として、聖天使宮の収蔵品には興味があったし、ヴェネツィアで彼と顔を合わせることになった事件のことや、彼が私を招待してくれた理由についても好奇心はあった。だけど、それだけよ」

　むきになっているようには聞こえないよう、軽く腹を立てているような表情で芹はいい返す。

「確かに彼の顔はベルヴェデーレのアポロンみたいにきれいだし、知識も豊富な人だと思う。だけど少なくとも恋愛の対象にはならないわ」

「友情の対象としては?」

　芹はもう一度頭を振って、肩をすくめて見せた。

「同じよ。彼とは到底対等の関係になんてなれない。私の場合恋も友情も、対等でなかったら始まらないの。それに彼の方だって、私となんかそんなの考えられないでしょうね」

するっ……と、ジェンティーレの車椅子がまた前に出た。息の温もりが感じられるほど近く、顔を寄せて、

「それじゃセリ、聞いてもいい？」

声をひそめていう。

「セリはヴェネツィアで、カール・ヨーゼフ・フォン・シャイヒャーが死ぬのに居合わせたのでしょう？　その事件のこと、ぼくにも話してくれない？」

大きな薄青色の瞳が、近々と芹の目を覗き込んでいた。視力はあるのだろうかと、疑いたくなるほど淡く澄んだ眼の色だ。イタリアというよりはもっと北の国の、高い空の色合い。間近く見つめられるとその中に吸引されて、どこまでも墜ちていきそうな気がする。この眼を見れば確かに、『天使』と呼びたくなるかもしれない。さっき私は彼の魂をとても人間的だと思ったのに、彼の瞳はまさしく天上的な、彼岸のそれのように見える……


芹はだがそんな惑いをすばやく振り払うと、

「お兄様には聞かないの？」

唇に笑みを刻んだまま、少年は首を左右にする。

「聞いても教えてくれないよ、兄様は」

「どうして？　あの人はあなたのこと、そんなにも子供扱いしているの？」

「子供というより天使、さ。兄様はぼくにほんの少しでも、世俗的なことへは関心を向けてもらいたくないんだ。なぜかって？　あんなになにもかも持っているのに、たったひとつ自分にはないものをぼくが持っている、そのことがやっぱり気になるんだろうね。だからぼくに天使なんて幻像を被せて、祭り上げて、世間から隔離しようとしている」

ジェンティーレは淡々と、どこか他人事のような口調でいう。

「ぼくはこんな体だけれど人間だ。天使なんかじゃない。歩くことはできないけど、飛ぶことだってできやしない。なにが天使なもんか。そんなふうに思

われるのって、同情されるのと同じくらい嫌なんだ」

「でも、お兄様はあなたを愛しているといっていたわ」

「そう――」

「あなたを憎むことなんて誰にもできない、あなたを妬みながら同時に愛しているって。どうしてそんなことをいうのだろうと思ったけれど」

「だからそれはぼくに、たったひとつ兄様の持っていないものがあるから。そのために彼はぼくを愛し、愛しながら妬み、憎んでいる。自分ではそこまで気がついていなくて、本気でぼくを俗世間から守護しているつもりなのかも知れないけど」

「彼が持っていないものって？――」

「それは、これ」

少年は細い手を上げて、指先でその大きな目を縁取るまつげに触れた。

「この青い眼なんだ。アンジェローニ・デッラ・トッレの当主は、時を経る内に最初のルイジの六本目の指はなくしてしまったけれど、混じりけ無しの金髪と青い瞳がその代わりになった。兄様から聞いたのでしょう？　ルイジの父親はハプスブルク家の皇帝マクシミリアンだったって。だからその髪と目は、北の血が体を流れていることの象徴なんだ。ぼくたちの父様も、ぼくは知らないけどやっぱり金色の髪と青い眼をしていた。肖像画で見る限りは、その奥さんもね。

でも生まれた兄様は、とても美しかったけれど目は褐色だった。だから父様はどうしても青い眼の子供が欲しくて、ただそのためだけに自分の子を産んでくれる女を捜しにアメリカへ渡ったんだろうね。

そうして、ぼくを生んだ女性がどんな気持ちでいたかは、さっきもいった通りいまさら考えても仕方ないことだけれど、やっと生まれた子供がこんなふうでさぞ絶望したろうに、ぼくを捨てたりはしなかった。そのことを感謝している。

もちろんいまさらそんな古臭い習俗に、意味なんかあるはずがない。いまや我が家はいくつもの優良企業を経営する事業主だ。兄様は誰よりその当主にふさわしい。ぼくは子供だしこんな体だ。いや、たとえ普通の体だったとしても、やっぱりそうだろう。人を指図して事業を動かしたり、マスコミに名前を売ったり、そういうことはぼくには向かない。したいとも思わない。

でも兄様は、心の底ではそう思っていない。当然あるべき当主の地位を、ぼくから取り上げたような後ろめたさを感じている。兄様がぼくを天使扱いして、その上ぼくを愛しているとか妬んでいるとか、口に出したがるのはそのためなんだ。

人間は自分で信じていないことほど、本心めかして人に聞かせたがるものさ。自分の代わりに他人に信じてもらいたいから。そうすればそれが紛れもない真実に変わるから。わかる、セリ？」

なんと答えればいいのかわからなかった。あのセラフィーノがそんな迷信じみた習わしに囚われているのだとしたら、彼の知性に敬意を覚えている芹にとっては大きな失望だ。だが当事者には、無関係の人間の窺い知れない重圧が存在するのだろうし、弟のことを口にするときの彼は、それ以外のときとは様子が違っていた。

「それじゃあジェンティーレ、あなたもお兄様のことを憎んでいるの？」

ようやくそれだけ聞いた芹に、

「そんなことはないよ、セリ。ぼくは本当に兄様が好きだ。兄様のためにできることがあれば、なんでもしたいと思っている。それなのに兄様がぼくには、なにも話してくれないことが悲しいんだ。ふたりきりで話す時間すら、ここ何年持てたことはないんだよ。でもそれは兄様のせいじゃない。ぼくと兄様の間を隔てて、ぼくが兄様を恨んででもいるようにささやく人間がいる。その誤解を解く機会すらないんだよ」

「そんな人が、いるの？」

少年はこっくりと、頑是ない幼児のように首をうなずかせた。

「だからセリ、ぼくの力になって。そして、ヴェネツィアでなにがあったか教えてよ」

そういわれても芹はためらいを覚える。そしてジェンティーレに世俗的なことを聞かせたがらないという、セラフィーノの思いもわかるような気がするのだ。この澄んだ瞳の少年の耳に、殺人などということばはおよそふさわしくない。汚したくないと思うことは、ジェンティーレ自身には不本意かもしれないが、決して悪意からではないはずだ。

「なぜ、そんなに知りたいの？」

聞き返した芹に、

「だってセリ、その老人は殺されたのでしょう？」

「ええ――」

「それが兄様を殺すための罠でなかったって、どうしていえるの？」

あまりにも思いがけないことばに、芹はまじまじと少年の顔を見返した。

「お兄様、敵をお持ちなの？」

「なんにも不思議なことじゃない。兄様のように高いところで輝く人間は、それだけで悪意や憎悪を招き寄せるものなんだよ」

ジェンティーレは、子供に説き聞かせるような口調でいう。

「兄様でなくその老人が死んだというのは、ただの偶然かもしれないじゃないか。まだ犯人は捕まっていない。動機もわからない。それならぼくの推測だって、荒唐無稽とはいえないはずだ。ぼくは体を動かすことはできないけれど、兄様のためにせめて頭を使いたい。君ならわかってくれるでしょう、セリ」

そのとき――

乾いたノックの音が室内に響いた。ジェンティーレの顔が凍りついた。芹の手を握っている、指がかすかに震えている。ドアの向こうに立っている者を、恐れているかのように。

こちらから声をかけるのを待たず、ドアは外から開いた。アナスタシア・パガーニが立っていた。身につけた黒のパンツ・スーツと濃いアンバーのサングラスは昨日と同じだが、うなじにまとめていた肩に届く黒髪をそのまま垂らしている。

くっきりと造作の大きな顔立ちの周囲に、軽く波打ちながら揺れる黒髪。それだけでがらりと雰囲気が変わっていた。

「ボン・ジョルノ。こちらにいらしたのね、シニョリーナ・アイカワ」

ニッと赤い唇の間から前歯を覗かせたが、少しも笑っているように見えないのは気のせいだろうか。

「私とアベーレは所用で外出しますが、夕刻には戻ります。コレクションの方をご案内するのは明日になってしまいますが、着替えはお部屋の方へ届けておきました。それからシニョーレ・ゼフュロスと三人のシニョーラが、ぜひ日本のシニョリーナとお話をしたいので昼餐をごいっしょにといっておられましたけれど？」

冗談じゃない、と芹は思う。あの蛇のような男も不気味だったけれど、残りの凄まじい女三人もとなれば、食べ物など喉に通るとも思えない。しかしまさか言下に嫌ですともいえず、口ごもった芹に横からジェンティーレが助け船を出した。

「セリは今日の昼間は、ぼくと過ごすことにしていただいた。晩餐は兄様と、お客様もごいっしょにということになるだろう。よろしく伝えておくれ。ご苦労様」

彼女はそういわれて、初めてジェンティーレの存在に気づいたとでもいうように、ゆっくりと視線を巡らす。

「まあそうですの。ではシニョリーナには、今日も退屈せずに過ごしていただけますわね。アベーレも心配していたのですが、良かったこと」

その口調がどことなく芹の癇に障った。自分がセラフィーノ目当てでここまで来たので、彼が留守になると聞いてさぞ落胆するだろう。そうほのめかされた気がしたのだ。

「ええ、そう思います。弟さんとはとても気持ちが通じるようで、招待していただいて本当に良かったと思っていますわ」

芹がそういうとアナスタシアは軽く顔をしかめたが、

「では」

軽く会釈だけして踵を返し、大股で出ていく。その背をじっと見送ったジェンティーレは、音立てて扉が閉まると、手を伸ばして卓上のベルを振った。ほとんど間髪入れず、一度閉じたドアが開く。入ってきたのはウラニアだ。

「立ち聞きされたようだ」

「いいえ、そんなことはございません」

「ではなぜ知らせなかった」

「申し訳ございません。その時間もなく」

ふたりのやりとりをぽかんとして聞いていた芹は、ふいにはっとする。

「ジェンティーレ。さっきあなたがいっていた、あなたとお兄様の間を隔てている人間って、彼女のこと？」

「おお。そんな、滅相もない——」

ジェンティーレが答えるより前に、老女がかすれた声を上げた。痩せこけた手を揉み絞りながら、

「それはアナスタシアは、アベーレ坊ちゃまが大切でございますよ。なんと申しましても、生まれたときからお仕えしているのですもの。それはもう、熱心に務めておりますとも。けれどだからといってジェンティーレ様をどうこうなどと、そんな大それたことがございますものか」

「おまえは誰の味方だ、ウラニア？」

少年は色淡い目を向けて、冷ややかに問うた。

「生まれたときからというなら、兄様を育てたのは乳母のおまえだ。おまえも当然のこと、ぼくなどより兄様が愛しいだろう。大切だろう。それならそうおいい。別に驚きはしない」

ウラニアの顔が青ざめた。

「なにを、おっしゃいます」

かくりと膝を折って床に座り込んだ老女は、車椅子の少年を見上げた。唇が震え、目の縁が赤らんでいる。

「私のご主人はジェンティーレ様ただおひとりと、最初から心に決めておりますのに……」

「父がおまえに命じたから？」

「はい。最初はそうでございました。けれど赤子のあなた様は私を見て、にっこり笑って下さったのですよ。それは本当に、天使の微笑みでございました」

「────」

「私が選んだのではありません。あなた様が私をお選びになったのです。老い先短い命はすべて、あなた様にお捧げいたしております。もしもお疑いになられるなら、生きている甲斐もないほど悲しゅうございます……」

「悪かった、ウラニア」

床に伏せた白髪頭に、少年の手が伸びた。乱れた髪を指がそっとなでる。

「またおまえをいじめてしまった」

「いいえ……」

彼女は顔を伏せたまま、すすり泣いているらしい。

「よろしいのでございますよ、私のことなど。それでお気持ちが晴れるのでしたら、なんとでもおっしゃって下さいまし。そんなことでもお役に立ちますなら、嬉しゅう存じます……」

芹は突然目の前で始まった愁嘆場に、いささか鼻白む思いでいた。どういう顔をしていればいいのかわからない。いかな事情があるにせよ、こういうことは他人のいないところでやって欲しいと思う。だがそういう心の半分で、ウラニアが年上のセラフィーノのことは『坊ちゃま』と呼び、ジェンティーレには『様』をつける、それにはそれなりの意味があるらしい、といったことを妙に冷静に考えていた。五百年続いている名家ともなれば、複雑怪奇にもつれ合った事情も山ほど溜まるものかもしれない。

「セリ」

いきなり呼ばれてはっと振り返る。ジェンティーレは何事もなかったかのように微笑んでいる。

「あなたに三階の部屋をご案内したいと思います。支度をするので、その間隣の部屋で待っていていただけますか？」

III

控えの間に暖炉はついていたが、外の廊下に通ずる扉は開け放しで、暖かさに慣れていた体にはぞくぞくするほど寒い。石張りの床から脚へ、冷気が這い上がってくる。

だが、待つほどもなく奥の扉が開いた。ウラニアに付き添われてきた車椅子の上で、ジェンティーレの全身はすっぽりと黒いマントに包まれていた。背中から纏ったわけではなく、前からかけた布を車椅子の左右の支柱に止めて体を覆っている。手を出すための穴が開けられているらしく、襞の中から見えている両手には白い革手袋が嵌められ、頭には白い毛皮の帽子がかぶされて、その姿は可憐な少女のように見えた。

「よろしく、お願いいたします」

芹に向かって深々と頭を下げたウラニアは、ずっしりと重い鍵束を手に押しつけて部屋の中に戻っていってしまう。それを見送って振り返ったジェンティーレは、

「まるで北極に出かけるような重装備でしょう？」

頭の大きな帽子に触れて苦笑してみせる。

「だけどこうでもしないと、ウラニアがうるさくてならないから。夏に来ていただけたら、もっと楽に動けるのですけどね」

「心配しておられるのだわ、あなたのことを」

彼の気持ちを損じたくはなかったが、先程の場面はどう見ても少年が、自分の世話をしてくれる気心の知れた相手に、甘え半分駄々をこねていたとしか思えない。目の遣り場に困ったことはおいても感心できない。友人だというなら敢えて耳に痛いこともいうべきだろう、と芹はことばを重ねる。

「お年を召した人を、あんなふうにわざと泣かせるなんていけないことよ。あの人は本当にあなたのことを大切に思っている。お兄様だってきっとそう。どんな複雑な事情があったとしても、あなたを愛する気持ちは嘘ではないわ」

「それはわかっているよ、セリ。あんなところを見せてしまったことは、申し訳ないと思うけど」

少年はゆっくりと車椅子を進めた。肘掛けのところにボタンがあるらしい。平らな床の上で、車輪はほとんど音を立てない。そのゆるやかな速度に合わせて、芹もかたわらに足を運ぶ。

こうして見ると彼がかけているのは、車椅子といわれて思い浮かぶような簡単なものではなく、背中を包み込む分厚い背もたれと四つの車輪を備えた電気自動車めいたものだった。ジェンティーレのやや小さすぎる上半身は、椅子のたっぷりと分厚い背もたれに、半ば埋まったようになっている。障害のある脊椎を保護する、ギプスのような役割も兼ねているのかもしれない。

「だからぼくも本気でウラニアを責めているわけじゃないし、兄様の役に立ちたいとは心から思っている。でも、それを邪魔しようとしている者がいることだけは本当だ。それはあなただって気づいたのじゃない？」

先程のアナスタシアの顔が目に浮かんだ。

「そうね。少なくとも、彼女は私が嫌いらしいわ。

というか――」

ミラノ中央駅で出迎えられたときは、そんなことはなかった。だがベルガモの屋敷でセラフィーノが芹に、祖先の話を包み隠さず語った後から様子が変わった。車を降りて庭伝いにパラッツォまで下るときは、闇の中で引き止められて、思ってもいなかったことを詰問された。芹がヴェネツィアで目撃したことを、彼との取引に使っているとでもいうようだな。

「彼女は私をというより、お兄様が自分とは関わりない人間と親しくするのが気に入らないのじゃないかしら」

「そうだね。そしてその関わりない人間の中には、ぼくも含まれているというわけなんだ」

少年はマントの中で肩をすくめてみせる。確かに彼女は許しも得ずに部屋に踏み込んできて、その場にいたジェンティーレを平然と無視していた。いくらウラニアが頭を振ったところで、アナスタシア・パガーニが主の弟に対してふさわしい敬意を払わなかったことだけは否定できない。

「いや、たぶんぼくに対しては、気に入らないなんてことばでは済まないだろうね。関わりがないどころか、ありすぎる。それも否定的な意味で。彼女が忠誠を誓っているのはアンジェローニ・デッラ・トッレ家の当主に対してで、それは同時に兄様ひとりのことだ。兄様が唯一絶対。その地位をぼくは、彼女にしてみれば不当に脅かす存在だ。さっきいった我が家の当主の資格、兄様にそれがないことを、一番気にしているのは彼女なんだよ」

「馬鹿げているわ、そんなの」

芹は思わず声を高くしている。

「失礼よ、あなたに対しても、お兄様に対しても！」

「そうだね、まったく馬鹿げている――」

憤慨する芹の顔を見上げて、少年はかすかに笑った。

「そのとおりだよ、セリ」

「お兄様は、知らないのじゃないかしら」

「アナスタシアがぼくに、そんな態度を見せていることを？」

「ええ。違う？」

「彼女があなたに失礼なことをしたとき、兄様はそれを止めるようなことをした？」

「それは――」

あのときはセラフィーノがそ知らぬ体で声をかけてくれたから、アナスタシアの前から逃れることができたのだ。彼は背後の闇の中でなにが起こっているか、ちゃんと承知していた。だが確かに、正面から彼女を止めて、芹のために弁護してくれたわけではなかった。

「でも、他人の私とあなたとでは立場が全然違うわ。私、彼のエッセイと著書を一冊読んだきりだけど、ただ知識が豊富だというだけの人とは思えなかった。少なくとも因習に囚われて、大切な肉親を侮辱するような人ではないと思う」

「やっぱりセリ、兄様を弁護するんだ」

「ジェンティーレ――」

「いいんだ。兄様はすてきだもの。――ああ、ここ。鍵束を貸してくれます？」

車椅子を器用に九十度回転させて、ひとつの扉の前に止めた少年は、芹から渡された大小十数本の鍵を繋いだ輪を指で繰って、

「これです。鍵穴はそこ。開けてくれますか」

扉についた鍵穴は、車椅子にかけたままのジェンティーレには届かない高さだった。

「ジェンティーレ。私は本当に彼のこと、なんとも思っていないのよ」

いいかけたが、こんな寒い廊下でいつまでも話しているわけにもいかない。扉は木製の両開きだが、近年付け替えられたものらしく、鍵穴回りの金属もまだ金色にひかっている。

扉を開けた途端、朝の光とそれに暖められた部屋

の空気がいちどきに芹を押し包んだ。カーテンは引かれていても、東向きの窓からは布の隙間を突いて陽が射し入っている。目覚めたときは薄曇っていた天候だが、いつの間にか晴れてきたらしい。

（画家の仕事場……）

そう思ったのは、鼻を突く油絵具とそれを溶くオイルの匂いのせいだ。家具の少ない部屋の壁は額装された大小の絵画で埋まり、壁際の床にはキャンバスのままの絵が立てかけられ、さらに十を越すイーゼルがさまざまな方向を向いて、描き上げられた絵や未完の絵、木炭のデッサンといったものを載せている。

ジェンティーレの車椅子がすうっと前に出た。無雑作に立て並べられていると思ったイーゼルだが、その間には彼が通り抜けられるだけの空間がきちんと残されている。もっともその迷路めいた道順を心得ていなかったら、自分の脚で歩いている芹でも途中で立ち往生してしまったかもしれない。少年は左右の肘掛けについているボタンを操作しながら、ゆっくりと、だが軽やかに、細いイーゼルの支柱に触れることもなく進んでいく。

窓際に頑丈そうな画架が一台、そしてパレットや筆立て、筆洗いを載せた小ぶりの台がひとつあった。ジェンティーレは画架の前で車椅子を止めた。キャンバスを置く高さがちょうど良く、合わせられているのがわかる。頼まれて芹が薄水色のカーテンを開くと、射し入る朝の光にまだ濡れているらしいキャンバスが浮かび上がった。

「これ、あなたが？」

「模写だけどね」

青空を背景に、髪を美しく結い上げた若い女性の真横からの像が浮かび上がっていた。筆遣いは精緻で、額を広くきっちりとなでつけて、後ろに真珠の紐とレエスを絡ませて結った髪かたちから、淡くけぶる眉、やわらかな唇、顎から首へと続く伸びやかな線を余すところなく描き出している。

「ポライウォーロの『婦人の肖像』かしら」

少年はうなずいて、パレットを載せた台の引き出しから小さなモノクロ写真を取り出す。それは確かに芹の記憶している、ミラノ、ポルディ・ペッツォーリ美術館所蔵のポライウォーロだ。古代のメダルのレリーフを思わせる真横からの肖像画は、ルネサンス前期にはしきりと制作され、例えばレオナルドもマントヴァ侯夫人イザベラ・デステのデッサンなどでは試みているが、やがてより自然な印象を与える四分の三正面像に取って代わられていく。

「こんな小さな写真を見て、描いたの？」

「ミラノの家には大判の画集があるけど、ここまで持ってくるのは億劫だったから」

だが見れば見るほど精巧な模写だ。パリのルーヴル美術館に行くと、許可を得て絵具や画架を持ち込み、模写をしているのにあちこちで出くわす。襲撃事件のあった『モナリザ』の他は、どの絵もガラスには覆われておらず、日本人の目から見るとずいぶんそのあたりは大胆だ。絵筆を取っている人間も達者な者ばかりではなく、目の前に実物を見ているのにこれが？　といいたくなるような作品もないではない。しかしジェンティーレの描いたこれは、フォルムだけでなく色合いも、筆致も、ポライウォーロの原画を彷彿とさせる。

といってそっくり同じ、見分けがつかないというのではない。元の絵をガラスに映し、それを透して別の人間を透かし見たように、違う顔がそこには浮かび出ている。元の絵の女性は、鼻先が丸く少し上を向いているキュートな感じの顔立ちだった。だがここにある絵の顔は、眼窩は深く、鼻筋は高く、顎の線もきつい。ほんのりと夢見るように微笑んでいた『婦人の肖像』とは違って、この女性は緊張の中に前方を凝視しているようだ——

「わかった？」

ジェンティーレが同じ引き出しから、手のひらに載るほどの鏡を出した。

この女性の顔は、彼自身の顔に似通っている。例えば『モナリザ』にはレオナルドの自画像が重ねられているなどという説があるが、ジェンティーレは『婦人の肖像』に自分の顔を重ねて描いたというわけだろうか。

「他の絵も見る?」

「ええ。これみんなあなたが?」

広い室内を埋めている油彩画とデッサンは、全部でいったい何枚あるのだろう。ざっと数えただけでも、百枚は超えていそうだ。

「最近はネットが面白くなったせいで、ミラノにいるときは全然描かなくなってしまったんだけどね」

イーゼルの上、床、そして壁。芹はその一枚一枚を丁寧に見て回った。そのどれもがルネサンス期イタリア絵画を下敷きにした女性像で、半透明の仮面をかぶったように、その中からジェンティーレ自身の顔が透けて見えている。レオナルドのようなジェンティーレ、ラファエロのようなジェンティーレ、ギルランダイヨのようなジェンティーレ、ペルジーノのようなジェンティーレ、ジョルジョーネのようなジェンティーレ……どれも芹が、絵のタイトルも作者も即座に思い出せるほど著名な作品だったが、

「みんな女性なのね」

「そう。だって、ぼくの顔を女性と重ねてみたら、母の顔に似たものが描けるかもしれないでしょう?」

芹は声を呑み込んだ。同時に腹立たしさとやりきれなさがこみ上げてくる。どうしてジェンティーレの母親は、生んだばかりの子を手放すようなことができたのだろう。もちろんそれは事情もあったろうし、もともとそういう条件で子供を生んだのかもしれないし、あるいは彼女が嫌がるのを無理やり引き離された、ということも考えられる。母となれば母性愛を覚えるのが当然で、そうでない女は異常だなどというのは幻想でしかないということもわかっているつもりだ。

しかしいくらそんな理屈をこねてみたところで、ジェンティーレの孤独を癒やすことはできない。この腹立たしさは芹が、自然と捨てられた子供に感情移入してしまうからだ。親の事情を推し量って、仕方なかったと自分を納得させるのは大人。だが子供には少なくとも、親に対して腹を立てる権利がある。恋愛の経験も少なく、まして自分の子を持つことなど想像したこともない自分には、所詮母親の気持ちなどわからないのだろうが。

「セリ——」

ジェンティーレの声がした。窓際にいたと思った彼がいつの間にか、芹のすぐそばにいて見上げている。

「泣かないで、セリ」

「泣いてなんか」

いないといおうとしたが、気がつくと目が熱い。

「駄目だよ、セリ。ぼくのいうことなんか、そんなに簡単に信じたら。さっきまででわかったでしょう？　ぼくは意地悪で嘘つきなんだ。人の反応を見ながらことばを並べて、怒らせたり悲しませたりなんて簡単にできる。その上独占欲が強くて、兄様のこと大好きなのに、あなたが少しでも彼を弁護すると腹が立つんだ。いまわざとあなたが泣きそうなことをいったのも、だからだよ。小さな子供でもあるまいし、いまさら母親なんか恋しいものか。いちいち本気にしないで。ね？」

「ジェンティーレ——」

手袋を外した手が、芹の手を握った。

「でもさっきあなたが本気でお説教してくれたときは、とっても嬉しかった。同情なんか欲しくないって、ちゃんとわかってくれたんだね」

小首を傾げてにっこりと微笑まれれば、それは確かに天使かクピド以外のなにものでもなく、本気で腹を立てることもできない。しかしみすみす彼のことばに乗せられて、涙ぐんでしまったのはなんとも癪に障る。芹は口をへの字に曲げながら、指先で彼

の額を隠す前髪を軽く弾いて、

「そうねえ。あなたにはいっそ、膝に載せて思いっきりお尻を叩いてあげる人が必要なのかもしれないわね。シニョーラ・ウラニアが許してくれるなら、ほんとにそうしてあげましょうか？」

「恐いなあ」

「嘘おっしゃい。もうだまされないわよ」

「ほんとだよ。でもセリ、未婚の女性がそんな大きな声で『お尻』なんていうものじゃないって教わらなかった？」

「どうせ私は貴族様どころか、庶民階級もいいところですからね。身分違ェの下品な女で失礼いたしァすだ、旦那様」

「それ、どこのなまりの真似？」

くすくすと笑い声をもらした少年は、笑顔のまま芹を見上げて、

「ね、すごいもの見せてあげようか」

「すごいものって？」

「これはきっと兄様も、あなたに見せるつもりはないと思うんだ。でも、見れば絶対びっくりする」

「そんな大変なものなの？」

「うん。でも、よそではいわない方がいいと思うけど」

「秘密の家宝ってわけかしら」

「そうだね。だけどいわない方がいいっていうのは、いってもきっと誰も信じないからさ」

「それって、お兄様に知られたら問題になるようなことなの？」

「まあね。でもわかりっこないさ。兄様は夕方にならなきゃ戻ってこないんだし。それに聖天使宮に来て、これを見ないで帰るって法はないよ」

「見るまでは、なんだか教えてくれないのね」

「だから見ればわかる。それに今回は、別の暗号みたいなものまで出来てきちゃったからね。他のみんなは知っているのに、セリだけが知らないのは不公平だと思うんだ」

「なあに、暗号って」

「だからさ、それは見てから」

いやが上にも好奇心をそそるいい方をされて、また人を担いでいるのじゃないでしょうね、と思わないでもなかったが、時間はたっぷりある。まだ午前の十時にもなっていない。しかしそれがある場所が二階だと聞いて、再び躊躇したくなった。例の四人の客は二階に泊まっているはずなのだ。間違っても顔を合わせたくはない。だがジェンティーレが、だいじょうぶだよと請け合った。

「どうせあいつらは昼餐の前にでもならなけりゃ起きてこないよ。昨日の夜だって、白むまで飲んでいたに決まってるんだ。ウラニアに見つかる方が面倒だけど、たぶんこの時間は一階か地下にいると思うから」

ジェンティーレの車椅子は、当然ながら狭い螺旋階段を下りることは出来ない。二階に降ろすには朝食を食べた塔の部屋の前にある、小さなリフトを使わなくてはならない。それは地下まで続いていて、厨房から料理を運ぶときなどにも使っているようだった。ボタンを押すとおもむろにゴウンという音がして、下に降りていた箱がワイヤに引かれて上がってくる。なんだか危なっかしい感じだが、ヨーロッパの古い建物に設置されているのといえばどこもこんなもので、あるだけましというべきかもしれない。

「ふたりで乗っても平気？」

「セリなら体重はウラニアと大して違わないんじゃない？」

確かにジェンティーレひとりでは、下りのボタンに手が届かない。ドアの鍵穴の位置といい、なぜその程度の配慮をしないのか気にかかる。それとも貴族のおぼっちゃまというのは、体に支障がなくともそうしたところでは指一本動かさないものなのだろうか。だがウラニアも老女といっていいほどの歳なのだし、彼女が倒れでもしたら誰が彼の身の回りの

世話を焼くのか。いつかそんなことまで考えている自分に気づいて、

（それこそ余計なお世話、よね……）

苦笑をもらしかけ、こんな顔をしたらまた胸の内を見透かされてしまうだろうかとあわてて横を向いた芹の手に、ジェンティーレがそっと触れる。

「ついているよ。開けて」

旧式のエレベータは、目的の階についてもボタンを押さないとドアが開かない。出たところは昨夜庭から入った二階の回廊で、あのときは真っ暗でなにもわからなかったが、いまはアーチ状に上がった天井や、湾曲する壁のフレスコ画装飾もはっきりと見える。天井には紅薔薇の絡むパーゴラ越しに青空が広がる、騙し絵風の図柄が続き、壁は白塗りの上に唐草と人や獣が混じり合って絡み合うグロテスク紋様に満たされていた。

手すりの下は円形の中庭だ。植栽はなく、一面灰色の石が敷き詰められて、中央に大きな食卓のように正五角形の平石が据えられている。パラッツォ全体が正五角形をしていて、その中央にまた正五角形があるわけだが、どうやら置かれている角度はパラッツォのそれとはずれているようだ。大きな正五角形の辺の中線に、小さな正五角形の角が位置しているらしい。

身を乗り出しかけた芹は、下をよぎる人影にあわてて退いた。使用人だろうか。帽子をかぶった男の影が、中庭の列柱伝いにすっと視野を過ぎて消えたのだ。そこまではまだ冬の陽射しは届いておらず、ひどく暗かったのではっきりとは見えなかったが。

「こっちだよ、セリ」

ジェンティーレが低くした声で呼ぶ。

「どうしたの。誰かいた？」

「ええ。帽子をかぶった男の人が通ったわ。わりと年輩の」

「ふうん？」

車椅子を進めながら、少年は首を傾げた。

「変だね。いま聖天使宮にいる男は、下の村から来ている下働きの人間だけで、彼らは一階まで上がることはないはずだけど——」

昨夜庭から入ってきた二階の一角、平面図で考えるなら北を向いた頂点の左側の辺は、調度も失われ、壁画も色褪せ、荒廃するにまかせられているようだった。午前の明るさが、闇が隠していたその廃墟めいた有様を暴いてしまっている。鍵のかかっていないドアを開いて回廊から室内に入れば、見上げる天井画にだけは在りし日の色彩が残されていて、白と金のスタッコ装飾に囲まれた楕円形の画面に表されているのは、昨夜セラフィーノから聞かされたアンジェローニ・デッラ・トッレ家の紋章の起源、『ヤコブの梯子』だった。

「セリは兄様から聞いたんだっけね。ルイジ・アンジェローニ・デッラ・トッレが、皇帝マクシミリアンとビアンカ・スフォルツァの隠された息子だったっていう話」

「ええ、聞いたわ」

「ルイジは生まれついての肉体的な過剰のせいで、ハプスブルクの皇子とは認められなかった」

「ええ——」

「でもぼくはね、たとえルイジが六本指でなかったとしても、マクシミリアンは貴賤結婚の結果生まれた子供を、自分の跡継ぎにするつもりはなかったんじゃないかと思うんだ」

元より政略結婚には違いない。だが少なくとも神の前の結婚という形式を踏んだ以上は、その結果生まれた子供は皇帝の嫡子であり、相続権を持つものと考えられて不思議はない。だからこそスフォルツァ家も、皇帝の心を動かすほどの莫大な持参金をつけたのだろう。それを最初から、たとえ子供が生まれてもハプスブルクの血を引くと認めないつもりだったとしたら、ほとんど詐欺としかいいようがない。歴史上の人物を現代の倫理で裁くことは慎まねばならないとしても、

「だとしたら、ひどい話ね——」

「うん。持参金と同盟目当てに結婚しておいて、叔父のミラノ公が没落したらいまさらのように家柄の不釣り合いをいい立てて、妻を日蔭の身に追いやったんだろうね。汚い遣り口だな」

ジェンティーレは唇を曲げて吐き捨てる。

「ルイジは何年に生まれたのかしら」

「彼の正しい出自は正史からは抹殺されたわけだけど、イタリアに現れた彼の歳から考えるなら、一四九五年か六年というところだろうね。マクシミリアンの孫で次の皇帝となったカールが一五〇〇年の生まれだから、四、五歳上だ」

昨夜セラフィーノも、そんなふうにいっていたと芹は思い出す。

「カールの父親は、マクシミリアンの唯一の息子だったわね」

マクシミリアンは十八歳のとき、ブルゴーニュ公国の公女マリーと結婚し、フィリップとマルガレーテという一男一女をもうけた。それが彼のただふたりの嫡子、ということになっている。

「そう。でもそのフィリップはスペインのファナ王女との間に二男四女を残して、一五〇六年に没した。マクシミリアンはその後十三年も生きたおかげで、孫のカールに帝位を渡すことができたわけだけど、本来ならルイジが唯一生きている嫡男として皇帝の後を継いでいいはずだったでしょ。そのことを彼が知らなかったはずはない。だからぼくにはルイジが、心からハプスブルクとイタリアの架け橋になろうとしていたなんて、兄様の説はとても信じられないんだ」

「ハプスブルクに対する忠誠心はなくても、カール五世には心を寄せていたのじゃない？」

「でも、ルイジはカールがボローニャで戴冠した後はミラノに留まったんだよ」

「それは、彼には他にも役割があったんだって」

「それも兄様が？」

芹はちょっと足を止めてジェンティーレを見たが、

「そうよ。でもそれ以上は教えて下さらなかったわ。だから嫉妬なんてしないでちょうだいね」

「やあ、先を越されちゃった」

はしゃいだ声を上げた少年は、いきなり車椅子の速度を上げげた。芹を追い抜いて、行く手の壁際まで真っ直ぐに突っ込んでいく。危ない——と声を上げそうになったとき、彼は閉ざされたドアの前でくるりと振り返っていた。

「セリ、驚いた？」

「——もう、心臓が止まるかと思ったわよ！」

声をひそめるのも忘れた芹に、

「ねえ約束して、セリ」

見つめる少年の眼は大きく見開かれ、憑かれたようにひかっている。

「え、なにを？」

「ルイジの秘密はぼくが教えてあげる。その他のこともぼくが知っていることはみんな、セリにだったら教えてあげる。なにも隠さないよ。だから兄様からは聞かないで」

「…………」

「現世のことは全部兄様のものだ。でも過去のことはそうじゃない。このパラッツォのこと、アンジェローニ・デッラ・トッレ家のこと。車椅子に縛られて、ひとりではなにもできないぼくだって、兄様と同じくらい、いや兄様以上に知識は持っているし、考えることもできるんだ。心は走れるし飛べる。もっと他のことだって、君が聞きたいならどんなことでも。だから——」

ジェンティーレの高ぶりは刹那のことだった。顔を伏せて——はあっと吐息すると、手を上げて毛皮の帽子を脱ぐ。

「こんなものかぶっているから、のぼせてしまうんだ。ごめん。また脅かしちゃったね」

「やっぱりお尻ペンペンね」

おどける以外答えようがなくて、芹は両手を腰に少年を睨んでみせる。

「謝るくらいなら最初からしないで。第一こんなところでぐずぐずしていたら、いつになってもそのすごい家宝にお目にかかれないじゃない。もしかして、それも担いだだけだなんていったら、ほんとに怒るわよ、私」

「嘘じゃない。ここの中だよ」

ジェンティーレは顔を上げて、背後のドアを見る。彫刻された石の戸框《とがまち》は大仰だが、その中に収まっているのは塗装が一面魚の鱗のように浮いて剥がれかけたいかにもみすぼらしい扉だ。なにか絵が描かれていたらしい。それもほとんど消えかかっているが、二本の下向きに湾曲した角のようなものが見える。

「これって、牛の頭?……」

「そう。古代エジプトの聖牛アピス」

あまりにも思いがけないことばを聞いて、芹はぽかんとなってしまう。

「どうしてこんなところに、古代エジプトの神なんかが出てくるの?」

「知らなかった? ハプスブルクの語源は世にいわれるごとく『鷹の城《ハプス・ブルグス》』には非ず、『聖牛の城《アピス・ブルグス》』なりって説があるんだってさ。ハプスブルク家エジプト起源説ってわけ」

「そういうのってせいぜい、十七世紀のアタナシウス・キルヒャー以後の話じゃない?」

「エジプトが権威付けに担ぎ出されたのは、もっとずっと早いよ。アレクサンデル六世に重用されて、息子のチェーザレ・ボルジアに毒殺されたっていうドミニコ会修道士がいてね、エジプトの神オシリスとイシスがヨーロッパに来て民衆を教化したとか、そんなことを書いた。ヴァティカン宮殿のボルジア家の間には、ピントリッキオが描いた聖牛崇拝の壁画が残っているんだって。セリは見たことない?」

どこかでパリという地名の語源は、『パル・イシス』、イシス神殿のそば、という意味だ、などという説を聞いた気がするが、アレクサンデル六世が？

――

「あ、わかった。ボルジア家の紋章は雄牛だから、それとエジプトの聖牛を結びつけたのね」

「うん。だからといって、ボルジア家の没落後は誰も顧みなくなったというわけでもなくて、その著作に刺激されたのが十六世紀のルメール・ド・ベルジュという人。彼が唱えたのが語呂合わせみたいなアピス・ブルグス説で、しかも彼はマルグリット・ドートリッシュの家臣だった」

「それって、マクシミリアンの娘のマルガレーテのことよね」

マルガレーテはカスティーリャの王子と結婚したが、夫はわずか半年で病没し、次の夫であるサヴォイ公にも三年で先立たれた。その後は結婚することなく、ブルゴーニュ、ネーデルランドの総督として父皇帝を助け、甥のカール、後の皇帝カール五世を育てたのも彼女だったといわれる。すると日蔭の身に置かれたルイジもまた、マルガレーテの宮廷に出入りしていたかもしれない。

「ルイジは、ハプスブルク帝国が健在の時代にはおおっぴらに名乗りにくい血縁を、アピスの図像で象徴したのじゃないかな。このパラッツォの中にはあちこち描かれているよ。とはいっても、誰でもが見られるわけじゃない場所だけど、その方がわけありげだ。ね、きれいに繋がったでしょ？」

「本当ね」

うなずいて見せたがそのとき芹は、ふとそのことばをどこかで聞いたような気がしていた。アピス――それからなんだったろう。あれは？　……いや、駄目だ。思い出せない。

「ここの鍵はあるの？」

そうはいったものの、よく見るとどこにも鍵穴はない。鍵穴どころか、これは本当に扉だろうか。手を伸ばして触れてみると木の感触ではない。漆喰の壁だ。

「ジェンティーレ、これは扉じゃなくて、扉の絵が壁に描いてあるだけなんじゃない？」

左右対称に壁に戸框をつけて、実際の扉は片方だけ、もう片方は扉そっくりに絵具で描いてあるという、一種の騙し絵は珍しくもない。

だが少年は芹を見てにっこり笑うと、

「そう思うでしょう？　だからかえってわからない」

細い指を伸ばして、塗料の剝落した表面に触れる。奥へ押し込むようにしてから手をずらして左に押す。軽く横へすべった。あっと声を出しそうになって、あわてて口を手で押さえる。単純すぎる意外性というか、ドアではなく引き戸だったのだ。

中は文字通りの暗黒。窓がないのか、なにも見えない。しかしジェンティーレはためらいもなく車椅子を乗り入れる。

「ジェンティーレ？」

「入って戸を閉じれば明かりが点くよ」

「わかったわ」

ここへ来てためらっても仕方がない。えい、と気合いを入れて足を踏み入れる。ジェンティーレが後ろで戸を引いたらしく、すうっとわずかな明るさが消えた。

「点かないわよ」

「もう少し待って」

すぐそばで少年の声が聞こえる。昨日の夜、セラフィーノが闇の中で、芹の顔を見ていたことを思い出す。ジェンティーレもやはり、猫のように暗い中でものが見えるのだろうか。

ふうっと……、前方に淡く光が点った。ひとつ、またひとつ。電灯かもしれないが、強くはない。半透明のガラスで覆われているような、かすかな暗い明かりだ。

広い部屋ではなかった。明かりがほのかに向こうの壁を照らし出す。その壁に一枚の絵があった。かなり大きい。絵というよりは壁に掛かったタペストリのようだ。描き出されている図柄にもそんな雰囲気がある。金色の実を実らせた暗い森、枝の下に覗く青い空、それを背景にして舞踏劇の舞い手のように、並んでいる人々はほぼ等身大だ。

しなやかな裸身に赤い衣を纏う美しい若者。

純白の薄物をなびかせて輪舞する三人の女性。

花の冠をかぶり、花模様の豪奢な衣装を着た女性。

裸のように見える若い娘と、彼女に襲いかかる有翼の奇怪な男。

そうした画面の中央に、仏像のように片手を上げて立つ高貴な美女。

彼女の頭上に弓矢を構えて飛ぶ目隠しのクピド。

「これ——」

芹はようやく声を上げた。

「どういうこと？——　どうして？——」

「そばに行ってもっとよく見てごらん。触ったっていいんだ」

ジェンティーレがささやく。横から芹の手を取って、そっと前に引く。

「ねえ、セリ。聞かせて。君の目にはどんなふうに見える？」

「どんなふうにって……だって——」

歩き出しかけて、ようやく芹は足を止めた。強ばった首を少年の方へ振り向けた。

「複製でしょ？　写真？　それとも贋作？」

「だからもっと近寄って、手で触ってごらん。そうすれば少なくとも、写真でないことはわかる」

芹は唇を噛みしめる。写真などでないことは疾うにわかっていた。確かにそれは『ある絵』と酷似していたが、完全に同じではなかったからだ。配置されている人物の位置が少しずつ違う。それだけで印象はかなり変わってくる。だとしたら、

「あなたが描いたの、ジェンティーレ？」

「まさか、とても手が届かないよ」

彼は微笑みながら頭を振る。

「ぼくを車椅子ごと乗せて、上下左右に自在に動かせるリフトでもあったら、不可能ではないかもしれないけど。ううん、それは嘘だな。ぼくにはこんな絵を描く技術はない。テンペラ絵具は油よりずっと扱いが難しいし、それに」

ためらう芹を残して、少年の車椅子は前へ滑り出た。

「よく見て、セリ。この絵は扉より大きいよ」

いわれて愕然と振り返った。確かにいま通ってきた戸口は芹の背から見れば充分な高さだが、この絵は横幅は三メートル以上、高さは二メートルを越している。斜めにしても到底無傷では通り抜けられそうにない。

「パラッツォの創建当時からここにあったっていうこと？」

「より正確を期すなら、そこの壁を作ったときからというべきだろうね。パラッツォ本体の工事より後に、石と漆喰で壁を立てたと考えていい。もちろん疑うつもりなら、もっと小さな板を持ち込んでこの部屋の中で繋いで、絵を描いたといえなくもないだろうけれど、いや、それじゃ元絵を持ち込むことができないな。それになんでそんなことをしなけりゃならないのか。まさかセリを担ぐために、とは思わないだろう？」

「そう――」

芹は深呼吸してもう一度、絵の掛かった壁の方に顔を向けた。

「あなたがさっきいった意味、やっとわかったわ。確かにどこかで私がこのことをしゃべったとしても、誰も信じてはくれないでしょうね。ウフィツィ美術館にあるはずのボティチェルリの『春』が、こんなところにかかっているなんて」

「正確には極めて似た絵が、というべきだろうね」

ジェンティーレが冷静に指摘した。

IV

画家サンドロ・ボティチェルリの残したもっとも有名な一枚のテンペラ板絵、『春』。レオナルド・ダ・ヴィンチやラファエロといった同時代の画家の作品をルネサンス絵画の典型として見れば、それとは明らかに異なる、いわば風変わりな絵だ。人物の比例や表現はリアルに、自然で立体的に描かれているが、遠近法的な奥行きは捨てられていて、構図から見れば中世的といってもいい。等身大の人物八人が、ほぼ横一列に並んでいるだけなのだから。

頭上は一面オレンジの白い花が咲き、金色の果実がたわわに実る。背景は並んだ樹の幹の隙間から薄青い空らしきものが覗くだけで、奥行きはまったくない。

左端の若者は使者の神ヘルメス。杖をもって頭上を払うような仕草をしている。つづく三人は三美神。手を繋いでゆるやかに踊っている。中央やや奥に立つのは美の女神アフロディテ。彼女の頭上には目隠しをした愛の神クピドが飛んでいて、その引き絞った矢の先は三美神のひとりに向けられている。

アフロディテの隣には花冠をかぶり、花に飾られた女神フローラがいて、溢れるほど抱えた薔薇を地に振りまきながら前へ進み出ようとしている。その右には髪を振り乱し、裸体に透けて見える衣を纏いつけただけの乙女クロリスが、目を見開き、顔をねじって背後を見上げていて、上空から樹を揺らして舞い降りた有翼の風の神が、その体を捕らえようと腕を伸ばしている。

フィレンツェのウフィツィ美術館第十室に収められた、縦二〇三センチ、横三一四センチの大作は、保護のため表面に塗られたニスが黄変し、長らく暗い末枯れた色の中に閉じこめられてきたが、一九八二年に洗滌と修理が完了し、目の覚めるようなあざやかな色彩と、ボティチェルリ独特の繊細優美な描線を回復した。

学生時代、最初のイタリア旅行から帰ったとき、旅の話をするために叔父を訪ねた。この絵の美しさに思わず声が洩れたといったとき、叔父は嘆息混じりに答えたものだった。俺が初めてイタリアに行ったときはな、真っ黒けでよォ、と。

「――こりゃ写真よりひでえやって、まあ、ため息が出ちまったもんさ。実物を前にして失望するってのは、それが初めてじゃあなかったんだがな」

芹は洗滌以前の『春』を見ていない。だが写真によれば、背後の森も地面も一様に暗緑色に潰れ、人物は見えるものの、顔も衣も汚れた黄褐色に染まっていた。これでは叔父の嘆きも無理はない。同時に、おそらくは完成当初とほとんど変わることない絵を見ることのできた自分の幸福を思わずにはおれなかった。

しかしいま目の前にしている『春』は、洗滌を終えたウフィツィの絵とも、またそれ以前とも性格を異にしているようだった。画家の手は決して凡手ではない。その上光線に晒されていない分、絵具の劣化はまったく進んでおらず、女神たちの風にそよぐ黄金の髪や白い素肌などいっそ生々しいというばかりの質感を備えている。

だがこの絵の世界を支配しているのは、太陽よりは月の光らしい。すべての色彩が青ざめ沈んでいる。中央に立つ美の女神アフロディテの衣の赤も、頭上の梢にたわわに実る果実も、足元に咲き乱れる花々も、それぞれの色を備えてはいるものの、記憶の中の『春』と較べれば較べるほど、暗い。贋作だからだろうか。

フォルムと線はどうだろう。オリジナルと、それを手本にして描いた贋作ではやはり線が違ってくる。形を真似ようとすれば線がためらいがちに滞る。デッサンの贋作など、それで結構わかるのだ。テンペラ画にしても、ボティチェルリの画法は描線がはっきり出る描き方だから――

大学の退屈な講義のおかげで初見のときの感動は忘れかけていたが、雑誌に載っていたセラフィーノのエッセイを読んだ後で、住まいからはほんの数分のウフィツィ美術館を何十度目かに訪れ、『春』の前にも足を止めた。ただ美しい色と形、とセラフィーノは書いていたが、それは芹にとってはむしろ、美しい謎だった。

直観像記憶の能力はなくとも、絵画を記憶する力はある程度訓練で養える。美術史家には必要なことと考えて、芹も絵を見るときは意識的に観察し、記憶することを心がけてきた。だが、何分間集中してその広い画面を凝視していただろう。こめかみが痛くてたまらなくなり、ふっと息を吐いて神経をゆるめる。それでも贋作らしい兆候は摑まえられない。ただ最初に感じた通り、人物の配置が少し違う。芹をうんざりさせた老教授の講義では、レオン・バティスタ・アルベルティの建築論を引用しながら、画面上に縦や斜めの線を引き、4：6：9といった構図の比率を述べていたが、そのあたりのことは残念ながらほとんど覚えていない。

芹にわかる一番大きなはっきりした相違は、中央に立つアフロディテの位置で、もともと他の人物よりは奥に立っているのだが、その位置がさらに、不自然なほど奥、つまり上にある。そして遠近法的に考えるなら、遠いアフロディテはそれだけ小さく表されなくてはならないはずだが、むしろやや大きめに描かれている。原画でも感じられる不自然さが、より強調されているようだ。

芹はもう一度ため息をついて、ジェンティーレを振り返った。昨日は昨日でゴシック風の聖母子像を鑑定させられたし、やはりこの兄弟は芹に向かって仕掛けてくることが妙に似通っている。

「どう？　なにかわかった？」

嬉しそうな顔で尋ねるのを睨んでやって、

「現代の贋作なら写真を下絵に使って、少なくとも構図上はもっと完全に同じに描けるでしょうね。かといってカメラのない時代、伝聞や簡単なスケッチにもとづいて描いたにしては精巧すぎる。ということは、現物を前にして作られた模写ということになるけど、近代以前にこんな模写が作られたということは、少なくとも私は聞いた覚えがないわね」

「うん。それで？」

「お願いだからそろそろ種明かしして。くたびれたわ。座ってられるあなたは楽かもしれないけど」

ずけずけいってやると、むしろ彼は嬉しいようだ。肩をすくめて笑い声を立てて、

「ごめんね。この部屋って椅子もなんにもないんだ。それじゃ戻って休む？」

「もう、ほんとに意地悪ね。こんなもの見せられたら気になって仕方ないじゃない」

「わかったよ。それじゃセリ、そもそもボティチェルリが『春』を描いたのは、誰の注文だった？」

「メディチ家の分家の嫡男で、本家の当主ロレンツォ・イル・マニフィコと同時代のロレンツォ・ディ・ピエルフランチェスコの、祝婚画として注文されたというのが現在一番認められている説だったわね。それが確か一四八二年」

「それじゃあ、『春』がウフィツィに収められることになった経緯は知っている？」

「十九世紀までは、カステッロのヴィラ・メディチに秘蔵されていたのでしょう？　ピエルフランチェスコの子孫でトスカナ大公国の初代大公になったコジモ一世が、その別荘を愛したのよ」

「でも初めは、市内のピエルフランチェスコの本邸に置かれていた。いまも残っているメディチ宮の並びの」

「そうだったかしら」

「うん。一四九九年の彼の財産目録にそう書かれていたって読んだよ」

「それで？」

「一四九二年に大ロレンツォが死ぬ。息子のピエロはアルプスを越えて侵攻してきたフランス軍の前に

為す術もなく、市民により追放されて、国父コジモから続いたメディチ家のフィレンツェ支配は終わった。メディチ宮とメディチ派人士の館はことごとく略奪され、家具調度は破壊された。知っているよね」

「ええ――」

ジェンティーレがなにをいおうとしているかは、ようやく見当がついた。

「どうして同じメディチ家なのに、ピエルフランチェスコの屋敷は無事だったといえるのか、ってことね？」

「そう。分家のメディチ家は本家と袂を分かったから、追放も略奪も免れた、ということになっているけど、相手は殺気立った暴徒か火事場泥棒だ。そんなに理性的に行動するものかな。

それにピエロ・デ・メディチ追放の後に続いたのは、政治的混乱とサヴォナローラの神権政治だ。九七年と九八年には彼が子供たちを煽動して行わせたという『虚飾の焼却』があった。民家に押し入って異教的な書物や絵画、工芸品や楽器を押収し、政庁前のシニョーリア広場に積み上げて焼き捨てたというあの蛮行で、どれだけ多くの美しいものが破壊されたか知れやしない。

まがりなりにも法治国家であるはずのフィレンツェで、そんな犯罪的な行為がまかり通って、誰ひとり止めることが出来なかった。たとえそれまで『春』が市内に無事残されたとしたって、この時も何事もなく破壊を免れたというのは幸運すぎるんじゃない？」

「そうね。私は、ずっとカステッロのヴィラに置かれていたんだと思っていたから――」

つぶやいた芹は、はっとまばたきして、

「それじゃあなたは、その間『春』がフィレンツェの外に隠されていたっていうの？」

「財産目録っていうのが、当時の記録としてどこまで信用できるかわからないけどね」

「そうね。オリジナルの文書なのか、書き写されたものか」

「さもなければ『春』が外部に流出したのは、また別の機会だったかもしれない。君もよく知っているだろうことを繰り返すけれど、サヴォナローラの失墜と混乱した共和制の後、メディチ家は大ロレンツォの弟ジュリアーノの庶子だった教皇クレメンス七世の後押しで、一五三〇年に支配者としてフィレンツェに復帰した。

大ロレンツォの時代の形だけの民主主義も払拭され、フィレンツェ公となったのは、教皇の庶子だという説もあるアレッサンドロ・デ・メディチ。その彼を三七年、ピエルフランチェスコの曾孫《ひまご》の、やはりロレンツォという名の若者が暗殺した。十九世紀のフランスで、『ロレンザッチョ』って戯曲の題材にされた事件だね。彼がフィレンツェを落ち延びた後その屋敷は襲撃されて、略奪を受けたそうだよ。そのとき『春』は奪われたかどこかに隠された、と考えても、それほど無理な想像ではないんじゃないかな」

「そして、どこかで『春』の模写が作られた？　それとも――」

「こちらがボティチェルリのオリジナルかもしれない？　それはないと思うよ。そのわけは後で話すけど」

いいながら少年は視線を絵に戻す。

「アレッサンドロが暗殺されてメディチ本家の血は絶えた。後を分家のコジモ一世が継いで、彼がカステッロのヴィラの改造を、ジョルジョ・ヴァザーリに依頼したといわれている」

「確かヴァザーリが一五五〇年に書いた『美術家列伝』のボティチェルリの項にも、『春』と『ヴィナス誕生』がカステッロのメディチ荘にあるってあったわね」

「そもそもコジモ擁立の後ろ盾になったのは、ハプスブルクのカールだという。つまりルイジ・アンジわけだよ」

「フィレンツェの混乱時代に流出した『春』を、ルイジが手に入れて、模写を作ってからコジモに返却したということ？」

「そう。もちろんそのへんの、詳しい経緯は我が家にもなにも伝わっていない。なんらかの取引があったのか、あるいはフィレンツェ公国はハプスブルクの同盟者だったから、返さざるを得なかったのか」

「それで悔しいから模写を残したの？」

「いや、ルイジはとてもこの絵が気に入ったけれど、オリジナルにこだわりはなかったと思うよ。彼は模写を作らせるときに構図を変えた。それはわかるよね？」

「ええ」

「我が家に伝わっている話だと、ルイジはそうすることでこの絵に暗号を仕込んだというんだ。アンジェローニ・デッラ・トッレ家の秘密、皇帝カール五世からいいつかった真の任務を」

確かに『春』は謎めいた絵だ。古典古代の神話的モチーフと見えて、実は当時メディチ家のサロンに流行していた、ネオプラトニズムの思想が表現されているともいう。足元の草に描かれた四十種に及ぶ花々も、そのシンボリズムにおいて理解されるべきだとも。

西風ゼフュロスはニンフのクロリスを見初める。ギリシアにあっては西風は春をもたらす風だ。処女クロリスはその抱擁によって花開き、絢爛とした花の女神フローラへと変身する。『春』の右半分はそうした場面を表しており、西風に追われて逃げまどう白衣の乙女と、その左に花に身を飾って悠然と歩む女神とは同一人物の変身前と変身後だという。その証拠に、というべきか、西風に触れられたクロリスは恐怖も露わに彼を見上げているが、半ば開いたその口から吹き上げるようにこぼれ出た赤、白、青の花は、花づなとなって流れてそのままフローラの衣装の模様に溶け入っている。

　アフロディテの左で踊っている三人の女神がギリシア神話の三美神であるのは間違いないとして、その解釈にも説はさまざまにある。だがこの絵が描かれた目的を祝婚画であると考えるなら、クロリスとゼフュロスの神話は結婚の寓意に他ならず、三美神にあっても、宙を飛ぶクピドが明らかに真ん中の女神を狙っていることからして、《美》を仲立ちに《貞節》が《愛》に目覚めるという恋愛指南の物語を読み取るのが妥当のようだ。

　たぶん、答えをひとつに限定するのは間違いなのだろう。『春』には幾重にも意味が重なり合っている。そのひとつだけが正解で、他は間違っているということではないのだろう。

　春の訪れという自然現象の物語化、結婚の祝福、豊饒祈願、愛の手ほどき、神すなわち一にして全なる存在から流出した世界が美として花開き神へと回帰するというネオプラトニズム思想の絵画表現——

　しかし、ならば『春』が、神話や哲学思想の絵解きに過ぎないかといわれれば、そんなことはない。むしろセラフィーノがエッセイに書いていたように、解釈の欲望を捨ててただその色と形の美に耽溺したいとも思わせる作品なのだが……

「暗号って、この絵がどんなふうに読めるの？」

「それはわからない。でも、隠されているものがなにかということだけはわかっているよ。うちではこの絵のことを、『神秘の薔薇《ローザ・ミスティカ》』って呼んでいるんだけど」

「神秘の薔薇って、聖母マリアのことよね——」

　そういわれてみると絵の中央に立っているアフロディテは、どこか聖母のようにも見える。それも当然ながら、元絵を描いたボティチェルリの意図していたところには違いない。十五世紀フィレンツェに流行したネオプラトニズム思想とは、プラトンが説いた思想にキリスト教を投影し、両者の調和を図る哲学だった。

メディチ家の支配したフィレンツェを非難し、『虚飾の焼却』を行った修道士サヴォナローラから見れば、サロンに集って古典古代を称揚する哲学者詩人たちは異端以外のものではなかったろう。だがネオプラトニズムの学者、マルシリオ・フィチーノやピコ・デラ・ミランドラは、キリスト教から離れたり、それを否定していたわけではない。聖母マリアと美の女神アフロディテを同一視することは、彼らにとって不敬でも不自然でもなかったのだ。

ジェンティーレは芹のことばに曖昧にうなずいて、

「まあ、いまさら見つけたところで、大して意味があるとも思えないけどね」

またそんな思わせぶり、とため息をつくと、ジェンティーレはあわてたように頭を振った。

「別にもったいぶってるわけじゃないんだ。聞いたら、きっと馬鹿馬鹿しくて笑うよ。でも、それを本気にしているやつらもいるんだけど」

「そのやつらって」

ふいにざわっと、服の下の素肌に鳥肌が立つような気がした。

「ゼフュロスと三人のおばあさんたちのこと？」

アグライア、ターリア、エウフロジーネと名乗った三人。その名を持つ三美神はまさしく『春』を写した絵の中にいる。ボティチェルリの麗筆が描き出したそれに劣らず、薄物を纏い手と手を繋ぎ合って踊る三人の女神は美しい。

なんのつもりかそんな名を借りているためにいっそう、三人の容貌はグロテスクに感じられる。そして春をもたらす西風の神ゼフュロス。これもあの、蛇を思わせる男の名乗りにはおよそ似合わない。

「彼らのこと、兄様は君になんていった？」

「なにをいっても真に受けるな、ですって。あの人たちは寝かせすぎた葡萄酒の樽に溜まった、タールみたいな澱だそうよ」

「甘いな。それほど無害なものならいいんだけど、むしろあれは毒素のある黴だね」

少年は辛辣な口調で吐き捨てる。

「ぼくもアンジェローニ・デッラ・トッレ家が、あの連中を毎年歓待しなければならない、どんな理由があるのかは知らないんだ。たぶん死んだ父様と、なにか関わりがあったんだろうね。ただ彼らは『神秘の薔薇』のことを知っていて、そこに隠されているる秘密が素晴らしく価値あるものだと信じていて、毎年なんとかしてその暗号を解こうと腐心しているんだ。

この絵の実物は見ていないはずだけれど、写しは持っている。絵の中の神々の名前を名乗るのも、権利を主張しているつもりなんだろう。ゼフュロスは兄様が生まれる前から来ているらしいから、もう三十年以上だ。だけど執念は衰えないというか、なおさら強くなっているだろうな。といえば、セリにもそろそろわかった？　我が家代々の家業とはそもそもなんだったでしょう」

「え？――」

家業といえば昨日、ミラノでアナスタシアがいった。薬品や化粧品を製造することだと。そして聖天使宮の庭にも大規模な薬草園がある。そのことと、ルイジの政治的な任務の間にはどういう関係があるのか、芹は不思議に思い、何気なく尋ねた。しかし彼女は答えてくれるどころか、にわかに激昂したのだった。

芹にはなぜ急に彼女が怒り出したのか、まったく理解できなかった。しかし、それが図らずもアンジェローニ・デッラ・トッレ家の秘密に触れていたのだとしたら。でも、五百年近く前から、いまに至るまで秘密にするほどのことって？

「もうひとつヒントをあげようか。『神秘の薔薇』とは聖母としての第五元素《クインタ・エセンツァ》を意味する」

ラテン語の意味は分かったが、それ以上のことは一向にピンと来なくて、

「第五の元素って？」

「セリ、オカルティズムや錬金術に関する知識は？」

「──ごめんなさい」

「了解。それじゃ細かい話は飛ばそう。簡単にいってしまえば錬金術の最終目的、ラピス・フィロソフォルムなんて呼んでいるものと同じ意味だと思っていい」

「ラピス・フィロソフォルム──賢者の石ってもしかして、卑金属を黄金に変える物質のこと？」

「なあんだ。知っているんじゃない」

耳の端に記憶があったのは、澁澤龍彥《しぶさわたつひこ》のエッセイに出てきたからだ。いまここで彼の仕事を説明しても仕方がないから、

「でも、あり得ないわよね、そんなもの」

「だけどね、セリ。錬金術の理論では、賢者の石が卑金属を黄金に変えるのは単なる化学反応であるとは考えられていない。それが劣った物質、不完全な物質を癒やして、完全なものにするからだと考えられた。つまりそれは人間に用いれば、不老不死の霊《エリ》薬《キサ》になる」

「まさか──」

笑おうとしたが、あまりうまくいかない。寒さを我慢し続けていたせいか、顔の筋肉が冷え切って強ばってしまっている。

「ほんとにまさか、だよね。でも、カール五世がそういう薬を渇望したとしても不思議ではないだろう？　彼はたったひとりでスペインとオーストリア、ふたつのハプスブルク帝国の支配者として、車もなければまともな道路もない時代、三十数年間文字通り東奔西走した。

弟をローマ王、つまり次期皇帝にしたことを悔いて、息子に神聖ローマ帝国の帝位を伝えたいと切望した。不老不死とはいかなくとも、なんとか弟より長生きしたいとは切実に思ったのじゃないかな。『さらに遠くへ《プルス・ウルトラ》』なんて標語を掲げて、精力的に大地を駆けずり回ったけれど、結局疲れ果てたカール

は、すべての地位を投げ出して修道院に隠棲し、一五五八年に五十八歳で亡くなった。オーストリアの帝冠はカールの弟フェルディナンドからその子に受け継がれ、生前約束したようにカールの息子に渡されることはなかった。そしてスペインのハプスブルク王朝は、カールの後たった百五十年で滅びたというわけ」

「でも、ということはルイジがカールに命じられて作ろうとした薬は、結局出来上がらなかったということにならない？」

ジェンティーレが息を継いだところで、ようやく芹は口を挟む。

「それに『美術家列伝』の記述からしても、『春』がコジモ一世に戻されたのはカールの死よりずっと以前だったはずだわ。だけど現物を目の前にしていなかったら、これほど精巧な模写が描けたわけがない」

「『神秘の薔薇』が描かれて、『春』がコジモに戻されたのは、確かに一五四〇年代のことだったかもしれないさ。だから絵に隠されているのは霊薬の製法じゃなく、あらかじめ決めてあったその隠し場所とか、そういったことかもしれない。だけどもっと考えられるのは、ルイジが少なくとも霊薬と呼ぶに価するものを発明していたにもかかわらず、それを最後までカールに明かさないでおいた、という可能性だね。理由？　そんなのいくらでも想像できる」

「やっぱり彼は、父親の帝位を継げなかったことを恨んでいたというの？」

「それ以上に、人間を不老不死にするような秘密は、誰にも明かすべきではないと思ったのかもしれない。だって本当に不老不死が可能だとしたら、それは黄金なんかより遥かに人が血眼になる宝だと思わない？」

「ええ——」

確かに臓器移植からクローン、動物の体に人間の臓器や四肢を発生させたり、果ては移植用の臓器を得るための無脳児の培養などという可能性までが取りざたされる最近の報道を読んでいると、人間の生き延びることに対する貪欲さに心の冷える思いがする。

五百年の歳月は人を変え、社会を変革してきたが、死にたくない、より長く生き延びたいというもっとも原初的な欲望だけはなにひとつ変わることなく、医療の進歩により寿命が延ばされるにつれ、むしろますます旺盛になっているかもしれない。

ジェンティーレが口を閉ざしてしまうと、急にあたりが静まり返ってしまう。窓のない石の部屋の、暗さと寒さが四囲から迫ってくる。芹はコートの腕を両手で抱いて、ぶるっと身を震わせた。このもうひとつの『春』が時を経てこんなにも色あざやかなのは、闇の中に保存されてきたからだろうか。

小首を傾げたアフロディテ、あるいは聖母マリアが、なにか語りかけるように絵の中から芹を見つめている。右肩にかけた真紅のマントを、左手が体の前に回して押さえている。ちょうど性器にあたるあたりを、それで隠している格好だ。

それは明らかに古代彫刻の、『恥じらいの女神』のポーズの引用だろう。無論こちらは裸なわけではなく、純白の細かな襞を畳んだワンピース状の服を着ているが、腰を軽くひねっているせいか、マントの上に出ている腹部が丸くふくらんでいるようにも見える。

これを妊娠していると見るか否かも議論があるらしいが、記憶にある『春』のアフロディテよりも、いま目の前で見ている絵の腹部はさらに大きいようだ。これなら確かに彼女は妊娠中かもしれない。

「丸底フラスコみたいだって、思わない？」

芹の視線の行方を読み取ったように、ジェンティーレが小さな声でいう。

「彼女は錬金術のフラスコで、その胎に第五元素を孕《はら》んでいる、そんなふうに見える」

「あなたは、やっぱりその存在を信じているの？

ルイジは不老不死の薬を造り上げて、この絵の中に隠したって」

ためらいを覚えながら、芹は尋ねた。五百年も前に、事実そんな薬が造り出されたとは思えない。しかし、絶対にあり得ないといえるだろうか。

「どうだろう……」

それが本当にすべてを癒やす霊薬なら、ジェンティーレが望まないはずがない。彼がその存在を望むことを、あり得ないなどと否定するのはあまりに心ない業だ。

「でも、ひとつだけその信憑性を示唆しているような事実がある」

「それは？」

「ルイジ・アンジェローニ・デッラ・トッレが、いつ死んだかはわかっていないんだ」

とジェンティーレがつぶやいた。

「カールがスペインの、エストゥレマドゥーラの山荘で死んだとき、彼はミラノを発ってその墓参に出かけたんだって。数年してようやく戻ってきたけれど、またすぐエルサレムへ巡礼に行くといって姿を消した。そのときにいい残したのが、この『神秘の薔薇』を誰にも見せぬように封じておけということだった。以来誰も彼の行方を知らない。

ゼフュロスたちはそのことを知っている。ルイジは第五元素の秘密をここに隠して、彼自身は不老不死の身になって、あの伝説のサン・ジェルマン伯爵みたいに、いまもどこかをさまよい歩いている。どこからか自分たちを見守っているかもしれないって」

「…………」

「まるでお伽噺だよね」

ふふっと笑いかけたジェンティーレは、急に口元を押さえた。喘ぐような音が、その口からもれる。

「だいじょうぶ？　具合悪いの？」

平気だというように頭を振ったが、声は出ない。咳をこらえているのだ。

「寒すぎたのね。戻りましょう。暖かいところで休まなくちゃ」

車椅子の後ろに回って押そうとした。だが、そこにハンドルはない。芹が見たことのある車椅子とは違って、詰め物をした大きな背もたれは、座っているジェンティーレの頭より上まであるのだ。どこに手をかけようかと迷う芹に、

「——ま、って、へいき、だ、から」

手が伸びて腕を摑む。手袋越しにもその指が、冷え切って小刻みに震えているのがわかった。

「押さない方がいいのね？　自分でボタン押せる？　わかったわ。でも、本当にもう上に戻りましょう。私も寒くなってきちゃったし、お腹も少し空いてきたわ。ね、お願い」

「ああ、そう、だね——」

かすれた声で答えると、肘掛けのボタンを押したらしい。車椅子がすうっと前へ滑り出す。だが、ドアの前まで行ってそれが停まった。小走りに追いついた芹が、

「どうしたの？」

聞くと車椅子がその場でくるりと回る。ジェンティーレがひどく真剣な表情で、唇に指を当てている。それからドアを指した。誰か外にいる、といっているようだ。芹は足音を殺してそっと閉じている引き戸に寄った。耳をつけた途端、外からの話し声が聞こえてきた。戸越しに聞いても恐ろしくけたたましいその声の主は、疑うまでもない。

「——いないじゃないよう！」

少し離れたところで、別の声が聞こえた。

「——ええ？　どこかに隠れたんじゃない？」

「どこに隠れるっていうのよ。こんな、簞笥ひとつない空っぽの部屋でさ！」

「でも私も見たわよ。確かに、大階段からすっと人がこっちに入っていったんだから」

これで三人揃った、と芹は思う。三美神を名乗る三人組、男のようにいかついアグライア、枯れ木み

たいに痩せたターリア、太りすぎのエウフロジーネだ。顔を合わさなくて済んで良かった、と思わず胸をなで下ろす。でも、誰がいないというのだろう。少なくとも芹たちではあるまい。ここに入り込んでから疾うに一時間以上経っている。

「男なんでしょう?」

「男よ。帽子をかぶって黒いコートを着た、ずんぐりしてあんまり若くない男」

「そんなやつ、ここにいるはずないのよね」

「そうよ。村の男って感じでもなかったもの」

「都会っぽいわよ」

「セラフィーノが戻ってきたら、報告した方が良さそうね。感謝してもらえるわ、きっと」

「あら、最初に気がついたのはあたしよ、アグライア。ずるいわ。あんた、自分の手柄みたいにいうつもりでしょ!」

「なにいってるのよ、エウフロジーネ。あんたがそのたるんだ体で、ぐずぐずしてるから逃がしたんだわ。あんなに急げっていったのに、ほんとにのろまなんだから!」

「ひどいことというのね。不摂生で太っているわけじゃないのよ。病気よ。ホルモンのせいよ。ああ胸が苦しい。眩暈がする。あたし、もうそろそろ限界だわ……」

息を切らせながらわめいていた声が、急に泣き声に変わった。ぐずぐずと鼻を鳴らしながら、

「そうよ。あなたがそんなに強気でいられるのは健康だからよ。あたしなんか最近は心臓も弱って、本当にこのまま死んでしまいそうよ。もう待てないんだから——」

「あたしだってよ。見てこの腕、この脚。もう半分死んでるようなものよ」

「ひどいわ、アグライア」

「そうよ、ひどいわ」

「あーあー、わかりました。私が悪かったわよ」

やけになったような声がわめき返す。

「いいでしょ。たぶんそれも今年で終わりよ。あのジャポネジーナを連れてきたのは、きっとそのためなんだから」

「ゼフュロスが勝手にいっているだけだわ。本当にそうかしら。信じられる？」

「でも確かに今年なら、秘密が明かされるにはふさわしいわよね」

「今年か来年」

「今年がいいわ。もう待てないわ」

「だからこそおかしな人間が入り込んだりしないよう、充分に注意しなくちゃ」

「きっとスパイよ、さっきの男」

「嫌だわ、どこから秘密が漏れたのかしら」

「行きましょう。いつまでもこんなとこにいても仕方ない」

「庭も見る？」

「寒いわよ」

「雪でも降りそう」

「でも、クピドは庭に出ているんじゃない？」

「そうね。リフトが降りていたから」

「どうかしら。車椅子じゃ園路は動けないわよ」

「もしかしたらジャポネジーナもいっしょかしら」

「逃げたりしないわよね」

「だいじょうぶ、逃がすわけないわ。彼だって私たち以上に、ルイジの霊薬を待ち望んでいるはずだもの」

「そうよね」

「そうよ――」

三人分の足音が遠ざかっていき、それ以上の会話は聞こえなかった。それでも芹は息を殺して立ちすくんでいる。彼女らが探していたのは、さっき自分が中庭で見た人影と同じ人物かもしれない。だが、それよりも、

「ね、ジェンティーレ」

「なに？」

「いまあの人たち、ジャポネジーナっていっていた

わね。あれは、私のことなんでしょう？　そして、クピドっていっていたのはあなたね」

ジェンティーレは眼を上げたが、やがて無言のまま顔をうなずかせた。

「あの人たちが求めているのが不老不死の秘密だとして、それと私になんの関係があるの？」

なおしばらく少年は無言でいたが、ようやく、

「ぼくはそのことに気づいたから、どうしても君にこの絵を見せなくちゃいけないって思ったんだ。知らないままだと、身を守ることもできないから」

「身を守る？——」

意味がわからない。もしかしたら理性が、わかることを拒否しているのかもしれないが。

「もう一度『神秘の薔薇』を見て、セリ。あの絵の中には何人描かれている？」

それは確認するまでもない。左からヘルメス、三美神、アフロディテ、花の神フローラ、クロリス、西風ゼフュロス、八人だ。いや、アフロディテの上にクピドが飛んでいる。それで九人。

「三美神とゼフュロスはすでにいるね。ヘルメスは兄様、アフロディテはウラニア、フローラがアナスタシアで、クピドがぼく。そして君がクロリスなら、いま聖天使宮にいる人間にそっくり当てはまると思わない？」

「そんな、だって——」

とんでもない馬鹿げた話だ。そう思うそばから理性とは関わりなく、ウラニアというのはアフロディテの別名だったな、などという連想が浮かんできてしまう。

「それに、まだわからないわ。偶然結果的にここにいる人間が九人だったとして、そのことにどんな意味があるの？」

ふいに少年は金色の眉をしかめた。唇をゆがめると、激した口調で答える。

「意味なんてものはね、セリ、あると思うと信ずる人間にとってはどんなにナンセンスなことでもあり

なんだ。例の四人は君なんかにしたら、エーコの『Il Pendolo di Foucault（フーコーの振り子）』に登場するオカルト狂いの猟奇魔に過ぎないかもしれない。その妄想はつまるところ非科学的な迷信だ。例えば彼らが魔法書を片手に呪文を唱えても、怯える必要はないだろうさ。でも、二本の手があれば君の首を絞めることだってできるんだよ」

首を絞める、私を殺す、でも、なんのためにそんなことを？　それがどうして『神秘の薔薇』の秘密を解くことになるのだ？　芹には少しも理解できない。

「ジェンティーレ、あなたなにをいっているかわかっている？」

彼は芹を見上げて、苛立たしげに顔を振った。

「わかりすぎるくらいわかっているよ。だからそんな、ぼくの頭がおかしくなっているみたいな顔をしないでよ！」

「ごめんなさい」

「よく見て、セリ。アフロディテの体が薬を調合するフラスコだとして、それがどこから吹き出すか。豊饒の春を導く生命の霊薬が。クロリスの口だ。西風に抱擁されたニンフの口から、春の花がほとばしり出る。そのしぶきを浴びて、死の季節である冬が生命の春に変わる。不毛の処女地から」

「ジェンティーレ」

「でもね、神話で体から生命を芽生えさせる神は、そのためにどうしなくてはならないと思う？」

「——わかったわ」

そう、ようやく理解している。ジェンティーレがなにをいおうとしているか。エジプトのオシリス、日本のオオゲツヒメ、東南アジアのハイヌベーレ、そしてギリシア神話で植物に変身する者ら。

彼らは皆殺される。

そしてその身から生え出した植物の形でよみがえるのだ。十字架上で死んで三日後によみがえるイエス・キリストもまた、神話学的に解釈するなら死んで再生する植物神の一変形といえる。

ウンベルト・エーコは『フーコーの振り子』で、冗談半分でっち上げられた妄説を信じ込んで右往左往するオカルト好きの猟奇魔たちを、戯画めいた語り口で描き出した。しかし物語の終局、妄説の仕掛け人だったはずの主人公たちのひとりは、猟奇魔の狂気に巻き込まれて追いつめられ、処刑される。

どんな突飛な異端邪説でも真理と信じ込むことはできるし、妄想は無でしかなくとも、それを信じた人間は無ではない。ジェンティーレがいった通り、呪文で人は殺せなくても、彼らに手がないわけではないのだ。

気がつくと体が震えている。芹は手を握りしめて、震えを止めようとした。だがその手も、自分のものではないように震えわななないているのだ。

「どうしよう――」

つぶやいた芹に、

「君はぼくが守るから」

ジェンティーレは椅子から半ば身を乗り出している。小さな手が肘掛けを握りしめ、しかし体は背もたれから離れない。

「兄様がどう考えているのか、ぼくにはわからない。まさかとは思うけれど、そんなことは考えたくないけど、本当に君をどうかするつもりで招待したのかもしれない。そしてあいつらはぼくのことを、勝手に仲間だと思いこんでいる。でも安心して。ここはぼくのパラッツォだ。こんな体だって闘うことはできる。君にはかすり傷だって負わせやしない。絶対に！」

V

目覚めたまま悪夢の中に呑み込まれてしまった――そんな気がした。あるいは迷路の中を彷徨って、慎重に脱出路を選んでいるつもりなのに、選択肢が現れるたびに間違った方を選んでしまう。自分が間違ったのはすぐにわかるが、引き返すことはできない。今度こそ注意して正しい道を選ぼうと決意するのに、そのたびにまた誤って、抜け出すどころかどんどん迷路の深みに迷い込んでいく。そういった方が近いかもしれない。

もしもいま自分が東京か、せめてフィレンツェのアパートにいてこんな話を、十六世紀のパラッツォの小部屋に『春』そっくりのテンペラ板絵が秘蔵されていて、そこに不老不死の霊薬の秘密が隠されている、そんなことを真顔で聞かされたとしたら、笑いをこらえるのに苦労したことだろう。まして自分がそのために、殺されるかもしれない。そんな予言を聞かされたとして、真に受けたはずはない。馬鹿げている、あまりにも。

しかしいま芹は、その巨大なパラッツォにいる。ベルガモから直線距離で北へ八キロとはいえ、車が走ってきたのは明かりひとつない山道だった。窓から外を覗き見ても、庭側はそのまま山の斜面に続き、反対側には村があるようだが、あたりは一面深い森に包まれている。山の斜面に突き出た岩盤上に建築物が乗り、四囲は緑に包囲されているといった格好だ。地図もなしに歩いて逃げ出せるような場所ではない。

それを見ている内に、また胸の中に『信じられない』という思いが湧いてきた。だが、芹は自分の不信を自分で否定した。私はジェンティーレのことばを論理的に疑っているというより、信じてしまえば恐ろしくてならないから否認したがっているのではないか。

それなら砂に頭を埋めて、迫り来るライオンを見まいとする駝鳥と変わらない。少年の話だけではなく、戸越しに聞いた三人の女たちの会話からも、なにか自分を巻き込んで企みが練られていることは窺えたし、そんな話を聞かされるより前から、特にゼフュロスの視線からは嫌なものを感じていたのだ。

殺されることはなくとも、それ以上におぞましいことが起こるかもしれない。その可能性にも気づいた。西風ゼフュロスは処女クロリスを殺したのではない、捕らえて抱擁し、犯したのだ。美化して『花嫁にした』などといい換えてみたところで、することは同じだ。そう思うと芹は、『神秘の薔薇』を目の前にしていることに耐えられなくなった。

白い薄物をまとっていても裸身に近いクロリスの体に、ゼフュロスの緑色の指がかかっている。右手は肩に、左手は脇に。その手の感触を、ふいにありありと覚えた。ぞっとした。あんな男にどうかされるなんて、殺されるよりまだ嫌だ。

ジェンティーレが脇から、小さな声で話しかけていた。青ざめて黙り込んでしまった芹を気遣い、手を握り、なだめるようにやさしい声をかけてくる。

「――だいじょうぶ？　驚かせてしまったね。その上こんな寒いところに、いつまでも立たせてしまって。いまからすぐ三階に戻ろう。温かいお茶を飲んで、なにか少し甘いものでも食べようか。

それから今度はこんな恐いものじゃなくて、きれいなものや珍しいものだけ見せてあげる。ね、セリ。だから、もう少しぼくといっしょにいて。誰にも君のことを傷つけさせやしないから――」

車椅子の少年にいたわられながら暗い部屋を出、きしむエレベータに乗って三階に戻った。初めに入ったアトリエの部屋に続いてあるのがジェンティーレの寝室と居間らしく、芹を居間のソファにかけさせて少年は着替えに奥へ入る。ここでも暖炉が盛んに焚かれ、身も心も強ばりかじかんだ芹を暖めほぐしてくれるようだ。四囲の壁は落ち着いたクリーム色で、フレスコ画などはなく、かわりにレエスを思わせる浮き彫りのスタッコ装飾が周囲を縁取って、その中にごく小さな聖母の絵がひとつかかっている。大きな眼を見開いて、放心したようにこちらを見ている幼い少女のような聖母マリア。受胎告知の聖母を、お告げの天使と向かい合うかたちではなく、聖母の表情だけで表すタイプの絵だ。

だがいまの芹には、彼女の目に押し殺された恐怖を見てしまう。目の前に突然神の遣いが現れ、男を知らぬ処女に向かっておまえは神の子を産むだろうと告げるのだ。驚愕し、恐怖し、惑乱したところで不思議はないのではないか。考えてみればマリアは、西風に犯されて春の花を産むクロリスと、変わることない状況に置かれたのだ——

マントと毛皮の帽子を取って、元の服装に戻ったジェンティーレとともに、カートを押したウラニアが入ってきた。目の前のロウテーブルにお茶のポットやカップ、焼き菓子や細工物のように美しいカナッペの皿を並べかかる老女に、芹はあわてて手を貸そうとして断られた。人を使うのに慣れていないと、どうもこういうときは居心地が悪い。彼女が部屋を出るまで少年は口をつぐんでいたが、ドアが閉じたのを確かめると、

「セリ、元気出た？」

にこっと笑いかけてくる。

「ありがとう、もうだいじょうぶよ」

正直にいえば到底元気などとはいえないのだが、いつまでも年下の少年にいたわられているわけにもいかない。

「でも、それでね、助けてくれるっていうあなたを頼りにしてお聞きするんだけど、私はこれからどうしたらいいと思う？　いっそひとりで庭を抜けて、さっさと逃げ出してしまおうかしら」

自分では無理かもしれないと思ったことを、それでも口に出して聞いてみる。だが少年は微笑みを消すと頭を振って、

「徒歩では無理だよ。昨日来たからわかっていると思うけど、ベルガモに通じる車道は山を越えている。まだ雪は降っていないけど、夜は真っ暗で絶対道がわからなくなる」

「昼間なら？」

「君がいなくなったとわかったら、すぐにも追っ手がかかるだろうね。パラッツォの中にはいたるとこ

ろに召使いの目があるし、下の村に逃げるのはもっと駄目だよ。あそこの住民は全部、アンジェローニ・デッラ・トッレ家の召使いみたいなものだから」

芹は出来る限り平静な顔をしているつもりだったが、ひとつ息を吸って、手にしていたカップを受け皿に戻す。さすがにそれ以上、むせずに紅茶を飲むのは無理な気がした。

「つまり、私をどうこうするというのはゼフュロスたちだけでなく、アンジェローニ・デッラ・トッレ家の意志だということ？」

「信じたくないよね、セリは。兄様が君を、そんな理由でここに招待したなんて。ぼくだって本当に、そんなふうに考えるのは嫌だけれど」

「ジェンティーレ、いったでしょ。私が彼に恋しているとか、そういうことはないって。彼がドン・ファンでもカザノバでも、手練手管に乗らない人間はいくらだっているんですからね」

ふっ、と少年は吐息した。

「でもセリは、兄様のこと信じたいのでしょう？」

「私が信じたいのは彼の誠意や愛情じゃないわ。理性の方よ。ゼフュロスと三人のおばあさん連は、あなたがいったように、若返りの薬のために人を殺しても平気な頭のおかしい猟奇魔かもしれない。だけど彼は違うでしょう？　それに私が彼に招待されたことは、ルームメイトが知っているのよ。封建領主が庶民を支配していた時代でもなし、人ひとり殺すか消すかしても、絶対罪に問われないなんて信じるほど、あなたのお兄様は馬鹿じゃないだろうっていうのよ」

ジェンティーレは骨細な指を、しきりと膝の上で組んだりほどいたりしていたが、目は下に向けたまま、

「その理性が、セリを殺すことを要求していたら？」

「どんな理由で？」

「セリが、兄様が絶対に他人に知られたくないことを知ってしまったから」

一瞬、なんの話をしているのかわからなかった。

「ヴェネツィアで、あのオーストリア人が死んだときのことをいっているの？」

「そう。そのオーストリア人、フォン・シャイヒャーが兄様になにを話していたか、君がそれを聞いたのかも知れない。彼を殺したのは本当は兄様で、君はその現場を見てしまったのかもしれない。彼は兄様を殺すための罠にはまって間違って死んで、君は当然そのことに気づいているけれど、兄様はそれを秘密にしたいのかもしれない。可能性は幾通りも考えられる」

「ジェンティーレ。残念だけどそれはどれもあり得ないのよ。ふたりが話していたことばを、私は全然理解できなかった。ドイツ語で話していたらしいわ。それに特別なものはなにも見ていない。納得してくれないなら、私が見たもののことを全部聞かせてあげるけど」

「聞かせてよ」

「でも、本当になにも見ていないのよ」

「見ても気づいていないってことも、あるよ」

そういわれて芹は、あの日のことをもう一度おさらいする。警察にはいわなかった、セラフィーノと老人がいい争っているようだったということも話した。彼が去り際、テーブルの上にあった花束を手に摑んで老人の肩に叩きつけたことも。それから自分は老人の苦しんでいるのに気づいて部屋に飛び込んだが、間もなく彼は昏倒して動かなくなってしまった——

「そのこと、兄様はなんて？　シャイヒャーはなんで死んだって、君にいっていた？」

「胸につけた薔薇の花飾りに、ニコチン溶液を入れたゴム袋と針が仕掛けてあったのですって。アベーレが立ち去った後、胸から抜け落ちかけたのを直そうとして、手に刺して死んだのだそうよ」

「ふーん……」

少年は胸の前に腕を組んで、片手を唇にそえて首を傾げる。

「到底確実とはいえない殺し方だね。その胸の薔薇はどこから来たの？」

「パーティ会場で来場者の胸につけていたの。でもそれをしていたのは、お互い面識のないボランティアだった上に、仮面までつけていた。だからその中に犯人が紛れ込んでいて、彼の胸に仕掛けのある花を付けたということ。もちろん彼を見分けて、彼ひとりを殺すためにね。他に誰もそんな花を、つけられた人間はいなかったそうだから」

「セリの見ている前で、兄様は薔薇の花束を摑んだ。そしてシャイヒャーに殴りかかった。それから部屋を出ていって、その後で彼は倒れた。でも、セリは彼が指に針を刺す瞬間は見ていない――」

自分にいい聞かせながら確認するように、ゆっくりと芹のいったことを繰り返して、

「セリはその、仕掛けつきの薔薇は見ている？」

「胸にさしているのは見たわ。もちろんただの花にしか見えなかったけど、真っ赤で、頭勝ちして、抜け落ちかかっているのが、黒いタキシードの上ですごく目立っていたから」

「それじゃあシャイヒャーを抱き起こしたとき、彼の手にその花があったわけではないの？　現に針が刺さっていて、というのじゃなかったんだね？」

「動転していて、気がつかなかっただけかもしれないけど、でもそのとき胸にはもう花はなかったと思うの。体の下にでも落ちていたのじゃないかしら。アベーレは確かそれが、床の上にあったといっていたから」

「花束は？」

「テーブルの上にそのまま置かれてあったと思うけど。きれいな薄紅色の花びらが落ちて、床にまで散っていたわ」

「薄紅のね。そう。わかった――」

「なにが？」

少年は薄く笑って頭を振った。

「いまはいわない」

「ジェンティーレ――」

「セリは心配しなくていい。ぼくが絶対無事に帰してあげるから。でもね、嫌かもしれないけど、兄様には心を許さないようにした方がいい」

表情が強ばるのを、芹は抑えることができない。

「彼は私を殺すために、ここへ招待したっていうのね」

「信じられない？　ぼくが口から出任せをいって、君を脅かしているんだと思う？」

少年は悲しげに芹を見る。

「そんなことするもんか。君は、友達なのに」

「あなたを疑うわけじゃないけど――」

「ぼくはね、兄様が君をこんな時期に招待したということだけでも彼を疑いたくなっているんだ。毎年あいつらはやってくる。そして我が物顔に振る舞う。夜は呑んだくれ、昼はパラッツォ中を掻き回して霊薬のありかを探し回る。それを当然のことと思っている。そんな連中が君を見たらどう考えるか、それくらい予想できない兄様ではないはずだ」

「それって、つまり――」

いいかけて芹はことばを呑み込んだ。口に出したくない。一度でもことばにしてしまえば、それが真実として確定してしまう。

「兄様は確かに、ルイジの作った不老不死の霊薬の存在なんて信じてはいないと思う。でもあの連中には、父様の代からなにかこの家の弱みを握られていて、訪問を断ることができないんだ。兄様にとっては、君もやつらも望ましい存在ではない。その両方を一度に消すことができるとしたら、どう？」

芹の口が開いた。いいたくもないことばが、勝手に自分の口から出ていく。

「私をゼフュロスに殺させるつもりだというの？」

少年はうなずいた。

「君がいう通り、君という人間を跡形なく消滅させるようなわけにはいかないさ。ただ主が予想もできなかった不幸な事件が起こったとしたらどう?

妄想に憑かれた男が、主が招待していた日本人留学生を殺害する。もちろんそんなことをしても、不老不死の霊薬なんてものが湧いて出るはずがない。連中は失望し妄想から醒める。そこへ警察が呼ばれるとなれば、這々《ほうほう》の体《てい》で逃げ出して二度と戻っては来るまい。

そして不運なシニョリーナは、日本から駆けつけた家族に引き取られて沈黙の帰国をする。もちろん兄様から君の日本の遺族には、丁重な上にも丁重な謝罪と、賠償の申し出がなされるだろう。彼もまた不運な被害者だというわけで、その手は汚れない。終わり。とても理性的な処理法じゃない?」

芹は目を伏せた。膝の上に組んだ指に力をこめ、唇を噛む。


「ジェンティーレ、あなた、お兄様のことをそんなふうに思っているの?」

非難の口調にはしなかったつもりだが、芹の視界の端で少年の、白く小さな手がぴくっと震えた。

「君はぼくが兄様を憎んでいるから、こんなふうに非難するんだと思うの? ありもしない罪を彼に着せて、君を彼から引き離そうとしているって?」

「ジェンティーレ……」

「ぼくは兄様を愛している。でもこれは、それとは少し別の話なんだ。君には理解してもらえないかもしれないけど、この家に生まれついた人間にとって、それを守っていくことは、『汝殺スナカレ』も意味をなさないくらい重要なことなんだよ。彼は家長であり、家を守る責任を負っているんだから」

「――――」

「ぼくは兄様を愛している。そしてゼフュロスたちを嫌悪している。だからもしも君とこんなふうに知り合わなかったら、兄様がなにをしようと放っておいたろう。殺される君には気の毒だけど、そうすることでアンジェローニ・デッラ・トッレ家と兄様が守られるならってね。

だけどセリ、ぼくにはもうそんなことはできない。君を殺させるなんて許せない。兄様に憎まれることになっても、ぼくは君を守るつもりだ。だからセリ、ぼくを信じて。ぼくだけを。そしてぼくから離れないで。ね、お願いだから」

膝に載せていた手の上に、冷たく小さなジェンティーレの手が重ねられた。音を立てない彼の車椅子が、テーブルを回って芹のすぐ前まで来ている。答えぬまま、手も握り返さないまま、じっとしていた。たぶんこの美しく怜悧な少年は、心から自分のいうことばを信じているのだろう。だが芹にはそれが、すべて裏返された意味に聞こえる。

兄を愛しているといいながら憎み、彼の罪を鳴らして、芹を自分のもとに引き止めようとしている。恋というには幼すぎる、だが激しい執着も、あまりに他人を知らないまま、この歳まで育てられてきたためだろう。

たまたま出会ってまだわずか半日でしかない芹に、こうも必死にすがりつく、彼の孤独の深さ、覚えているだろう飢えの強さが想像されて胸が痛い。こんなにも自分を必要としてくれる人間が、他にいるだろうか。

いっそいってしまいたかった。ずっとあなたのそばにいるわ、と。あなたが私を守ってくれるというなら、私はあなたを守ってあげる。なにも怖がらなくていいの。お兄様は確かにアポロンのような、ヘルメスのような人かもしれないけど、彼は私なんて必要としない。私が彼のためにしてあげられることなんて、なにもない。

けれどあなたは、そうして私を求めてくれる。私を必要としてくれる。それならこれからは、ふたりで生きていきましょう。ウラニアの代わりに私が、なにもかもあなたのことをしてあげるから、あなたは私を守ってちょうだい——

だがいっときの感傷に駆られて、そんなことばを口にしていいはずはなかった。いくら少年がことばを尽くしてくれたところで、自分は単なる客に過ぎない。たぶん明日か明後日にはここを後にして、フィレンツェに帰っていく。そしてもしも本気で引き止められたところで、芹は自分の目標、美術史研究を彼のために諦めることはできない。

「ジェンティーレ——」

「セリ——」

芹が顔を上げたのと同時に、少年も頭をもたげていた。淡い青の眼が潤んでいる。白い頬の上をふたすじ、透明な線を描いて滑り落ちていく涙。

「ぼくを嫌わないで、セリ……」

薔薇の花びらのような唇が震えた。

「君に、嫌われたくないんだ。そんなことになったらぼくは、生きていられない」

「嫌わないわ。絶対に」

こんなときそれ以外に、なにがいえるだろう。だがそれも彼の耳に届いたかどうか。芹の手に重ねられていた手が離れ、車椅子は滑るように後ずさっている。

「本当なら兄様が留守のいまの内に、ぼくがどうかして君を帰らせてあげるべきなんだ。難しいけど、できないわけじゃない。たぶん。でも、ぼくはまだセリと別れたくない」

「でも、ここから帰ってもお別れではないでしょ？　手紙も出せるし、メールも送り合えるし、いいえ、あなたが来て欲しいといってくれるなら、ミラノへでもどこへでも会いに行くわ。私はまだこの先何年もイタリアにいるつもりだし、日本に帰ってからだって」

だがジェンティーレは芹を見つめたまま、かすかに頭を振る。

「来ないよ、芹は」

「どうして？　私たちお友達でしょう？」

「それは、芹がぼくのことを知らないからだ。本当のぼくを見てしまったら、芹はきっとぼくから目をそらす。二度と思い出しもしない。だって、自分で知っている。ぼくは醜いもの」

「そんなこと――」

「なにもいわないで！」

突然少年はかん高い声で叫んだ。肘掛けの先を掴んだ手が、ぶるぶると震えていた。一瞬痛みをこらえるようにゆがんだその顔が、ふいとまた表情を変える。すがりつくように芹を見つめて、

「なにもいわないで、なにも聞かないで、セリ、一生のお願いだから、ほんの少しの間だけ目をつぶっていてくれる？」

「いま、目をつぶればいいの？」

「うん。そしていいというまで、開けないでいて」

涙は消えていた。食い入るようにこちらを見つめるその目に、気圧されながら芹は聞き返した。

「なにをするのか、聞いては駄目？」

「君に、キスしたいんだ。でも目を閉じていてくれるのでなかったら、できない」

戸惑いと、微笑ましいようなせつないような想いが、芹の胸で交錯する。この少年の目に自分は、どんなふうに映っているのだろう。豊富に恋愛経験を積んだ年上の女？　だが、歳こそ彼より九歳も上の自分だが、恋など、まして異性と口づけを交わしたことなど、数えるほどしかない。無論セックスも。ドナにでも知られれば、さぞや大笑いされることだろうが。

人は結局互いの上に、自分の望むものだけを見るのだ。ジェンティーレの知らないところからやってきた芹は、彼にとっては未知の世界からの使者だ。だから当然のこと、自分の知らない愛と性にも、芹は多くの経験を持っていなくてはならない。こうして親しくことばを交わしていても、伝わるものより伝わらぬものの方が遥かに多いのだ。

「――わかったわ」

芹はうなずいた。それを彼が望むなら、自分に与えられるだけのものは与えてあげよう。たぶんいまはそれくらいしか、彼のためにできることはない。彼のためになどという考え自体傲慢かもしれないが。目を閉じて、背を椅子の背もたれから浮かした。車椅子から立てない彼の方に、少しでも身を近づけようと思ったのだ。だが、

「動かないで」

少年の声がした。

「お願い、そのままでいて」

声とほとんど同時に、冷たい手の感触が両側から芹の頬を挟む。上を向いた唇にひんやりとしたものが触れた。強く押し当てられ、閉じた唇をこじ開けようとするように、それが動く。

濡れた舌先が唇の合わせ目をなぞるのを感じたとき、背筋を電流が走った。頭がかっと熱くなって、思わず肘掛けを摑んでいた。さもないとその手を上げて、自分の前にいる少年の体に触れてしまいそうだったから。手荒く押しのけようとして、あるいは固く抱きしめようとして。

だがふと、きしっという金属のきしむ音が耳に飛び込んできた。ドアの蝶番が鳴る音だ。あ——、と声を上げるより早く、ジェンティーレの感触は芹の上から消え失せている。開いた目に見えたのは彼の車椅子が、ドアに向かって音もなく進んでいくその後ろ姿だ。誰かがドアの外にいて、いまの場面を見られた？　芹はふたたび顔が、かあっと火照ってくるのを覚えたが、そのときすでにジェンティーレはドアのところにいる。

「セリ、ドアを開けて」

ここでもドアノブは、少年の手が届くより少しだけ高いのだ。駆け寄って氷のように冷え切ったノブを摑み、力任せに回しながら内開きのドアを引き寄せる。外は薄暗い直線の廊下。左右に顔を巡らせれば、五角形の一辺分はさえぎるものなく見通せる。だが、そこに人影はまったくなかった。

ドアがきしんだと思ったのは気のせいだろうか。しかし、そんなはずはない。自分だけでなく、ジェンティーレもその音を聞いているのだ。

「心配しないで。だいじょうぶだよ」

こちらを見上げながらいった少年の表情は、しかし固い。

「でも、用心しようね。セリ。特に君ひとりになったら、不用意に部屋のドアを開けたりしては駄目だよ」

VI

結局その日は午後いっぱい、ジェンティーレとふたりきりで過ごした。

少年は沈み勝ちの芹を慰めようと思うのか、自分がコレクションしているという美しい鉱物結晶の標本を運んできたり、久しく人が出入りしていないため、薄く埃の膜をかぶった部屋を開けて、数代前の伯爵が好んだという古楽器の収集を見せてくれたりする。その気持ちを無下にはできないので、できるだけ楽しそうな顔をしてみせていたが、ほんの一瞬気が紛れはしても、芹の心が軽くなるはずもない。

晩餐の前に部屋に戻ると、驚いたことに山のような荷物が床の上に積み上げられている。ミラノの有名ブランド・ショップの紙袋の中には、こまごました下着やストッキング、さらに化粧品やアクセサリの袋があり、箱の中にはパーティ・ドレスと冬着が数着、その上靴まで三足もあった。添えられていたセラフィーノ名義の手紙には、今夜と、そして明日は降誕祭の晩餐ですので、正装なさって下さいとあったが、整えたのはアナスタシアだろう。

黒いお仕着せを着た少女の小間使いが、お支度の手伝いをいたしますといって現れたが遠慮した。今朝方のアナスタシアの小馬鹿にしたような笑みを思い出すと、誰がこんなものという気がするが、さすがに昨日から着続けたそれもウールのブレザーとスカートで、晩餐に出るのは気が引ける。諦めてドレスの箱を開けた。シンプルなピンクのワンピースは悪い趣味ではないものの、ずいぶんと襟刳《えりぐ》りが大きい。鎖骨どころか、胸の半分以上が露出している。ドレスの色と合わせたハイヒールに、髪につけるリボン、ピンク・パールのネックレスとイヤリングからルージュまで用意されていて、それこそ至れり尽くせりだ。

　その夜の晩餐は芹にとって、昨夜とは打って変わった緊張の中に推移した。食堂として用意されたのは二階の世界地図の間《サーラ・デル・マッパムンド》と呼ばれる大広間で、天井は星座図が描かれ、四方の壁は全世界地図、ヨーロッパ全図、イタリア地勢図といった地図が、世界各地の寓意像に囲まれて表されている。大人十人が立って並べそうな巨大な暖炉に丸太を積み上げ、昼間から燃やされていたのか、広すぎる部屋も寒いということはない。

　置かれた食卓は普通の住宅でははみ出してしまうだろう大きさだが、この部屋にあっては小さすぎるほどで、そこの短辺の一方にセラフィーノが、もう一方にジェンティーレが座った。長辺の片側には例の『三美神』三人組、もう片側にはジェンティーレに近い方に芹、その隣にゼフュロス、そしてアナスタシアがかけている。カートを押してきて料理を給仕するのは白いエプロンをかけた女性数人で、ウラニアはその中にいたがもっぱらジェンティーレの世話を焼いていた。

　料理はどの皿も非常に凝ったもので、伝統的なイタリア料理というよりは、フランス料理、それも素材を生かすという点でヌーベル・キュイジーヌの要素を加味しているようだった。

　だが実のところ、芹はなにを食べたかもろくに覚えていない。前菜はどうにか口に運んだものの、パスタやメインはいくらも喉を通らなかった。といってアルコールを取る気にもなれず、結局水ばかり飲んでいた。

ひとつには、隣に座ったゼフュロスの視線が気になってならなかったせいだ。芹の関心を惹きたがっているように、最近のイタリア美術界の話題などをしきりと持ちかけてくる。そうかと思えば日本の文化について、日光東照宮《にっこうとうしょうぐう》と桂離宮《かつらりきゅう》の美の相違といった妙に通ぶったことを尋ねてみたり、自分が日本旅行をしたときの体験談を開陳して意見を求めたり。それでも芹が生返事しかしないと、今度は向かいの三人と芹を話題にし始める。

「見給え。なんと日本女性というのは美しいものじゃないかね。特にその素肌の白くきめ細かいこととぎては、西洋人とは較べものにならない。これこそ生きている芸術というものだ。そうは思わんかね」

　どうせ私たちは皺だらけ、染みだらけのお婆さんよ、といかついアグライアが大声を上げ、枯れ木のように痩せたターリアが本当にうらやましいわねえ、どんなお手入れをしているの、と猫なで声を出し、あたしだって若いときはねえ、とエウフロジーネが泣き真似をする。

　その間にもゼフュロスは葡萄酒を満たしたグラスの上から、ねつい視線を芹の上に浴びせ続けている。不愉快を通り越して胸がむかつく。普段の芹なら、止めて下さいと睨み返したろう。

　イタリアの若い男は、日本では考えられないほど女に対して積極的だ。じろじろ見るのは当たり前、声をかけたり口笛を吹いたりするのは礼儀の内、そう心得ているらしくて、景色の良い場所でひとりの時間を楽しんでいたりすると、五分としない内に「おひとりですか」などと男が寄ってきて、折角の感興を台無しにする。初めは戸惑うばかりだったが、はっきりと拒否すればいいのだということがわかってからはそうした。にっこり笑いながらでは諦めてもらえないから、表情も険悪に。

　だがいまは、ゼフュロスを睨み返す気には到底なれない。あの絵の中の、上空から舞い降りて摑みかかる西風の神、不気味な青い肌に顰《しか》め面《つら》をしたそれと、振り向いたニンフの恐怖に凍った表情が、芹の中に強い怯えを植え付けてしまった。口から花を咲かせるニンフ。だが神話でなくとも生き物が死んで土に還れば、その体から植物が芽吹き、花が咲くこともあるだろう。つまりあのニンフは、やはりすでに死んでいるのではないか——

ジェンティーレがこちらを見ていた。淡青の目に案ずるような表情を浮かべて。だいじょうぶよ、と芹は微笑み返してみせる。私、負けやしないから。本当にルイジの霊薬が存在しているとしたら、あなたにだけは飲ませてあげたいと思うけど、こんな化け物みたいな連中のために殺されるなんて絶対に御免だわ。そんな目に遭うために、イタリアまで来たわけじゃないもの。

芹は視線を巡らせて、もう片方の端に座ったセラフィーノを見た。彼は左に座ったアナスタシアと、なにか声低く語り合っているようだ。ふいに腹立たしさが湧いてくる。本当にあなたはなにも知らないの？　それとも知っていて平然と黙殺しているの。あなたの秘書は大切な弟さんを、あんなにも露骨なやり方で侮辱したのよ。どうして彼と、もっとちゃんと向かい合わないの。彼がどんなに孤独か、わからないというつもり？

ジェンティーレがいった中で、セラフィーノが自分を殺そうとしているというのはやはり信じられなかった。少年の兄に対するゆがめられた愛憎が、そんなことばを吐かせたに違いない。しかし芹を招待しておいて、ゼフュロスたちが芹の身に危害を加えようとしているのを看過するとしたら、責任があるのは誰よりも彼だ。

芹の視線に気づいて、セラフィーノがこちらを向く。どことなくわざとらしい笑みを浮かべて、

「どうなさいました、シニョリーナ。今日はあまり召し上がらないようですね？」

「ええ」

芹は背筋を伸ばして、真っ直ぐに彼を見ながらう

なずいた。彼に対する腹立たしさが、強い酒を呑んだように体を熱くしている。しかし外に向けた表情は、どこまでも平静なはずだ。

「お料理はとても結構なものですけれど、いろいろ考えてしまって」

「ほう、なにをそれほど考えていらっしゃいました?」

「ヴェネツィアでのことです。初めてお会いしたあの晩のこと」

急にあたりが静かになっていた。それまで三人だけでしゃべり合ってはくすくすけらけら笑い声を立てていた女たちは、口に蓋をされたように一時に黙った。食卓の周囲にいた全員が、芹に視線を集めている。ジェンティーレもウラニアもアナスタシアも。そこに漂う緊張を吹き払おうとするかのように、セラフィーノがおやおやと肩をすくめた。

「私との思い出を大切にして下さるなら嬉しいことですが、どうやらあなたが頭を悩ませていたのは、あの殺人事件の方らしいですね。違いますか?」

「おっしゃる通りです」

「しかしミス・ホームズ、名探偵が頭を悩ます余地はもはや、あの事件には大して残されていないようですよ。犯人こそ特定も逮捕もされていませんが、殺害方法に疑問の余地はない。

しかもどうやら被害者は落魄して、犯罪行為に手を染めていたらしい。まだ逮捕されたことはなかったようですが、新しい儲け話を期待してやってきた水の都で、遺恨の主が派遣した殺し屋に片づけられたというところでしょう。関係者を集めて推理を披瀝し、『あなただ!』と指させるようなところに犯人はいそうもありません」

「そうかもしれませんね」

芹はセラフィーノの弁舌に、愛想良くうなずき返す。それから自分を見つめている一同を、さっと横へ薙ぐように見返して、

「ところで皆さんは、ダイイング・メッセージとい

う英語のことばをご存じでしょうか？　イギリスやアメリカで発達した探偵小説《ジャーロ》の中で用いられる用語です。

　イタリア語にするならさしずめ死に際の伝言《メッサージオ・デル・モメント・デイ・モリレ》、といったところですね。私、シャーロック・ホームズにたとえられるほどその手の小説を愛読しているわけではありませんけど、どうしてでしょう、いまふっとそんなことを思い出したの」

　声にならない動揺めいたものが、ざわり、と彼らの中を走るのを芹は確かに感じた。

「殺人事件の被害者が死に際に、なにかを言い残す、あるいは書き残したり身振りなどでサインを示す。それがダイイング・メッセージです。小説では大抵の場合犯人を特定する情報なのですが、故人が絶命するとき一番心にかかっていることは、自分を殺した人間の名前とは限りませんね。私が抱き起こしたとき、あのオーストリア人はまだ生きていたんです。そして私に向かって、あることばを口にしたようなんです」

「なにをいい出したんです、シニョリーナ。酔っておられるのじゃありません？」

　アナスタシアが割って入る。

「そんな話題が晩餐の席にふさわしいと思うんですか。不作法ですよ。お止めなさい！」

「いやいや、これは大変興味深い話だ」

　ゼフュロスが身を乗り出して、アナスタシアに言い返す。長い首をぐるりと回して、

「けしからんことにセラフィーノもアナスタシアも、あのときなにが起こったのか、一向我々には説明してくれん。ぜひシニョリーナ、あなたがご存じのことを逐一お聞かせ願いたいな」

「それはまた今度にいたしましょう。疲れているものですから」

　芹は椅子を引いて立ち上がる。

「申し訳ございませんが、今夜はこれで引き取らせていただくことにします」

軽く会釈して、ジェンティーレにだけは微笑みかけて、芹はゆっくりと回れ右しようとした。その背をセラフィーノの声が追いかけてくる。

「シニョリーナ、ではあなたはフォン・シャイヒャーから、なにか聞かれたというのですね？」

芹は振り返る。こちらを見る彼の顔は白い。血の気が引いているようだ、と芹は思う。

「ええ、いまごろになってようやく、そんなことを思い出してきたようですの」

「しかし、ドイツ語はわからないとおっしゃった」

「意味はわかりません。ただ、単語の断片のような音が聞こえた、それだけです」

「では、なぜこんなときにそのことを？」

「そうですね。ただ、私がそういうことを知っていることだけは、お耳に入れておいた方がいいと思ったものですから。食卓にふさわしくないことを口にして、申し訳ございませんでした。皆様、お休みなさい」


ドレスに合わせたピンクのハイヒールを鳴らして、芹は狭く暗い螺旋階段を駆け上がる。心臓がまだ大きく鳴り続けている。まったくもってなんたる鉄面皮。自分で自分の大胆さが信じられない。あんなこと、ほとんど嘘としかいいようのないことを、平然とした顔でいってのけるなんて。

確かにあのとき、苦しむ老人の口からなにか、ことばのかけらのようなものは聞いた。だが、理解できない音を記憶しておくことは難しい。今日の昼間思い出しかけたような気がしたが、結局は指から滑り落ちるようにまた消えていってしまった。だからそのことはヴェネツィアの警察にはもちろん、ドナにもセラフィーノにも告げたことはない。

しかし食事の間中ゼフュロスにしつっこく話しかけられ、ねばつくような視線を浴びせられていた芹に、気づかぬはずもないのにセラフィーノはまったく知らぬ振りだった。そのことが急に腹立たしくなって、彼に意趣返しをしてやりたくなったのだ。

あれだけ思わせぶりないい方をしておけば、芹がなにを聞いたのか気になるだろう。よもや彼が老人を殺したとは思わないが、恐喝のネタに使われたのだろう醜聞の断片でも知られたかと思えば穏やかではあるまい。ましてやそれをゼフュロスらに、明かされるようなことは困るはずだ。

どう、私がなにを聞いたか知りたいでしょう？　少なくともそれを知るまでは、私を見捨てるわけにいかないでしょう？　だったら私を守りなさい。どんなつもりがあったにしろ、客の安全を守るのは招待者の責任でしょう――

だがいまになって、芹は気がついている。もしかしたら自分は、聞いてもいないことを聞いたとほのめかしたことで、自分の首を絞めてしまったのではないだろうか。別にセラフィーノが、芹の聞いたというメッセージを絶対に確かめねばならない必然性はない。

なにをいい出すかわからない馬鹿な小娘を、その握っているらしい秘密ともども有無をいわせず片づけることにしたところで、なにひとつ問題はないはずではないか。聖天使宮は彼の王国、外界の法律は意味を持たない。汝殺スナカレという神の教えも同様だ。

恐怖が体の中で膨れ上がる。石の螺旋階段に反響する自分の足音が、後ろから追いかけてくるもののように感じられる。自分の口から洩れる息づかいの音までが。

(馬鹿馬鹿しい、私ったら。落ち着くのよ！)

必死にそういい聞かせながら、ようやく階段を上がりきり、三階の廊下に出る。明かりのない廊下はほとんど真っ暗で、中庭側の窓からぼんやりと月明かりが落ちているだけだ。足元すら危うい。しかしゆっくりと歩いている気になど、到底なれはしない。片手を壁につけて探りながら、走り続けた。五角形の北の頂点から右回りにふたつの辺を経て、角からふたつめの部屋。鍵はかかっていない。

電灯が点け放しになっていた。前の夜は心細いほど暗いと思ったその明かりが、いまは目を射るほどにまぶしい。飛び込み、音立てて扉を閉め、内鍵を下ろした。そのドアに背をもたれて、ほおっと深く息を吐いた。

部屋の中は自分でもあきれるほどの乱雑さだ。ジェンティーレと別れて部屋に戻って、積み上げられた包みの量に啞然として、あまり喜ぶ気にもなれずに箱や包みを開いて、中を確かめてはその場に放り出した服や靴が、そのまま雑然と床とベッドの上に散らかっている。さっさとバスを使って毛布をかぶってしまおうと思っていたが、部屋を片づけるまでは眠るわけにもいかない。しかたがない、これは自分の責任だ。

芹は急にぞくっとした。暖房を止めてあった部屋に、肩の出た襟刳りの深いドレスと薄いストールでは寒くて当然だろう。必死に走っていたときは気がつかなかったが、こんなところで風邪を引いてはたまらない。ヒーターのスイッチを入れて、履き慣れないハイヒールを脱ぎ捨て、舌打ちしながら衣類の山を片づけにかかる。

シルクの下着にストッキング、スカートにブラウス。こんなにたくさんの着替え、いったいあと何日ここにいろというのだろう。小さな部屋くらいある衣装簞笥を開けて、そこのハンガーにかけられるものは吊す。細かいものは引き出しに仕舞う。それまでは芹が持ってきた、なにも入っていない旅行カバンと、コートがかかっていただけだったが。

そのカバンに目をやって芹は顔をしかめた。ファスナーが半分ほど開いている。今朝化粧品を使って戻して、きっちり閉めたはずだ。まさか、アナスタシアが衣装を運び入れたとき手をつけたのだろうか。盗られるようなものはなにもないが、勝手に触られてはたまらない。念のために化粧ポーチの中身まで改めたが、無くなったり様子の変わっているものは見つからなかった。

他にどうすることもできないので、芹には大きすぎるバスタブに湯を満たし、何本も置かれたバス・ジェルやバス・ソルトの瓶からラベンダーの香りを選んで溶かして体を浸す。苛立った神経がゆっくりほぐれていくと、さっきの自分がいかにも軽率だったという気持ちがもたげてきたが、いまさらどうなるものでもない。冷静に考えてみればなにもかもが夢のようだ。本当にゼフュロスたちは、自分に危害を加えるつもりなのだろうか。それが信じられない気がするのは、日本人の平和ボケに他ならないのだろうか。

三十分以上長湯をして、半分眠りかけて、こんなことをしていたら溺れかねないとようやく起き上がった。分厚いバスローブに体を包み、洗った髪を乾かさずに眠ってしまうと翌朝ひどいことになるのはわかっている。

だが、それほど起きていられそうにない。ヒーターはもう少し点けたまま、眠るまでベッドの上で休もうか。毛布を持ち上げた芹は、そこに今朝はなかったものを見つけていた。

ノートの紙を破って二度畳んだもの。開いた。黒く太い万年筆の文字が、ひどくあわてて書いたように乱雑に並んでいる。しかし芹はその筆跡に見覚えがあった。

セリ・アイカワへ
君がここにいるとは思わなかった。
これは私にとっては大いなる誤算だ、無論よい意味での。
だが君は自分がどこにいるのかわかっておるまい。
ここは毒蛇の巣窟だ。
白く塗りたる墓なのだ。
私もまた無知なままその罠に落ちた。
だが今度こそ闘うために戻ってきたのだ。
いいかね、Ma Seri

この家にいる誰ひとり信じてはいけない。
彼らは全員君の敵であることを忘れないように。
今夜十二時中庭で君を待っている。
君のいまいる部屋から右に廊下を辿れば、
一階まで下れる小さな螺旋階段がある。
使用人はすでに引き上げているから、
中庭では人目を気にしなくていい。
だがくれぐれも気をつけて。
なにかあっても私は君を守ってあげられない。

F・S・

「教授……」

イニシャルしか書かれていなくとも、それが誰の書いたものか疑う余地はなかった。芹が師事するフィレンツェ大学のファビオ・スパディーニ教授。では、昨日列車の通路で見たのはやはり教授だったのだ。そしてなぜ気がつかなかったのだろう、午前中ジェンティーレと二階に降りたときに見た、中庭をかすめる人影も、三人の女が見たといって探していたのも彼だ。

だが、当然かもしれない。芹にしてみれば、六十過ぎたそれも大学教授という知的職業についている彼が、空き巣狙いのようにこっそりと、他人の所有する邸宅に忍び込んでいるなどとは、想像できるものではなかった。

(それにしても——)

この手紙はいったい、どういう意味なのだろう。『毒蛇の巣窟』『白く塗りたる墓』『全員君の敵』……およそ学者らしからぬ、熱に浮かされたようなことばの羅列だ。いっそ彼の正気を疑いたい気持ちさえしてくる。どんな理由があってか、被害妄想が募ったあまりにここまで忍び込んできて、芹の様子を窺っていた? ジェンティーレといたときドアがきしんだのも、彼だったのだろうか。

馬鹿馬鹿しい、それこそ妄想だ。しかし教授とセラフィーノとの関係には、どこか釈然としないものがある。美術史の教授とコレクターでエッセイストが親しくしていても不思議はないが、芹が雑誌に載っていた彼のエッセイを読んでいたときは、素人は好きなことをいうものだ、といったことばをもらしたものだ。いかにも不快げな表情だった。

ヴェネツィアでは、芹がシャイヒャーの倒れているのに気づいて廊下に飛び出し、セラフィーノにそのことを告げた後、アナスタシアと教授らしい後ろ姿が連れ立って例の部屋を覗き込んでいるのを見た。だがセラフィーノも、いっしょにいたというアナスタシアも、彼のことを一切口にしようとしない。

芹はもう一度、その手紙を最初から読み直した。文字はいつもよりずいぶん乱れているが、それはあわてて書いたからで、精神が病んでいるという感じではなかった。こまごまと道順を指定しているところも、いつもの彼の少し女性的でさえある細心さが感じられる。そして『Ma Seri』ということば。いうまでもなくそれはフランス語の『Ma chérie』、愛しい人、と芹の名をかけたジョークに過ぎない。

クリスティーナの誤解の原因も、もしかするとこのあたりにあるのかも知れないが、イタリア語ではMaということばは、単独で使えば「はてさて」「やれやれ」というような意味の間投詞で、滑稽な響きにしか聞こえないのだ。しかしこんなところにその冗談めいた呼びかけを使うのは、彼が正気な証のように思われる。

時計を見た。十二時までは後十分もない。よしんば教授が精神に異常を来していたとしても、放置しておくわけにはいかない。芹はまだ濡れている髪を乱暴にタオルで拭い、バスローブを脱いで着替えた。無論着たのは自分が着てきたウールの上下だ。上にコートを着てきっちりと前のボタンをかけ、時間を見計らって廊下に滑り出た。

ドアに鍵のかからないのが気になったが、どうするわけにもいかない。気休めのつもりで下の方に小さな紙切れをはさみ、その位置をしっかり覚えておく。こうしておけば少なくとも、誰か部屋に入ったか入らないかだけはわかるはずだ。

手紙には右手の廊下を使えと書いてあった。確かにジェンティーレの私室は、いま芹のいる場所から見れば左側になる。教授はあの少年のことも警戒しろというのだろうか。だが少なくとも彼には、人目をはばからねばならない理由があるわけだ。そして彼の話を聞けばたぶん、芹自身が置かれている状況も、いま少しはっきりしてくるだろう。

今夜は空に月がある。そのおかげでどうにか、明かりなしでも廊下を歩くことはできた。螺旋階段はさらに暗かったが、壁に手をすりつけて下った。いまは闇よりも、明かりを点けて人に見つけられる方が恐い。

それにしてもずいぶん、時間がかかるような気がした。間違って地下まで降りてしまったのではないだろうか。だんだん不安になってくる。だが、立ち止まって戻ろうと思いかけたとき、ようやく明るいものが見えてきた。中庭に向かったドアが、薄く開いているのだ。

もう十二時は回ったろう。遅刻してしまった。芹は息を殺して扉に寄り、斜めにした体をその隙間から滑り出させた。

弧を描いて並ぶアーチの向こうに、薄明るい円形の空間が浮かんでいた。空を仰ぐと上天にかかった丸い月を、群雲が半ば覆い隠している。空には風があるらしく、雲が移ろうたびに中庭はたちまち明るみ、またほの暗く沈む。教授はどこにいるのだろう。まさか中庭といっても、その中央に立っているようなことはあるまい。二階の回廊から見下ろせば見えてしまう。誰かはわからなくともこんな時間に、と不審に思われることだけは確かだ。円形の壁と、二階の回廊を支えるアーチ壁に挟まれた輪形の廊下を歩いてみることにした。

上から見つけられないよう、できるだけ中を歩く。それでも目は自然と、おぼろな月明かりに照らされる中庭の方を向いてしまう。灰色っぽい石に敷き詰められた床。だがその外周近くに、ときどき違う色の敷石が張られているようだ。決して気まぐれに、ではなかった。明らかに規則性を持って、白い大理石の平石がややめり込むように、ぽつんぽつんと置かれている。その数は、全部でいくつあるのだろう。

あたりはどこまでも静まり返って、廃墟の中を歩いているようだ。だがいくら歩いても、教授の姿はない。次第にまた不安が、胸底から頭をもたげてくる。一周し終えたことに気づいて、芹は足を止めた。月明かりに時計の文字盤をかざせば、すでに十二時半を回っている。この手紙を芹の部屋に残した後で、彼の身になにか起こったのだろうか。でも、自分が立ち去った後に彼が来たら。部屋で待ってみる方がいいだろうか。

空では月を隠していた雲が切れたらしかった。それまでのぼんやりした明るさから、くっきりと澄明な月光が円筒形の空間に満ちる。初めて芹ははっきりと見た。真円の中庭の中央に据えられた、低い石のテーブルのようなもの。それはパラッツォの平面を写したように正五角形をしている。パラッツォの五角形の中の円形の中庭、さらにその中の五角形の石。しかし石の角度は、パラッツォの壁の作る五角形とはずれているようだ。

ふと天から地上を見下ろしたように、くっきりとした幾何学図形が芹の意識に浮かぶ。正五角形の頂点をひとつ置きに直線で結ぶと五芒星形が現れ、その中央部には元の正五角形から見て倒立したもうひとつの正五角形が現れるのだ。

(この、白い大理石……)

たぶんそれは円形をした中庭の円周近くに、五枚はめ込まれている。円の中心と大理石のある点を結んで延長すれば、パラッツォの外壁が作る正五角形の各頂点に達する。つまり円周上の五個の点を順に結べば、外壁から部屋の厚み分を差し引いた正五角形が現れ、ひとつ置きに結べばそこに出来る星形の中心の倒立した正五角形は、あの中央の平石だ。

(ただの偶然?　ううん、そうは思えない。でも、だったら、どんな意味が?——)

その一瞬、芹は教授に対する心配を忘れた。膝を折ってかがみこみ、しるしの大理石を改めてみようとしかけた。

しかし、かすかな物音が芹の顔を上げさせた。なにか、金属質の堅いものが落ちたような、チン、という響きがしたのだ。

「——先生?」

思わず小声で呼ぶ。しかし、もうなにも聞こえない。人が近くにいるらしい気配も感じられない。ただ、薄れた闇の中に芹は、それまで気づかなかったものを見出している。

あの、五角形の石の上だ。

その上に、なにかがあった。

黒く嵩高いものが、対角線を描いて横たわっている。

芹は声を呑んだ。

仰向いた横顔の輪郭が、とても目に親しいように思われたのだ。

(まさか——)

(まさか、そんなこと——)

だがそのとき、石卓のすぐそばにころがっているものが目に入った。黒いソフト帽だった。スパディーニ教授が愛用していたのと同じ。

いつか芹は回廊から、月光の射す中庭へ歩き出ていた。感情が胸の中で凍りついて、痺れたようになにも感じない。ただ自分がゆっくりと近づいていく、石卓の上のものだけがひどく鮮明に眼に映る。

それは黒いトレンチコートを着た、男の体だった。紫色に鬱血した顔に、目が大きく見開かれ、ゆがんだ口からは変色した舌先が覗いている。

「教授——」

どれほど無惨に面変わりしていても、見違えようはなかった。芹はそっと手を伸ばして、仰向いた顔に触れる。ひやりとした感触が戻ってきた。

顎は開かれたままですでに硬直している。

そして、妙に引き延ばされたように見える首。

その皮膚の上にくっきりと記された、両手の指痕を芹は見た。

赤黒い、その痕は幾度数えても、十二箇あった。

第三章 高貴なる者の血肉に神は坐す
あるいは『生命の泉《フォンス・ウイタエ》』

I

夜の底から世界が罅《ひび》割れていく——

化鳥のような叫びが耳を貫く——

芹は両手を上げて耳を覆う。

しかしそのおぞましい音響は長く尾を引いて、鼓膜を打ち鳴らすことを止めない。

顔の筋肉が痙攣しているのを感じる。口腔が沙漠よりも干からびている。それは芹の口が引き裂けるほどに開いているからだ。耳に突き刺さる音は、その口から発されているのだ。

つまり、

(それは私の声だ……)

ぼんやりと認識する。

だが、開かれた口は閉ざせない。

そこから洩れるかん高い悲鳴は止まらない。まるで肉体が、意思の制御を離れてしまったように。

芹は焦る。こんなふうにひとりでわめき立てて、それを止めることもできないなんて、気が違ってしまったとしか思われない。

私は私が正気なことを知っている。でも、他人が見ればそうとは思えないだろう。いまにもこの声を聞きつけて、館中から人が集まってくるに違いない。そして私を見るだろう、狂人のように。

早く、早くこの声を止めて。そしてここから逃げ出させて。安全な壁の中に逃げ込みたい。暖房の利いた部屋に戻って、清潔なシーツの間にもぐりこんで、なにもかも忘れて夢も見ずに眠りたい。なのにどうして私の体は、こんな風に凍りついているの。メデューサの顔を見てしまったように。

いいえ、それはもうわかっている。見開いたまま逸らすこともできない視野の中心に、黒く横たわるもの。トレンチコートを着た男の体が、円形の中庭に置かれた五角形の石の台に載せられている。なにものかに捧げられる供物のように。

（ドットーレ・スパディーニ……）

フィレンツェ大学の美術史教授、芹の師。こんな場所にいるはずもない彼が芹の部屋にメモを残し、指定の時刻に来てみれば無惨な死骸となっていた。見開かれた目、口から覗く舌先、紫色に鬱血した顔。しかも、その喉首に刻まれた手の痕には。

（十二本の、指――）

通常ならなにかの間違いとしか思われないその痕跡が、しかしいま芹がいる場所では必ずしも意外なものではない。この十七世紀のパラッツォを建造した一族の始祖ルイジ・アンジェローニ・デッラ・トッレは、両手に『天使の翼』と呼ばれた六本目の指を持っていたというのだから。

言い伝えによれば、神聖ローマ帝国皇帝カール五世の命を受けて、不老不死の霊薬を造り出すべく努めていたという彼。最後には墓も残さぬまま姿を消し、あるいは不死者としていまもこの地上に留まっているともいう、その者が教授を、招かれざる侵入者を、その手で始末したとでもいうのだろうか。天使の名を持つ我が末裔を守るために、巨大な巌上にそびえる正五角形のパラッツォ、一族の聖域に、許しを得ることなく足を踏み入れた冒瀆者を。

いいえ、いいえ、そんなはずはない。五百年以上も老いることなく生きている人間なんて、いるはずがないわ。こんなところで立ちすくんで、悲鳴を上げている場合じゃない。芹はようやく強ばった顎の関節を動かし、口を閉ざす。しかしその代わりのように、膝から力が抜けて、石畳の上に座り込んでしまう。いくら目をこすっても、目の前の骸は消えない。見慣れた顔に刻まれた最期の表情は、驚愕かそれとも恐怖。これは夢でも幻でもないのだ。

喉の限り叫んでいたというのは、単なる主観でしかなかったのだろう。芹の悲鳴はドアの中で眠っている人々には届かなかったに違いない。誰ひとり、起きてくる様子はない。いまも闇に包まれたパラッツォは、葬祭殿のように静まり返っている。

(誰か、呼んでこなくっちゃ……)

教授がたとえこそこそと忍び込んできた不法侵入者だとしても、こんなふうに無惨に殺されて捨てて置かれていいはずがない。芹のベッドに残されていた手紙を読む限り、教授にはそれなりの存念があり、目論見があったようだった。それに自分が同意できるかどうかは、わからないが。

暖かい部屋から出てまだ一時間と経っているはずもないのに、体が冷えきってうまく動かない。石畳に両手をついた。体を持ち上げようとして、手のひらになにかとがったものが刺さるのを感ずる。金属のかけらのようにも感じられたが、暗くてよくわからない。それはコートのポケットにつっこんで、ようやく立ち上がった。ぎくしゃくする脚を動かして螺旋階段に向かった。

しかし誰かをといって、誰を呼べばいいだろう。当主のアベーレがどこで寝ているのか芹は知らない。知っていたとしても、彼を叩き起こすのは気後れがする。かといって秘書のアナスタシアの顔を見るのはもっと嫌だ。ウラニアはどこにいるのだろう。夜もジェンティーレのそばにいるのだろうか。それとも一階か地下にあるのだろう、使用人の区画に引き上げているのか。芹がいま頼れるのは、たぶん彼女しかいない。あのやさしい眼をした老婦人ならば、きっと自分を助けてくれる。

迷っていても仕方がない。でも、一応主階である二階の回廊も一回りしてみようか。夜番のような人間がいないものでもない。幸い空の月が、いまは雲から出ている。天井の高い二階の回廊は、夜の暗さに慣れた目には、ぼんやりとだが見ることができた。

人気はまったく感じられなかったが、一度決めたからにはと、足早に歩いていく。手すりから下を見れば、中庭の中央に横たわる教授の姿が嫌でも目に入る。そのたびに恐怖と惑乱で、心臓が握りしめられるようだ。しかしそれを避けてドアの並ぶ壁に近づけば、月明かりも届かず足元がおぼつかない。やはり誰も起きてはいない。さっさと三階に戻って、ジェンティーレの部屋のドアを叩こう。だがここまで歩いてきてしまったら、引き返すより進む方が早いだろう。

行く手に明るいものが見えてきた。エレベータの前に小さな電灯が点っているのだ。上に上がるのに、これを借りてしまってかまわないかしら。足の不自由なジェンティーレ専用の機械だとはいっても、彼はもう寝ているはずだし。

だが芹は、金網の扉の前に立って目を見張った。元は狭い階段でもついていたのだろう縦長の井戸のような空間に、ワイヤが縦に通っている。晩餐の席はデザートが出たところで逃げ出してきてしまったが、ジェンティーレもあの後エレベータを使って、三階にある彼の部屋に戻ったはずだ。しかし、いま二階に立って見ると、その箱は三階にはなかった。一階に降りていた。

芹は混乱する。もちろんウラニアはやはり下階で休むので、エレベータを使って下に降りたとも考えられる。だが彼女ならその後で、また箱を三階まで上げておくのではないだろうか。そうでないとなにかあってジェンティーレが下に降りる必要が出来たとき、時間がかかって困るだろう。

それともまさか、と芹は息を呑んだ。まさかいま、ジェンティーレが一階に降りているなんて、そんなことが？　でも、なんのために？　そこにいたのはスパディーニ教授だ。芹の部屋に置き手紙をして待っていた。そしていま、彼は死骸に変わっている。

（おお、まさかそんな馬鹿なこと！――）

芹は激しく頭を振った。あの車椅子に乗った小柄で非力な少年が、いくら初老とはいえ貫禄のある体格の教授をどうかするなんて、そんなことができるはずがない。それにジェンティーレひとりでは、エレベータのボタンにすら手が届かないのだ。ということは、誰かが三階からこれを使って一階に降りた。そして教授を殺害して、また上の階に戻ろうとして、そこへ芹がやってきたのかも知れない。エレベータの音を聞かれたくないので、あのときまだ中庭の隅にでも隠れていたのだとしたら……

ふいに恐怖が、芹の心臓を鷲摑みにした。いまにも機械が鈍い音を立てて、下から殺人者を迫り上げてくるような気がする。身をひるがえした。来た方に駆け戻り、螺旋階段を三階へ飛ぶように上がる。部屋に飛び込んで内鍵をかけてしまいたい思いを必死に抑えて、二階の回廊と較べてひどく暗い三階の廊下を駆けた。ジェンティーレの部屋のドアに飛びついた。思い切り叩いた。すると、思いもかけずすぐにそれが開いた。寝間着の上にウールのガウンを着たウラニアが、目の縁の赤い、怯えたような目を見開いてそこに立っていた。

「どうなさいましたの、シニョリーナ」

「あ、あの――」

喉が支えたようになって、うまくことばが出てこない。立ち止まってみて初めて、息が切れていることがわかった。

「あの、すみません。シニョーレ・ジェンティーレは、おられますか」

「もう疾うに寝ていらっしゃいますよ」

顔を強ばらせたまま、老女は答える。

「こんな時間でございますもの、当然でございましょう?」

「え、ええ――」

「今夜は晩餐に出られたので、いつもより夜更かしをしてしまわれたのです。ジェンティーレ様は、できるだけ長くお休みにならなくてはいけないお体なので。なにか急なご用ですか？」

　言外の非難を芹はその口調に感じたが、いまはそこでたじろいでいる場合ではない。

「下の中庭で、人が死んでいるんです」

　ウラニアはかすかに目を見張ったきりだったが、芹はその顔を正面から見つめて繰り返した。

「回廊に出てみて下さればわかります。中庭の真ん中に倒れています。私の師である、フィレンツェ大学のファビオ・スパディーニ教授です」

「そんな――」

　ウラニアは硬い表情のまま頭を振る。

「そんなこと、あるわけがございませんよ。そんな名前のお客様はおりませんもの」

「でも、本当なんです！」

　芹は思わず声を荒らげた。

「あのままにしておくわけにはいきません。一刻も早く警察を呼ばなくては」

「警察を？」

　ウラニアは、なにをいい出すのかという顔で眉をひそめる。

「お医者様をの間違えでは？」

「いいえ、殺されているんです、教授は」

　上擦る声を必死に抑えながら、芹はことばを重ねた。

「首に絞め殺されたような痕がありました。本当なんです。お願いですから」

　ようやくウラニアはうなずいた。しかしスリッパのまま回廊に出てきたところから見ても、芹のことばを真に受けたわけではないらしい。

「どこですか」

「あの、二階に降りていただければ見えますから」

　三階から中庭を見下ろせるのは、壁に並んだ四角い小窓からだけだ。だがそれではたぶん視野が狭すぎて、下の石畳までは見通せないだろう。

「それでは、リフトを使いましょう」

　すたすたと歩き出す小柄な老女の後を、芹はあわてて追いかけた。ジェンティーレの部屋からそこまでは、ほんの数メートルだ。

「あの、そのリフトが一階に降りていたのですが」

ウラニアは箱を呼ぶボタンを押しながら、

「まあ本当に、仕方のないこと」

肩をすくめた。

「ジェンティーレ様のために、いつもこれはあの方のおられる階に上げておくことになっているのですが、誰が使ってそのままにしておいたのでしょうね。どうせ部屋係の女の子でしょうが、朝になったら問いただしてよくいい聞かせておかなくては」

「そういうことは、良くあるんですか?」

「さあ?」

質問の意味がわからない、というように老女は眉を上げて芹を見る。その間に一階から箱が上昇してきた。ふたりで乗り込んだ。ゴン、と鈍い音を立てて箱が動き出す。昼に乗ったときにはそうも思わなかったが、静まり返った夜中に聞けばかなり大きく底響くモーター音だ。停止し、戸を開け閉めするときも、ガチャン、ガチャンとけたたましい金属音が響く。ドアを閉めて室内にいれば、気がつかずに済んでしまうかも知れない。でも、教授は少なくとも使わなかったはずだ、と芹は思う。ひそかに忍び込んだ招かれざる人間が、これだけの音を立てるものを敢えて使うことはない。

がくん、と揺れてエレベータは止まった。表示は『terra』、一階だ。骨張った指がボタンを押してドアを開く。目の前は中庭だ。円形の空間に青ざめた月明かりが落ちている。

「どこでございますか」

「え?——」

「その、亡くなられたという方はどこにおられるのですか」

老女の目がとがめるように芹を見る。芹はウラニアを押しのけるようにして、中庭の中央に走り出た。石畳。そして中央の正五角形の平石。しかしその上には、なにもなかった。虚ろな円筒形の空間を、ただ月光だけが音もなく照らしていた。

II

いくら教授が消えていたといって、自分の見たのが幻覚だったなどと信じられるわけはない。ウラニアをその場に残して、中庭を囲む列柱の蔭を探し回る。常軌を逸して見えたかもしれないが、そんなことに気を使う余裕はなかった。

そこにもないとすれば扉を閉ざされた一階の室内か、さもなければ地下だ。扉を開けて欲しいというと、ウラニアはアベーレ様の許可がなくてはそんなことはできませんと頭を振る。

「——夜の十一時から翌朝の四時までは、地下で休む使用人たちは上の階には上がれません。仕切のドアには錠が下りています。リフトも地下からは使えぬように、ドアに鍵をかけます。庭からといわれましても、出入り口は用のあるとき以外施錠されていますし、外回りの塀は無論容易に越えられるものではございません。ですから一度外に出て、山を登って、北門を乗り越えてから庭を回ってくるのでもない限り使用人も外部の人間もここへ来ることはできないのです。

はい、その鍵をかけるのは私でございます。一階の部屋はどれもほとんど使っておりませんので、鍵はアベーレ様がお持ちのはずです。予備の鍵、いいえそんなものはございません。ですからシニョリーナがお考えになったように、地下やあちらの部屋になにかを隠す、というようなことは不可能なのでございます」

一旦ことばを切って、老女は恨めしげな視線を芹にくれた。

「それともシニョリーナは、私がそのようなことをしたとお考えなのでございますか。この年老いた婆が、他人様をあやめておいて、その亡骸をどこへやら隠したとでも？」

正面切って反問されて、芹は絶句した。教授は男性としてはさほど大柄ではなかったが、上背もあれば体重もかなり重そうだった。それをまさかこの華奢な老女が、中庭の半径を死体を引きずりながら横切って、一番近い部屋にでも隠して、芹が使ったのとは別の階段で三階に戻り、ドアが叩かれたらいま目を覚ましたように顔を見せたとしたら——

（いいえ。それは絶対に無理だわ……）

芹は自分の出した仮説を即座に否定する。たとえウラニアが見かけによらぬ怪力の持ち主だったとしても、時間的に不可能だ。二階の回廊を歩いていたときも、教授の亡骸が中庭に横たわっているのは見えた。エレベータの箱の位置に気づいて、芹が螺旋階段に駆け戻り、三階に出てジェンティーレの部屋のドアを叩くまで、それからどれくらいの時間があったろう。いくら広大なパラッツォとはいえ、十分とはかからなかったはずだ。たとえそのときウラニアが一階にいて、すぐに死体を移動させたのだとしても、三階に戻るほどの時間はなかった。

黙ってしまった芹に、ウラニアが表情を緩めた。

「お疲れになったのですよ、シニョリーナ」

そっと、慰めるように芹の手の甲を叩く。

「晩餐の席でもずいぶんと神経質になっていらした。それで恐い夢をごらんになったのでしょう」

「…………」

「あのゼフュロスたちは不愉快なお客様でしょう？でもどうか、アベーレ坊ちゃまに腹を立てないであげて下さいね。あの人たちは先代の伯爵様からのご縁で、年に一度ああして押しかけてこられるのを、どうにもお断りできないのですよ。それさえなければ降誕祭もジェンティーレ様とおふたり、水入らずでお過ごしになれるはずでしょうに。だからせめてお気散じに、シニョリーナをお招きしたのですわ。あの人たちになにをいわれても聞き流されて、おふたりのお相手をして上げて下さいましな」

「でも――」

芹はやっと声を出した。

「あの四人はルイジの発明した不老不死の薬が目当てで、私はその薬を完成させるために招かれたのではないんですか。少くとも、彼らはそう思っている って――」

「まあ、誰がそんなことを?」

「ジェンティーレが」

「あらあらまあ、それをシニョリーナは真にお受けになった?」

ウラニアは口元を袖で覆って笑い出す。

「それはきっとジェンティーレ様の冗談ですよ。シニョリーナのようなお話し相手が来て下さったのが嬉しくて、うかれてしまわれたのですわ。そして子供らしい悪戯のつもりで、あなた様を怖がらせようとしたんです。だって、他に考えようがございますか?」

それならあの、雄牛のしるしで封印された部屋に置かれていた絵は? と思ったが、芹は口をつぐんだ。ジェンティーレから聞いた話の、どこまでが事実かは確かにわからない。しかしこの老女は、すべてを冗談にしてしまうつもりのようだ。それならばなにをいっても認めはすまい。たぶん、芹が見た教授の死体のこともだ。

だが五百年前の妖しげな秘薬のことなら夢物語で済ませられても、フィレンツェ大学の教授が失踪して、なにごともなく済ませられるだろうか。いやまさか。封建時代でもあるまいし、侵入者は殺されて死体も消されてやむなし、なんてことがあるはずがない。

「ねえ、あなた様はお疲れなのですよ。あんまり思いがけないことばかり次々と起こるので、自分でも思っていない内に神経がくたびれてしまわれたのですよ。今夜はゆっくりお休みなさいまし。そして嫌な夢のことは、全部忘れるようになさいまし」

「わかりました」

芹は頭を真っ直ぐに上げて答えた。

「自分が見たものが夢だったとは思いませんけれど、とにかくいまそこに教授の亡骸がないことは事実ですから。でも私、なにひとつ忘れるつもりはありません」

ウラニアはうつむいて、ふうっとため息をつく。

「忘れないで、どうするといわれるのです？　あなたが見られたという、その教授様を殺した罪で、いまこのパラッツォにいる誰かが犯人だと訴えられるのですか？　でもシニョリーナ、その方はここにおられるはずのない方です。そしてあなたの記憶の他、ここにおられたという証しもないのです。そんなあなたの訴えに、誰が耳を貸すと思われます。そんなことをなさっても、あなた自身を傷つけるだけでございましょうよ」

それは彼女のいう通りだ。一介の私費留学生などというものは、この国にあっては身分などないに等しい。在外邦人の保護にはまったく熱心でない日本の外務省は最初から当てにもできず、芹は文字通りひとりきりだ。それでも、

「だとしても記憶を偽ることはできません」

きっぱりと首を振った。迷う余地などなかった。

「自分の目と記憶を信じられなくなったら、私は生きている意味もいまここにいる理由もなくなるんです」

突然——

乾いた拍手の音が耳を打った。芹も、そしてウラニアも、息を呑んでその音のした方に顔を振り向けている。列柱の蔭から月光の下に現れた、それはスラックスにセーターという気楽な身なりをしたアベーレだ。ただ、身につけているものはすべて黒い。ハイネックのニットからウールのボトム、足先のショートブーツに至るまで。地に落ちる影が立ち上がったような漆黒の長身に、大理石の白さの顔と波打つ金褐色の髪が載っている。

「すてきなせりふですね、シニョリーナ。もうしばらく黙って拝聴しているつもりが、つい拍手してしまいましたよ。真実に己れを賭け、ひとり闇に立ち向かう少女英雄。オペラの名場面さながらじゃありませんか」

「坊ちゃま――」

ウラニアの声は、後ろめたいところを見つけられた者のようにかすれている。

「坊ちゃま、なぜ――」

「おやおやウラニア、おまえだって知っているはずだけどね」

彼は中庭の中央に足を止めた。そのすぐ脇にはさっき、教授の骸が横たわっていた正五角形の石がある。

「ではお教えしましょう。シニョリーナ、このパラッツォの中庭は、円形劇場として設計されているのですよ。実際にここで劇が上演されたという記録はありませんが、四階の屋根裏部屋には舞台に使うための仮面や衣装、機械装置らしいものも残されています。そしてそれ以上にすばらしいのは音響効果。この中庭でものをいいますとね、二階のいくつかの部屋にはそのまま音が飛ぶのです。たぶん石の隙間に、ホラ貝みたいな格好の伝声管の類が仕組まれているのでしょうね。ほら、アタナシウス・キルヒャーの『普遍音楽《ムスルギア・ウニベルサリス》』に、そんな図解があったじゃありませんか」

肩の上まで上げた手を、どこへともなくぐるっと回してみせて、

「私は自分の部屋で、悲鳴のような奇妙な音を聞きました。それがたぶんあなたの声だったのでしょう。そのときすぐにも駆けつければ良かったのだが、すでにベッドに入っていましたのでね、正直なところ少し迷いました。夢かも知れないとも思ったし。それでもやはり気になったので、着替えをして二階の回廊に出ると、今度はあなたとウラニアの話し声が聞こえてきた。つまりはそういうことです」

「私の悲鳴の前に、なにか他の音をお聞きになりませんでした？」

「いや」

彼は肩をすくめる。

「私の聞いたのがあなたの声ではなく、誰かが殺されるときの声だった、という可能性も考えられますが。しかしやはり女性の声だった気がするな」

「坊ちゃま、そんなはずはございませんよ。誰も殺されてなんかおりますものか。この通り、中庭にはなんの異変もないのですし」

「いや、もちろん私がいったのは可能性の話さ。シニョリーナがこれほど真剣に主張しておられるのだから、考えられる限りの可能性は検討しなくてはね」

「誰かじゃありませんわ。フィレンツェ大学のファビオ・スパディーニ教授です」

ふたりの会話に芹は強引に割り込んだ。

「シニョーレはご存じのはずですわね」

「私が？」

「ヴェネツィアのパーティで一緒にいらした」

「ああ。そういえばあなたと初めてお会いしたあの夜に、そうした方と立ち話をしたかも知れません」

言い訳だわ、と芹は思う。遠目に眺めただけだが、あのとき彼の秘書のアナスタシアと教授はすぐそばに連れ立っていたのだ。ただの立ち話などというより、ずっと親密に見えた。

「私、チケットを送っていただいた列車の車内で、教授を見かけました。やはりミラノで降りられたのです」

「ほう。それで話をなさった？」

「いいえ、そのときはすぐに見えなくなってしまったので。でも、シニョーレは教授を招かれたんではありませんか？」

「とんでもない。私がお招きしたのはあなただけだ」

「でも——」

「私はミラノのオフィスでお目にかかってから、ずっとあなたとおりましたよ。お忘れではありませんね？」

「けれど教授は少なくとも今日の昼間からこの聖天使宮にいたはずです。私昼間にも二階の回廊から、中庭を横切る教授らしい人影を見ました」

なにをいわれるのやら、といった表情でウラニアが頭を振り、アベーレも、

「あなたを疑うわけではありませんが、シニョリーナ、あなた以外にその人影を見た者はおりますか？」

いいえ、と答えるしかなかった。

「そのときはおひとりだったのですか？」

「ジェンティーレが。でも、彼は車椅子ですから」

「見なかったわけですね」

つまりそれも芹の、目の迷いだったというのか。悔しさで頬が火照った。唇を噛み両手を握りしめた。

「でも他に、いるはずのない人影を見た人がいます。あなたのお客様の三人のご婦人方が話していました。お聞きになっていませんの？」

「いや、それは知りませんが」

アベーレがかすかに目を見張る。驚いているような表情だ。しかしアポロンの彫像のような整いすぎた顔は、それが装われたものか思わず覗いた本音なのか、判断することは難しかった。

「私、あの人たちが話しているのを聞きました。帽子をかぶって黒いコートを着ていたっていってました。列車の中で見た教授と、同じ服装です。それに私には証拠があります。夢でも幻覚でもありません。私の部屋に教授の手紙が置かれていました。十二時にここへ来るように、と。それで私は中庭に降りたんです」

「あるいは教授の名を騙った手紙が、ですね」

「違います。書体に見覚えがありました。それに、教授しか知らないことが書かれていましたもの」

「ならばまずそれを拝見したい、とお願いしてもかまいませんね。シニョリーナ？」

否、というわけにはいかなかった。しかし三人で向かった三階の部屋で、芹はドアの前に立ち止まった。下の方に挟んでおいた紙切れが落ちている。戻るのが遅すぎたのだ。

「誰かが私の部屋に入りました」

芹は声を荒らげたが、アベーレは小さく、おやおや、とつぶやいただけだ。そして案の定、教授の手紙はなくなっていた。あわててそれをベッドの上に放り出したまま出かけた自分のうかつさを、どれだけ悔いても間に合わない。

しかしアベーレは、そんな芹の落胆を後目によろしい、といった。

「これから召使いたちを起こして、シニョリーナが中庭で目撃されたという遺体がどこかに隠されてないか、探させましょう」

「坊ちゃま。そんなことまでなさって、どんな風評が生まれることか――」

ウラニアが小さく異議を唱えたが、

「お客様の心の安らぎを守るのは主の役目じゃないか。でもウラニア、おまえはもうジェンティーレのところへお帰り。そんな寒そうな格好で、いつまでも外にいてはいけない。また膝が痛んで眠れなくなってしまうよ。

さ、シニョリーナ。あなたは私の部屋へどうぞ。いま召使い頭を呼びますから。それとも捜索の様子をそばにいて見守らないと承知できませんか」

「え。でも……」

話の速すぎる展開についていけず、戸惑い顔の芹に、

「困ったな。私も通常そうしたことは、召使いにまかせることにしているのだけれど。そういうのは民主的《デモクラティコ》でないと思われる？　そう、日本には欧州的な階級社会はないのですね。

だが、『インドではインド人のように』というこ

とわざもありますよ。私たちが階級的な通例を破って彼らを平等に遇しようとすれば、もっとも苦情をいうのは社会の下層にいる者たちなのです。愚かしいとはしても、少なくともいま現在は、彼らに仕事を与えるという役割を持っている。そうした伝統を守るのも、貴族の家に生まれた者の務めです。

それともシニョリーナ、あなたはこの家の人間が共謀してあなたの教授を抹殺し、死体を隠したとでも思っておられますか。だから私の命令も、私の命令を聞く召使いたちも少しも信用できないと？　しかしあなたがそう思われるなら、あなたはここでお茶一杯飲むことができなくなりますね。毒はこの国でもっとも普及した、容易く危険の少ない暗殺の方途だった。だからこそ暗殺の対象にされ得る階級の人間は、自分を消す動機のある相手の館に足を踏み入れることなどしなかったし、ましてや食卓を共にすることはなかった」

なにをいい出すのかと芹は目を剝いたが、

「ご安心なさい、シニョリーナ。あなたを害する者など我が家にはおりません。あなたがいまもご無事であることが、その証拠だと思ってはいただけませんか。それでもご心配なら、あなたの口に入るものはすべて毒に合えば変色するという銀の器に盛り、毒消しの効能を持つと伝えられる珊瑚の匙をおつけしましょう」

階段を使って二階に戻る間、口軽くしゃべり続けるアベーレの声を耳の端で聞き流しながら芹は思う。

（あなたのその澄ました顔を、たったいま手を上げて、黙れ！　ってひっぱたいてやれたらどんなにいい気持ちかしらね……）

それができないのが自分の弱さ、常識人たる限界かもしれない。もともと来たくて来た場所ではないのだから、相手を怒らせるようなことをいって、叩き出されてもそれでかまわないはずなのだが、いざとなるといい子の顔をしてしまう。そんな自分の怯《きょう》懦《だ》が、あまり好きじゃないと芹は唇を噛んだ。

　そうして、当然というべきかも知れない。地下の寝室にいた男の召使い十数人を起こして、夜が明けるまでパラッツォの中を改めさせたが、不審な人物もましてや教授の遺体も、ついに発見されることはなかった。そしてその間芹は二階のアベーレの部屋で、彼の饒舌につき合わされる羽目になった。

　晩餐を取った広間と変わらぬほど天井の高い、四方の壁を騙し絵風のフレスコ画で埋めた、豪華ではあるが居心地はお世辞にも良くない部屋だ。天井には蒼空の青に夕映えの薔薇色を漂わせた雲が広がり、大人が立って中に入れるほど大きな暖炉では、盛んに火が焚かれていたが、それでも絶えず足元から冷気が上ってくる。こんな部屋で眠るとしたら、厚地の布の天蓋でベッドを包まなくてはとても耐えられないだろう。

　中庭での物音が聞こえる、というのは嘘ではなかった。回廊側の壁の上の方に格子をはめた小さな穴があって、中庭で動く男たちの声やドアを開け閉てする物音が、マイクでも仕掛けてあるようにそこから近々と聞こえてくる。だがそれも芹にとっては、あまり嬉しい声ではなかった。さすがに大声で主や客のことを罵る者はいなかったが、夜中に叩き起こされてわけのわからない捜し物をさせられて、嬉々としているわけもない。

　いったいなんだっていうんだ——

　いい加減にしてもらいてえ——

　なにを見たってんだよ、あの日本人娘《ジャポネジーナ》は——

　そんなぼやき声を聞かされながら、何時間も過ごすのはひどく気が滅入ることだった。

　目を上げればアベーレが、透明なリキュールのグラスを片手にのんびりと長椅子に身を伸ばしている。無論彼は使用人を夜中に働かせるなど、少しも痛痒を覚えはしないのだろう。なにせ生まれながらのお貴族様だ。案外彼も頭の中では、庶民など同じ人間とは思っていないのかも知れない。

劇場として使うための音響装置だとさっき彼はいったが、考えてみれば少しおかしい。中庭で演じられる芝居や見世物を見物するなら回廊に桟敷を作るはずで、ドアを閉じた部屋の中まで外の物音が聞こえてくる必要はない。もしかすると、これは中庭にいる人間の声を、盗み聞きするための仕掛けではないだろうか。

シチリア島シラクサ市郊外の石切場跡に、『ディオニシオスの耳』と呼ばれる人工の洞窟がある。渦を巻く外耳のような形をした洞窟は音響効果の良さで知られ、昔僭主ディオニシオスがこれを政治犯の牢獄に用いて彼らの会話を盗み聞いたという伝説があった。このパラッツォがもともとはミラノ公国のヴェネツィア共和国に対する要塞として築かれたなら、娯楽に供する劇場としての機能より、内部に反逆者がいないかを見張る機能の方が、はるかに必要とされたはずだ——

「シニョリーナ」

ふいに呼びかけられて、はっと顔を上げた。だがアベーレはこちらを見てはいない。小さなガラスの杯に満たされた液体に視線は向けたまま、

「一応お断りしておきますが、私はあなたが嘘をついているとは思いませんよ」

「でも、お馬鹿な小娘が寝ぼけた、くらいは思ってらっしゃるのじゃありません？」

芹のことばに、口元がくすっと笑う。

「しかし少なくとも、あなたが手紙で呼び出されたということは事実でしょう」

「信じて下さる、とおっしゃるのですか？」

「たぶんあなたなら、こういってもお怒りにはならないでしょう。あなたを信じているからというよりは、その方が理に適うと思うからです。誰であれ部屋に置き手紙を残して、あなたを中庭に呼び出した者がいる。そう考える方があなたがドラッグ中毒者のようにあらぬ幻影を見て大騒ぎしたとか、酔狂な

悪戯を企んで引っ込みがつかなくなったとか考えるよりはありそうなことだ。そう思っただけのことです。手紙が奪われたのも、その重要さのしるしだと考えるべきだろう、と」

「それは——ありがとうございます、と申し上げるべきなのでしょうね」

「いや、それは少しも」

アベーレが長いまつげを上げて芹を見る。眉を額に吊り上げて、口元に浮かんでいるのはいかにも優雅な皮肉めいた笑いだ。

「もちろん他の考え方ができなくはありません。つまりあなたの狙いはこうして私たちを騒がせることだった。その間にあなたのお仲間がこっそりとパラッツォに忍び込んで、明朝皆が疲れて眠りこんでいるところで盗みを働く、とか」

「シニョーレ、もちろん冗談をおっしゃっているのですわね？」

芹は背筋を伸ばして、美しすぎる男の顔を正面から睨み付けた。

「弁明をする必要があるとも思いませんけれど、私、泥棒に知り合いはおりませんわ」

「それはもちろんそうでしょうとも」

彼の口調が愛想良く、口元の笑みが深くなるほど、誠意のかけらもないように感じられてしまうのはなぜだろう。

「ですがシニョリーナ、ただここで待っているのも退屈でしょう。しかもああして口さがない連中に、非難されながらとなれば楽しいわけもない。それくらいなら私と、実際に起こったのはなんだったのか、あるいはなにが起ころうとしているのか、考えてみるというのはいかがです？」

「ミステリのように？」

「ええ。あなたもああしたジャンルの小説は嫌いではないとお見受けしましたね。昨夜の晩餐の席でのの場のさらい方など、どうして見事なものだった。他人事ながらわくわくしてしまいましたよ」

誉めているつもりなのかも知れないが、からかわれているようにしか聞こえない。しかも他人事ですって？　芹は胸の中で舌打ちする。あのオーストリア人がなにをいい残したか、少しも気にならないというつもり？

「あの、あれは――」

「いやいや、あなたがいわれた『死に際の伝言』のことはまたいずれ。今日のところは目下の事件に絞るとしましょう。どうですか。そう堅苦しく考えなくとも、ちょっとした暇つぶしにそれを話題にすることは差し支えないでしょう？」

「それにはでも、ひとつ条件がいると思いますが」

「ほう」

アベーレは興を覚えた、というように長椅子から身を起こした。

「条件とは、どのような」

「お互いに嘘も隠し事もしない、誠実に思うところを述べる、という条件です。さもなかったら、いくらお話ししても得るところはないと思います」

「なるほど。あなたは単なる暇つぶしとして、会話を楽しむつもりはない、といわれる」

「紙の上のミステリではありません。恩師が亡くなったんです。それを会話でもてあそぶ気持ちは、私にはありませんから」

「しかしそれならシニョリーナ・セリ、あなたも私に対して嘘も隠し事もしないでくれますか？」

反問されて、芹は一瞬詰まる。昼間、彼の弟ジェンティーレから聞かされたこと。アベーレはゼフュロスたち望ましくない客を放逐するために、彼らに芹を殺させるつもりで招待したのではないか、と。それを丸ごと信じたつもりもないが、かといって忘れることもできないでいる。

彼が単なる好意や気紛れで、研究者を入れたこともない聖天使宮に芹を招き入れたとはどうしても思えないからだ。それくらいならこの男が若々しい美貌の蔭に老獪で非情な計算を隠し、たまたま出会った小娘を利用するべく誘い込んだ、と考える方がよほどしっくりする。

だが、面と向かってあなたを疑っていますとはさすがにいい難いし、ジェンティーレからこんなふうにいわれたと話すのは子供のいいつけ口のようで気が進まない。もちろんそれは教授の死とは直接関係ないことかも知れないが、相手を頭から疑った状態で、公明正大を求めるのは明らかな矛盾だろう。揺れ動く芹のそんな気持ちを読み取ったとでもいうように、

「ね、それも案外難しいでしょう?」

アベーレはおどけた表情で肩をすくめて、

「あなたの出された条件は取り敢えず相互の努力目標ということにして、ふたりで知恵を出し合ってみることにしませんか。もちろん私は嘘をつくかも知れない。あなたの先生を殺した身内を庇《かば》うかも知れない。しかしいまのところ私の気持ちは白　紙《タブラ・ラサ》です。若輩ながら一家の当主として、自分の所有する建築物の中で不可解な事件が起こったことを放置するつもりはない」

「わかりました——」

芹は仕方なくうなずいた。そして、この人と話して言い勝てるとは到底思えないもの、と口には出さないまま続けている。

(とにかく情報を集めることね。嘘が混じっていてもいい。どういう嘘をついたかで、わかることもあるはずだもの。それに私には少なくとも、自分のために嘘をつかなくてはならないことはないのだから)

「では、シニョリーナ。もう一度最初から話していただけますか。あなたの見たという手紙は、どんなものだったのです?」

結局『知恵を出し合う』どころか、尋問だったんじゃないの、とは思ったものの、異議を唱える口実もない。バスを使ってベッドに入ろうとしたら——と話し始めると、アベーレが口を挟む。

「失礼。するとその手紙は、晩餐の間に置かれたものと考えていいのでしょうか?」

「それはわかりません。ベッドメイクの済んだ毛布の下になっていたので、寝ようとするまで気がつかなかったのです。夕方着替えに戻ったときに、すでにあったとしてもわからなかったでしょう」

「なるほど。するとそれが置かれた時刻から、何事かを判断するわけにはいきませんね。ベッドメイクの後としても、あなたがそれを発見するまで半日の幅がある」

教授ではない他の誰かがそれを置いたのではないか、と彼はいいたいらしい。

「繰り返しますが、あなたのことばを疑っているわけではありませんよ。ただ、可能性というものは常に公平に検討されなくてはなりませんからね。あなたのご覧になった手紙が、ドットーレ・スパディーニと思しい書き手によるものだったとしても、それをあなたの部屋に置いた人間はあくまでいまのところ、特定不能の某だとするしかない。その点についてはいかがですか?」

いうことは一々正論だから、なおのことむかつく。だがそれを表情に出さぬ程度の自制心は持ち合わせていた。

「でも、あの部屋に私以外の人間が、それも複数出入りしたことは確かです。手紙が置かれていた他にも、衣装箪笥に入れた旅行カバンのファスナーが半分開きかけていました」

「それをしたのは手紙を置いた某とは、別の人間だとあなたは考えるわけですね?」

「ええ。某でも結構ですが、その人物は人目を恐れていたはずです。手紙を毛布の下に置いたら、後は急いで立ち去ったでしょう。衣装箪笥の中に置いてあったカバンに、手をつけるほどの余裕があったとは思えません」

「なるほど。しかしそれは某がここにいるはずのない人間であり、人目を恐れなくてはならなかった、という仮定に基づいての推理ですね？」

「ええ――」

「しかしそれならなぜ某は、三階に並ぶ数十のドアの中から、あなたの滞在する部屋を見つけ出すことができたのでしょうね」

芹は一瞬声を呑んだが、

「どこかで、私が出入りするのを見ていたのかも」

「それはなかなかの神出鬼没だ」

アベーレは面白そうに肩をすくめて、

「あの五角形の廊下は、少なくともその一辺に関しては非常に見通しがいいでしょう。元来は要塞として建てられた建物ですからね。そんなところで、あなたにも気づかれずに部屋を確かめることができるとしたら、某はそれほどあわてて逃げ出す必要はなかった、とも考えられませんか」

「つまり、私のいうことは矛盾している、と？」

「いやいや、そう決めつけるつもりはありませんよ。ただあなたが仮定しておられるように、スパディーニ教授と思われる某氏が単身このパラッツォに侵入して、我々の誰にも気づかれぬまま暗躍していた、と考えるのはいささか難しいのではないか、と思うのですよ」

「やはり、私が嘘をついているとおっしゃっておられるように聞こえますが？」

切り口上で聞き返した芹に、

「ああシニョリーナ、シニョリーナ。そんなふうに硬直した思考法は、美術史研究者としても望ましいものではありません。Aなる仮説が成立困難だということになったら、Aを捨てていきなりBに行くのではなく、A′を考えてみればいい。さっき私が上げた矛盾点も、侵入者某は単独行動をしているのではなく、内部に協力者がいた、と考えれば解消されるのではないでしょうか？」

「協力者――」

「もちろんそれもまた、特定する手がかりは乏しい。しかし私も、いまこのパラッツォで働く使用人のすべてを把握しているわけではありません。その大半は、ここを使用する期間だけ雇っているのです。

廊下を行き来しお客様の部屋に出入りして怪しまれない人物、ということで考えれば、掃除やベッドメイクを担当する女性の使用人たちが、某の協力者としてはもっともふさわしいように思えます。そして聖天使宮の平面図は公開されていない。某は内部からの手引き無しには、そもそも侵入することすらできなかったと私は思いますね」

「さあ、それはどうでしょう」

芹は強く頭を振って、アベーレの音楽的に響く声を耳から振り払う。催眠術師のような声だ。うっかり耳を傾けていると、いつか異論を挟むことも失念して、気がついたときには完全にそのことばを受け入れてしまうことにもなりかねない。

「某、というより私はやはり、スパディーニ教授と呼びたいのですが、おっしゃるように彼の協力者がいたとして、それを顔もご存じでない使用人だと考えることはないのではありませんか?」

「なるほど。つまりそれは昨夜の晩餐のテーブルにいた人物かも知れない、とあなたはいわれる」

「そうです。その可能性も充分あるだろうと申し上げたいのです」

「しかし、彼らのひとりが某氏をパラッツォに招き入れたいとしたら、泥棒紛いの真似をするよりも、私に知人を招待して欲しい、といえば済んだのではありませんか? フィレンツェ大学の教授殿となれば、名声も地位もおありになる。親しい紹介者を介されれば、私が拒む理由はない」

「つまりシニョーレは、直接には教授をご存じでない」

「そうです」

「けれど、ヴェネツィアのパーティで話をされたといわれましたわ」

「ほんの立ち話ですよ」

「でも、あのオーストリア人の老人が倒れた部屋を、教授もいっしょに見ていましたね」

「さあ、どうだったろう――」

アベーレは平然と空っとぼける。

「まさかシニョリーナは、あのときの件との関わりで、教授が聖天使宮に忍び込んできた、とでも考えておられるのではありますまいね」

「すべては繋がっている、と考えていけないわけはありません」

芹はきっぱりと断言した。

「教授の残した手紙は無くなってしまいましたけれど、その文面のおおよそは覚えています。ここは毒蛇の巣窟、白く塗りたる墓」

「おやおや」

アベーレは、こらえきれないというように小さく吹き出す。芹は無視して続けた。

「この家の誰ひとり信じてはいけない、全員が敵だと書いてありました」

「なんとまあ、それほどあの人が被害妄想の変人だったとは思わなかったな。ヴェネツィアの夜も、ずいぶんとご機嫌斜めではあったようだが。しかしシニョリーナ、あなたはそれを、鵜呑みにしているわけでもないのですね」

「少なくとも私は自分が、わざわざ命を奪われるほどの大物だとは思っていませんもの」

「冷静な方だ」

「でも、だからといって教授がここで殺されて、死体をどこかへ隠されたことは疑っていません。彼は私になにかを伝えようとして、その寸前で口を封じられたのだと思います」

アベーレは両手を広げて天を仰ぐ。嘆息する。

「まったくシニョリーナ、あなたは勇敢なのか無鉄砲なのか、極めて怜悧なのか考え無しなのか、私にはわからなくなりますよ。あなたは私を犯人だと疑っているのですか。だったら私は死体を探させているのではなく、この間にどこかへ運び去ろうとしているのだろうし、見られては困るものを見てしまったあなたもまた、同様の目に遭わせるつもりかも知れませんよ。

なのにあなたは逃亡を図るのではなく、私たちに助けを求めて来られた。いまもこうして私とふたりきりで顔を突き合わせていて、怖がっているようにも見えない。いま口にされたことを本気で信じているというなら、あなたの言動はまったく解せないな」

「違います」

芹はほとんど反射的に答えていた。

「あなたが犯人のはずはない。そういう意味では私、あなたを疑ってはいません」

「ほう、それはなぜ？」

「だって教授の亡骸は中庭の中央の平石の上に、これ見よがしに横たえられていたんです。あれは私に見せつけるためだったとしか思えない」

「――――」

「手紙に呼び出されて中庭に降りて、結局教授が現れなくとも、私はこんなふうに騒ぐことはなかったでしょう。なのに犯人はわざわざ殺した教授の亡骸を見せた。それがなんのためか、私にはわかりません」

「しかし己れの犯行をひけらかす劇場型の犯罪者というのも、現代では珍しくないようですが」

「ええ。でも、もしもシニョーレ、あなたが教授をひそかに招き入れた協力者であり、同時に犯人であったとして、あなたはそんな非合理的なひけらかしなどなさらないと思います。あなたはもっと理性的で、冷徹で、必要とあらば完全犯罪を遂行して、なにごともないように微笑んでいられる方ですわ」

アベーレは口を開いて、なにかいおうとしかけた。だが思い直したようにその口を閉じると、くい、と横に曲げて、

「お誉めのことば、と思っておきましょう」

低く答えた。

「おっしゃる通り私は、ドットーレ・スパディーニに限らず、誰も殺してはいない。私だけでなく誰も、彼を殺してなどいないと思いますね」

「事故だ、とでも？」

芹は聞き返す。

「そんなはずはありません。私、はっきり見ました。教授の首に指痕がはっきりと印されているのを」

「指痕、ね」

アベーレが微笑む。芹はふいに、背筋を冷たいものが薙いで通るのを感ずる。彼は私の見たもののことを、知っているのじゃないかしら——

「すると犯人が死体を消したのもそのため、とも考えられますね。その指痕に犯人を特定する、明らかな特徴が残されていたとしたら。それはいかがですか？」

「特徴は、ありました——」

ようやく答えた。

「両手で、片方が六本ずつ、十二本の指痕が」

「なるほど。すると犯人は間違いなく、わが家の祖であるルイジ・アンジェローニ・デッラ・トッレですね。彼はやはり不老不死の存在となって、今日まで子孫を見守ってきた。怪しい侵入者を葬り、間違いなく我が手による制裁であることを示すためにあなたの目の前に骸を晒した。しかる後に、子孫らをわずらわせぬためにそれを運び去った」

「シニョーレ、冗談は止めて下さい！」

「なぜです。あなたの目撃証言を最大限活かすと、そういうことになるとは思いませんか」

確かに、真っ先に頭に浮かんだのはそれだった。しかし芹は不老不死の存在など信じてはいない。そして皮肉なことに、自分の見たものを正しいと主張すればするほど、逆にそれはあり得ない犯罪のように思えてきてしまうのだ。

「それと念のために申し上げておきますが、現在聖天使宮に十二本の指を持つ人間はおりませんよ」

そんなことは、彼にいわれるまでもなくわかっている。

「ですから私も、教授が六本指の手で絞め殺されたとは思いません。わざと伝説をなぞった痕を遺体に残して、私に目撃させて、それから隠したのだと思います」

「ルイジのしたことだとあなたに信じさせるために？しかしそれは密室を作って、幽霊の犯行と思わせようとする、というようなものですね」

「それは——」

「しかしね、シニョリーナ。あなたの見たのが装われた痕跡に過ぎないとしたなら、もうひとつの可能性が浮上しますよ」

「なんですか」

「教授は死んでいなかった。あなたの前で死体を演じた後、立ち上がって身を隠したとしたらどうでしょう」

「死んで、いなかった？……」


そんなはずはない、と大声で反駁しようとする。しかし記憶を探る内に、にわかに自信は揺らいでいく。

「でも、目を見開いていました。そうしてまばたきしないで、体のどこも少しも動かなくて、顔が紫色に鬱血して、口からは舌も覗いていたんです——」

「では、脈はどうでした。呼吸は？」

「顔にはほんの一瞬触れてみましたけれど、脈までは。でも」

頭を振りながら、途方に暮れた子供の気持ちになっている。一目見た途端、死んでいる、と思った。あの直感は単なる思いこみだったのだろうか。

「でもどうして教授が、そんな馬鹿げたことをしなくてはならないんですか？私にはわかりません」

「そうでしょうか。それほど難しいことではありませんよ。つまりあなたが教授が殺されて死体が隠されたと信じたことでいまなにが起きているか、それが目的だったのではないか、と考えてみればいい」

アベーレは閉じたドアの方を指で示した。いまもその外から扉を開け閉てする音、大勢の人間の動き回っている気配や声が間近く伝わってくる。

「普段は開かない部屋を、ああしてすべて開けて探している。探す側は大人数だし、臨時雇いの下働きで互いの顔も知らない。もしも教授がいま変装してあの男たちの中に立ち混じっていたら、彼がなにかを探すために我が家に忍び込んだのなら、なかなかに上手い遣り口だとは思いませんか？」

芹は椅子の肘掛けを握りしめていた。顔に血の昇るのがはっきりと感じられた。

「それは侮辱ですわ、シニョーレ。あなたは私の師を、ろくな根拠も無しに盗人呼ばわりしていらっしゃるんです」

「しかし、教授がここに忍び込んでいる、といったのはあなたですよ」

「でも、私は彼が泥棒だなんていいませんでした」

「しかし他にどんな用事でこんな人里離れた館まで、主にそれと知らせることもなく忍び込んだというのでしょう。なにをしに来たのか、窃盗か、と考えるのはまだ穏やかな疑惑だと思いますが」

「どんな用事かですって？　どうして私にそれがわかるでしょう。私は教授とあなたとの間に、関わりがあるのかないのかも知りません。彼がなにを指して、この館を毒蛇の巣窟と呼んだのかもわかりません。むしろどんな用で彼がここに来なければならなかったのか、あなたに教えていただきたいと思います」

思わず椅子から腰を浮かし、怒りを露わにした芹に対して、

「お教えすれば、信じていただけますか？」

戻ってきたのはあまりにも静かな声だった。芹は突然自分がひどくがさつな、愚かしくてちっぽけなものになってしまったような気がした。顔を赤らめて立ちつくす芹に向かい合って、アベーレ・セラフィーノ・アンジェローニ・デッラ・トッレは薄く微

笑んでいる。

「あなたは私に、嘘も隠し事もしないでくれといわれた。あなたのドットーレは私たちを口を極めて罵られたようだが、あなたは彼に敬意を払いはするものの、嘘をいうなというくらいは、私を信ずる気持ちがあると思っていいのでしょうね？」

「信じたい、と思っています」

ようやく喉を絞って声を出す。

「ご存じの通り私は臆病な小娘で、疑うよりも信ずる方が好きですから。だから教授の手紙を読んだときも、それをそのまま鵜呑みにしたわけではありません。なにか、誤解があるのだろうと思いました。でも――」

「私はいつまで経っても、あなたを安心させるようなことをいわない、というわけですね」

うなずいたアベーレの口調は、芹の胸に不安を掻き立てるほどに穏やかだ。

「そして事態はますます混迷を深めていく。あなたは幻覚を見たのか正気だったのか。教授は殺されたのか否か。なぜ彼の亡骸乃至は亡骸と思われたものは、あなたに見せつけられしかる後に消え失せたのか。あなたの部屋から教授の手紙を奪ったのは誰か。少なくともいまの問題はそういうことだ。

私は動機の点はさておいて、教授はあなたの目に死を装ってから姿を隠したのだという仮説を立てる。なぜなら私はいまこのパラッツォにいる人間をある程度知っているし、彼らが侵入者を例えば偶発的に殺してしまうことはあったとしても、その死体をわざわざ見つけやすい中庭の中心に放置したあげく、またどこかへ隠すといった無意味な行動をするとは思われないからだ。

これは私にとっては、充分説得力のある仮説です。そしてある程度はシニョリーナ、あなたにも納得いただけるのではないかと思いますが、いかがでしょう。私が嘘をついて、家のものたちをかばっていると思われますか？　だが、それなら誰が教授を殺害し、死体を移動させたとあなたは考えますか。教授の喉についていたという六本指の痕も、この館の滞在者の中に犯人はいない、という傍証にはなるでしょう」

芹は視線を逸らして大きく頭を振った。耳に当たる彼の声を、そこから少しでも振り払おうというように。

「あなたとスパディーニ教授との関わりを、まだ聞かせていただいていません」

「ですから、信じていただけるかどうかはわかりませんが、関わりというほどのものはないのです。私は一介の趣味人でしかなく、イタリア中の美術史研究者と親交があるわけではありません。というよりもしばしば大学に属する学者諸兄は、私のような若輩者の門外漢、研究者ならぬ在野の愛好家を無視してかかるのが、学問の徒として取るべき唯一の道であり、洗練された遣り口だ、と信じておられるようですね。偏見を持たぬ人の方がむしろ珍しい」

だが彼を門外漢と呼ぶのは適切ではない。エッセイスト《セラフィーノ》の豊かな知識と見識を認めぬ者はいないはずだ。しかし芹は以前教授の自宅で、雑誌に載った彼のエッセイを読んでいた自分に、教授が苦々しげに『素人は好きなことをいう』といったことばを吐いたことを思い出していた。

「でも、立ち話にせよなにか話していらした」

「からまれた、といった方が正確ですね」

「からまれた？――」

およそあの教授には似合わぬことだと思う。芹が知っている彼は、いつも丸顔の口元に笑みを浮かべて、冗談のタネを探しているような上機嫌な人だった。もっとも期末の口頭試問のときは、かなり容赦ない質問をして学生を追いつめるとも聞いたが。

「なにか誤解しておられたようです。当てこすりのようなおかしなことをいわれて、振り切ろうにもしつこく食い下がってこられる。その前がご存じのオーストリア人の一件ですからね。あの晩はどうやら年寄りに祟られる夜だと思って、帰ろうとしていたのですよ。あなたから声をかけられる直前は」

「なにも、お心当たりのない話だったのですね？」

「ええ、まったく」

「——そのとき教授は、絵画の贋作といったことについて、話してはいませんでしたか？」

芹は思い出していた。聴講している美術史の講義で、スパディーニ教授がそれまでの流れを中断して、贋作について語ったことがあった。それは芹が《セラフィーノ》のエッセイを読んだ翌日のことだった。彼はスライドを映しながらの詳細を極める講義の果てに、それまでとは少し違った、湧き上がる感情を無理やり抑えつけているような口調で語ったのだ。

『……贋作はしばしば状況証拠によって補強される。社会的に尊敬される高貴な人物の館で、紛れもない真作に囲まれて提示されれば、専門家といえども彼を詐欺の共犯などとは信ずるはずもない……』

『……また、巧妙な贋作者は美術史家の助言を受けて仕事をする。その場合助言者は、必ずしも報酬のためにそれに加担するわけではないということは承知しておいて欲しい。自分の同僚を侮辱し、ひそかに笑いものにしたいと思うやからがいるのだ……』

芹の読んだエッセイの中で彼は、なにものにも解釈を施さずにはおれない図像学者たちを嘲笑していた。

その文体は明晰で同時に詩のリズムを持っていたが、読み手の立場によっては極めて辛辣であり、ドットーレ・スパディーニがそれを快く思わなかったことは、はっきりしている。

『社会的に尊敬される高貴な人物の館』『美術史家』『同僚を侮辱し、ひそかに笑いものにしたい』そのことばの連なりが、はっきりと彼、十六世紀から続く伯爵家の跡取りであり、高名な美術エッセイストでもあるアベーレ・セラフィーノを指し示しているように思えるのは、単なる偶然だろうか。

気がつくと彼が沈黙していた。

だが芹が彼を見た瞬間、その固化していた表情が溶けた。破顔した。

「ああ、そういえばやっと思い出した！」

その声は楽しげでさえあって、芹はどんな顔をすればいいのかわからない。

「ファビオ・スパディーニ。そう、その名前がやっと記憶と結びつきました。といっても私が直接彼と会ったのは、ヴェネツィアでのあのときが最初で最後です。彼の写真は見たことがあった。だがそれは二十代のときのもので、いま当人と会ってもそれとわかるのはいささか困難だったのですよ。

贋作ね。彼があのスパディーニなら、それをなにより忌まわしく思っていて無理はない。フィレンツェ大学の教授に就任していたとは、思いもしませんでしたが」

「あの？……」

「一九五〇年代の終わり頃、シニョーレ・スパディーニは再建途上の国立博物館の学芸員として、当時は主に古代作品の収集に当たっていたのです。大戦が終わり、平和の到来とともに、今度は世界の美術館畑で美術作品の争奪戦争が激しさを増しつつあった。敗戦国イタリアはしかし文明先進国の誇りにかけて、これ以上優れた作品を国外に流出させるわけにはいかなかった。

そこへエトルリア文明の精華ともいうべき、金と銀を象嵌した青銅の戦士像を売りたいという話が持ち込まれた。戦中に発掘されたまま地元の農家で保管されていたもので、メトロポリタンや大英博物館もこれを狙っているという。若きスパディーニは必死の奔走をし、世論を動かし、政府を説きつけて、豊かとはいえぬ財政から当時としてはかなり高額の代価を支払って、これを入手したのです。先日シニョリーナとお話しした、フェルメールの贋作が広く真作と認められるに至った経緯と良く似ていますね」

「では、それが贋作だったというのですか？」

「相手はタルクィニアのプロの偽物作りだった。エトルリア文明の墓が多く残る土地は、贋作のもっともらしい出土地としては申し分なかったが、それはまた同時に数代にわたる偽物作り師の暮らす村でもあったのです。かなり巧みに作られていたのでしょう。材質の組成検査をしたとしても、たとえば出土した青銅器のかけらを溶かして用いるなどすれば誤魔化せます。

彼は未熟さにつけこまれただけで、道義的な責任はありませんでしたが、敗戦後の困難な時期にも文化政策をおろそかにすまいとしていた当時の世論からは、大きな批判を浴びたそうです。リベートを受け取って国家に損害を与えたという告発は証拠不充分で不問に付されたものの、イタリア社会では居場所を見つけられず、その後アメリカに留学した、と私の読んだ文献には書かれていましたね」

「その事件に、アンジェローニ・デッラ・トッレ家が関わっていた、ということはないんですか？」

思い切って尋ねた芹に、

「さあ——」

アベーレは微笑みを返す。

「いずれにせよ私は生まれていない頃だから、確かなことはいえませんね。しかし父の使っていたミラノの住まいの書斎に、この贋作事件について書かれた本があったことは事実です。それとスパディーニに贋作者を紹介した人間が、父の知り合いでもあった、ということはあります。しかし、もう半世紀近く昔のことですよ」

彼は首を傾げる。

「過去の失策を誰より忘れたいのはご当人でしょう。いまさら私にクレームをつけるとも思えませんが」

「はっきりとそのことはいわなかった？」

「おっしゃいませんでした」

「でも、やはり教授とシニョーレには関わりがあったんですね」

「確かに、そういえぬことはありません。父は美術界との広い人脈を持っていました。私のように本を書くことはなかったが、優れた眼を持つ収集家ではありました。彼が逝ったとき私は成人前で、その業績を理解するには若すぎましたが、私がエッセイストとして多くの出版物に寄稿できるのも、父の残してくれた人脈のおかげとはいえます。しかし私は残念ながら、スパディーニ氏のことはなにも知らなかったのですよ」

（でも、もしも……）

芹は思う。もしもアベーレの父親が、もっと大きく贋作の売却に関わっていたとしたら。教授が一般論めかして語ったことが、そのまま当てはまるとしたら。若き日のスパディーニを陥れてやろうという意図が犯人の側に存在し、紹介者である伯爵の地位と名が青銅像の信憑性を高めていたのだとしたら。時を経てフィレンツェ大学の教授という名誉ある職を得ていても、彼の経歴を躓かせた事件に対する屈辱の思いは消えていなかったとしたら、どうだろう。もしかしたら彼はその後、アベーレの父が自分を故意に欺いたという、なんらかの証拠を手にしたのかも知れない。

だからいまになってまた、当人はすでに亡くなっていたからその息子の元へ行った。実の父である伯爵家の前当主が贋作事件の犯人側にいたということになれば、遠い過去のこととはいえアベーレにとっても見過ごしがたい醜聞だ。まさか教授が恐喝を企んでいた、などとは思いたくないが、芹がヴェネツィアにいたことに気づいていても、それを口にするわけにはいかなかったのも当然だろう。

（だとしたら、やはり動機があるのは……）

いま目の前にいるアベーレ、そして彼とこの家の名を守ろうとする者。そこには切実な動機がある。けれどそういうことになればまた、なぜ芹に教授の亡骸を見せつけなくてはならなかったか、その理由がわからなくなる。実行犯が誰であるにせよ、家名を守るためであれば、全員が共犯になり得るのだから。

「シニョリーナ。やはり私を疑っていらっしゃいますね？」

そう尋ねるアベーレの口元に、意味ありげな薄笑いでも浮かんでいたとしたら、どれほど気味悪く見えることだろう。しかし芹は敢えて目を上げなかった。そして答えた。

「あなたを犯人にしてしまえば、どんなにか話が簡単だろう、とは思いますわ」

III

結局のところ、深夜から未明までを費やしての捜索にもかかわらず、スパディーニ教授の亡骸は発見されず、捜索に動員された男たちの中に不審な人物が見つけ出されることもなかった。

調べ終わったという知らせが届いたのが午前四時半。それから芹はアベーレとともに、開け放たれた一階の部屋部屋をいちいち見て回ることになった。確認をしてもらいたいというよりは、要らぬ手間をかけさせせられた使用人たちの意趣返しのように感じられたのは、芹のひがみだったかも知れないが。

現在ほとんど使われていない一階の部屋は、どこも家具ひとつない。ただ正面の門に通ずる玄関の間だけが、近年修復された色あざやかなフレスコ画で四方の壁と天井を覆われている。その横に二階へと通ずる見事な大螺旋階段がある。これも壁から円蓋天井までフレスコ画で覆われた円筒形の吹き抜けの中を、円柱に支えられた石の手すりがダイナミックな螺旋を描きながら上昇していくバロック風の意匠に、目を止めはしたものの、心から嘆賞するほどの余裕はなかった。

地下の方もご覧になりますかと問われて、降参した。疲労と眠気で体がふらふらする。もともと夜に強い方ではない。いまなにを見ても、右から左へ消えてしまいそうだ。一階からウラニアの手で錠を下ろされるという下り階段へのドアを見せられて、納得しましたとうなずいて見せるよりなかった。

地階といっても斜面に突き出た巨大な巌上に建てられている聖天使宮の場合、その半ばは窓もある半地下室で、伯爵家と客人が滞在する時期には男女の使用人数十人が居住する。地中に穿たれた地下部分には、厨房や食糧貯蔵庫、ワイン庫が並んでいるそうで、そのどこかに人ひとり隠すなどさして難しくないだろうことは、目で確かめるまでもなく推察された。

部屋に戻った芹は、鉛を詰めたように重い頭を抱えて思う。改めて考えてみれば、自分もどうかしている。伯爵家と無関係の人間が教授を殺して死体を隠したはずもなく、その捜索を当の伯爵家の使用人にゆだねてどうなるはずもない。それをアベーレが率先して命じ、なにもない空き部屋を確かめさせたというのは、もしかしたら奇術師が観客にからくり箱の中をあらためさせるのと同じことではないだろうか。『ほらこの通り、タネも仕掛けもございません』と。

アベーレを信ずるといった。理性的な彼なら、敢えて芹に教授の骸を見せつけるようなことはすまいと思ったから。だが本当に芹は、彼のことを少しでも理解しているだろうか。それもまた単なる錯覚乃至は幻想に過ぎないのではないか。

なにかを信じたい。これだけは間違いないと、そこに足場を置いて考えを巡らすだけの信頼が。味方でなくても、逆でもいい。なにかひとつわかればこんなに迷わないで済む。いまの芹はアリアドネの糸を見失った迷宮のテセウスか。

(いえ、それとも私はミノタウロスに喰われて消える無名の生け贄のひとりでしかないのかも知れない……)

疲れ切って、寝間着に着替える余裕もなく泥のように眠った。そのくせ浅く落ち着かない眠りだった。耳のそばで絶えず、誰かがささやき合っている、そんな夢ともつかぬものを何度も何度も見ていた気がする。

それがようやく静かになって、ああやっと眠れると思ったのも、夢の一部であったのか。そのまま本のページをめくったように、はらりと場面が変わった。目が開いて、はめたままの腕時計を見ると十時を回っている。カーテンを通して室内はすでに明るい。しかしそれも白っぽけた冷たい光だった。

でも、どうして目が開いたのだろう。目覚ましが鳴っていたような気がするけど、ここにアラーム付きの時計はないと思うのだけれど……

そこまで考えてやっとわかった。ドアが鳴っている。誰かが外からノックしているのだ。もうどれくらいの間そうしているのか。夢うつつのまま聞いていたから、五分やそこらは経過していそうだ。自分だったらとっくに痺れを切らしているだろう。あわてて皺だらけのブラウスを伸ばしながらドアを開ける。昨日の朝同様、白いエプロンをかけたウラニアが立っていた。

「おはようございます、シニョリーナ」

口調は変わらず慇懃だが、昨日の朝と較べれば明らかに表情が冷たく感じられるのは、芹の考え過ぎではないはずだ。彼女にしてみれば、夢としか思われない馬鹿げた話で『アベーレ坊ちゃま』を煩わした相手に、あまり好意的な顔を向けられなくて当然かも知れないが。

「ご朝食をお持ちしました」

「あ、ありがとう」

ウラニアは手にした銀製の盆を芹の胸元に押しつける。ずっしりと重い盆だ。布のカバーを被せてあるのはコーヒーポットらしい。後は受け皿に伏せたカップと、オレンジジュースのグラス。昨日の朝食べたのと同じ甘い菓子パンがふたつ。そしてポットに立てかけた小さな封筒があった。

「ジェンティーレ様からでございます」

芹の視線が封筒を見た瞬間、

「ジェンティーレ様からは、今日は一日画室にいるので気が向いたならお訪ね下さいとのご伝言もございます。けれど、どうかおいでにはならないで下さい」

切り口上でいわれて戸惑わずにはおれない。

「でも」

封筒を手に取って確かめたくとも、芹の両手は重い盆でふさがっている。なにか聞き間違えたろうかと目を見張ったが、老女はひどく険しい目でこちらを睨み付けていた。

「ジェンティーレ様は普通のお体ではございません。けれどあの方は、アンジェローニ・デッラ・トッレ家の衣鉢を継ぐべきお方でいらっしゃいます。ですから私どもは、心遣いの上にも心遣いを重ねて、あの方をお守りしてきているのでございます。シニョリーナにもそれはお忘れないようにしていただきとう存じます。

あなた様とお会いしていると、どうしてもジェンティーレ様は無理をなさいます。その上兄上様が、心尽くしに耳には入れまいとしていることを、お聞かせするようなことはなさいませぬように」

芹は思わずむっとしている。ずいぶん失礼なせりふだと思う。自分に非がないとはいわないが、納得できないことにまでうなずくつもりもない。

「シニョーラ、あなたが彼のことを思っているのはわかります。でもそんなふうに過保護にするのは、かえって彼の気持ちを傷つけるのじゃありませんか?」

「あなた様はなにもご存じないからそんなことをいわれるのです。私は先代の伯爵様から、ジェンティーレ様のお世話を任されております。誰よりも責任がございますのです。お口出しは無用のことと存じます」

「身近にいるほど逆に見えないこともあるのじゃな

いでしょうか。彼の体が健常でないことは確かですけれど、心はむしろあの年齢とは思えないくらいしっかりしています。彼は大切にされたり祭り上げられたりするよりも、当主の弟として知るべきことは知り、役立てることは役立ちたいと望んでいるんです。その気持ち、私にはわかります」

　だが頭を振って老女は繰り返した。

「あなた様は、なにもご存じないんです。この家にはこの家の事情がございます。これ以上なにも申し上げるつもりはございません。でも、どうかできるだけ早くお帰りになって下さい。ジェンティーレ様がなにをいおうと、耳をお貸しにならずに。これ以上、不吉なことが起こるのはまっぴらでございます！」

　きつい口調でいい放つと、さっと身をひるがえす。芹は持たされた盆を室内のテーブルに置いてあわてて振り向いたが、ウラニアは足早に歩き去っていた。

　盆の上の封筒は、フィレンツェのアパートに届いた招待状が入っていたのと同じ紙質の、しかしそれよりは小ぶりなもので、中にはワープロで打ったらしい短い手紙があった。

『親愛なるセリ　なにがあったか、だいたいのことはウラニアから聞いた。でも、彼女は君を信じてはいないから、正しく事情が伝わっていないかも知れない。どうかぼくにはなんでも打ち明けて。きっとぼくは君の助けになれる。ぼくは君のことを信ずる。

　だけどそのことは他の人に話してはいけない。たとえ兄様にでもだよ。待っているから、後でぼくのところへ来てくれるね。ウラニアがなにかいっても、気にしては駄目だよ。そしてもう帰るなんてはいわないで下さい。チャオ』

　その最後に菫色《すみれいろ》のインクのサインがある。『あなた《トゥオ》のジェンティーレ』、その上に書いてから消したような跡があった。明かりに近づけて見ると、『Un bacione』、口づけを、と書いたらしかった。

昨日の午後の一瞬の触れ合いが、唇によみがえる。拒まなかったのは同情の気持ちからだった。それが間違っていたとは思わない。同情以上の想いを抱くには、時間が無さ過ぎる。

けれどあの少年は誤解したろうか。誤解させてしまったのは心ないことだったろうか。

（胸が、痛いな――）

いくら慕われても、芹が彼のためにできることはほとんどない。だとしたらどうせフィレンツェに戻っても予定はないのだし、少々居心地の悪いことくらい我慢して、あと何日かここに居て上げようか。ウラニアがなんといおうと、芹をここから追い出せるのは当主のアベーレだけだ。

それにスパディーニ教授の事件の真相を知るにも、ここにいる方が有利かも知れない。犯人がこのパラッツォの中にいることだけはまず確かだし、アベーレは芹のことなど気にも留めていないようだ。油断してもっと情報を漏らす可能性もある。取り敢えずはジェンティーレに頼んで電話を使わせてもらおう。フィレンツェのドナに連絡して、教授の行方をそちらから確認してもらうのだ。この人が住むには大きすぎる建築物の中で、未だに電話機を見ていない。どこででも話せる話ではないから、なおのことジェンティーレの助けが必要だ。

当面の方針が決まると、ようやく頭も体も覚醒してきた感じがする。少し冷めかけたカフェ・ラッテを飲みながら、着替えをして髪を梳《と》かし、菓子パンをちぎって口に詰め込む。一年イタリアで暮らして、特に日本食が恋しくもならないが、時折ふっと納豆をかけた炊き立てのご飯や、豆腐とワカメの味噌汁の香りが鼻先によみがえる。特に朝はそうだ。

寝癖のついた髪を頭の後ろできつく結んで、荷物をざっと片づけて部屋を見回す。この部屋に誰が入って、なにに触られるかわからないというのは嫌なものだ。しかしこれからはきっと掃除が入るだろうから、ドアの間に紙を挟んでおいても仕方ない。少し考えて、衣装簞笥の下に入れた旅行カバンのファスナーに、髪の毛を一本くわえさせておくことにした。

ジェンティーレからの手紙は、今度は忘れずにコートのポケットへ入れていこう。教授の手紙が残ってさえいれば、根も葉もない話とはいわれずに済んだのに。なにが起こるかわからないのだから、できるだけ慎重に振る舞わなくては。

しかしそうしてポケットに入れた手に、なにか固いものが触れた。何気なく取り出して見る。鍵だ。それもずいぶん古いもののようだ。銀らしい金属が真っ黒く錆びている。握りの輪は四つ葉のクローバの形をしていて、鍵穴に入れる部分には迷宮のように複雑な刻みが入っている。どこでこんなものを手に入れたかは、もう思い出していた。昨夜、教授の亡骸を見つけた直後、中庭に落ちているのを拾ってポケットに入れていたのだ。

教授かそれとも彼を殺した人間かが、これを落としていった可能性はどれほどだろう。中庭といっても植物の類はいっさいない、足元も石で張りつめられた、天井がないというだけの内部空間だ。屋内同様毎日掃除もされているようで、あまり小さくもないこの鍵が、それほど長く放置されていたとは思えない。そう考えれば、これが真相を見出すためのなんらかの手がかりになるというのも、あながち無理な想像ではあるまい。

そういえば遺体に気づく直前、なにか硬い金属が石に当たる音を聞いた。あれはもしかして、これが落ちた音だなどということがあるだろうか。そうかも知れない。犯人は芹のすぐそばにいたかも知れないのだ。そしてあのとき、回廊から中庭に向かってこれを投げた。自分に気づかれる前に遺体を見つけさせて、注意をそらせた。そう考えることもできる。

なにに役立つかはまだ全然わからないが、切り札がひとつ手に入ったと考えておこう。芹はそれをコートの内ポケットに納めると、部屋を出た。正五角形をした廊下を左回りに、角をふたつ回れば昨日案内されたジェンティーレの画室がある。しかし、ふたつめの角を曲がろうとして芹は足を止めた。そこと思しいドアの前に人影がある。

芹の視線に気づいたように、はっと振り向いた。一目見たときからそうだろうと思ったが、それはやはりウラニアだ。あわてて体を退いている。それからまたそうっと、壁の角から片目で向こうを覗いてみる。老女はドアに向かって立ち、思い詰めたような目をしながら、時折こちらへ顔を振り向けている。見張っているのだろう、絶対にジェンティーレに会わせまいとして。

(あの人は私が大事なあの子に災いすると思っている。もしかして昨日、彼がキスさせてといったとき、外から誰かが盗み見しているように思えたのはウラニアだったのかも知れない――)

怒りでかっと頬が火照るのを感じた。相手がアナスタシアか、それとも誰か男だったら、黙って引き下がりはしなかったろう。まさか力尽くで押し通るわけにもいかないが、おとなしく引き下がりはしない。嫌みのふたつやみっつはぶつけてやる。

だが自分の母より年上の老女に向かって声を荒げるわけにもいかない。他にしょうがなくて踵を返した。廊下を引き返し、狭く急な螺旋階段を二階に降りる。庭に出て見上げればきっと、ジェンティーレの画室の窓が見えるだろう。

濠に面した部屋の扉は開いていて、曇りとはいえ外光の薄明かりが空っぽの荒れた室内を照らしていた。芹は半ば駆けるようにそこを抜け、濠の上にかかった橋を渡る。渡りきればそこは正方形の庭園で、人工物のように丹念に刈り込まれた黄楊に縁取られた花壇が面積のほとんどを占めている。庭園の一辺はパラッツォの正五角形の一辺に接し、辺の長さもほぼ等しい。

　正五角形の頂点を挟んで、同じ形同じ面積の正方形の庭が二面。そしてこの前の夜北の門から通ってきたのも、西側にある庭園だ。庭園は建築に接する以外の三方を煉瓦の塀で限られていたが、北側の塀にはアーチ形の出入り口が切られていて、芹たちが降りてきた奥の庭への斜路が見えた。

　しかし芹は足を止めて背後を振り返った。黒ずんだ赤色の壁に、窓回りと付け柱の石だけが灰色をしている。『外壁に翼を広げた天使の姿をした人像柱の大オーダーを用いた意匠からパラッツォ・サンタンジェロと呼ばれ――』と、芹が読んだ資料には書かれていた。確かにいま庭から視線を上げて見れば、最初の夜には見ることができなかった細部が見て取れた。

　英語でいう『オーダー』、イタリア語なら『オルディネ』とは、古代ギリシアに起源を持つ建築スタイルの意で、特に柱頭の意匠と柱身の長さ対太さの比によって分類される。ドリス式、トスカナ式、イオニア式、コリント式、コンポジット式、と呼ばれるのがそれだ。そして大オーダーとは柱が数階分延びているものを指す。聖天使宮の外壁にも、溝彫りのない平たい付け柱が二階から上へ窓と窓の間に並んでいる。

　そして軒のエンタブレチュアの下に見えるのは、見間違えそうではあるが、確かにアカンサスの葉をかたどったコリント式の柱頭ではない。巻き毛を渦巻かせ、両手を下へ伸ばした巨大な人物の上半身だ。その背から左右に開いているのが双翼だというなら、それが他に類例のないといわれる巨大な天使像の柱なのだろう。

　芹は顎を上げてそれを見上げた。奇妙な顔だった。マニエリスム期の建築と資料にはあったが、その造型はルネサンス以降の写実性を回復した彫像とはまったく異なっている。鼻の潰れた、目と口の大きな仮面のような顔は、ギリシアでもアルカイック期の古拙さに近い。顔の周囲の様式化された巻き毛はそれとわかって見ても植物的で、ロマネスク建築などにしばしば現れる顔に植物を生やした男の顔『グリーンマン』を思い出させた。

　ヨーロッパの大建築のほとんどは、二階が主階でもっとも天井が高い。三階四階と上がるほど階高は低くなり、部屋としてのグレードが落ちる。三階の、左から数えて五つ目か六つ目がジェンティーレの画室ではなかったかと思うが、こうして見ていると確信が持てない。薄い水色のカーテンに見覚えを感じて、あれではないかと思うがそこは閉ざされている。

　芹は唇を嚙んだ。窓から顔を合わせられるかも知れないというのは無謀だったようだ。だが腕時計に目を落とせばまだ十一時前。いくらウラニアでも、あのドアの前に一日中突っ立っているわけにはいくまい。一時間くらいしたら戻ってみるとして、それまでは少しこの庭の中を探検してみようか。

　さすがに十二月も暮れ近いいま、花壇に花の影はない。刈り込まれた黄楊の緑も、曇天の下で色褪せて見える。ここに着いた晩アベーレから、上の薔薇園にはオールド・ローズのコレクションがあると聞かされた。あと半年もすればこの庭も、さまざまな色彩の花々で満たされるのだろうが。

　西洋庭園には、初めて海外旅行に出たときから興味があった。そしてベルサイユの巨大な整形庭園も、それを手本にヨーロッパ各地に作られた同様の庭も、またイギリスの風景庭園も見たが、やはり一番心惹かれたのはイタリアの庭だった。ローマ近郊ティボリのヴィラ・デステ、高名な噴水庭園を訪れたのは夏のことで、苔むした岩を流れ落ちる水のきらめき、その上を流れる風の涼しさ、そして耳で聞く水の響きの快さに恍惚と時の過ぎるのを忘れたのはいまも記憶に新しい。

　日本で書かれた庭園史の本は、大抵ひとつの進化論に支配されている。古代ローマでは貴族や皇帝が豪奢かつ広大な庭園を造ったが、管理に多大な費用と人手の必要な庭園文化は古代社会の衰滅とともに一旦途切れる。中世の庭は修道院の実用的薬草園も、貴族の城に作られた楽しみのための庭も、いずれも規模的にはささやかなものだった。下ってルネサンス期のイタリアでは、都市近郊に文化の場として数々の別荘が生まれ、庭園が現れた。多くの庭は土地の高度差を活かし、敷地を貫く見通し線《ヴィスタ》によって景観に統一を与え、豊富な植栽と動的な水遣い、建築や彫刻と自然の調和を産み出した。

新しい造園法はやがてフランスに渡って、ルイ十四世の絶対王制治下にル・ノートル様式の大庭園を成立させる。イタリア庭園の特徴を取り込みながら、平野に築かれるフランス庭園はより静的であり、かつ王の庭として多数の家臣を入れ、園遊会や世俗的な祭典を行う舞台としての広大な公共空間だった。

しかしフランス革命が絶対王制を打ち倒すとともに、王制のシンボルたるル・ノートル様式は廃れ、『自然は直線を嫌う』をモットーにしたイギリス式風景庭園が欧州を席巻する。

そうした流れをもって整理されると、イタリア庭園は整形式の一種としてフランス庭園に包含され、それがイギリス庭園によって弁証法的に乗り越えられたような印象を受けてしまう。しかしイギリスへ行ってみると、十九世紀イギリス人のイタリア崇拝の跡を嫌というほど見ることになる。当時のイギリスでは『グランド・ツアー』と呼ばれる習慣が定着していて、貴族紳士の子弟はフランスからイタリアへ文化と社交の術を学ぶために、長ければ二、三年にわたる旅行をすることになっていた。いわば紳士の修学旅行だ。

当時のイタリアは政治的には紛れもない三等国であり、過去の栄光によってのみ評価される老国だったが、過ぎた日の輝きは少なくともイギリス人たちの目にはまだまばゆく、心惹くものと映ったに違いない。彼らは帰国前になると現代の旅行者さながら、古代の発掘品や名所を描いた油絵など、土産物を買いあさった。そして旅から帰った貴族たちは領地のカントリーサイドにパッラーディオ写しの邸宅を建てたり、その壁に持ち帰ったカナレットのヴェネツィア風景の油彩画をかけたり、内部を古代風の大理石彫刻で飾り立てたりした。それでも、彼らの庭はやはり風景式だった。

しかし、当時のイギリス人が見たイタリアの庭は、創建当初のそれとは違ってきていたともいう。自然の植物に依存する庭は、その盛衰に従って刻々とかたちを変えていく。まして経済的に逼迫し、管理の手が行き届かなくなっておれば、意図せざる変化の度合いも激しい。だがそれが、当初は予想もしなかった効果を生み出すことがあったのだ。

ヴィラ・デステの庭の最下層の平坦園は、芹が訪ねたとき明るい陽射しの下に広がっていた。ボルジア家のルクレツィアが、フェラーラの名君アルフォンソ・デステに嫁いで生んだ息子のひとりである枢機卿イッポリート・デステが築いた当時も、やはりそのように広々と明るく開けていたということは、当時の銅版画などでわかっている。

だが美術史家の叔父の家で見せられた写真、つまり彼がそこを訪ねた二十年前はそれと異なって、同じ庭にびっしりと暗いほどのサイプレスが茂っており、小暗くロマンティックな半自然の森をなしている。その印象の違いに、ずいぶん驚かされたものだ。芹が訪ねたときは、オリジナルに戻そうという志向と木立の老朽化から、すっかりそのサイプレスは切り払われていた。

おそらくイギリス人たちは、木々がはびこり廃園といっていいほど荒れ果てたイタリアの庭を眺め、その荒廃美に打たれたのだろう。文芸復興期の思想やシンボルをちりばめた庭の構成ではなく、時間が産み出した変容を愛でた。それをふるさとで、よりわかりやすく翻訳して再現した。イギリス各地にいまも残る風景式庭園のあちこちには、しばしば紛い物の廃墟や神殿がちりばめられている。それが彼らの選び取った『イタリアの文化』だった。

風景式庭園は決して、整形式庭園を越えてなどいない。そこに価値の上下や、進化度の差といったものはない。ルイ十四世の庭が絶対王制のシンボルであったことは事実でも、庭園の変遷をすべて政治的に解釈することは偏狭に過ぎる。

（それこそ、あらゆる形象を読み解きたがる図像学者といっしょ、よね——）

そう思って、ふいに芹はいまいましく顔をゆがめた。これではアベーレに賛成を唱えているのといっしょだ。あのなにを考えているのかわからない、微笑めば人を馬鹿にしているようにしか思えない顔を、思い出しただけで腹が立ってくる。

芹は大股に歩いて北側の塀にある戸口を潜った。砂利を敷いた斜路が林の中を上へ向かう。ここを上がっていけば、自然と上の薔薇園と、さらに天使像の並ぶ薬草園に通ずるだろう。そして門の外には、ベルガモへ通ずる山越えの道がある。鬱蒼とした林苑の樹木にさえぎられて、ここからはまだなにも見えないが、それは自由への脱出路に思えた。

しかし芹は視線を右に転じて、林の中に斜面に身を埋めるようにして、煉瓦の壁が立っていることに気づいた。それはちょうどパラッツォの正五角形の真北を向いた頂点、そこに建つ塔と向かい合っている。こちらを向いたアーチの中の、灰緑色に塗られた扉は薄く開いていた。何気なく顔を入れてみて芹は——あっ、と小さく声を上げた。

それは建物ではなかった。天井はなく床もまたない。小さな家ほどの広さの周囲を、塀が囲んでいる。その中にあったのはいくつかに区画された花壇と、その中央に置かれた小さな噴水だった。だが、それだけなら驚くほどのことではない。イタリアの庭園に特徴的なものだと思うが、『秘園《ジャルディーノ・セグレト》』と呼ばれる小さな庭がその一部に造られることがあるのは、知っていたからだ。

　ルネサンス期の文化パトロン《メッセナータ》として著名な女性、イザベラ・デステの領国マントヴァの宮殿、パラッツォ・デル・テは、その片隅に極めて美しい秘園を持っている。もっともこれは『夢もなく、恐れもなく』をモットーに夫が捕虜にされた間の国を見事守り抜いた女傑イザベラの住まいではなく、彼女の息子、おそらくは知性も統治能力も当代一流の母に圧倒されて、あまり誉められた人間には育たなかったフェデリコ二世が、母の勧めた正妻をうとんじて、彼の愛人を住まわせるために作った離宮だと伝説ではいわれる。ここの秘園は中庭を囲むいくつかの続き部屋からなっているが、中庭の植栽はすべて廃れていて、当時の有様は偲ぶべくもない。

　しかしこの塀の中の花壇には、青々とした草が茂っていた。そして芹が名前を知らない赤や黄や青紫の花が、今朝咲いたばかりというように瑞々しく開いていた。その様は『春』の中の、女神たちの足元に咲く花々を思い出させる。あれはすべてフィレンツェの春の野辺に咲く野草で、しかもそれぞれに象徴的意味を担っているといわれるけれど、ここの花にはなにか意味があるのだろうか。いいえそれよりも、温室でもないのに、十二月の野外で、なぜこれほど花が咲くのだろう。

　花壇の間にはぎりぎり足を載せられる幅の敷石があった。芹はそれを歩いて中央の噴水に近づいてみた。思いの外小さな、といってもそれは広い庭園に作られるものと較べてみればということだ。水盤はクリーム色の濃淡がある大理石で、口径は大人ふたりが手を輪にしたほどだが、水盤というよりもう少し深い。浅めのサラダボウルといったかたち。その中央に高さ一メートルほどの同じ大理石の柱が立って、その先端から透明な水があふれ、水盤を満たしている。

（聖母の庭みたい――）

　芹は思った。中世の宗教画で、こういう花の咲き乱れる美しいそして閉ざされた庭で、天使に囲まれて座る聖母マリアと幼児のキリストが描かれた絵がある。閉ざされた庭は聖母の純潔を表すとともに、原罪以前のエデンの園を表してもいる。

マリアはその誕生からして原罪を免れている、という意味のことばを聞いたときは、そういうものかとしか思わなかったが、それは具体的にいえばマリアの母も処女懐胎した、つまりマリアは性行為なしで生まれた子だったという意味だ、と知ったときは、改めてキリスト教という宗教の奇妙さを痛感したものだった。

原罪とはすなわちセックス。アダムとイヴが蛇にそそのかされて智恵の木の実を食べ、初めて互いの裸体を恥じたとは、そのとき初めて互いを性的に意識したということだ。しかし人間は性行為なしには生まれてこれない。生き物としての生がいかに多くの苦痛や葛藤をともなっているにせよ、その根源を罪として否定するのは矛盾以外のなにものでもないように思える。だが、キリスト教が西欧文明の基盤を作り、いまなお全世界に少なからぬ信徒を持っていることは否定できない事実なのだ。そう思うと芹はまた、いつもの感慨に襲われて、そこから先へは進めなくなる。

(人間――なんと矛盾に満ちた、なんと引き裂かれた存在――)

そして自分もまた、そうした存在のひとりであることの不思議。ふと、たったひとり暗い奈落を望む断崖の縁に立っているような気がしてくる。とても恐い。だがそれは芹にとっては、むしろ深く馴染んだ感覚だった。

本を読むのが好きで、読むだけでなくほんの子供の頃から気に入りの絵を眺めて、お話を作ったり空想したりしていた芹だが、ふいとそうした空想の世界から現実に戻ってくるときがある。

芹は茫然と立ち尽くす。自分の生きている世界には龍も小人も妖精も魔法使いもいない。宝探しの冒険も、英雄の勲もない。自分もただ大人になって、歳を取って、いつか死ぬ。当たり前のことが、その当たり前さゆえに芹を恐怖させた。しかしそれが絶対に逃れられないということも、はっきりとわかっていたのだった。まるで自分が人間ではないように、それなのに逃れ難く人間の宿命を負わされてしまったというように、芹は目の前の現実という奈落を茫然と、そして魅せられたように眺めていた。そんな気がする。たぶんそれも、自分をなにか特別の存在なように思いこみたい、子供っぽい夢想の表れでしかなかったのだろうが。

芹は頭を振った。疲労と睡眠不足のせいだろう、少しめまいがする。無理をしないで今日は、部屋で休んでいるべきかも知れない。辺りを見回せば煉瓦塀の上には庇が載っていて、それが蔭を作っている。しかしその塀の内側に、四方ともフレスコ画が描かれているのに初めて気づいた。かなり古いものなのだろう。下の方はすっかり剝落して、図柄が見て取れるのは上半分だけだ。それでもそれが等身大の人間を横並びに描いている、ということはわかる。

ただ並んでいるわけではない。腕を回したり、振り返ったり、仰向いたり下を向いたり、激しい身振りで踊りながら、ひとつの方向へ向かって進んでいるらしい。しかしそれは人間ではなかった。僧衣のような黒いフード付きの長衣、そこから覗く顔は白い髑髏だ。

(これ、は――)

死の舞踏、ダンス・マカブル。現世の儚《はかな》さを表す宗教劇として始まったそれは、しばしば教会などの壁に絵として描かれた。もっとも有名なのは、パリの罪なき聖嬰児聖堂墓地の回廊に描かれたそれだという。皇帝も教皇も王も大司教も、死を免れることはできない、この通り己れの骸に引かれて彼岸へ旅立つ。それではここは秘園ではなく、墓地だったのだろうか。

しかしよく見ると、それがいわゆる死の舞踏図とはいささか趣を違えていることがわかった。踊りながら進んでいくのは、身振りこそ違っていてもすべて黒い僧衣に髑髏の、いわば死者ばかりだ。それがおどけた、あるいは狂騒的な、あるいは物憂げな舞踏の手振り足つきを見せながら進んで行く。その行く手にあるのは、泉だ。いま芹の横にあるのと同じ、深い水盤と水を吐く柱のある噴水。

水の前で死者が足を止める。手を伸ばして水に触れ、それを汲んで飲む。すると、突然姿が変わる。たぶんそういう意味なのだろう。噴水の向こうにはまた、踊りながら遠ざかっていく人の列ができているが、それはすでに黒い僧衣をつけてはいない。髑髏の顔をしてもいない。俗人の衣装をつけた男女、それも皆王侯貴族らしい華やかな身なりの人々だ。

「どういう、意味?……」

思わずつぶやいた芹に、

「それは『生命の泉《フォンス・ウイタエ》』の儀式さ」

芹は弾かれたように振り返る。閉じかけた塀の扉に背をもたせて立っているのは、絵の中の死者が抜け出てきたかのように、黒いマントに身を包んだ男。芹がゼフュロス、という名でのみ知っているあの、どこか蛇を思わせる顔の男だった。

IV

「スフォルツァ家の統《す》べたミラノの宮廷では、その壁画に表されたような遊戯とも儀式ともつかぬ舞踏を、しばしば行ったという記録が残されている。

それが当時ミラノ公ルドヴィコに仕えたレオナルド・ダ・ヴィンチの考案だ、などという説もあるが、これはあまり信頼するには足らぬだろうな。なんでもかんでもレオナルドの天才にかこつけて、事足れりとするのは安直だ。

だが、それがビアンカ・スフォルツァによってハプスブルクの宮廷に伝えられ、さらにその子ルイジによってここに記録を残された、というのは納得できることだろうて。いかがかな、シニョリーナ？」

長身の死に神めいた男は、マントの裾をなびかせながら、ゆっくりと敷石を踏んで泉に近づいてくる。芹は後ずさって噴水の反対側に回り込んでいた。こんな明るいときに、なにをされるとも思わないが、やはりこの男は気味が悪い。そんな芹の様子に気がついたのか、彼は噴水を挟んで足を止めた。わずかに目を細め、喉の奥で梟のように、くっくっとくぐもった笑い声を立てた。

内臓を患ってでもいるのか、どす黒い顔色に、金属的な色の金髪と薄い青色の目。ひょろりと引き延ばされたようなプロポーション。年齢もはっきりしない。頑健なようでありながら、どこか女性的な柔弱さを感じさせるのはなぜなのだろう。

いまなら身をひるがえして開いたままの扉から飛び出し、パラッツォまで駆け戻ることはできる。だが逆に芹は体に力を入れて踏みとどまった。逃げるならいつでもできる。この男はジェンティーレがいったように、芹を殺して不老不死の霊薬を手に入れようと狙う猟奇魔かも知れないし、さもなければ昨夜スパディーニ教授を殺した犯人かも知れないが。

（どっちにしろ、尻尾を摑んでやるわ――）

「おはようございます、シニョーレ？」

澄ました顔でそう挨拶してやると、面白いものを見たとでもいうように口元から前歯が覗いた。

「おお、これはシニョリーナ。上天気とはいえないが、まずこうしてお目にかかれたからには、良い日といえるかな」

流暢なイタリア語ではあるが、やはり発音がどこか違う。きしるような音が耳について、あまり快い響きとはいえない。

「私も出来たらお話を伺いたいと思っておりましたの。シニョーレ・ゼフュロスはアンジェローニ・デッラ・トッレ家と、この聖天使宮にはたいそうお詳しくていらっしゃるのですね？」

「そうとも。私が当家の先代の主、ヴィットーリオ殿とお近づきになったのは、あの忌まわしい世界大戦のさなかだったからな。私は彼から親しく、この家の様々の伝承を教えられた。彼がすでに亡いというのは、我々にとっても実に残念なことだ」

「ええ。いまおっしゃった『生命の泉』って、どんなものだったんですの。私、ルネサンス絵画を専攻するつもりですのに不勉強で、そういうもののことはまったく知らなかったのです。もしもご面倒でなかったら、少しでもお教え願えませんか？」

ゼフュロスは体を揺すって、ははは、と笑う。

「よろしい。私の知識とて片々たるものだが、そういわれるなら可能な限りお話しするとしよう」

若い女に丁重に教えを請われて、嫌がる男はあまりいないと思ったら案の定だった。見てくれは不気味な相手だが、これくらい予想通りの反応が返ってくるなら、そうそう怖じ気づくことはないのかも知れない。

「しかし『生命の泉』の儀式については、この壁画が語るところでほぼ尽きている。私が知らぬというわけではない。伝承が絶えておるのだ。ヴィットーリオさえその全貌は摑んでいなかった。それだけ厳重に秘されていた、というべきか。

ただ、ご覧の通りこれは十四、五世紀のフランスで流行した死の舞踏とは違う。あれが人は皆死なねばならぬ、という思想の表明であるなら、これは人は死から免れることができる、という正反対の思想を表現していると私は考えておる。ご覧なさい。左からやってきた死者が、泉の水を飲んでよみがえっている。そう見えるだろうが？」

「ええ、本当に」

「これを無論宗教的に考えて、神の教えに触れる者は天国で永遠の命を得ることとの表現であり、不老不死の霊薬とは聖書のことに他ならない、と考えることも不可能ではなかろう。だが、ルネサンス期の人間はそれほど素朴ではなかった。天国での永世などいくら坊主が保証しても信じられるものではなかったし、そんな目に見えぬ先の幸せよりは現世の幸せが欲しかった。いまの苦しみ、病に倒れ、老い朽ちていく苦痛から逃れたかった。それがこの『生命の泉』という遊戯の表しているものだろう。とまあ、ここまでは頭の固い歴史学者でも、まずまずうなずいてくれるだろう話だ。しかし、それでは終わらない」

「ええ――」

「スフォルツァの宮廷には不老不死の霊薬が存在したのではないか、私はそう思うことがある。『生命の泉』にはその霊薬が、ほんの少しであれ混じられていた。だからこそ宮廷人たちは、嬉々としてかつは真剣に死者の舞踏を踊り、少しでも多く霊薬の恵みに与《あず》かろうとしたのではないか。あるいはこの遊戯には勝負事の要素があって、その勝者にはまことの霊薬が与えられた。そう考えることもできような」

でも、不老不死の薬なんて、といおうとして、芹はもう一度考え直す。

「つまり、そうした効能があると信じられていた薬が、という意味ですね」

「なかなか頭の良いお嬢さんだ。君のような学生を教えるのは、教師冥利に尽きるだろうな」

ゼフュロスは薄い唇をほころばせた。皮膚の下で頭蓋骨が笑ったみたい、と芹は思う。

「君は昨日の大半をジェンティーレとともに過ごした。ならばこの伯爵家に賢者の石、不老不死の霊薬の言い伝えが残っていることは、たぶん聞いていることだろうな?」

「ええ、それは」

芹は用心深くうなずいた。この男と『三美神』が、ジェンティーレのいった通り霊薬が目当てでここに出入りしているのか否かを探るには、その話題を避けて通るわけにはいかない。しかし『神秘の薔薇』のことまでは、口にはすまいと思ったのだが、

「ジェンティーレに見せてもらったかね。アンジェローニ・デッラ・トッレ家の門外不出の秘宝である、ボティチェルリの『春』そっくりの一枚を。美術史研究者としては、あの絵をどう見たね？」

あっさり向こうから口に出されてしまった。

「驚きました、とても」

とだけ答える。

「ジェンティーレがいったことを当ててみせようか。あの絵はルイジが作った霊薬の在処を示していて、我々はそれを目当てに毎年ここへやって来ては謎を解こうとしている。どうだね、そんなところかな？」

「あの絵の人数がいまパラッツォにいる人間と照応している、といわれましたわ」

話を逸らすつもりでそういった芹に、

「ほうッ。彼がそういったのかね」

なにを思ったかゼフュロスは目を輝かせた。

「すると我々で四人、アベーレがヘルメス、ウラニアがウェヌス、ジェンティーレがクピド、アナスタシアがフローラで、すると君はクロリスか。はは、これは面白い。君がここに加わることで、そんな暗号が生まれていたとはな」

ひとしきり顎を震わせて笑っていたが、笑い止めると青いガラスをはめたような目をきろりと向けて、

「すると君が私を警戒したくなる気持ちもわかるというものだな。無論ジェンティーレが君にそう信じさせたのだろうが」

唇をゆがめる。

「しかし安心し給え、シニョリーナ。私はその種の愚かな迷信を信奉する者ではない。私の行動を決めているのはより高い理想だ。人類の未来に関わる高邁な思想なのだ。それと較べれば、単に個々の生命を引き延ばす薬など無意味に近い。折角の機会だ。それをこれからお話ししよう」

「高い理想？——」

それもまた不老不死の霊薬同様、あるいはそれ以上に胡散臭い気がする。芹は眉をしかめたが、相手は頓着せぬようで、

「まず話はここから『生命の泉』から始まる。そういってもよい。シニョリーナ、君は二十世紀の一時期、『生命の泉』という意味の名を持つ組織がひとつの国家に活動していたことを知っているかね。組織の創設者はスフォルツァ家の儀式を知っていて、その名を借用したという」

「いいえ——」

「それは『レーベンスボルン』といった。支配人種たるアーリア民族を優先的に出産育成させるための組織だった」

「ナチス・ドイツの！」

芹は思わず声を高くする。

「ナチスの人種政策なんて、それこそナンセンスの極みじゃありませんか！」

しかしゼフュロスは、芹のそんな反応を予期していたようだった。妙に指の長い手を、芹の目の前でひらつかせて、

「まあそういう前に少しお待ち。君はそもそも、ナチズム、というよりもここは正確に国家社会主義と呼んでもらいたいが、その思想についてどれくらいの知識を持っているのだね。

ユダヤ人虐殺？　君、知っておるかね。他民族がユダヤ人を迫害してきたのは、国家社会主義が生まれる遥か以前からのことだ。それを忘れてもらっては困るな。

欧州のすべての国で彼らは忌み嫌われ、石を投げられ、ゲットーに閉じこめられてきた。神の子を銀三十枚で売ったユダのイメージを押し被され、裏切り者、キリスト殺しの大罪人として憎まれ、聖餅を盗んで冒瀆した、キリスト教徒の少年を殺して肝を取り儀式に使ったといった無実の罪を負わされ、ひとたび疫病が蔓延すれば、彼らが井戸に毒を投げたからだといわれて、私刑に遭わされた」

「だからって、ナチスの組織的なユダヤ民族抹殺が免罪されるわけではありません。違いますか？」

「オーストリアのハイダーでもあるまいし、私はホロコーストが正当だった、などというつもりはないよ」

男は、最近オーストリアで支持者を増やしている右翼自由党の党首で、しばしばナチス擁護の発言をして物議を醸している政治家の名前を挙げてみせて、

「とはいえ私はこれでも、当時は忠実無比な総統《フューラー》の精鋭ではあったのだがな」

「あなたは、ドイツ人だったのですか」

「そう。ヒットラー・ユーゲントからＳＳ武装親衛隊へ、ベルリン陥落の最後まで私は私の国家に忠実だった。ヴィットーリオ・アンジェローニ・デッラ・トッレに救われなければ、私も裁判にかけられて絞首台に上がっていたかも知れん。だがそもそも戦争裁判というのは、平時の論理の通用せぬ戦時のことを平時の論理で裁く間違いの上に成り立っている。しかもそれは常に勝者が敗者を裁く法廷だ。なぜ勝者にのみ正義がある？　なぜ勝者はいっさい非人道的な罪を犯さなかったといえる？

己れの国家に忠誠を尽くし、同胞を守ったことが、どうして最悪の破廉恥罪を犯した被告以上に辱められ、罰せられなくてはならないのだ。非人道的というのなら、戦争というものがそもそも人道的ならざる行為なのだ。敗戦国を裁くなら、同時に戦勝国の開戦責任者も裁くがいい。それならば私も進んで被告席に上がろう。

思い出してもらいたいな、シニョリーナ。君の国もまたわずか半世紀前、我々と同じように戦勝国の物差しをもって裁かれた過去を持っているではないか。君はそのことに疑問を抱いたことはないのか？　日本民族は誇り高く恥を知るというのは、すでに消えてしまった美徳なのかね」

芹は頭をもたげていい返す。

「私も、第二次大戦の責任者を裁いた東京裁判に問題がなかったとは思いません。原爆投下の非道を棚に上げて、勝者が敗者を裁く偽善は確かに存在したと思います。でも、日本人は特にアジアの国々に対して多くの非道を働きました。それなのに、その罪は充分に償われてはいません。

民族の誇りというなら、誇りを持って罪を償わなくてはならなかったのに、それができていない。恥じなくてはならないのはむしろそちらの方です。ドイツではドイツ人自身の手で、ナチスの戦犯がより厳格に裁かれたと聞きましたが、それと較べて私は日本の不徹底さを恥じます」

やれやれ、というようにゼフュロスは両手を広げながら肩をすくめた。

「するとこの問題についても、我々は平行線というわけだ。だがよろしい。それはまた後日のこととして、もう一度聞くがシニョリーナ、君はナチス・ドイツの人種政策を指してナンセンスだといった。しかし君はそれほど正確に、我々の党と政府がやろうとしていたことを知らないのではないかな？」

それは事実だったから、芹はええ、とうなずくしかない。アドルフ・ヒットラーが演説するシーンのフィルムは見た覚えがある。イメージ通りのちょび髭の小男が、両手を振り回し大口を開けて咆哮する様はひどく滑稽で、なぜこんな男がドイツ国民のカリスマになれたのか、わからないというしかない。

しかしサーチライトの光が闇を切り裂き、何万という人間が歩調を揃えて動く党大会の映像は、忌まわしいのと同時に確かにある種の美を備えていると認めぬわけにはいかなかった。

ただし美術を学ぶ者として、ナチスの文化政策、彼らが称揚した健康的な絵画（純潔アーリアンの男女の裸体画といった類の）は、俗悪にしか見えない。建築様式でも、古典主義をより大仰に威圧的に展開したようなファシズム建築にはなんらの魅力も感じられない。

イタリアではローマ近郊に、ファシズム政権を樹立したムッソリーニが建造した新都市EUR《エウル》が残されている。だが、人気の無い整然と広すぎる街路にまばらに配置された古代ローマ風をなぞる大建築の群れは、見るたび芹にSF映画に登場する、滅んだ文明の遺跡を想起させるのだった。

「ではどうだね。ここで少しく君にとっては、未知の思想に耳を傾ける気持ちはないかな？　もちろん最初にお断りしておくが、私は決していまも国家社会主義を信奉しているわけではない。最近の中欧ではびこりだしているという、ネオ・ナチの連中にはど毛ほどの共感も覚えんし、オーストリア自由党といった右翼政党に対してもそれは同様だ。

確かに第三帝国は破れた。政府が描いた理想の未来は実現されなかった。それは我々が総統と崇め奉った、あの男の間違いだったのかも知れん。あるいは歴史の必然といった次元の、個々の人間にはどうにもならぬところのゆがみが現れた結果だったのかも知れん。だが、だからといってそこに内包されていた思想のすべてが過ちだったとは、私には思えない。いや、そこには確かに真実の輝きが存在したのだ。だからこそあれだけの短期間で、国民の支持を得ることもできたのだ。なぜ戦後の社会は、それを認めようとしないのか」

ゼフュロスのことばは次第に熱く、速く、内側からの熱に炙られているように高くなっていく。映画で聞いたヒットラーの演説というのも、ちょうどこんな風だった、と芹は思う。

映画といえば後年捕らえられてイスラエルに連行された元SS、アドルフ・アイヒマンの裁判の記録映画を見たことがある。それはまた別の意味で、ヒットラーの演説や党大会の映像と表裏を成す、衝撃的な記録フィルムだった。

ユダヤ人の輸送計画——もちろんその先には絶滅収容所が待っている——を担当した男は、ヒットラーのような滑稽ではあってもエキセントリックな、まがまがしい活力を秘めた人間などではなかった。むしろ田舎の役場にでも出かけてみれば、黒い腕カバーをつけ老眼鏡を額に押し上げて、黙々と単調な書類仕事をこなしているのが見つかるだろうような、律儀で融通の利かぬ小役人タイプの典型だった。

SSといいゲシュタポといえば、粗野で凶暴な金髪の獣、鬼のように残虐な、ためらいもなく暴力を振るって収容所の囚人を抑圧する異常性格者、といったイメージがある。あるいは冷酷で貴族的な顔をした将校で、髑髏の記章のひかる黒いコスチュームを一分の隙もなく着こなし、痩せ衰えたユダヤ人音楽家たちにワーグナーを奏でさせて恍惚と微笑みながら、指先ひとつで人体実験の指示を送るのだ。

そんなものは単に戦後のアメリカ映画が作り上げた虚像だ、とばかりはいい切れない。無かったことといって済ませるには、多すぎるほどの記録が加害者自らによって残されている。

しかし巨大な組織を遅滞なく動かすには、異常性格の暴力愛好者や冷酷無惨な将校だけでは足りない。政策を決定する指導部と、血を流す現場との間に、それより遥かに多くの、有能な事務官僚が必要だったはずだ。

彼らは黙々と命じられた仕事をこなした。その仕事の価値判断、善悪の判断は、自らのなすべきことではないと心得ていた。たとえそれが生きた人間を墓場に追いやることだとしても、輸送計画の立案者アイヒマンは命ぜられた成果を生むために綿密な計画を立て、律儀に黙々と働き、それが達成されたときは満足を覚えて微笑んだのだ。

紙の上の数字が、貨車に詰め込まれ引き込み線の終点目指して移送されていった人々の人数を示していることを、その果てになにが待っているかを、彼が知らなかったはずはない。知っていながら、目をつぶった。政策の当否は自分の考えることではないと、我が胸にいい聞かせて済ませることができた。

この、人間的頽廃とはなんなのだろう。平時であればアイヒマンは、それなりに有能な、しかしなにひとつ際だったところのない官吏として、国家の歯車として、平凡で安らかな生活を送ったかも知れない。そんなとき、彼を指して悪人だと非難する者はいないだろう。だが、彼を動かす国家そのものが狂えば、彼は同じような仕事を繰り返すだけで大量殺人者、処刑されるべき大悪人と化す。それは自由意思を持つ人間として生まれながら、その意思を投げ捨てて考えることを止め、国家的犯罪の奴隷となった彼の頽廃を悪と呼ぶからだ。

だがアイヒマンは最後まで自分の罪を認めなかった。国家の忠実な歯車となることで悪を為したという検察側の主張を受け入れなかった。少なくともフィルムの上ではそのように見える。痩せて貧弱な、らっきょうのような頭をした老人は、自分が殺した人々の同胞に取り囲まれて裁かれながら、彼が行ってきた仕事を再現するかのように、不屈に、淡々と、だがかなり雄弁に己れを弁護し、感情を露わにすることなく有罪の判決を聞いた。死刑以外の結論が出るはずもないとは最初から予測されたろうに、彼は最後まで冷静だった。それも決して英雄的にではなく、むしろ官僚的に。

芹はそれを、裁判制度の敗北かも知れないと思ったものだ。アイヒマンは決して悔い改めようとしなかったのだから。個人の頽廃がときにどれほど巨大な罪を生むか、それを認めぬまま処刑されたのだから。彼は、官吏としての己れを最後まで貫いたのだ。だからたぶん彼なりに満足して逝ったろう。

彼を取り囲んで怒りの声を上げ、こぶしを振り上げたエルサレム法廷の検事と裁判官と傍聴人は、死刑の判決に満足しただろうか。命を奪う以上の刑がないことに歯噛みしながら、後味の悪さに耐えていたのではないだろうか。

人は罪を犯す。ミステリの中の狡知に長けた犯人のようにではなく、あるいは神に逆らって勝ち目のない叛乱を起こしたサタンのようにでもまたなく、怠惰と想像力の欠如と自己保身の本能によって、罪であるという自覚を持つこともなく。

路上の犬の糞のようにありふれた、なんの逆説的価値も美しさも見出しがたい、しかしもっとも矯正されることの難しい罪をアイヒマンは犯し、正義と理性の法廷の無力を世界に示して死んだ。彼に死刑の判決を下す以外の方法を、エルサレムの法廷は知らなかった。

本当に、他に方法はなかったのだろうか。許し難い悪をその悪故に抹殺するのが正義だというなら、ユダヤ人の存在を悪と規定して、その虐殺を決行したナチス・ドイツにも応分の正義はあったのだという非難に対して、どこまで首を振ることができるだろう——

「なにを考えているね、シニョリーナ？」

「アイヒマンのことを」

ああ、とゼフュロスは笑った。

「君はあの映画を見たのか。しかしあれは我々の奉じた思想を理解するのに、格好の資料というわけにはいかないな」

「人間の卑小さと頽廃を知るためには、良い記録だったと思いますが」

「その通り。確かに人間は過ちやすい。国家社会主義の最大の間違いは、アーリア民族の価値を理論的に称揚しながら現実には都合良く目をつぶり続けていたことだ。だいたい考えてみたまえ。総統始め政府の高官お歴々の誰ひとりとして、身長百八十センチ以上、金髪に碧眼、三代前まで遡っても北方種のみ、というSSの入隊基準を満たしていない。

実のところ彼らにはわかっていたのさ。アーリアンの見た目の美しさと、頭脳的な優秀さは必ずしも一致しない。黒髪の天才もいれば金髪の白痴もいる。それは自明のことだ、と。しかし彼らはそのことに口をつぐんだ。走り出した車を止めるのは容易ではない。道を間違えたと途中で気づいてもな」

「それはつまりナチスの思想が間違っていた、ということになりませんか？」

「そうだ」

ゼフュロスは平然と芹のことばを肯定した。

「しかしそこにはなにがしかの真実がふくまれていた。ハインリヒ・ヒムラーの創設した『レーベンスボルン』が、笑うべき誤謬と同時にそれなりの意味を備えていたようにな。

生命の泉——人類を若返らせ、原罪以前の至福の園に導く滾々《こんこん》と湧いて枯れることない泉水。それは確かにある。いや、あらしめることができる。だがそれに至るための方法が誤っていた。ヒムラーが指示したような、アーリアンの未婚の母を保護したり占領地から金髪碧眼の子を奪ってドイツ化したり、そんなことをしてもなんにもならなかった。

冷静に考えて見給え。国民すべてを同一人種でそろえることになんの意味がある。純血ではなく混血、遺伝子型の多様さこそ、より優れた子供をもたらすことはすでに明白だ。わかるかね、シニョリーナ。問題は数よりも質なのだ。豊かな混血の土壌から精選され、注意深く育まれなくてはならないのは、ただひとつの血脈だったのだ」

ゼフュロスの顔が間近に迫ってきて、芹は一歩後ろに下がる。

「すみません。お話がよくわからないのですが、もう少し具体的にいっていただけませんか？」

「いいとも。これからそれを話すとしよう！」

彼はますます悦に入ったようだった。

「だがその前に我々は国家社会主義勃興以前の、ヨーロッパにおける思想の一潮流を検討しなくてはならん。ユダヤ嫌悪の思想と同様、純血崇拝、アーリアン崇拝の思想もまたナチズムの独占物ではない。むしろあの時代には極めてありふれた、よく耳にする思想でもあったのだ。だからこそそれは俗耳に入りやすく、多くの喝采を得、賛同者を集めて膨れ上がり、ついには政権を奪取するまでに至った。

また無論そこには、第一次大戦以後の痛めつけられたドイツ社会という背景がある。人は信じたいと望むことをこそ信ずるものだ。己れを優秀なアーリアンだと思う者にとっては、アーリアンこそ世界を支配する優等民族だとする思想はなにより望ましく、信じやすかった。己れより劣っていると信じていた隣国フランスを始め各国に敗れて、巨額すぎる賠償の枷を負わされ、インフレという病を病んで呻吟するドイツであったからこそ、傷つけられたプライドを修復する特効薬として、それは燎原の火と広がったのだよ」

「アーリアン崇拝の内実を聞かせて下さい」

芹はじりじりと後ずさりながら、それでも先をうながした。ゼフュロスの話に興味がないわけではない。彼が元SSだというのは驚いたが、ナチズムとアンジェローニ・デッラ・トッレ家がどんなふうに繋がるというのか、まださっぱり見当もつかない。

先代の伯爵ヴィットーリオの助力で連合軍から逃れたというのだから、伯爵はナチズムに共鳴していたのかも知れない。ドイツとイタリアは日本とともに三国同盟を結んだ仲だ。そういうことはあっても不思議ではないだろう。

「ヒットラーが青春時代をウィーンで送ったことは知っているかな。ハプスブルク帝国最末期の当時、かの都は思想的人種的混沌のるつぼだった。そこで彼はひとりの男の主宰する機関誌に触れ、愛読者となり、多大な思想的影響を受けた。無論権力の頂点に登り詰め総統となった彼にしてみれば、その影響は認めて奉るか、無視し通すか、いずれかを選ぶしかなかったろう。彼は後者を選んだ。自分に影響を与えた男の存在を秘し抜いた。おかげでその男は戦後まで生き延びたが、最後は貧窮の中で野垂れ死んだよ。

その男の名をゲオルグ・ランツ・フォン・リーベンフェルスという。彼は自己の思想をひろめるために、ゲルマンの春の女神にちなんで『オースタラ』

と名づけた雑誌を刊行した。若き日のヒットラーが購読し、経済的困窮にもかかわらず、発行所を尋ねてバックナンバーを買い求めたのがこの雑誌だったという。また彼の思想はその著書、『神聖動物学《テオツオウロギィ》』に著されている」

「『神聖動物学』？　変な名前の本ですね」

「ふむ。確かにな」

「なにが書いてあったんですか？」

芹に軽くうなずいてみせてから、

「簡単にいってしまえば人類は本来神に等しい存在、すなわち『神人《ゴットメンシュ》』であったのが、獣人つまり『亜人間《ウンターメンシュ》』との通姦による混血で堕落したから、それを浄化することでふたたび進化しなくてはならない、ということだな。明らかにダーウィンの進化論の影響が見受けられる。もっともこちらは一種の逆進化論だが」

「獣人ですって？」

芹は鋭く聞き返した。

「どうせアーリア人種はもっとも優れていて、ユダヤ人や有色人種は、獣人の末裔だとかそんなことをいうのでしょう？」

「おう、一を聞いて十を知るとは君のことだな」

ゼフュロスは歯を剥いて笑う。

「まさしく現代の遺伝子研究の知見に反して、混血は忌まれ憎まれている。しかし民族の混血に対する恐怖や忌避は、これまた世界的に見てさして珍しい思想ではないな。

日本にも同様の感覚はあるのだろう？　純血を尊び、近隣のアジア人を差別し、単一民族を誇るのが君たちだ。確か古代の世界は日本民族が支配していた、といった神話もあったはずだな」

「知りません」

芹は頭を振った。戦前にはあるいはそういう偽史を信奉する人間がいたかも知れないが、興味を持ったこともないから知識もない。狂信の匂いのするものは、なににもよらず嫌いだ。

「もしもあったとしても、それは昔の話です。現代の日本では、日本民族が南方、北方、西の大陸、それぞれから流入した人々の混血から成っているということくらい常識です」

「ほう？　それはすばらしい」

真に受けてもいないような、軽い口調でゼフュロスはうなずく。

「だがいつになってもオカルティズム、隠秘科学を一般大衆が好むことは、日本に限らず変わらないことだ。太平洋に沈んだムー大陸などというお伽噺にも、同様の混血恐怖や選民思想がまつわりついている。さる日本人が唱えた説によれば大和民族は沈んだムー大陸から日本列島にやってきたのだし、『失われた大陸』を書いたジェームズ・チャーチワードは、太平洋の未開民族をムーの遺民が災厄後に孤島に取り残されて退化したものと決めつけている。

世界の神話でも、ほとんどの場合過去は黄金時代で現世はそこから堕落したものと説かれる。生命体が単純から複雑へ進化したと考えるより、神に近いものから退化したとする方が納得しやすかったわけだ。退化は感覚的に類推して実感できるが、進化は違うからな」

「とにかく本題に戻っていただけませんか？　ユダヤ人排斥も、純血志向も、退化説も、ナチズム独特の思想でないということは良くわかりました。そしてあなたが昔は知らず、いまはナチスの人種理論を信奉していないということも。でもそれがどこで、『レーベンスボルン』と、そしてアンジェローニ・デッラ・トッレ家のこのフレスコ画に繋がってくるんですか」

芹は苛立たしく声を上げた。このまま黙って聞いていれば、彼の話はどこまで広がっていくかわかったものではない。

「気が短いな、シニョリーナ。五百年近く守られてきた秘密を明かそうというのに、そう急かすものではない。いや、それはアンジェローニ・デッラ・トッレがミラノ公国に居を定めてからの歴史だ。秘密そのものの歴史はさらに古い。もっとも古いということだけではさしたる価値にはならぬがな。

　先程いった『神聖動物学』のランツ、彼に多大な影響を与えたと思しい神智学の創始者マダム・ブラヴァツキー、そしてＳＳ長官ハインリヒ・ヒムラーの援助によって生まれた研究団体『祖先の遺産《アーネンエルベ》』の関係者たるオカルティストたち、いちいち例を挙げていけばきりがないが、いずれも空想的な超古代史を想定し、アーリア民族の由緒正しさを主張している。

　アーリア民族に代表される北方白人種こそ根源人種であり、北方にあったアトランティスに高度な文明を築いた民族の子孫である、とな。ヒムラー長官の側近としてＳＳ少将の地位にまで昇ったカール・マリア・ヴィリグートの説によれば、ゲルマン民族の歴史は紀元前二十二万八千年にまでさかのぼるのだそうだ」

　芹は無言で肩をすくめた。確かに日本の皇国史観でも、科学的歴史とは関わりなく、国家の起源を太古と主張していたようだが、詳しいことは知らない。

「さっきもいったように、アーリア・ゲルマンを称揚しユダヤ人を排斥する思想は、敗戦後のドイツという鬱屈した社会状況の中で、それまで絶えることなく続いてきたオカルティックな妄説が俄に流布し、広く受け入れられたというに過ぎなかった。

　しかしそこには一抹の真実がある。真珠の核のようなもの、それなくしてはなにも生まれぬ核心ともいうべきものが。私はな、シニョリーナ。聖杯の出現を待っているのだ」

「聖杯ですって？」

　またおかしなことをいい出す、と芹は眉をひそめる。結局はこの男も頭のいかれた猟奇魔に過ぎないのか。だとしたらとんだ時間の無駄だ。

「さよう。知っておられような？」

「アーサー王伝説に登場する、至高の宝物のことでしょう?」

「聖書には非ず、伝説では最後の晩餐で『これは契約の我が血なり』とイエスが葡萄酒を汲んで弟子たちに与えたという杯、さらに彼が十字架にかけられたとき滴り落ちた神の子の血を受けたというな。

聖杯城に守り伝えられ、正しきキリスト教徒のみが目にすることができるという神聖なる杯。アーサー王の騎士たちが探索の誓いを立てたが、円卓の城キャメロットの騎士たちはいずれも世俗の悪徳にまみれていたがゆえに、聖杯に手触れることはかなわず、王は倒れ、騎士たちも四散して果てた、とな」

「けれどアーサー王伝説の起源は、本来キリスト教伝来以前のものです。聖杯というのもケルトの神話に現れる豊饒の釜、英雄たちに尽きぬ糧を供給するという神宝を、後になってキリスト教的に意味づけしたに過ぎないと、私の読んだ本には書かれていました。それについてはどうお考えになるのですか」

「確かにそれも正しかろうよ。しかしこの西欧社会において、聖杯とは常に究極の宝物、探求され続ける見果てぬ夢のしるしとして語り続けられてきた。そのことはほれ、ハリウッド製の映画でさえ、いまだに聖杯を探す物語を作っていることでもわかるだろう」

「よくご存じですこと」

そんな顔して『インディ・ジョーンズ』なんか観るのかしら、と芹は肩をすくめたが、

「しかしな、シニョリーナ。聖杯はまたイエスの血を受けたという意味から、その血統を継ぐ者らのことを指し示すときがある」

「イエス・キリストが子供を残したなんて、聖書のどこに書いてあるんです?」

芹はいよいよ呆れる思いで目を剝いたが、ゼフュロスは含み笑いして、

「そうぷりぷりしなさんな。そういうことを信ずる輩もいる、ということさ。イエスが連れていた弟子

は男だけではなかった。彼が捕らえられたとき男の弟子たちはひとり残らず逃げ散ったが、女の弟子たちはけなげにも主を見捨てず処刑に立ち会った。マグダラのマリアこそ彼のもっとも愛した女弟子、つまりは彼の妻であった。その血がいまに生き延びている、とな」

「つまりあなたが求めているのはアーリア民族全体じゃなくて、誰か特定の血筋だというんですか？」

「おお、さすがに聡いシニョリーナだ！」

おどけ顔で声を張り上げるのに押し被せて、

「アンジェローニ・デッラ・トッレ家に、その血が流れている、と？」

「左様さ。ときにシニョリーナ、この家の当主になるにはひとつの条件がある、ということはすでにお聞き及びだろうな？」

「——聞きました」

昨日の朝、ジェンティーレが芹に話した。始祖のルイジからハプスブルクの血が伝えられている証として、当主は混じりけ無しの金髪と青い瞳を持っていなくてはならない、と。

しかし現在の当主アベーレの目は褐色だ。だから兄はその条件を備えている不具の弟ジェンティーレを、複雑な想いで見なくてはならないのだと。

「ではそのときに疑ってもみなかったかな。北方民族の特徴として髪と目の色を気にするというのは、ナチスの人種政策を思い起こさせはしないか、とね」

「そんな、こと——」

「だが無論、アンジェローニ・デッラ・トッレの家訓はナチスよりも古い。先代、先々代の伯爵がその類似性ゆえに、イタリアのファシスト政権よりもナチスに興味を抱くことになったとはいえな。シニョリーナ、繰り返しになるが、民族の純血を保つことがその特質を高めるとは私は思わない。むしろさまざまな混血の中から繰り返しよみがえる形質こそ、滋味豊かな土地から咲き出す蓮の花のように、現世に立ち戻るたびごとにより美しく、より気高くなる。私はそれを待ち受けているのさ。この一族の血から、新たな聖杯が生まれ出るのをな。

それはつまり神の血を注がれた杯だ。いと高きものの器として。目と髪の色がそのしるしであり『生命の泉』とはそのものの別名だろう。不老不死の霊薬の伝説も、実はその真の意味を隠す帷に過ぎないのだ。

その水を汲みて飲む者は永久の命を得るとは、イエスの教えたことばそのままだ。ならばそれこそ新たなる救世主を指し示すことばでなくてなんだろう。創世記第六章四節、『神の子たち人の娘の所に入りて子供を生ましめたり』。神の子とはすなわち天使であり、父なる神が処女マリアを受胎させてイエスを誕生させたように、それら天使たちも人の女と通じて子を生さしめた。

聖書外典のエノク書を参照するなら、人と天使の混血児は決して地に幸いをもたらさなかったことがわかる。ネフィリムと呼ばれた彼らは血に飢えた巨人であり、共食いをしたとある。だが一方創世記には、神の子と人の女の間に生まれた子は勇士にしていにしえの名声ある人なりき、と書かれている。つまり優れた形質を表した者もおれば、怪物と化した者もいたということさ。そして天使の遺伝子は人々の中に深く埋もれた。

確かに地に降りて人の娘と交わった神の子らは金髪碧眼のアーリアンに似ていたかも知れん。だが、だからといってアーリアの血が高貴だということにはならん。私は自分の見聞で知りきっている。あらかたのSSは見てくれだけが北方種の基準に当てはまる、美しいが脳細胞の欠落した獣に過ぎなかった。

ランツやブラヴァツキーは進化論に抵抗したが、私はそうではない。アンジェローニ・デッラ・トッレの家系に伝えられた天使の遺伝子は、人類の遺伝子と混ぜ合わされることでより優れたものに進化し、やがて目覚める。そのためにこそ、人と天使は通婚したのだと思っている。その結果、世紀末に出現する新しい神の御子こそ私の待ち望む聖杯、我ら人間に救いと永遠の幸いをもたらす、『生命の泉』なのだよ」

芹は視線を逸らして頭を振った。頭が痛い。胸がむかつく。こんなおかしなことを聞かされ続けていると、それこそ気が違いそうだった。

「では、神や天使が実在している、とあなたは信じているんですか？」

「信じてはおかしいかね？　ほほう。すると君は無神論者か」

「少なくとも、物理的な意味で人と通婚出来るような神や天使がいるとは思いません」

「だが、いないと証明することもできないな。無神論者の誰ひとり、それは出来ていない」

「もしも善なる全能の神がいたなら、ナチスの残虐を止めないはずがありませんもの！」

「なるほどな。それから半世紀が過ぎたが、なお地上に悪と残虐は絶えない。ナチスの悪をドイツ民族の悪として断罪できるならまだ良かろうに、やさしく穏やかなはずの東アジアの民族さえ、ユダヤ人どころか同胞を収容所に詰め込んで死に追いやる。そして神は依然沈黙を守っている。奇跡を起こして罪無き犠牲者を救うはおろか、アイヒマンを悔い改めさせるほどのことすらしない。ゆえに善なる神はおられぬと君はいう」

「ええ――」

「しかしシニョリーナ、それは神の非存在の証明になりはすまいよ」

「なぜですか」

ゼフュロスの薄い唇から、白く前歯が覗いていている。色黒の髑髏が笑っているような顔だ。フレスコ画の黒い僧衣を纏った踊る死者たち。それが絵の中から抜け出して、澄んだ水を溢れさせる噴水の向こうに立って、笑いながら芹を見ているようだ。

「たったいま君が思い浮かべた事実は、神とは人間と異なる善悪の基準を持つ、あるいはそもそも善ではない存在だ、ということを証し立てているに過ぎない。違うかね？」

「でも――」

背筋が冷えた。絶対の善にして全知全能の造物主。そんな存在がいて欲しいとは思わない。だがもしもそこから『絶対の善』が抜け落ちてしまったら、これほどおぞましい話もない。

SFで、人類家畜テーマというモチーフがある。実は人類はより進んだ宇宙人に飼育されている家畜である、という設定だ。子供のときにそういう話を読んで、恐くてたまらなかった記憶はいまも生々しい。

なんのために飼育するかは作品によっていろいろらしいが、芹が読んだのは食糧として、というまことに身も蓋もない話で、しかしそれが真実だとしたら家畜たる人間はもともと自由意思など持ってはおらず、存在の矛盾に悩むことも要らなくなるという、残酷な罠のような話だった。善ならざる全能者ということになれば、それはこの宇宙人にほぼ等しい。

芹は死にものぐるいで、答えを探した。いまこの男にいい負かされてしまったら、そんな恐ろしいものを信じなくてはならなくなりそうだった。異端審問官に、拷問室の中で信仰を問われているような気分。しかしまだ、すべての逃げ道が塞がれてしまったわけではない。

「私は神の存在を信じません。でも、もしも神がいるのだとしたら、それは善なる神のはずです」

「その理由は？」

「神が善でないなら、なぜ神は世界と人間を創造したのですか。意志をもってすべてを作った造物主がいるのなら、彼が存在を良しとしたからこそ、世界はこうしてあるのではありませんか。存在の肯定とはすなわち生命の肯定です。――『神その造りたるすべての物を見給いけるにはなはだ善かりき』」

創世記第一章を引用して答えた芹に、

「これはお見事」

ぽんぽん、と拍手して見せた。

「さて、そろそろ立ち話も疲れたな。シニョリーナ、楽しい時間をありがとう。また後ほど」

くるりと体を巡らした。芹にとっては唐突としか思えない。

「あ、あのッ、いまあなたがいったことは本当なんですか。アンジェローニ・デッラ・トッレ家には天使の血が流れていると――」

ゼフュロスは肩越しに、わずかに顔を振り向けた。薄く笑った。

「無理に信ずることはない、はるか極東の神無き国から来られたシニョリーナ。君がそう思うことで満足できるなら、私のことは頭のおかしい妄想家だとでも考えておくといい。だが今年は西暦一九九九年、第二千年紀の終わりというまことに記念すべき年だ。この年の末にこそ必ずや時満ちる瞬間が来ると私は信じている。

もしもかの『神秘の薔薇』がルイジ・アンジェローニから現代の我々に向かって差し出された予言なら、君もまた我々同様その瞬間に立ち会うべくここに招き寄せられたといえよう。そして、だからこそ招かれざる客は抹殺されなくてはならなかったのだ。世の常の犯罪とは違う。それを忘れぬように。では、な」

「待って。待って下さい!」

声を上げていた。

「スパディーニ教授のことをいっておられるんですね。誰が彼を殺して死体を隠したのか、あなたは知っているんですか。だったら教えて下さい!」

しかし彼はゆらゆらと頭を横に振ると、

「忠告はしたぞ、シニョリーナ。招かれざる客は消えなくてはならぬ。だが選ばれた客が退出することも同様望まれはせぬ。我々は人智を越えた宿命の虜だ。

たとえ真実に気づくことができようと、ただそれを見守ることしか許されてはおらぬのだ、我々は。だがシニョリーナ、君もそうした観察者の相を備えておると私は思うよ。ならば我々はいたずらに騒ぎ立てることなく、厳粛にその瞬間を待とうじゃあないか」

踵を巡らせる。右手でマントの裾を撥ね上げ、体に巻きつける。宙に弧を描いた手から銀色の光が眼を射た。精巧な髑髏のかたちをした指輪だ。

そのまま大股に、ひざを曲げぬ歩き方で立ち去った。後に残された芹は急に体から力の抜けるのを感じ、泉水の横に座り込んでいた。貧血だ。目の前が黒い紗布をかけたように暗くなっている。

天使？　天使の血？

（そんな、馬鹿げた話って……）

十二本の手指を持っていたルイジ。その余分の指は『天使の翼』と称された。現在の当主の名はアベーレ・セラフィーノ、熾天使という名。ミラノの目抜き通りにある店の名は『大天使《アルカンジエリ》』、そしてここは聖天使宮――

「セリ？」

どこからか声が聞こえた。

誰？

知っている声だ、たぶん。

でも、わからない。だってそれはこんなところに、いるはずのない声の気がするんだもの。目を開ければいい。見て確かめれば、勘違いかどうかわかる。なのに体が重い。頭が鉛の塊になったみたい。足からやわらかな地面に埋もれていく。

誰かが腕をつかんだ。引き起こそうとしているのがわかった。でも、体が動かない。声が出ない。ひどく疲れているの。お願いだからこのまま放っておいて。そんなに引っ張られても動けないのよ。ほんの数分休んだら、きっと立てるから。そうしたらジェンティーレに頼んで、フィレンツェに電話して、教授の消息を――

V

目を覚ますと頭の上に、どこか見覚えのある眺めが広がっていた。薔薇色の雲の浮かぶ青い空、その裾を取り囲む彫刻をほどこした石の欄干、欄干に載せたオレンジの植木鉢、雀、猫の子、尾羽を垂らした孔雀、そして身を乗り出しながら、物珍しげにこちらを見下ろしている子供たち。

良く見ればそれは、ただの子供ではなかった。金色や栗色の巻き毛の頭には薄く光の輪が浮かび、肉付きの良い肩の向こうには薔薇の花びらのように翼がひらめいている。

（愛の神《エロス》、それとも、天使？……）

ひとりの天使は彫刻したみたいな巻き毛が額に垂れた少年で、その隣から覗いている幼顔の天使は明るい真っ直ぐの金髪がなびいていて、ふたりともどこか見覚えのある顔。どこかって、巻き毛の少年はアベーレで、幼顔の方はジェンティーレだ。

やっぱりふたりとも天使だったんだ。アンジェローニ・デッラ・トッレ家は文字通り天使の家系で、世紀末に生まれる『生命の泉』。ゼフュロスから聞かされたときは、そんな馬鹿馬鹿しいとしか思わなかったのに、いまはそれが当たり前の真理みたいに感じられる。

だってふたりとも、あんなにきれいなんだもの。特にジェンティーレは、人間離れしているといってもいい。見たところだけじゃない。なによりも彼の心が。生まれつき車椅子から立てないという、それさえも彼が選ばれた存在の証のように思える。

もしも現代、この地上に天使の遺伝子を持つ者が来臨するとしたら、それは人間に似て人間ではなく、なにかを欠落させた者のように見えるかもしれないから――

「シニョリーナ、お目覚めですか?」

覗き込んでいた天使の顔が、突然口をきいた。それも耳にあまり快くはない、皮肉めいた口調で。芹はまばたきし、息を呑み込みながら体を起こす。長椅子の上に横になっていた。頭の上に見覚えのある眺めが広がっていたのも道理。そこは前夜過ごしたアベーレの居室だった。青空と雲と天使はトロンプルイユのフレスコ画だ。しかしなぜ自分はこんなところにいるのか、泥酔でもした後のように記憶が途切れている。腕時計に目を落とすと十二時を回ったところだった。

「あなたは貧血を起こして庭で倒れられたのですよ。覚えておいでですか? 私が無理をさせてしまったのかも知れないが、せめて今日は一日寝ておられるべきでしたね」

「庭……」

記憶が堰を切ったように、いちどきに戻ってきている。また眩暈がしそうだ。ナチス——獣人——天使——

「シニョーレ。あの煉瓦塀に囲まれた庭は、なんなのですか?……」

「あれは、父の実験場でした」

そう答えたアベーレの声音が硬い。

「シニョリーナ・セリ、あなたは『神秘の薔薇』をご覧になりましたね?」

「——ええ、ジェンティーレが」

「いいのです。そのことを咎めているわけではありません。しかしあの絵がウフィツィの『春』に酷似していることは一目瞭然でも、そこに描かれている花々が決して同じでないことまでは、気づかれなかったのではありませんか?」

ええ、と芹はうなずく。確かにそんなことまで気づく、心の余裕はなかった。

「『神秘の薔薇』にルイジの考案した不老不死の霊薬の在処が示されているといわれても、解釈のしかたはそれぞれです。私の父はあの絵の中にその製法が隠されていると信じていました。ボティチェルリの『春』の植物も、トスカーナ地方の植物相の忠実な再現であると同時に、植物のシンボリズムとして読み解くことができるという説もありますね。

煉瓦塀で囲んだ秘園風の花壇は、彼が画中の植物を栽培し、霊薬に一歩でも近づこうとした努力の跡です。地中に温水パイプを通し、冬も植物が枯れないようにした一種の温室でした。もっとも彼が亡くなった後はろくな手入れもされないまま放置されて、多年草の花が少しばかり開くだけですが」

「じゃあ、あの塀の内側に描かれたフレスコ画はなんなのですか？」

「あれも父が、霊薬の製法と関わりあるというので古い書物の挿し絵から復元したもののようです。私も詳しいことは知らないのですが」

「とても変わった絵ですね」

芹は重ねて聞く。

「死の舞踏とは違っているし、それにあの噴水の形は絵の中のものと同じですし」

「そうですね。しかし残念ながら、その書物は父の遺品の中には見つからなかったのですよ。おかげで私はそれについては、なにも知らないままだ」

彼は誤魔化しているのだろうか。彼がさっきゼフュロスが話したようなことをなにも知らない、なんてことがあるだろうか。彼はこのパラッツォの所有者なのだ。調べるだけの時間も手段もないはずはない。

「シニョーレ。あなたは、信じていないんですね。その、不老不死の霊薬の存在を？」

「おっしゃる通りです。残念ながら私はそれほどロマンティコな性格の人間ではない。だが父はそんな夢を追って、彼なりに幸せだったのでしょう」

彼は肩をすくめて両手を広げる。

「考えてもごらんなさい、シニョリーナ。生まれ、成長し、老化して死ぬのはすべての生き物の必然。不老不死の実現など、いってみれば天の摂理に反している。私は永遠に生きたいなどと思ったことはありません。まして権力者がそのような手段を私したなら、どんなことが起きるか。もしもルイジが真実そうした発明をしていたなら、カール五世にも子孫にも渡すことなく秘匿したのは正しい判断だと思いますね」

「でも、もしかしたらそれはジェンティーレの体を治すのに役に立つかも知れないじゃありませんか。お父様はそのつもりで、『神秘の薔薇』の秘密を解明しようとしていたのかも知れません。だとしたら、その夢を笑うのはあまりにも心ない仕業です」

アベーレは口を噤《つぐ》んだ。表情を硬くして、顔を背けてしまう。だが芹の目には、舌先すべらかにしゃべり続けているときよりも、そんなふうに黙り込んだときの彼の方が、むしろ素顔に近く感じられた。美しく聡明な、しかし病弱で車椅子から離れられない弟に、彼がある屈折した思いを抱いていることだけは疑えない。それはなぜなのか。容易くことばにできるようなものでは、ないのだろうが。

「――秘園で、ゼフュロスと会いました」

アベーレが振り向く。

「彼が、あなたになにかいいましたか？」

「あの人がドイツ人で、ナチスの親衛隊にいたというのはご存じでした？」

「いや――」

「お父様にかくまってもらったおかげで、戦争裁判にかけられずに済んだといっていました」

「あなたに彼が、そんなことを？」

驚いたような目をされて、芹は戸惑う。

「ええ。あの――」

「そのことは、他で口にされぬように。いいですか。絶対にそうして下さい」

「でも、半世紀も前の話ですよ」

「五十年が百年経とうと、被害者は忘れません。イタリアのファシスト党はEURを残して消えたけれど、ナチスの悪しき記憶はいまも欧州に染みついて消えない。そしてある人物がナチスに積極的に関わっていたという過去は、いまだにそのキャリアを無にし、社会的に葬り去るだけの重さを持っているのですよ」

ひどく深刻な口調だ。

「それは、わかりますけれど……」

だが本当のところ、それが実感できているとはいえなかった。先程のゼフュロスのナチを肯定するような言説には、芯からぞっとさせられたけれど、言論の自由というものに馴れすぎているせいか、ナチスの関係者だったということがそうも重大な秘密のようには思えない。

「シニョリーナ、中途半端に知ることは知らないよりもはるかに危険です。だから警告の意味も含めて、あなたにお教えしておくことにします。しかしいまから申し上げることは、我が家の存亡にも関わることです。どうかそのおつもりで、日本に戻られた後も軽々しく口に上せることはしないでいただきたい。よろしいですね？」

その真剣な口調にいよいよ面食らわずにはおれなかったが、アベーレは視線を落として、低く、

「私の父はナチス・ドイツの協力者でした」

「――――」

「彼の父、つまり私の祖父に当たる人物がそもそも非常にハプスブルクの血を重んずる人で、オーストリアに邸宅を構え、一年の半分はそちらに暮らしていたといいます。その祖父から影響を受けたのか、父はそこでアーリア民族至上主義の洗礼を受けた。単なるシンパどころか、彼はSS支配下の研究組織『アーネンエルベ』に籍を置いてさえいたのです。アーリア民族の卓越性を学問的に証明する、オカルティックな医学者のひとりとして。そして彼はいずれムッソリーニのファシスト政府を支配下に置き、この聖天使宮を、SS長官ヒムラーがヴェヴェルスブルクの古城に置いた聖杯の城のような、第二のアーリアン結社の聖地にしようとしていた」

「でも――」

「それだけでなく、彼はＳＳのもっとも忌まわしい部分にも関わっていたらしいのですよ、シニョリーナ。絶滅収容所に集められた犠牲者たちが、最後まで身につけていた貴金属や、あげくは歯に詰めた金までも奪われて、換金されたということはご存じでしょう。その処分に父は手を貸していたらしいのです。

ナチス政府と第三国の間に立って、資金洗滌に手を貸す架空会社を動かすことで、彼はナチの戦争遂行を助けた。証拠の書類は幸いのこと、連合軍に押収される以前に焼却されたことになっている。しかしその事実を知っている者がいたのです」

「それが、ゼフュロス？」

アベーレは小さくうなずいた。

「ヴェネツィアで、あなたがごらんになったオーストリア人もその類の人間です。彼はハプスブルク家の血を引いていて、つまり我が家の遠縁として、戦前からこのパラッツォに出入りしていたらしい。だから彼がナチズムの洗礼を受けたのも、父の責任といえないことはないが、戦後はやはりナチの残党として同じハプスブルクの血族からも疎んじられ、私には記憶がないが父の生前はやはりこのパラッツォに、息子を連れて寄宿していた時代もあったようです」

先代の伯爵ヴィットーリオは、ゼフュロスに脅迫されていたのだろうか。伯爵家の財産の一部でも、虐殺されたユダヤ人の遺産によって膨らんでいるということになったら、確かにそれは何年経とうと、白日の下に晒すわけにはいかぬ醜聞だろう。

「あなたはごらんになりましたね。ゼフュロスがはめていた髑髏の意匠の指輪を」

「ええ」

さっきもそれを見た。あの男は芹の方へ、指輪をはめた手を誇示するように巡らせたのだ。

「あれはＳＳ長官によって将校に与えられたとい

う、栄誉の印のトーテンコプフリングです。死亡した隊員の指輪は返還されて、ヴェヴェルスブルクの戦士の間に保管されることになっていたという。

ドイツにいるときは決して身につけるわけにいかぬそれを、あの男はここにいるときだけはああして、これ見よがしにひからせる。それを見せることが私を不快にし、追いつめることになるから。なぜなら彼は知っているからです。ここにもうひとつのそれがある、ということをね」

アベーレは芹の座る長椅子のかたわらの小テーブルに荒々しく摑みかかった。その上に置かれてあった、雪花石膏のクリーム色の壺を覆し、中から落ちてきたセーム革に包まれた塊を芹の鼻先に突きつけた。ゼフュロスがつけていた指輪のとそっくりの、鈍い銀色をした髑髏がこちらを向いて薄笑っていた。

「それが、お父様の？――」

「父はナチスでは別の名を名乗っていました。しかし当然ながら、ヒムラーはその素性と本名を知っていた。父が外国人の身で、それも二十代の若さでSSの高い地位に迎えられたのは、我が家の家名と豊富な寄付によるものでしょう。この指輪には父の本名が彫り込まれています。そしてゼフュロスは、指輪が授与されたSSメンバーの名簿を持っている」

「ヴェネツィアで死んだあの老人も、髑髏の形をした懐中時計を持っていましたけれど」

「それは単なる装飾品でしょう。あの男は指輪を拝領する以前に第三帝国が崩壊してしまったと、ひどく無念そうにいっていましたから」

「では、やはりあのときの会話はお父様の過去の罪に関わることだったんですね？」

アベーレは無言だったが、

「でも、シニョーレはお父様とは別の人間です。当時あなたは生まれてさえいなかったのじゃありませんか。彼がどんな罪を犯したとしても、そのせいであなたが断罪されていいはずはありません」

「それは、大層合理的なご意見ですね」

端正な口元をゆがめて、彼は低く笑う。

「しかし貴族というものは、そもそも祖先の功名手柄を血筋に受け継ぐという前提で存在しているわけです。この巨大なパラッツォも、私の名も。良きもののみを相続して、罪は知らぬとはいえますまい」

「ゼフュロスたちは、あなたになにを要求しているのですか？」

「すべてを」

「すべて？——」

「彼は私から、すべてを奪おうとしている。このパラッツォ、そこに蔵された美術品、アンジェローニ・デッラ・トッレの名、そしてジェンティーレ、たったひとりの肉親、私の愛」

芹はつい先程ゼフュロスから聞かされた、奇怪な話を思い出している。この家には天使の遺伝子が伝えられていて、それが目覚めるのを自分は待っているという。ではあの男はジェンティーレが、その『生命の泉』だと信じているのか。そして彼を、いわば御輿に担ごうとしてそんな要求を？

アベーレは力尽きたというように、床の上に座り込んでいた。

「シニョーレ……」

呼びかけた芹の声も耳に入らないのか、

「それなのに、私にはどうすることもできない。私の天使に、私の声は届かない」

「あなたから彼を奪うなんて、そんなこと、できるはずがないじゃありませんか！」

芹は思わず大声を上げている。長椅子から立ち上がって、床にしゃがんだままのアベーレの肩を摑み、揺さぶりながら、

「しっかりなさって下さいな。あなたは伯爵で、五百年続いた家の当主で、大金持ちで、有名なエッセイストで、おまけに行き合った誰もが振り向かずにはいられないくらいの美男子でしょう。

私なんてあなたを見ていると、妬ましさで体がは

ち切れそう。あなたみたいに生まれたときからこうやって芸術作品に囲まれて育ってきた人と較べたら、畳の上で暮らして、米を食べて生きてきた日本人が、イタリア絵画なんて理解できるんだろうかって。でもそれは仕方がないの。私にだってわかってます。あなたの持っているものはあなたのもので、誰がどうしたって奪い取れやしないんだもの。

パラッツォがなに。先祖伝来の美術品がなによ。そんなの自分のものでなくたって研究はできるわ。無一文になったって、お父様のせいで非難されたって、エッセイの連載が全部打ち切られたって、あなたの頭脳があれば道は開ける。

どうしてそんなことがわからないの。そしてジェンティーレはあなたが好きよ。なのに兄さんが自分を壊れ物みたいに扱うばかりで、ちっとも本音を聞かせてくれないから悲しがっているわ。私みたいな赤の他人だって気づけることを、当のあなたがなんで見過ごしているのよ。ほんとにいらいらしちゃう。

あなたが本気で弟を大事にしてるなら、あんな不愉快なお客はさっさと追い出して、彼と過ごす時間を作るべきよ。なにをばらされたってかまわないじゃない。ジェンティーレはそんなの気にしやしない。お父様が戦争犯罪者だというなら、同じ穴のムジナにくれてやるよりは、被害者の賠償にでも使いきってしまえばいい。とにかく、私はそう思います！」

気がつくとアベーレが顔を上げて芹を見ていた。目を大きく見開いて、まじまじと。これまでの彼とは別人のような、ひどく子供っぽい無防備な表情だった。

「知りませんでした、シニョリーナ。あなたはとても勇敢な方なのですね……」

急に、自分のしていたことの不作法さに気づいて、芹はあわてて手を離す。

「あ、あの、失礼をッ！」

しかしアベーレはその右手を取って、手の甲に軽く口づけた。そしてその手をまだしっかりと握ったまま、顔を上げて、

「いとも雄々しく心優しき我が友、セリ。やはり私はあなたを、ここにお招きするべきではなかったのかも知れない。あなたのその美しい魂のためには」

「どういう、意味ですか？」

「車を呼んで、ベルガモまでお送りしましょう。そしてすべてが終わったときに、お会いして笑い話のようにこの続きをお聞かせする、ということにしていただけませんか？」

「——いいえ！」

逡巡は一瞬。芹はきつく頭を振っている。

「まだ、帰るわけにはいきません」

「あなたのドットーレが、ここにいると思われるからですか？」

「それだけでなく、ジェンティーレに引き止められているんです。私に帰ってもらいたい人もいるようですけれど、忙しすぎるお兄様の代わりに、話し相手になるくらいはできますから。そしてあなたが私の暴言に耳を貸して下さったなら、私は彼との橋渡しになります。それくらいさせて下さいませんか」

アベーレは無言で芹の顔に目を当てていた。その深い褐色の瞳は、芹のことばを秤にかけてなにごとか思い迷うようだった。

「シニョリーナ、あなたは私が出会った若い女性の中では、もっとも華奢で弱々しく見えるのに誰よりも頑固で無鉄砲だ。たぶん私がいま、そんなことはいわずにお帰りなさい、その方があなたのためだから、と繰り返してもあなたは首を縦に振りはしないのでしょうね」

「ごめんなさい。でも理由が納得できないのに、従わされるのは嫌なんです」

「では、せめてお願いします。ゼフュロスや彼の連れの三人のご婦人と、ひとりきりで同席することは避けて下さい。彼はあなたに怪しげな妄説を並べ立

てて、無邪気に気違いじみたオカルティストと思いこませたかも知れない。

しかし彼はそれよりも、はるかに危険な男です。あなたの目に彼が無害に見えたなら、それは彼がそう見せようと図ったからに過ぎないのです。私が自己保身の臆病さから、こんなことをいってあなたを脅しているとは思わないで下さい、どうか」

彼のような男の口から、そこまでみじめな、哀願するような口調の声が出るとは思わなかった。卑怯だわ、と芹は思い、そういおうとして、しかし出かけたことばを唇で止めた。自分を見るアベーレの目が、あまりに真剣に思えたので。

彼は芹を脅かすようなことばかりいう。そのくせ本当にどんな危険があるのか、正確なことは告げようとしない。しかしそれを不当だと、なじるわけにはいかないかも知れない。なぜなら芹は彼に、自分を守って欲しいとは思わないからだ。

「わかりました。でも、あなたは私がジェンティーレと会うことは禁止されませんわね？」

「もちろん、私は決して彼が望むことを反対したりはしませんが」

意外そうに答えたアベーレは、ふと眉をひそめて、

「誰かがあなたに、そのようなことを？」

ウラニアが、といおうとしたが、少年を気遣う老女の思いを考えると、いいつけ口をきくのもためらわれて、

「ジェンティーレは、私があなたに恋していると誤解したようなんです。ですから、彼の気持ちのためにはこうしてシニョーレとふたりでいるのは良くないかも知れませんね」

芹が話を変えたことに、彼は気づいたようだった。だが、ふっと笑って立ち上がると、

「そろそろ昼が近い。昼食はどうなさいます？」

「いえ、私は朝が遅かったので」

芹は頭を振った。貧血は収まったけれど食欲はま

るでない。ジェンティーレのことも気がかりだったが、またウラニアと顔を合わせるのも億劫だ。かといってひとりで部屋にいる気にもなれなかった。

「あの、シニョーレは午後になにかご予定が？」

「いいえ？」

「もしもお時間がおありでしたら、少しパラッツォの中を案内していただけませんか？」

「それはもちろんかまいませんが、お体の方は歩き回ってももう大丈夫ですか？」

「ええ」

「わかりました。では」

「そしてジェンティーレも一緒に。どうでしょう」

「それは、彼が承知してくれれば……」

「尋ねてみて下さいます？」

「承知しました、シニョリーナ・セリ。だが本当にあなたはそんな幼い少女のような口から、思いがけぬほど大胆なことを平然といわれるのですね」

彼は苦笑している。しかし芹は首を傾げずにはいられない。異母兄弟とはいえたったふたりの兄と弟が、ひとつ屋根の下にいてろくに顔を合わせることもない方がよほど変ではないのか。ただ自分をふくめて三人で午後を過ごそうと提案することが、大胆だといわれるなんてまったく理解できない。

芹は東京、門前仲町《もんぜんなかちょう》の父の実家をふとなつかしく思い出す。八人兄弟の従兄弟たちで、小ぢんまりした家は溢れ返っていた。夜は男女に分れて座敷に蒲団を敷き詰め、文字通り折り重なって眠る。ひとりっ子の芹もその中に混ぜてもらい、兄弟といえばそういうものだと長らく信じていた。

（もっとも、ひとつ屋根の下と表現するには大きすぎる建築物ではあるけど……）

しかしアベーレは、弟を誘うと約束してくれた。いまだためらい、気の進まなげな表情をしてはいたものの、内心ではそんな機会が与えられたことを喜んでいるのではないか、と芹は思う。彼は見かけよりもずっと女々しいところのある男らしい。ゼフュロスたちが卑劣な脅迫者なら、必要なのは彼らを歓待するのではなく、闘うことではないのか。そんなふうに思う自分は、無知で考え無しなのだろうか。

「お茶ぐらいならあがられますか？」

「ええ……」

「では申しつけておきましょう。昼食の後でお迎えに来ます。ですからそれまではここで休んでいらっしゃい」

そういい残してアベーレは部屋を出た。少ししてドアがノックされ、紅茶の香りが漂う。お仕着せらしい襟と袖口が白い黒のワンピースを着た女性が、大きな盆を胸の前に掲げて入ってきた。

「ありがとう」

そういった芹に、盆がテーブルの上に叩きつけるように置かれた。そのけたたましい音に、思わずびくっと体がすくむ。

「ありがとう、ですって？」

かん高くひび割れた耳障りな声。だが、その口調に聞き覚えがあった。大きく見開かれた目がこちらを睨んでいる。

「セリ・アイカワ。ドットーレを死なせておいて、このままで済ませるつもりじゃないでしょうね——」

「クリスティーナ？……」

芹はまばたきして相手を見つめた。フィレンツェのルームメイト、クリスティーナがお仕着せに身を包んでそこに立っている。いつもはやわらかに垂らした栗色の髪を、堅く編んで頭の回りに巻きつけ、そばかすの浮いた頬を怒りに赤らめて。

「あなた、どうしてここに？」

「それはこっちこそ聞きたいわ、セリ。あなたが教授を売ったの。彼を殺させたのッ？」

「違う——」

しかし次の瞬間、芹の体は長椅子の上に叩きつけられていた。横倒しに倒れた体の上に、クリスティーナが膝でのしかかる。左手の骨張った指が、胸倉を摑んでいる。引き絞られたコートの皺が喉を締めつける。そして右手には銀色にひかるナイフ。厨房からでも持ち出してきたらしい、鋭く研がれたペティ・ナイフだ。

「正直にいいなさい、なにもかも。さもないとあなたを殺す！」

　その切っ先が顔に向かって降りてくるのを、芹は茫然と、魅せられたように見つめていた。

第四章✥ 聖杯城の魔女たち　あるいは『永久機関《ペルペトウム・モビレ》』

I

　どこからか、時鐘の重い響きが聞こえてくる。

　藍川芹は聖天使宮の二階回廊に立って、ひとりその音に耳を澄ませていた。

　目の届く限り、人の姿はない。生ある者の気配もない。正午をわずかに回ったばかりだというのに、目を閉ざせばあたりを包むしんとした静寂は、深夜と少しも変わらぬほどだ。

　ひとつ、ふたつ、みっつ……。その静寂をなおさら際立たせるかのように、重い余韻を引きながら時を告げる鐘の音。

　閉じた扉の中に置かれているのだろう。音は微かだが四囲の石壁を振動させ、足から上ってきて芹の骨格を震わせる。

　よっつ、いつつ、むっつ……まだ、止まない。

　それを聞いていると芹は子供時代に、ランドセルを背負っていたくらいの年頃に引き戻される気がする。それも決して懐かしい、というのではない。暗い穴の底深く、ロープを摑んで降りていくような不安な気分だ。

　それは東京の、叔父の家の記憶に繫がっている。芹は美術史学者の叔父がとても好きだった。叔父だけでなく叔父の家にあるものは、どれもこれも珍しく興味深かった。さして大きな家ではない。平屋の、こぢんまりとした和風住宅だ。それでも人で一日中混み合った下町に暮らし慣れた芹の目には、その家のある坂の上の住宅街の、昼間から人気の少ないほの暗いたたずまいからして、異国に来たように感じられたものだった。

玄関の引き戸を開けると、まっすぐに奥へと伸びた廊下、人のいない座敷、荒れて植物の茂り合った庭、明るい陽の射すガラス戸の連なり、埃臭い本の詰まった書庫、そして叔父が書斎にしている玄関脇の洋間、どれをとっても不思議なほど心惹かれた。

長くイタリアで暮らしていた叔父が、東京の私学に職を得て、本郷《ほんごう》の家に落ち着いたのが、芹が八歳のときだ。そこで初めて見たピエロ・デッラ・フランチェスカの絵が、芹の将来の志望を決めた。それから小学校、中学校、高校、大学の間までも、頻度は変わったが折々に叔父の家を訪ねて彼と話し、その蔵書に触れるのは芹の手放せぬ楽しみだった。

芹の成長期と思春期に重なる十数年の間には、無論いろいろなことがあった。叔父がとんとん拍子で教授にまで昇進して多忙になったため、何度訪ねても留守だったことも、知人の息子だという高校生を下宿させたり子供を預かったりで、芹が遠慮しなくてはならない時期もあった。

だが叔父は芹がいつ、いきなり訪ねていっても邪魔にすることはなかった。ちやほやしたりかまったりするわけではないが、芹が書庫に入り込んで勝手に本を読むのを止められたことはない。それでも彼女がいるのを忘れてはいない証拠に、そろそろ親が心配しそうな時刻になる前に、

「送っていくかい？」

と、声をかけてくれる。土曜日など、

「もっと本が読みたいから、泊まっていく」

というと、三度に一度くらいは許してもらえた。叔父の家に泊まればテレビもない代わりに、本ばかり読んでいると目に悪い、とか早く寝なさい、とかはいわれずに済んだからそのことも嬉しかった。もっとも、ふたりしてちゃぶ台に本を載せて読みながら夕飯を食べているところを、手伝いの小母さんに見られて、

「それだけは止めて下さいよ、みっともないです。先生も」

と、小言を喰ったこともあった。藍川の家とも遠い親戚に当たる小母さんには、叔父も頭が上がらないらしかった。

その家に古い時計があったのだ。叔父の書斎に、大人がすっぽり入り込めるくらいの大きさの、一時間に一度時刻の数だけ鳴り出す箱時計が。戦前の輸入品だろうか。全体が縦長の箱に収められている格好で、上の方はガラスになっていて人の顔ほどもある文字盤が見え、その下の扉を開くと振り子が動いている。箱は寄せ木細工、といってもそれほど手の込んだものではなく、金茶色のニスがところどころ浮いて、剝がれかかっていた。つまりはごくありふれた、骨董品というよりは古道具だった。

イタリアに来る少し前、叔父の家へ久しぶりに顔を出して、書斎を見回し、ふいと思い出した。

「叔父さん、あの時計どうしたの。古い、人間の背丈くらいある振り子の時計だったわよね。『大きな古時計』って歌に出てくるみたいな」

「あ？　ああ。あれはもう十年以上前に古道具屋に持っていかせちまったぞ」

「知らなかった。もったいないな。叔父さんがいらないんなら、私がもらっても良かったのに」

そういうと、叔父は呆れたような顔をした。

「なんだ。芹は忘れちまったのか？」

「え？」

「おまえ、昔うちに泊まったときに、あの音が怖いって泣いただろう。だからだよ。わざわざ売り払っちまったのは」

そういわれてもまったく思い出せない。だが、叔父が断言する以上嘘だともいえず、気持ちは釈然とせぬまま引き下がった。

その記憶がまた唐突に戻ってきたのは、イタリアに来てからだ。あれは、肌寒い雨が降る九月のローマ。あんなにも街が暗く寒々しく感じられたのは、これからひとりきりでイタリアで暮らすことになる不安感のためだったろうか。

ナヴォナ広場の東側に広がる狭くこみいった通りで薄着しすぎた体に当たる雨の冷たさに音を上げ、目の前のアンティーク・ショップに飛び込んだ。ひどく埃っぽく薄暗い、主の姿も見えない洞穴のような店の中に入って濡れた肩をハンカチで拭いていたとき、いきなり間近でなにかが鳴り出した。それが時計の時鐘だった。

一旦音の正体に気づいて、なんだ、とほっとした。店の奥の壁際に、雑多な品物に半ば埋もれるようにして、大きな箱時計が立っている。針は十二時のところで重なっていたから十二回鳴るのだろう。だがその中に蔵されている鐘にしては、ずいぶんと大きな音だった。殷々とあたりに鳴り渡っている。日本の小さな家だったら、これではうるさくてかなわない。

それから、ふっと思った。

(叔父さんの家で、これを聞いたのよね……)

(そう。どうして忘れていたんだろう――)

怒る親がいないのを幸い、布団に入ってからも本を読み続けてそのまま寝入ってしまい、目が覚めると真夜中。叔父もすでに寝ているだろう。小さな家の中はしーんと静まり返っている。あわてて点けたままだった電灯を消そうと体を起こしたとき、それが始まったのではなかったか。

思わず息を詰めていた。電灯の紐を握ったまま、体を固くしていた。そうして時鐘の音を数えた。十二鳴り終われば静かになる。そうしたら明かりを消して布団にもぐればいい。

だがボーン、ボーン、という音は、数えているといやにゆっくりしている。手足の先が冷たくなってきたのに、まだ終わらない。かまわないからさっさと明かりを消して布団に入ろう、とは思えなかった。闇の中でこの音を聞いているのは怖すぎる。なな つ、やっつ、ここのつ……

そのときふいに、芹の中に奇妙な思いが浮かび上がってきたのだ。

（もしも、あの鐘が、十二で終わらなかったらどうしよう——）

そんな馬鹿なことはないと頭ではわかっている。もしも鳴り続けて止まらないようなことがあったら、それは時計が壊れているというだけのことだ。しかしもしもあの古い時計が、誰も知らない真夜中だけにこっそりと十三鳴って、なに喰わぬ顔で鳴り止んでいるのだとしたら。そのとき、時計の周りで流れる時間とはなんなのだろう。真夜中の十三時。この世界の時の流れからはみ出したあり得ぬはずの奇形の時間。

（気がつかれたらいけない）

芹は思ったのだ。平安時代の人間が妖怪を恐れるのと同様の真剣さで。なにに気がつかれたらというのか、自分でもわからないまま。

（気がつかれたら、連れて行かれちゃう……）

ここではないどこか、人外の異世界へ。十数年後の芹もその瞬間、体を強ばらせて息を詰めていた。古時計が紛れもなく十二回打ち終えて沈黙するまで。時計が十三打つ。そんなことはあり得ないとわかるまで。昔の芹はついにその緊張に耐えられずに、大声で泣き出して、叔父を起こしてしまうことになったのだが、ここ聖天使宮であれば時計はさりげなく十三番目の鐘を鳴らすかも知れない——

「セリ！」

名前を呼ばれて、はっとまばたきした。一瞬、いま自分がどこにいるのか思い出せないまま。目の前には石の手すり、正円を描いたその下は石張りの中庭、見上げれば円形の軒に囲まれた空は、古い色ガラスのように少し曇った青色をしていて、まだ時鐘の音は鳴り終えていない。

芹の名を呼んだのはジェンティーレだ。薄金色の髪には今日も白い毛皮の帽子をかぶり、車椅子にかけたままの体をマントの襞が前から覆い隠している。

昨日は黒一色だったが、今日のそれは黒に近いほど深い紫で、渦巻く植物紋のような織り柄が金糸を交えて織り出されている。その背後にはウラニアがいた。エプロンをかけたままの上にウールのコートを羽織って、こちらを見る顔はあからさまに嬉しそうではない。

少年は白い革手袋をつけた手を、芹へ向かって差し伸ばしながら、

「あなたが元気そうで良かった」

「え？　——ええ、私は元気よ」

庭で貧血を起こしたことを、誰かがこの少年に告げたのだろうか。しかし彼はすうっと音もなく車椅子を動かして、芹に手が届くまで近寄ると、

「手紙は読んで下さったでしょ？　ずっと画室で待っていたんだけど、来てくれなかったから、心配だったんだ。あなたの身になにか起きたんじゃないかって」

「ごめんなさい。行くつもりだったんだけど」

「いいんだ、わかってる」

少年は声をひそめた。

「ウラニアでしょ？　安心して。叱っておいたから」

芹の手をしっかと握りしめて、小さな顔がにこっと笑う。

「もう邪魔はさせない。だから、少しぐらい嫌そうな顔をするのは大目に見てやって」

声はひそめていても、すぐ後ろにいる老女に聞こえないほどには小さくはない。いや、むしろ聞こえるようにしゃべっている。薔薇色の唇に浮かんだ無垢の微笑は、無垢であるほど子供の残酷さをも感じさせた。

「ジェンティーレ。あんまりきついことをいっては駄目よ。なにもかも、あなたを心配してのことなんだから」

「君は優しいね、セリ」

「違うわ。そうじゃなくて」

「ぼくはね、あれこれ心配されたり、腫れ物みたいに扱われるのはもうたくさんなんだ。そのたびに自分が情けなくて、やりきれないったらありゃあしないよ。だけどここじゃ誰も、そんなぼくの気持ちをわかってくれない。君だけだよ、セリ。ぼくを哀れまずに、対等に口を利いてくれたのは」

　ウラニアは無言のまま、両手で摑んだハンカチを揉み絞っていた。もちろんジェンティーレの気持ちはわかるが、それまでの心遣いをうるさいものとして否定される彼女の思いはどんなだろう。

　だが老女は芹と目が合うと、一瞬こちらを睨んでからきっぱりと顔を背ける。つまらぬ同情など無用、とでもいうように。芹はこっそりと、腹の中でため息をつくしかない。

（そうでなくたって、頭が痛いのに——）


　いまからほんの三十分足らず前、芹は思いもかけず再会したフィレンツェのルームメイト、クリスティーナと向かい合っていた。ナイフを突きつけられ、教授を売ったのか、殺させたのかと詰問されて怯えるよりも唖然とした。芹がミラノへ発つ数日前から、彼女とは顔を合わせていなかった。泊まり込みのアルバイトとしか聞いていなかったが、そのときすでにクリスティーナはこのパラッツォで使用人として働いていたのか。スパディーニ教授を手引きするために。

「でも、なぜ？　なぜ、あなたはそんな」

「なぜですって？」

　クリスティーナの頰がさっと赤く染まった。

「わかりきってるでしょ、そんなの。女が男のために危険を冒すのは、男を愛しているとき以外ないじゃない。ええそうよ、私は彼を愛しているわ！」

「クリスティーナ、だって、先生はあなたよりずいぶん年上で」

　いいかけて芹はことばを詰まらせる。襟元が力任せに締め上げられ、息ができない。

「そんなこと他人にいわせない！」

クリスティーナが耳元で叫んでいた。その間も左手は芹の胸倉を摑み、膝は長椅子へ仰向けに倒れた脇腹に食い込んでいる。

「歳が近かったらなにかいいことがあるの？　私の父親は教授より五つしか若くないけど、マンマの生きている内から浮気のし通しで、マンマが死んだら一年もしないで再婚したわ。汚らわしい男。でもあの人は違う。あんな男とは違うわ。それにあの人は独身よ。いますぐだって結婚できるのよ！」

「——それじゃ、あなたに、プロポーズを？」

両手を上げて摑まれた喉を守りながら、ようやく芹は聞き返す。では、スパディーニ教授はやはり過去の贋作事件に関わることで、パラッツォに忍び込んだのだろうか。そしてそのために、クリスティーナの愛情を利用した？　あの教授が？　そんな芹の思いを読み取ったように、彼女は胸を張って憤然といい返した。

「これが片づいてあの人の名誉が回復されたら、きっと申し込んで下さるわ。私の気持ちはご存じだもの。私がどれだけつくしているか、すべて知っていて下さる。ええそうよ、私は彼を信じているわ。でなけりゃ自分から進んで、スパイの真似なんかしやしない！」

それからふいに、忌々しい、とでもいいたげに顔をゆがめて、

「あんたのことは最初から気に食わなかった。ただの聴講生のくせにあの人からはちやほやされて、そのことを不思議にも思わないんだから。入学許可が急に下りなくなったら、真っ先に主任教授を疑うのが当然じゃない。なのにそれも気がつかないみたいだから」

芹はひとつ息を吸って、ようやく相手のほのめかしに気がついた。

「私と先生がって、勘ぐったの？」

「——そう」

「それでわざといったのね、あんな、私に先生を疑わせるようなことを」

「ええ。あんたの泣きべそかく顔が見られただけで、胸がすっとしたわ。でもよく考えてみたら、あの人が黄色い日本人娘を相手にするわけがないわよね」

「嘘つき」

そうよ、彼女のいうことなんてみんな嘘だわ、と芹は思う。スパディーニ教授が、不名誉な贋作事件の真相を明らかにしたいと願って、セラフィーノを詰問しても埒が明かなかったのに業を煮やして、常識を投げ捨てて盗人紛いにパラッツォへ忍び込んだ。そこまでは理解できる。

彼にとってはそれだけ、若き日の挫折は癒えない傷として残っていたのだ。けれどそのためにクリスティーナを利用した、というのは信じられない。それでも彼女が恋した人のためと信じて暴走して、教授が引きずられたというのなら、あり得るかも——

「私が嘘つきなら、あんたは人殺しだわ！」

クリスティーナは再び、目をぎらつかせて芹の上に押し被さる。小柄な芹に較べれば、彼女はずっと体が大きい。もがいても撥ね除けられない。ペティ・ナイフの刃先が目のすぐ上に揺れた。

「知らないとはいわせないわ。誰にあの人を殺させたの。そうしておいて死体を隠して、なにもなかったことにしてしまうつもりね。それならあんたも共犯よ」

「ちょっと待って、クリスティーナ！」

ナイフを摑んだ彼女の手首を握って押し返しながら、ようやく芹は口を挟む。

「確かめさせて。あなたは先生が中庭で死んでいるのを見たのね。それは何時頃のこと？　私は部屋に戻ったら置き手紙があって、夜中の十二時に中庭に来るようにといわれたので行ったら」

「知ってるわ」

冷ややかに彼女は芹のことばをさえぎった。

「私も見たもの。あんたが中庭で悲鳴を上げていたとき、私もあそこの柱の陰にいたのよ。あんたよりほんの一歩だけ着くのが遅かった。地下から出るだけでも、他の人間に見つからないようにしないとならなかったし、普段使わないドアの鍵を開けるのも骨が折れたから」

「でも、地下からのドアは鍵がかけてあったって聞いたけれど」

「そうね。だけど地下から地上に出る階段は一ヵ所じゃないわ。毎晩鍵がかけられて、朝開けられるのは中央のそれだけ。後の出入り口は使うときだけ開けられて、使用人に鍵は渡されていないのよ。でも、私はそのひとつの鍵を持っているわ。あの人から何本も鍵を預けられていたから。それとパラッツォの見取り図も。

彼も同じように、何本も鍵を持っていたわ。どうやって手に入れたかなんて知るもんですか。だけどそうでなかったら、人に見つけられないようにこっそりと動き回ることなんてできないでしょう」

それは、確かにそうだ。

「地下には使用人の寝室が何十室も並んでいるわ。昔は大部屋だったのが、最近は使う人間が減ったから壁を立てて個室にしてある。あの人はおととい、あんたより早くやってきて、上の階や庭をこそこそ歩き回るとき以外は私の隣の空き部屋に隠れていた。食べ物は私が運んであげたの。あんたと会うことも知っていたわ。嫌だったけど、仕方なかった。でも、仕方ないなんて思わなければ良かった。そうすれば、殺されることもなかったのに！」

また首を絞めようとするクリスティーナの手を、どうにか押し戻しながら、ちょっと待って！　と芹は声を上げる。

「それじゃ先生は、まっすぐ地下から中庭に出たのね。それは何時頃だったか、覚えている？」

「十二時に十分か、十五分前よ」

渋々、といった様子で彼女は応じる。

「中庭に通じる裏階段の上まで、私あの人についていったもの。まだ早いでしょう、誰かに見つかるからっていいながら。でも彼は、どうしてかしら。とても急いでいるみたいだった」

「十二時より前にも、約束があったみたいに？」

はっ、とクリスティーナは息を呑む。

「そうなの？　それで、あの人は――」

「そのとき中庭に誰かいるようじゃなかった？　誰かが待っていたんじゃない？」

「わからないわ。だって、あの人は階段の上で私を押し返して、そのままドアを閉めて鍵をかけろって。それで、他にどうしようもなかったから」

「でもあなたは、戻ってきたのね？」

「それは、十二時を三十分以上過ぎてからよ。そうしたら、あんたが悲鳴を上げていて――」

唇を噛むと、キッと芹を睨み返す。

「あんたこそどうなの。本当に見たのは彼だけ？」

「ええ、そうよ。雲が切れて、月明かりで初めてわかったの。中庭の石の上に、先生が」

「三十分も経ってからね」

クリスティーナの唇が笑うように引き攣れる。

「犯人を逃がしてから悲鳴を上げた、といわれても言い訳できないくらいの時間じゃない？」

「犯人は、たぶんあのときも逃げていなかったわ」

考えるより早く、ことばは芹の口から出ている。

「なんですって？」

「リフトの位置よ。人を呼んでこようと思って二階まで上がったときに、気がついたの。ジェンティーレが寝室に戻るときに使ってそのままなら、三階にあるはずのリフトの箱が一階に降りていたわ。誰か、二階か三階にいた人間がそれを使って一階に降りて、中庭で先生を殺したのじゃないかしら」

「それで三十分以上も一階にいたっていうの？」

「でも、私が一階に降りたのは約束の十二時に十分程度過ぎたくらいの時刻よ。だけど先生の姿が見えなくて、うろうろしている間に時間が経ってしまっただけ。だから、その時点でリフトを動かしたら私が気がついてしまうと思って動けなかったのよ」

「じゃあ、犯人はあんたがひいひい騒ぐのを止めて上に上がったあたりで、別の階段から自分の部屋に戻った、ということ？　結局その後ではリフトは使わなかったんでしょ？」

「ええ――」

ウラニアとふたりで三階から一階へ降りるときも、リフトは一階に止まったままで、それを呼んだのだ。そう考えれば本当のところ、芹が中庭に出たときまだ犯人はそこにいたはずだ、という推論には充分な根拠があるとはいえない。十二時前に教授を呼び出したのが犯人だとしても、その人物はどこかの階段を下りてきて、芹が来るより前にまた階段を通って立ち去り、リフトはやはり誰かここに慣れない使用人が使っただけなのかも知れないからだ。

クリスティーナは右手にナイフを握ったまま、腕を胸の前に組んで考え込む表情になる。その隙に芹はようやく長椅子から体を起こし、くしゃくしゃになった髪を直しかけたが、

「確かに、私も聞いたような気がする。あの人が中庭まで上がったときに、リフトの動く音を」

「そう。それが犯人だったとすれば、時間的にぴったりね」

「でもそれじゃ、そもそも犯人はなんだってリフトなんか使って中庭に降りたの？　音はするし、人が下に降りた痕跡は残るし、面倒なだけでいいことないじゃない」

芹は答えに詰まった。その通りだったからだ。

「それと、忘れたの。あの人は消えてしまったのよ。誰かが運び去ってしまったのよ」

「先生が、本当は生きていたなんてことは、ないわよね？」

アベーレに向かっては、そんな馬鹿なことはないと反駁した仮定を、一応は確かめてみたくなってしまう。案の定クリスティーナは、傷つけられた鳥の

ようなかん高い笑い声を立てた。

「なにをいってるのよ！　私はあんたが中庭を出てったすぐ後で、あの人のところへ駆け寄ったわ。声を上げて泣きながらすがったのよ。もう、ぬくもりは消えかけていたわ」

「それで、どうしたの？」

「だって私は逃げ出すしかないじゃない。いつあんたが人を連れてくるかわからないのに、見つかったらなにをいわれるかわからない。あの人が死んでしまったならもうどうなってもかまわない気もしたけど、でもまさか死体まで消してしまうなんて思わなかった」

「それじゃいつ誰が死体を運び出したか、あなたにもわからないのね？」

「わかるわけないでしょ。私は地下に戻っていたんだもの。そうしたら急に周りがうるさくなって、死体が消えたから探すんだって声が聞こえた。男たちは文句たらたらだし、女たちはなにが起きたんだろうってうわさ話で朝までよ」

「それなら、先生の亡骸が見えなくなったのも嘘なんかじゃないって、それはわかってくれるでしょう？」

「使用人は騙せるでしょうよ。だからってあんたが本当のこといっているとは限らない。二階へ上がったと見せて、戻ってきて、リフトの中にいた犯人を手伝って、あの人をどこかへ埋めに行ったのかも知れない」

「私、そんなことしないわ、クリスティーナ！」

「そんなことしないわ、クリスティーナ」

嘲るように口真似してみせて、

「まあいいわ。絶対このままでは済ませないから。こうなったら私ひとりでも、あの人の敵討ちをしてやる。先代の伯爵があの人を罠にはめて、汚名を着せたことも、それを暴かれそうになったからあの人を殺したことも、証拠を掴んで世間に晒してやるわ」

「それじゃあなたは先生を殺したのは、セラフィーノ、いいえ、伯爵だっていうの？」

「ご当人が手を下したか、命令してやらせたか、どっちにしろ同じようなものじゃない。なによ。まさかそれくらいもわかってなかった、なんていうんじゃないでしょうね。あの人はうまく立ち回っているつもりで、実は疾うに見つかっていたのよ。なにかを餌に呼び出されて、そのときの保険にあんたを使うつもりだったのに、あんたが十分も遅刻するからその前に殺されちゃったのよ。

誰が？　いつ？　どこへ？　どうやって？　推理小説の話してるんじゃあないのよ。そんなのどうにでもなるじゃない。使用人が全部で何人いるのか当人たちだって知らないし、お互いの名前も素性も聞いていない相手もいる。その中に、ご主人様の息のかかった人間が混じっていても不思議じゃない。あの人を殺して、もちろん死体もさっさと片づけるつもりが、遅れてのこのこやってきたあんたに見つかってしまったのよ。だからあんたがいなくなった隙に、外へでも引きずっていった。それだけでしょ」

息も継がずにまくし立てるクリスティーナに、やっと芹は割り込んだ。

「でも、だとしたらなぜリフトが降りていたの？」

「そんなの——」

「ご主人の命令を受けた誰かなら、そのご主人に疑いがかかるようなことはしないでしょう？　考えてみて。リフトを使う可能性があるのは、二階か三階にいた人間だけなんだから」

「だって、それは、そうだわ。私もリフトが降りてくる音は聞いたんだから、あれは彼の目をそっちへ惹きつけるためだったのよ。そうして、その隙に後ろから」

「だとしたらそれから三十分以上も後まで、リフトが降りていたり、先生の亡骸が中庭に置かれていたりするのは変じゃないかしら」

「…………」

「それにクリスティーナ、あなた覚えてない？　先生の首にあった手の痕、両手とも指が六本あったわ」

　彼女の顔がゆがんだ。目を閉じ、唇をきつく引き結ぶ。いくら歳が離れていても、クリスティーナがスパディーニ教授に恋い焦がれていたのなら、芹のことばは残酷過ぎたろうか。しかし芹はなんとしても、彼女に冷静になってもらいたかった。教授が何者かに殺害されたことは、もはや疑いようがない。その手が次は彼女に及ばない保証はないのだから。

「伯爵に会って、クリスティーナ」

「なんですって？」

　弾かれたように振り返った。顔から血の気が退いている。目が大きく見開かれ、耳にしたことばを信じかねているといった表情だ。

「そしていまあなたがいったようなこと、全部彼に話して。私も一緒にいるから」

「馬鹿なこと、いわないでよ――」

　ようやくそれだけいったが、後が続かない。芹はかまわず腕を伸ばして、彼女の肩に触れた。

「大丈夫よ。たとえ彼が先生を殺した犯人でも、あなたにまで手を出させやしない。私がここにいることはドナが知っているもの。だから私たちをまとめて消すことなんて、封建領主の時代でもあるまいし、絶対に無理なの。へたに逃げ隠れするより、正面からぶつかってやる方が上策だわ。ひとりよりふたりの方が心強いじゃない。ね、共同戦線張ろうよ」

「い、いい加減にしてッ！」

　振り払われた手のひらが、カッと熱くなった。クリスティーナは恐ろしいものから身を守るように、腕を縮めて飛びすさっている。両手でペティ・ナイフの柄を握り、体の前に構えたまま。

「クリスティーナ――」

「いい加減にして、もうたくさん！」

　叫んだ声は老女のようにしわがれかすれていた。

「よーくわかったわ。あんたはすっかり丸め込まれて、伯爵様の信者だってわけね。ご親切に、私も仲間になれば命は助けてもらえるってこと。でもおあいにく様。天使様だろうが聖人様だろうが私は願い下げよ。あの人を殺された復讐は絶対忘れない。いい？　絶対このままでは終わらせないからね」

エプロンのポケットにナイフをしまうと、クリスティーナは身を翻した。芹がなにもいえないでいる間に、重いドアを片手で引き開けると、

「私のこと、告げ口するなら勝手にしなさい。でも、私は捕まらないわよ！」

いい捨てて、彼女は閉じる扉の向こうに消えた。

そのときになって初めて芹は、ペティ・ナイフの先端でかすられたのか、手のひらからひとすじ血が滲んでいるのに気づいたのだった。

（大した傷じゃなかったから、そのままにしてしまったけど……）

どうしても動く場所だからだろう。ふさがったと思っていたのに、見ればまた縦一文字の傷から赤いものが滲み出している。こんな手のまま歩き回ったら、貴重な絵や調度を汚してしまうかも知れないと、芹はそちらの方が気になった。ティッシュは、とコートのポケットを左手で探っていると、

「セリ、どうしたの？」

ジェンティーレに目聡く見つけられてしまう。

「怪我してるじゃないか。刃物の傷だね。どうしたの。いったい誰が君にこんな」

「違うの、ちょっとひっかけちゃっただけ。ほんとに全然大したことないのよ」

「だって怪我したら消毒しなきゃ。血が出てるでしょ。隠しても駄目だよ。ぼくにはわかるんだから」

「ううん。それじゃ、後でね。この後でちゃんとするから」

「それなら、見るだけ。大したことないなら見せて」

驚くほど利発なところを見せるかと思えば、その口調はまるで駄々をこねる小さな子と一緒だ。たぶん物心ついたときから、病弱な身を周囲にいたわられて、繰り返しそんなふうにいわれてきたことの真似なのだろうが。

「見るだけよ。触らないでね」

「やっぱり痛いんだ」

「少しはね。はい、こんなふうよ」

少年は上体を車椅子から少し乗り出すようにして、芹の手のひらを覗き込む。淡い水色の目が大きく見開かれて、息がかかるほどの近さでまじまじと凝視されるのは、触られているよりいっそうくすぐったい。

「やっぱり……」

小さくつぶやく声が聞こえた。しかし芹はその意味を計りかねて、

「なあに、ジェンティーレ？」

「なんでもない」

上目遣いにこちらを見上げて、にこっと笑う。

「心配しないで、セリ」

花のようなとしかいえない愛らしい、透き通るような笑みについ引き込まれ、笑い返してしまう。人に幸せを送る天使の微笑。そう呼びたくなっても不思議はあるまい。

「でもね、あの」

自分でなにを尋ねたいのかよくわからないまま、ことばを探していた芹の背に、

「お待たせしました、シニョリーナ・セリ」

セラフィーノ、伯爵アベーレ・アンジェローニ・デッラ・トッレの声が聞こえた。彼は昨夜と同じ黒一色のニットの上に、あざやかなミッドナイト・ブルーのストールを巻きつけていた。起毛したビロードのような布地に細かなプリーツを寄せてヴォリュームを出してあり、シルクだろうか、いくらか金属的な光沢がある。明らかに婦人物と見えたが、彼が広い肩幅の上にそんな派手やかな布をかけていると

ころは、ルネサンス期の貴族の肖像画を見るようで、似合いすぎるほど似合っていた。

「やあジェンティーレ、気分はいいのかい?」

「ええ、兄様。声をかけて下さってありがとう。とっても嬉しいよ、ぼく」

ふたりのことばには、礼儀も気持ちも充分にあるようだったが、それでも芹の耳には、血の繋がった兄弟の会話というより距離を置いた他人のそれのようにしか聞こえない。母親が違うこと、歳が十歳以上離れていること、ずっと別居していること。理由を挙げればそれくらいはあるわけだが、やはり違和感を覚えてしまう。それでもジェンティーレは、兄の顔を見てこんなに嬉しそうではないか。

「そのお礼は私より、シニョリーナ・セリにいってもらう方がいいだろうね」

「ええ、それはもちろん。だから兄様、今年はすてきなお客様を招いて下さってありがとう」

「どういたしまして。ウラニアも、よろしく頼むよ。ではシニョリーナ、パラッツォ・サンタンジェロのツアーと参りましょうか。これからお見せする二階の画廊は、父の晩年から十年以上かけて整理し終えた部分です。これでも所蔵品の半分以下ですが、めぼしい品はあらかたごらんいただけると思いますよ」

「半分でも、十年以上かかったんですか?」

「ええ。多すぎるコレクションは、正直な話子孫には遺産というより重荷ですね。管理の手間ばかりかかって、なんの役にも立たない」

「もったいないことをおっしゃるんですね」

「博物館として有料で公開するのが一番でしょうが、それにはまた経費もかかるし、人手も要ります。政府の許可を取るのも一仕事で。さあ、どうぞ」

先に立って歩き出す彼の背を見ながら、ジェンティーレが芹にささやきかけた。

「ね、兄様はすてきでしょう?」

「ええ。そしてあなたもすてきよ、ジェンティーレ」

「どうも、ありがとう《グラーチエ・ミッレ》」

少年はつぶやいたが、なぜかそのまなざしは明るくはなかった。

II

平面が正五角形をした聖天使宮の、北を向いた頂点を仮にAとする。残る四つの角を、Aの西から始めて、順にB、C、D、Eと名付けるとすると、一行が出発したのは二階の、辺AEのAに近いところにあるアベーレの部屋の前で、ドアが開かれて中にはいると、角Eに向かう続き部屋は画廊になっていた。北向きの部屋部屋は息が白いほど冷え切っているが、絵の保存のためにはむしろその方がふさわしいのだろう。

十六世紀から続く絵画と彫刻のコレクションは、美術史学生の端くれである芹には壮観というも余りあった。地方の博物館美術館なら三つや四つはできそうな点数も驚きだが、数だけではなくその質が非常に高いのだ。これが未公開の個人コレクションだとは、一介の庶民の身には納得しがたい。

収集自体は四百年を越す歴史の中で折々に買い集められてきたものなのだろうが、案内されて入った画廊では編年的な展示に統一されている。イタリアの美術史を余すところなく概観する、という形だ。そして壁にかけられ、あるいはガラスケースに収められたひとつひとつに、タイトル、作者名、制作年、画材、材質、出土地、といったデータがイタリア語と英語で記されたカードが添付されていた。それだけでも気の遠くなるような作業だ。

叔父のイタリアの知人にも、ローマ近郊の城館の所有者がいるそうだが、先祖伝来の美術工芸品は整理するにも量が多すぎて、政府の補助もなく、大半は埃をかぶったまま置かれているという。

最初の一室はエトルリアの美術だった。彩色テラコッタの神殿装飾片、夫婦が寄り添って横たわった形の寝棺、人の背丈ほどもある赤絵の壺、地下墓地の入り口を守っていた一対の凝灰岩製ライオンといった大物から、繊細な浮き彫りに息を呑む黄金と水晶の留め金や耳飾り、琥珀を刻んだ装飾品などの細かなものもある。壁際には等身大のブロンズ像が立っていて、それが生きた人間に見えて芹は一瞬声を出しそうになった。

　鎧を着て頭に兜、手には槍を持った若い戦士像は、全身を染めたようにあざやかな緑青の緑に包まれている。合金の割合が違うのか顔だけは緑の錆がなく、大きく見開いた目は象牙と黒檀で写実的に表現されていた。これほどの逸品はヴァティカンの美術館でも、ローマのヴィラ・ジュリアでも見たことがない。国立博物館の学芸員だったスパディーニ青年が、真物と信じて購入した彫刻もこんなふうだったのだろうか。

　隣に続いたのは古代ローマ美術だ。壁にそって台座に乗せた等身大の胸像がずらりと並んでいる。いずれも白や赤茶、緑、斑といった多色の石を組み合わせて髪や衣類を表し、瞳まで入れたローマ特有の彫刻で、いかにも見事ではあったが生々し過ぎて芹の好みではない。それ以上に目を惹いたのはポンペイ風のフレスコ壁画を剥がして裏打ちし、額に納めたもので、床にはやはりローマ建築から持ってきたのか、細かな貴石モザイクがナイル河の河馬猟の情景を表している。

「セリ、この壁画とモザイクはどこから来たか、わかる？」

　ジェンティーレが尋ね、芹は頭を振った。

「ポンペイ？　それともシチリアあたりかしら」

「ううん。ネロの黄金宮殿《ドムス・アウレア》のだってお父様はいっておられたそうだよ。いつどうやって手に入れられたのかまではわからないけど、ほら、そこのとこにグロテスク《グロッテスカ》文様があるでしょう？」

暴君の代名詞のようにいわれるローマ皇帝ネロが営んだ黄金宮殿は、彼の死後たちまち解体されて地上から姿を消した。残された人々が彼の記憶を、一刻も早く消し去りたいと望んだかのように。ただそのわずかな名残はいまもローマに行けば容易に目に入る。巨大な楕円形の闘技場コロッセオは、黄金宮殿に付属する人工池の痕地だというのだ。その一事によって、在りし日の宮殿の規模を想像することも可能だろう。

しかし黄金宮殿は完全に消滅したわけではなかった。十六世紀の初頭、コロッセオの北側の丘で地下道が見つかり、華麗な宮殿の廃墟が地中に埋まっているのが発見された。当時ヴァティカン宮の内装にかかっていたラファエロは、廃墟の宮殿に盛んに用いられていた装飾を研究模倣した。唐草模様と鳥や海豚《いるか》、小童や牧神がひとつに溶け合う古代の豊饒の表現は、かくして末期ルネサンス美術によみがえり、マニエリスムからバロックへ奇怪さを増しながら続いていく。

そうした文様は洞窟のような廃墟から発見されたがために、洞窟風《グロッテスカ》と呼ばれた。いまではどちらかといえば否定的な意味合いで使われる、グロテスクということばの起源がそれだ。己れの営んだ宮殿に由来することばが、変転し、むしろ悪しき意味に変じても、千九百年後まで生き延びていると知ったなら、詩人志望の皇帝はこれを快とするだろうか。

「ね、セリ。お父様はね、皇帝ネロが結構お好きだったんだって」

「ふうん。なんでかしら」

「自分に正直に生きたところが、気に入られたのかも知れないいな」

確かにネロは、子供のように自分の欲望に正直だったかもしれない。しかしその大きな子供が、皇帝の権力を行使して自分の欲望を追求したのは、いかにもまずかったのではないだろうか。少年に向かって彼の父親を非難するのはまずいと思ったから、

「そうなの」
とだけ答えてうなずいておく。
「でもぼくはお父様のこと、ほとんどなにも覚えていないんだ。あの頃は病院からほとんど出られないままだったし。兄様はなにか聞かれたことがありますか?」
「――さあ。私は知らない」
アベーレの口調はひどくそっけなかった。
「むしろおまえの方が、彼のことはよく知っているような気がすることがあるよ」

次の二部屋はルネサンスに先立つゴシック絵画に満たされていた。磔刑のイエス像や、椅子にかけた聖母が膝に幼いイエスを抱く聖母子像、受胎告知や聖人と天使に囲まれた聖母など、いずれも宗教画で、人物は厳かな表情で正面を向き、背景は黄金一色に塗り込められ、現実性はほとんど考慮されていないことがわかる。

だがそうした宗教画も、時代が下るにつれて少しずつ変化してくる。人物が立体性を持って、聖母は女性らしく、幼児イエスは子供らしく、背景も聖書のエピソードを説明するための記号から、より自然に、空間を幻想させるように描かれてくる。コレクションの中にはジオットのフレスコさえ並んでいて、ゴシックの人間表現、空間表現がここでひとつの極みに達したことを目に見せてくれる。

ジオットの絵には、まだ素朴で幼稚ではあるが、線遠近法の短縮も現れている。

群像になれば重なり合う人々の位置関係は正しい奥行きを示し、悲嘆や苦悩といった表情もリアルに表現される。しかしそれはやはりルネサンス以降の絵画とは違う。空間は芽生えているが、まだ時間はない。時に流されることない、永遠の相を示すのがジオットの作品だ。

北イタリアのパドヴァに小さな一棟の礼拝堂がある。その内部の壁一面に、ジオットはイエスとマリアの生涯をフレスコで描いた。三十八の小画面に分けられた壁面に、絵巻物のようにそのエピソードがつづられる。聖母の生誕、宮参り、受胎告知、結婚、羊飼いのお告げ、マギの礼拝、エジプトへの逃避行……。だがそれらもまた、場面のひとつひとつが、地上に降りた神の子とその母という神聖にして唯一の存在の物語として、時の流れから切り離されている。

しかし人間と現実に向かって歩み寄り始めた絵画芸術は、もはや足踏みはしない。人間的ではあっても清新な野の花のような作品を残した福者《ベアト》アンジェリコを幸福な例外として、聖母も聖人も同時代人の顔を持つようになり、宗教画の主題は風俗画の名目じみてくる。レオナルドのように解剖学的な正確さによって再度永遠を目指す画家は少数であり、歓迎されることもなかった。

「セリ、なにを考えているの？」

ジェンティーレが大きな目で芹を見上げて尋ねる。床は磨き上げた鏡のような大理石の模様張りで、少年を乗せた車椅子の車輪は微かな音すら立てない。だが芹はすでに彼が、そうして前触れもなく近づいて声をかけることに慣れ始めていた。

「そうね。進歩という名の変化によって、絵画芸術がなにを得、なにを失ったか、とか」

「ああ、わかるよ。君がなにをいおうとしているのか」

少年はゆっくりとうなずいた。

「人は神を失った。その表れとして芸術も神から離れていった、そういうことでしょう？」

フィレンツェのサン・マルコ修道院でフラ・アンジェリコの『受胎告知』を見た。パドヴァでジオットの『受胎告知』を見た。そしてヴェネツィアのスクオーラ・ディ・サン・ロッコでティントレットの『受胎告知』を見て、たかだか二百年の内に絵画が獲得したものと失ったもの、そこに生まれた差異の大きさに、芹は茫然としたものだった。

宗教画の中でも『受胎告知』は構成要素が極めてシンプルだ。ヨセフとの結婚を待つ処女マリアのもとに、お告げの天使が現れて、「あなたは神によって身籠もるだろう」と告げる。正典とされた四種の福音書でも、ルカによる福音書の中にだけ描かれた場面だが、絵として表現された機会は非常に多く、要素がシンプルなだけに差異が見取りやすい。

ジオットのマリアはすでに神の母としての威厳と落ち着きを備えていて、泰然と両腕を胸の前に組んで天使のお告げに耳を傾けている。しかしマリアはこのとき未婚の処女ではなかったか、というわけで、アンジェリコのマリアはジオットのそれより遥かに若々しく、初々しい姿となった。これも少女のような天使は身を低くして、静かにマリアの前に進み出、耳元に聖なるお告げをささやく。マリアは面に緊張を表し、おののく胸を両手で押さえてそれを聞いている。張りつめた空気は流れているものの、それはどこまでも静かで清らかな、薔薇色とほのかな光に満たされた情景だ。

だが福音書には天使のことばを聞いて、『マリアこの言によりて心いたく騒ぎ』とある。『われ未だ人を知らぬに』、つまり処女である自分が身籠もることなどあろうかと、不審を口にしさえする。

それを天使が重ねて神の力を強調し、ようやくマリアは我が身に降りかかった事実を受け入れるのだ。その記述を重視して、結婚前の処女の身で妊娠すると突然いわれれば驚き、恐れ、あるいはそれを拒みたいと考えても当然だと、次第に描き手たちが思うようになったのか、絵を受け入れる社会がそのように考え出したのか、時代が下がるにつれてマリアの困惑や忌避の身振りは激しくなっていく。

そしてティントレットに至っては、室内にいるマリアの目の前の小窓から、お告げの天使だけでなく、小天使たちが体を連ねて突入してくる。乙女というよりは頑丈な農家の主婦のような顔つきのマリアは、この異変を前にして当然ながら両手を強ばらせ、体をのけぞらせて逃れようとしている。現代のマンガであれば画面全体に集中線かフラッシュが走り、派手な描き文字の効果音にマリアの悲鳴が交差しようかという感じだ。

芹はもともとあざといまでに劇的な画面を作るティントレットの作品が、妙に扇情的に感じられて好きではなかったが、この『受胎告知』を見たときは、これはいくらなんでもないいんじゃない——とつぶやかずにはおれなかった。

確かこの絵を、ジェット戦闘機の急降下爆撃にたとえて、この街からティントレットの絵がそっくり消えてしまったらどんなに良かろうとまで書いた著述家もいたのではなかったか。

無論相手は天使、全能の唯一神の使いならば、その力は人間にとって近代兵器を凌駕するくらい破壊的で圧倒的かも知れない。現実的とはいえない宗教の文脈にリアリティを追求していけば、どうしてもそういうことになる。だがそれはつまりティントレットの時代、十六世紀末の人間はこのような過剰極まりない表現によってしか、『受胎告知』というキリスト教の根幹に通ずる奇蹟を受け入れられなくなっていた、ということなのだ。西欧の歴史が下るほどに宗教の役割は軽くなり、人はそれを信ずることができなくなっていき、その表れとして芸術はひたすら世俗化へと向かってきた。

「それで、セリ、君はそのことを憂えているの。人類の世俗化をさ?」

「どうかしら。私はキリスト教徒ではないし」

「でも、神というのはキリスト教に限らないよ。一神教でも多神教でも、人間とは異なる彼岸の存在を信ずるか否かということでしょう? 日本人はどうなの?」

「精神生活が脱宗教化しているわね、日本人は。もともとアニミズムを基調にして、寛容すぎるくらい寛容に外来宗教を取り入れて習合してきた伝統があるし」

「ふーん?」

「宗教起源の行事は、いまじゃ単なる習慣になっているの。一年の始まりには神道の神を祀る神社にお参りしてその年の幸福を祈って、でもそこに祀られている神様がどんな神様かなんて気にもしない。クリスマスはプレゼントの交換をして御馳走を食べるお祭り。結婚式はキリスト教の教会で挙げる人が珍しくないけれど、そのとき初めて教会に行ったりする。葬式は仏教の寺院でするけれど、お経を読んだことのある人の方が珍しい」

「うわあ、自由自在って感じだね」

ジェンティーレはほがらかな笑い声を上げた。

「なんだかすごく楽しそうだ。それで行けるならそれでいいんじゃないかって気がするな」

「大抵の日本人はそう思っているでしょうね」

「でも、君は違う?」

「よくわからないのよ。この世界には、人間の力が及ばない事象は未だにいくらもあるでしょう。それを神と名づけて秩序化するのは、有効なシステムだと思う。人間中心主義は、一歩間違えると力ある者の傲慢にしかならないわ。二十世紀にはすでに、その弊害があちこちで現れているんじゃないかしら」

「だけど西欧に限っていえば、信仰が人間を律していた時代だって、それは所詮力ある者が秩序維持に利用できるシステムでしかなかったと思うよ。ルネサンスの人間中心主義も、そうした既存のシステムを変革していこうとする運動だったとぼくは思うけど」

「そうね。ただ困ったことは、宗教のシステムほどそれがうまく機能していないことじゃない?」

「それは、まだ歴史が浅いもの」

「でも社会の変化を量的に換算したら、必ずしもそうとはいえないのじゃないかしら。変化に乏しい古代や中世の社会と、たった十年でがらりと変わってしまう現代を比較してみれば」

「ああ、でもそれはわからないよ。物の変化にともなって、精神が変化するものかどうか」

　確かにどちらかはわからない。パーソナル・コンピュータの出現は社会を確実に変化させたが、それが人間の意識にどれほどの変容を及ぼしたか、その結果が現れるのはもう少し先のことだろう。

「セリは昔の社会の方が好き？　心から神を信じて、社会の秩序を信じて、静かに暮らしていられるようなのがいい？」

「そんなふうに思ったこともなくはないわ。でもキリスト教の男尊女卑思想ってときどき耐え難い気分にさせられるし、きっとそれは、神が失われた現代だから思えることなんでしょうね」

　絵画史においても、長い歴史の果てにようやく絵画は宗教を捨てる。決められた画題という桎梏《しっこく》から逃れ去る。だがそれは決して容易いことではなかったはずだ。フォービズムもシュールレアリスムも、それ以前の伝統との闘いを視野に入れなくては理解できないものだろう。


　日本にいたときは、抽象画を見ても少しもおもしろく感じられず理解もできなかった。しかしイタリアを旅して近代以前の絵画を見続けたあげく、ヴェネツィアのペギー・グッゲンハイム美術館でモンドリアンのコンポジションの前に立ったとき、初めて画家を縛り続けていた主題の重さと、そこから解き放たれた絵画の自由さを実感した。直交するラインが作る格子に塗られた、明るい黄色、白、赤や青。なんの意味も象徴も負わされぬ純然たる色と直線の組み合わせは、それ以前の絵画に飽いた目にとても美しく快かった。

　とはいえそうした経験を経た後も、芹はやっぱり近代以前に戻ってきてしまうのだが、

（あれからもう少し、絵画史を相対化して眺められるようになったのかも知れない——）

　歩むにつれて現れる部屋部屋の壁は、大小の絵画で埋めつくされていた。無名の地方画家の作品も少

なくはなかったが、ボティチェルリやフィリピーノ・リッピ、ペルジーノなど、ルネサンス・イタリアを代表する巨匠たちのそれも次々と現れた。レオナルドの作品さえ、単色のデッサンだったが一枚あった。それも失われた『レダ』のための習作らしい、精巧な女性の顔で、いままで画集にも載せられていないものだ。

以前日本でも、レオナルドの未公開デッサンと称するものが持ち込まれて物議をかもしたらしい。だが写真を見る限り、それが画聖の真筆である可能性は限りなく低かった。いまそこにあるものはレベルがまったく違う。左利きのタッチが明らかに認められるだけでなく、女性の繊細な髪型や、憂いを含んだ伏し目がちの顔立ちはレオナルド以外のなにものでもない。その美しさに見とれながらも、

（こういうものは独占しないで、せめて公開してほしいわね）

と内心舌打ちしてしまう。完成作品は数少ない代わりに膨大なデッサンと手稿を残したレオナルドだが、それは彼の相続人フランチェスコ・メルツィの死後、無神経な子孫の手でバラバラにされて売り払われてしまった。世界各国の美術館や図書館で、所蔵が確認されているのは元の数分の一だそうだ。アンジェローニ・デッラ・トッレ家のコレクションに加えられることで、消滅を免れたのは結構なことだが、こうして壁の中に隠されているのでは、研究者にとっては消滅したのと変わらない。

視線を感じて振り向くと、ジェンティーレがこちらを見上げてくすっと笑いをもらす。

「なあに？」

「セリってわかりやすいなあ、って思って」

憮然としてしまった。十歳近く年下の子に、そこまでいわれるのはさすがに嬉しくない。

「怒らないでよ。ぼく、セリのそういうところがすごく好きだよ。素直で、飾り気がなくて」

「それは、どうも」

誉めてくれてるように聞こえないんですけど。

「あれ、欲しい？」

ぎょっとして足を止めた。冗談にしてもとんでもない、と芹は大きく頭を振る。

「なぜ？　すごく一生懸命見ていたのに。きれいだって思っていたでしょ。こんなところに、誰にも見せずに置いておくべきじゃないって。違う？」

「違わないけど、いくらなんでも荷が重すぎるわ。とても個人で持ちきれるものじゃないわよ」

「ふうん？」

なにをいっているのかよくわからない、というように少年は小首を傾げる。

「だって、誰が描いたにしてもただの絵だよ。きれいだとはぼくも思うけど。それなら好きな人のところにある方が、いいと思うけどな」

レオナルドの作品を平気で『ただの絵』といってしまうところが、この少年の世間離れしたところなのだろう。だが芹には到底それほどの度胸はない。


「むしろ美術館《ムゼオ》に貸し出して一般に公開してもらう、とかにするべきなんじゃない？」

「駄目だよ、それは」

あっさり否定された。

「こんなことをいうと気を悪くするかも知れないけど、イタリアの美術館の学芸員とか、学者とか、信頼できない人が多すぎる。フィレンツェのウフィツィだって、修復に失敗した絵が倉庫に山のようにしまわれているって、聞いたことない？　一時期修復の世界を牛耳っていた学者が、無理なことをやらせて失敗して、それを隠していたから。内部でそれを知っている人はたくさんいたけど、誰もなにもいえなかったんだってさ」

「ただのうわさじゃないの？」

「遺憾ながらね。この国は既得権を持ったやつが勝ちなんだ。日本ではそんなことないんだろうね」

「うーん。それは、日本でだって絶対にないとはいえないけど……」

「法律上ではとっくに消滅しているはずの貴族階級が、平気で称号を使い続けているのからしてその証拠、って、ぼくがいうことでもないんだけど、でもとにかくそんなやつの存在を許しているところだもの、世の中に知られていない作品を自分のものにしてしまったり、横流ししたり、自分の研究に都合が悪いときはもみ消したりだってするよ。売買にリベートを要求したり、金で鑑定の結果を曲げたりなんて当たり前のことだしね」

「そんなところへ大切な先祖伝来の作品を、預けられるわけがない？」

「そうだね。作品の価値というのは主観的なものだとしかぼくには思えないけど、それならその作品を愛している人にこそ権利があるということだ。金や名声のために利用するのは冒瀆だよ」

ジェンティーレは言い終えて車椅子を進める。アベーレは疾うに隣の部屋に行ってしまっている。兄弟がもう少し打ち解けてくれたらというつもりでジェンティーレを連れ出したのに、ちっともそうなっていないと芹は内心焦った。

早く追いついて、彼を話題に巻き込まなくちゃ。それにしてもセラフィーノ、あなたから話しかけてくれればいいのに、どうしてさっさと先へ行ってしまうの？　弟と心が通わせられないと打ちひしがれていたのは数時間前のことなのに、いざとなると照れくさいとでもいうのだろうか。

「だからね、ぼくはそれくらいなら、セリがもらってくれたらいいのに、って思ったんだ。ここで所蔵されていることさえ知られていない作品だもの、日本に持ち帰ってくれて大丈夫だよ。

税関の書類なんかもこちらで用意できるだろうし。ああ、もちろん兄様に確認してからだけど、彼は君に好意を持っているらしいから、きっと問題はない。ちょうどいいからいま話してみようか」

すうっと前に出た車椅子を、あわてて追いかけた。前に回り込んで止めた。

「ジェンティーレ、私のうちは美術館でもなんでもないのよ」

「無理に公開する必要はないじゃない?」

「それに、ご厚意はとても嬉しいけど、もしもあれを家に置こうとしたら私心配で、一歩もそこから離れられなくなるわ。なによりも、レオナルドの作品は彼が生まれたイタリアにあるべきよ。もしもそれが可能だとしたら、聖天使宮を美術館として一般公開してもらうのが一番いいんだけど」

「じゃあ、セリ、君が大学を出てアンジェローニ・デッラ・トッレ家の学芸員になってくれればいいんだね。そうしてここを管理して、美術館として公開するならその運営もしてくれればいい。君は所有するという重荷なしに、好きなだけここの収蔵品を研究できるよ。ね、とってもすてきなアイディアじゃない?」

芹は思わず両手で胸を押さえている。確かにそれは魅惑的な、あまりにも魅惑的すぎる提案だった。


美術史で学位を取って博士号まで手にしたとしても、それで就職先が決まるわけではない。日本に戻ってもイタリアに留まっても、学芸員は常に狭き門だ。

教員になる方がまだしも可能性はあるだろうが、自分に教育者としての適性があるとも思えない。大学で講義を持つことを、研究者としての場を与えられることの見返りとして嫌々こなしている教員は多いが、芹はそういうことだけはしたくなかった。もっとも就職の心配などよりそれ以前の段階で足踏みさせられているいまは、先のことなど考えるだけ無駄だと思っていたが……

(嫌だ。あたしったらいつの間にか、『受胎告知』のマリアみたいなポーズをしているじゃない)

顔を緊張に強ばらせて、おののく胸を両手で押さえて。しかも目の前でこちらを見つめているのは、無垢の笑みをたたえた天使そのもののような少年だ。髪は頭光の黄金、まなざしは天上の青。異界から舞い降りてきて、なにも知らぬ乙女の耳に驚くべき告知を与える神の使者。しかしその薔薇の花弁のような唇から聞こえてくるのは、天使祝詞《アヴェ・マリア》ではない。

「それがいい。そうすれば君はずっとぼくといてくれる。ぼくは君にレオナルドの素描をプレゼントできて、でもそれはイタリアにあるべきだっていう君の希望もそのまま叶えられる。いいよね。じゃ、約束して」

正面からじっと見上げられると、それだけでなにもいえなくなった。あまりにも澄んだその瞳を見ているだけで、空のただ中に真っ逆様に落ちていくような、めくるめく幻惑に捕らえられる。ひんやりと冷たいものが、右手の指にからまるのを感じた。骨細の白い少年の手が、芹の手を握ろうとしている。

「約束して、セリ」

「ええ――」

文字通り答えに窮した。だがそのとき、

「ジェンティーレ様、お兄上様があちらで呼んでいらっしゃいます。シニョリーナも、あちらにお見せしたいものがございます、とのおおせなので」

ウラニアが低く声をかけた。少年は芹の手を取ったまま、ゆっくりと頭を上げ、車椅子をめぐらす。その顔に浮かんでいるのはやわらかな笑みのかけらもない、大理石の仮面のように冷ややかな無表情だ。

「そう。それでは兄様をお待たせしてはいけないね」

「どうぞ、お願いいたします」

「先に行って、セリ」

ジェンティーレがささやいた。

「ウラニアとふたりきりにならない方がいい。さもないと彼女はきっと、君がぼくをそそのかしているとか、そんなしょうもないことをいうだろうからね」

思わず視線を上げて、そばに立っている老女の方を見てしまう。少年の声が耳に届いたように、その目がじっとこちらを注視していた。

III

一連の続き部屋は、そこで大きく直角に曲がっていた。とはいってもこれまでも、すべてが直線上に並んでいたわけではない。その形はそれぞれ微妙にゆがみ、いくつもの部屋を同時に見通すことはできないようになっていた。

日本の木造建築は柱を立てて屋根を載せ壁を張る、軸組構造をしている。柱がすべての重量を支える。平面は直線で構成されていて、壁は薄く部屋の仕切りという意味しか持たない。

一方で西欧の石造建築は壁が構造材である。壁の厚みを変えることで、正方形の部屋の隣に円形の部屋を接させることも、円形の建築をすべて正方形の部屋で満たすこともできる。考えてみれば当たり前のことだが、木造建築で生まれ育った人間はその程度のことさえ意識的にならなくてはとまどってしまう。

聖天使宮は巨大な正五角形をしていて、外周の一辺はおそらく五十メートルを超えている。そして中央に位置する円形の中庭の直径が、柱の並ぶ回廊も含めておよそ四十メートル。中庭を囲む五つの辺が、部屋部屋の並ぶ建築だ。芹は頭の中でコンパスと定規を使って、正五角形と含まれる円を描く。各辺の厚みは約十五メートル。その中に回廊に沿うようにして、部屋が並んでいることになる。

だが画廊になった部屋の奥行きは、壁の厚みを考えても、それよりずっと小さかった。窓がない部屋も多かった。そして少しずつ曲がり、ゆがみながら並んでいた。だがいま、普段は閉じられているらしい小さなドアを入ると、そこは真っ暗な洞窟のような小部屋で、首をめぐらすとようやく次のドアが薄く光を滲ませている。そのドアを押して、入った。

顔を上げた。そして芹は思わず、――あ、と声を上げていた。突然の眩暈に襲われたように、身を支えるものを無意識の内に手探りしながら。

部屋の内は夜だった。どこまでも広がる荒野の夜。そして闇の中に広がる、鈍い黄金色をした廃墟。古代の遺跡だろうか。花のようなコリント柱頭を戴いた列柱が見える。腕のない処女の姿をした柱に、丸屋根を載せた小堂がある。こんもりと少女の乳房のように盛り上がったドームがある。ピラミッドのような角錐の台を上る大階段が見える。傾斜の緩い甍には彫像が並び、それが幾重にも幾重にも重なり合って続く。繊細な金線細工のような建築。現実性を欠落させた、なにものかに夢見られた幻影のような。

人の姿はない。いや、よく見れば巨大な構造物の陰に、小さな青ざめた人影めいたものがうごめいているようにも見える。しかしそれは生きた人間というより幽霊、自分が疾うに死んでしまったことに気づけぬまま、過去の都を足取りもおぼつかなくさまよい歩く亡霊のようだ。こんな風景をいつか夢で見たような気がする。自分もおぼろな影となって、ひそひそとその中を歩き回っていたような気がする。

その廃墟はいまゆるやかに、音もなく、崩壊しようとしていた。もはや自らの重みに耐えられぬ、とでもいうように。付け柱と浮き彫りで飾られた円塔が、大きな亀裂を開こうとしていた。そのドーム屋根は卵の殻のように割れて、真っ暗な虚ろだけが覗いて見えた。整然と並んでいるかに見えた列柱も、端からゆっくりと傾いで倒れかかっていた。

もちろんそれは壁に描かれた絵でしかない。だが絵は壁一面、いや四方のすべての壁を一続きに覆い、目を上げれば天井にまでも広がっていた、同じ闇と微光を放つ廃墟が。天頂からそれは、大小の破片となって渦巻きながらなだれ落ちてきていた。

崩れ落ちる建築のかけら、それとともに打たれて落ちる人の姿。あるいはそれは神々かも知れない。

北欧神話のラグナロク、神々の失墜と世界の滅亡を表しているのかも。もちろん描かれている建築は北欧風でもゲルマン風でもなく、東洋も西洋も折衷されたどことも知れぬ古代風の廃墟だったが――

（どうして床が傾いているような気がするの。四方の壁が、頭の上の天井が、こちらに向かって倒れ落ちてくるように思える。ただの錯覚？　でも……）

吐き気がした。逃げなけりゃ、ここから。さもないとあと少しで、天井から落ちてくる石の破片に打たれてしまう。でも駄目。手足がいうことを聞かない。体が動かない――

「――セリ、どうかした？　大丈夫？」

傷ついた右手をきつく摑まれて、その痛みにはっと覚醒した。ジェンティーレの瞳がすぐそこにあった。少年はか細い両手で芹の体を支えながら、

「兄様、明かりを消して下さい！」

カチッと、スイッチを切ったらしい音がした。

「もう平気だよ、セリ。顔を上げて」

冷たい指先が額に触れる。汗が吹き出ていることに、そのときようやく気がついた。だが一瞬胸を突き上げた吐き気は、すでに拭ったように消え失せている。目を開くと、あたりに漂っているのは白っぽい蛍光灯の光だ。夜と廃墟と落ちてくる神々のフレスコは、依然壁と天井に存在していた。しかしそれはさっきまでのような、見る者を動転させる迫力を持たない。単なる平面に描かれた絵だ。変形され、歪曲された遠近法が目を驚かせるとはいっても、眩暈を起こすほどのことはない。

（それなら、どうして？――）

不審げな芹にジェンティーレが、ほらあれだよ、と床の上を指さした。細かなタイルを渦巻き状に張りつめた床は、これも黒い。部屋の中央に置かれているのは、救急車の屋根に載せられているような小型の回転灯だった。その光が、広くもないほぼ正方形の小部屋の壁を照らしながら回って、芹の視野に眩暈を引き起こしたのだ。あまりにも呆気ない種明

かしに、納得するよりも馬鹿馬鹿しくなってしまう。

「お楽しみいただけましたか？」

壁際からセラフィーノが声をかける。

「兄様――」

ジェンティーレは憤慨しているような声を上げ、だが芹は急いで彼の手に触れ、ささやいた。

「もう平気よ。なんともないわ」

「だって」

少年はまだなにかいおうとしたが、芹が、ね？と目の表情で念を押すと、渋々のようにうなずいた。こんなことがきっかけで、ふたりが口先だけでも諍うようなことになってもらいたくない。だが、もう一度視線を上げて大理石像のような整いすぎた顔を見ると、腹立たしさが再び頭をもたげてくる。

いったいなんなのよ、といってやりたくなった。さっきは弟に自分の声が届かないなんていって、いまにも泣き出しそうな情けない顔をしていた癖に、せっかくその機会ができたとなればあなたは、ろくに会話をしようともしないし、今度はこんなおかしな悪戯をしかけてくるなんてまったく気が知れない。芹は背筋をぴんと伸ばしてセラフィーノを見返した。しかしことばだけは努めて穏やかに、

「ずいぶん珍しいものを見せていただきました。この壁画にはどんな由来があるのでしょう」

「残念ながらシニョリーナ、あまりお話しできることはないのですよ。この部屋自体は、創建当初から存在していたのは確かですが」

「私、パラッツォ・デル・テの巨人《サラ・デイ・ギガンティ》の間を思い出しましたけど」

「なるほど」

「建築年も百年と違わないのじゃありません？　もちろん与える感覚は、こちらはとても静謐で、全然違っていますが」

そういってから彼の反応を待ったが、依然としてその顔にはどんな表情も浮かんでいない。

「ではシニョリーナ、あなたのご高察をうかがいましょうか」

たぶんこれもまたミラノの、贋作当て遊びの続きなんだわ、と芹は思った。私は最初のゲームに見事引っかけられて、その結果ここまで連れて来られた。そしてなにが賭けられているのかもよくわからないゲームは、いまも続いている。

「確か神聖ローマ帝国皇帝カール五世は、あの宮殿を訪問したことがあったはずですね。ということは、カール五世に随行してきたルイジの息子が建てた聖天使宮とパラッツォ・デル・テは、間接的にしろ関係があることになりますね？」

「とおっしゃると？」

セラフィーノは唇だけで微笑んだ。やっぱりそうだわ、と芹は思う。これはゲーム。彼は私を引っかけようとしている。

パラッツォ・デル・テ——稀に『茶宮殿』などと誤訳されるが、『テ』の名はその建つ土地の旧名テイエートから来ている。芹は今朝方も、庭園でその名を思い出したが、それはイタリア北部ロンバルディア州の古都マントヴァにあるルネサンス末期の離宮だ。

一五三二年にはすでに内装までほぼ完成していたというから、このパラッツォ・サンタンジェロより八十年ほど前の建造になる。

設計と室内装飾はラファエロの弟子、ジュリオ・ロマーノ。離宮の主はマントヴァ侯フェデリコ・ゴンザーガ二世の愛人ラ・ボスケッタで、プシケの間の壁画はふたりを表すのだ、という説もあるが、実際は彼女が住んでいたのはその前身に当たる慎ましやかなヴィラに過ぎず、離宮の完成前にフェデリコ二世は結婚して、愛人はそのとき彼のもとを去っている。壁画の主題がプシケとエロスの祝婚であるなら、それはフェデリコとマルゲリータ・パレオローガの結婚を言祝《ことほ》ぐものだったろう。

マントヴァの名は、女傑イザベラ・デステの名声と共に記憶されている。武門の誉れ高いフェラーラのエステ家から嫁ぎ、夫のマントヴァ侯が戦争捕虜とされた不在時、見事に国を治め守ったこと。高い教養と社交術で人々を引きつけ、多くの高名な芸術家に仕事を与えて侯爵宮の書斎を飾ったこと。フランス軍の侵攻によってミラノを逃れてきたレオナルド・ダ・ヴィンチに肖像を描かせようとしたが、彼はついにデッサン一枚を残したのみだったことなど、エピソードには事欠かない。

芹はかつて、マントヴァを旅行したときの記憶を頭から引き出す。統治者の宮殿であったパラッツォ・ドゥカーレにはいまもイザベラの意志に従って装飾された居室が残されているが、テ離宮の装飾はおそらく彼女の美意識には合致しなかったろう。それは中世ゴシックの熱烈な宗教性からの脱却を目指したルネサンスの古代復興、人間理性と自由意志を誇らかに謳う真昼が、黄昏を迎えて内側からゆがみ、ねじれ、変形していくまさにその瞬間をいまに伝えている。

石の表面を粗くはつった粗石積みを、化粧漆喰で模した外観。中庭を囲む壁の透き間を空けた《ブロークン・》三角破風《ペディメント》。アーチから突出した異様に大きい要石。下へ向かって脱落しかけるかのようなトリグリフ。古典古代から再発見された建築要素が、奇怪にメタモルフォーズされながらはめ込まれている。まるで最初から壊れかけた廃墟を模すように。

また室内の壁画、特にもっとも華やかに装飾されたプシケの間に至っては、誉めてみれば賑々しいが、率直にいわせてもらえば乱舞する男女の肉体はどれもぶくぶく太って生々しく、俗悪で醜悪としか見えない。そして巨人の間だ。

一辺が約十メートルの正方形をした部屋の壁は、崩壊する大建築と、その下敷きになっていく数十人の巨人たちの苦悶する様で埋め尽くされている。天井は彼らを見下ろすオリンポスの神々、さらに高く雲間から玉座に止まって翼を広げる鷲が描かれている。四方の壁と天井、どこが絵の中心でもなく終わりでもなく、視線をさまよわせながら首を回していけばいつか天井そのものが落ちかかってくるような幻覚にさえ襲われる。

しかしそれ以上に芹を気味悪く思わせたのは、滅んでいく巨人たちを見下ろす神々の表情も決して勝ち誇ってはいない、巨人たち同様に混乱し、動転し、事態に怯えすくんでいるように見えたことだった。さらに、天蓋を戴く玉座の上に鷲のみが止まっていることの奇妙さ。鷲はゼウスのシンボルだが、ゼウス自身は玉座にかけているわけではない。本来巨人を打ち倒す闘いの指揮者であるはずの最高神は、一際大きく描かれているとはいえ他の神々と同じ高さにいる。あくまで部屋の高みに君臨し空間を支配するのは一羽の鷲だ。神々の中の幾人かは、明らかにその鷲を見上げて茫然と口を開いている。鷲はゴンザーガ家の紋章だというが、この鷲は神聖ローマ帝国皇帝カール五世の象徴ではないか。

フェデリコ二世と皇帝カール五世は同い年で、同盟者という以上に個人的親交を結んでいたという。一五三〇年、ボローニャでの戴冠式の後マントヴァを訪問した皇帝は、フェデリコを公爵に叙した。三二年にはふたたび訪れて、ほぼ完成したテ離宮を案内され、フェデリコから装飾の説明を受けている。つまりそれだけ、ふたりは親しかったのだと。

だが、芹は疑問を感じた。いかに同じ年齢の君主で同盟者だといっても、絶大な軍事力をもって聖都ローマを蹂躙したばかりの若き皇帝と、一介の小国の、それも女傑であった母に長いこと牛耳られて、世間からひそかに笑われてきたフェデリコが、対等な親交など結べるものだろうか。

小国に分裂して争い合うイタリアの諸国は、皇帝軍の前に文字通り蹴散らされ、押しつぶされ、君臨することを許すよりなかった。たとえ皇帝がフェデリコに友情を抱いていると主観的に信じたとしても、それは強者の側の独善だ。弱者はかたときも、相手の圧倒的な権力を忘れることはできない。もしも忘れて友情の幻想に浸っていたとしたら、フェデリコはどんな小国といえども統治する資格がない。

だとすれば鬼面人を驚かす巨人の間は、フェデリコの征服者に対する媚びの仕草であったことになる。

『あなたは圧倒的な力を持って愚かな巨人たちを討ち滅ぼされる。あなたの前には巨人だけでなく、雲に乗った神々もこの通りなんの力も持たない。それを私はよくよく承知しております。私が神の一員として存在できるのは、あなたがお許し下さるからだということも』

神々がどれも怯えた顔をして滅びていく巨人たちを見下ろしているのは、いつ自分たちもその中に入れられるかわからないと承知しているからだ。つまりそれがフェデリコの、イタリアに残された小国の君主の思いではないか。芹にはそんなふうに感じられた。

「ルイジはカール五世の口から、テ離宮の巨人の間のことを聞かされていた。そしてそれはルイジの息子へ伝えられ、同様の効果を生むことを狙って聖天使宮の壁画が描かれることになった、ということも考えられるかもしれません」

「それは、なかなか興味深い仮説ですね」

アベーレはあっさりと同意したが、芹は逆に肩をすくめて、小さく笑ってみせた。

「あ、でもそれはおかしいかも知れませんね。だってここの壁画、どう見てもモンス・デジデリオ風じゃありません？　十七世紀のナポリで活動していたという、夢魔の世界のような崩れ落ちる夜の廃墟ばかり好んで描いたあの奇妙な画家。確かに時代的には合わなくもありませんけれど、当時はどう考えてもマイナーな、無名な画家だったに違いありませんもの。いったいどうやってご先祖は、そんな人間を見出して仕事させたのかしら。もちろんそれが不可能だとはいえませんけれど、でも、グスタフ・ルネ・ホッケが『迷宮としての世界』で取り上げるまではほとんど忘れ去られていたモンス・デジデリオの、それもこんな大きな壁画が残されているとしたら、一大センセーションですね。どうなんでしょう、伯爵閣下」

立て板に水とまくしたてた芹に、アベーレは横を向いてくすっと笑いを洩らす。

「——すみません」

「じゃ、やっぱり偽物なんですね。部屋は創建当初からだったっていわれたのは、壁画は新しいという意味なんでしょう?」

「まあ、そうです。すっかりお見通しだな」

「わかります、それくらい」

馬鹿にするな、というつもりで芹は相手を睨んだが、彼は楽しそうにくすくす笑い続ける。

「なにもかもおっしゃる通りですよ、シニョリーナ。この部屋の壁画は近年になって描き直したのです。知り合いに私の好きなデジデリオ風の元絵を描いてもらって、それを画工に拡大して描かせました。回転灯を置いたのは私の発案ですが、どうも悪戯が過ぎたようですね。本当にすみません。それほど気を悪くされるとは思わなかったのですよ」

「別に、もう結構です」

「では行きましょうか。この先の収蔵品は、もう少しあなたの目を楽しませて差し上げられるかも知れません」

彼はまた先に立って歩き出している。その横にぴったりとウラニアがつき従う。私のことなんてどうでもいいから、弟さんと。そういいたいのに、ことばを探している間に機会が去ってしまう。そんな芹のもどかしさも知らぬげに、少年はささやいた。

「セリって、すごいんだね」

「え、なあに?」

「兄様と互角にいい合えるなんて、すごいよ」

ちっとも互角ではない、と芹は思う。こっちは全力で立ち向かっているのに、片手で軽くあしらわれているような気分だ。

「それよりお願いだから参戦してよ。私の味方でなくてかまわないから」

「いやだなあ。ぼくが敵に回るはずがないじゃない」

「でも、お兄様の敵に回るのも嫌でしょう?」

「そうだな。――ううん、そんなことないよ。ぼくのことといつまでも子供扱いする兄様に、そうじゃないんだって思い知らせてあげられるかも知れない。うん、それはいいな」

「じゃあ、次があったら援護をお願いするわね」

「わかった」

少年は手を伸ばして、芹の指をきゅっと握った。

「ぼく、こんなに楽しいことって初めてだよ」

「そう? 疲れていない?」

「大丈夫さ。本当に、君がきてくれて良かった」

IV

その先はまた画廊が続いていた。

こちらはがらりと趣が変わっていて、部屋の広さはどれも居間程度の、それまでと較べればこぢんまりして感じられるところに、壁には肖像画が数点、その他に椅子やテーブル、飾り簞笥といった家具が配置され、テーブルの上には陶器や彫金、ガラスなどの見事な工芸品がさりげなく飾られている。中にはまるで部屋の女主がちょっと席を外しただけ、というようにソファの上に半開きの扇子が置き去りにされていたりして、そのコーディネイトだけでひとつの作品といいたいような眺めだった。

肖像画はすべて、アンジェローニ・デッラ・トッレ家の歴代の人々のものらしい。だがそれも時代の順に並べられているわけではなく、コラージュを作るように、作品の持つ雰囲気や色合いに合わせて自

在に配置されていた。ただ額の下縁に止められた札に、
『Michele, cardinale, 1725』（ミケーレ、枢機卿）
『Raffaello, conte, 1637』（ラファエロ、伯爵）
『Sofia, contessa, 1772』（ソフィア、伯爵夫人）
『Bartolomeo, generale del Sacro Romano Impero, 1829』（バルトロメオ、神聖ローマ帝国将軍）
などと書かれてあって、彼らの名と身分、肖像が描かれた年代だけは知ることができるようになっていた。
　そのように時を隔てていても、彼らの顔はしばしば似通っていて、鷲鼻や面長、金髪青眼、受け口など、ハプスブルク面貌の特徴が現れていることも多かった。
　枢機卿らしい赤い衣の聖職者と、赤いビロードのマントを肩にかけた巻き毛の青年と、マリー・アントワネットのようなロココ風に髪を結い上げて赤い肩掛けをした女性が、それぞれ同じような角度で首をねじってこちらを見ている。
　壁はその絵の赤を引き立てるような黒の布張りで、ロカイユ装飾に金箔を貼った派手やかな飾り戸棚をふたつ左右に並べ、中にはマイセン磁器の細工物——籐の籠から、そこに盛られたみずみずしい果実、薔薇の反り返った花弁、葉の一枚一枚、果てはその葉に止まったテントウ虫まで作られている——が納められて息の詰まるほどの繊細さを見せていた。赤と黒と金の劇的な対比と、その中に一点加えられた淡い薔薇色。なんと大胆な、だが見事な配合だろう。
　色とりどりのシャンデリアを下げ、壁には天井から床まで届く鏡を並べた部屋には、カラヴァッジオを思わせる明暗画法《キアロスクーロ》の等身大全身肖像画が並んでいて、芝居めいた身振りをしながらこちらを見下ろす。
　かと思えばその隣は修道院の一室を思わせる簡素さで、床は土色のテラコッタ・タイル、壁は白漆

喰。壁にかけられた肖像画はどれもイコンめいた描きぶりだ。しかし壁際のサヴォナローラ・チェアには細かな象牙象嵌が施されており、小さな壁龕に置かれた聖遺物入れはエナメル彩色のガラスを彫金網で包み、珊瑚らしい赤い粒をいちめんにちりばめた、中世美術に暗い芹でも一目で並外れた逸品とわかるような贅沢な品で、部屋の飾り気のなさがかえって効果的だった。

そうした部屋部屋を順に歩き抜けていきながら、アベーレは時折絵の前で足を止めては祖先にまつわるエピソードを披露する。

この枢機卿は当代随一の歌い手にして、美声の持ち主として知られた。反宗教改革のさなかで変貌し、禁欲化したヴァティカンで、二百年前のボルジア家の教皇アレクサンデル六世やメディチ家の教皇レオーネ十世のような、恋と美食と快楽を謳歌して、ついには教皇庁の命令によって暗殺されたと伝えられている。だが彼は夜の街頭で切り刻まれるときも人生を讃える歌を高唱していて、その歌声の美しさに暗殺者の剣先も鈍りがちであったという。

「それでも、やっぱり殺されてしまったんですね」

「ええ。どうせなら海に落とされて海豚に救われた詩人のように、彼も暗殺者が剣を引いて助けてくれた、というのなら良かったのですがね、事実が伝説通りならかえって死ぬのが長引いて苦しかったでしょう。半端な芸は身の災いという教訓ですね」

この伯爵夫人は才女として名高く、サロンに文化人を集め、才気溢れる詩を多く書いたらしい。しかし夫は妻の趣味を嫌っていたので、彼女が若くして病死するとその遺した草稿をすべて焼き捨て、他人の手からも取り戻し、誰かがそれに言及することも拒んだ。肖像画の夫人はペンを片手に持ち、片手に紙片を持っているが、そこに書かれた詩の数行も削り取らせたという。おかげで彼女の詩作品は一点も伝えられていない。

「ひどい話――」

「この話の通りだとしたら、確かに」

「そうではないといわれるのですか？」

「考えてごらんなさい。本当に夫人の詩がすばらしいものだったとしたら、サロンでそれを読み、朗読を聞いた誰かひとりでも、伯爵の仕打ちに怒って書き残さないということがあるでしょうか」

「でも――」

「あなただったらどうなさいますか？」

「ええ、そうですね。きっとこっそりとでも、覚えているだけのことを書いて残そうとしたでしょう」

「だから私は思うのですよ。もしかしたら伯爵は、夫人の名誉と死後の名声を守るためにこそそうしたのかも知れないと」

「それは要するに、夫人の詩は読むに耐えないようなシロモノだったっていうことですか？」

「そうまではいいませんが、伝説は常に美しいもの。失われた詩は残された詩より輝きます。それを承知で彼は敢えて、無粋で愚劣な夫の役を買って出たのではないかとも思えます」

「ずいぶん、皮肉な見方をされるんですね」

彼は軽く肩をすくめたが、そのままなにもいわずに視線を絵の方へ戻す。それに替わるように、

「皮肉なのは、セリは嫌い？」

横からジェンティーレが尋ねる。

「嫌いというのじゃないけど……」

「でも視点をずらしたら、真実が見えてくるってこともあるのじゃないかな」

芹は頰の内側を嚙んで、答えるべきことばを探した。賢しらぶって『斜に構えた』のは好きじゃないのだが、こういう場合イタリア語ではどういえばいいのか。

「つまりなんていうか、建設的じゃない見方ってあんまり同意したくないの。失われたものは美しく感じられるからって、じゃあ失われた方がいいみたいに考えるのは変でしょう。伯爵がしたことは妻のためだったのか、それとも自分のためだったのか。

どっちにしろ死んだ妻の詩を抹殺したことが事実なら、そんな野蛮な行為を肯定する気はしないわ。彼から見れば無価値な作品でも、いま読めばすばらしいものかも知れない。余人が判断する可能性を奪ったんだから、たとえ愛情から出た行為だったとしても、それはやっぱり赦せない蛮行じゃないかしら。私はそう思う」

言い終えて口を閉じた芹に、少年は小さく笑いをもらす。

「セリらしいや」

「どういう意味よ」

「もちろん誉めているんだよ。ぼくはセリのそういうところが好きなんだもの」

「そういうところって……」

頭が固くて変に生真面目で洒落が通じないところとか？　とでも聞き返そうかと思ったが、もういいじゃない、というように少年は金色の光に包まれた頭を左右に振って、

「それよりこれを見てごらんよ。この部屋の中では、ぼくはこれが一番値打ちがあると思うよ」

植木鉢台のような小テーブルの上に載せられているものの方へ、芹を差し招く。

「なあに、それ」

一見したところは、透明なガラス製のボンボン入れ《ボンボニエール》のように見える。円筒形をしていて、四体の龍に支えられた金色の台座にはエジプトの象形文字風にデザインされた鳥や昆虫や兎が陰刻され、深紅の石を並べた帯が周囲を幾重にも取り巻く。黄金製の彫金を施した蓋の中央には同じ赤石を一粒立てたつまみがあって、そのことも蓋物の容器らしさを出していた。だが近づいて見ると、ガラスの中は空洞ではない。いっぱいに、真鍮の金色をした機械らしきものが納められている。

「置き時計さ。ほら、ここに文字盤がある」

石を摘んで蓋を取ると、金色の文字盤に二本の針が見えた。

「ウィーンの美術史美術館の収蔵品に、これとそっくりの時計があるそうだよ。ただ、向こうの石は柘榴石で、こちらはビルマ産のルビーだけれどね。中に彫られた作者の署名はどちらもミヒャエル・シュネーベルガー、プラハのルドルフ二世に仕えた時計職人のひとりだ」

そういえば、芹が大学の図書館で見つけた本にも書かれていた。アンジェローニ・デッラ・トッレ家のパラッツォは、皇帝の没後にプラハからイタリアに帰った建築家ネロッツォ・ダ・カンゾの設計だという伝承がある、と。もっともその本には、皇帝が死んだ一六一二年、すでにパラッツォの建設は始まっていたとも書かれていたが、その男が関与した可能性を否定してはいなかった。それはこの時計のように、ルドルフ二世との関係を示唆する遺品がパラッツォに遺されているためなのか。

芹の心を読んだように、少年は小さくうなずいた。

「そう。これは皇帝の覚えめでたかったネロッツォが、拝領したもののひとつだと我が家では伝えられている。それも悲惨だった皇帝の晩年、その後を狙うマティアスに衣を剝ぐように権力を奪われて、プラハ城に逼塞したまま終油の秘蹟も受けずにみまかった皇帝の枕元から、ネロッツォは最後まで離れなかった。

ここには彼の忠誠に報いて下賜された貴重な品が、たくさん残されているのさ。質的にもウィーンに残るものより遥かに優れている。皇帝の蒐集の失われた全貌をうかがうには、どこより貴重なものだろう」

「そうして皇帝の死後プラハを離れたネロッツォが、拝領の品々とともにアンジェローニ・デッラ・トッレ家にやってきたというのね」

「そう」

「皇帝は、マクシミリアン一世の血を引く者がイタリアにいることを彼に伝えたのかしら」

「たぶんね。それに皇帝は蒐集品の入手のために、欧州各地に大使を派遣していたというから、うちの祖先たちとは直接、関わりがあったとも考えられる」

神聖ローマ帝国皇帝ルドルフ二世は、カール五世の弟で皇位を継いだフェルディナンド一世の直系の孫に当たる。カール五世はイスパニア王国の王位継承者ファナ王女の子として王位を継ぎ、一身でウィーンとマドリッド、ふたつの王座を兼ねた。だがそれは彼一代で終わり、皇帝位は弟の子孫へ、イスパニア王位は彼とポルトガル王女の息子へ継がれ、ただしイスパニア・ハプスブルクは四代百五十年足らずで絶えた。

ハプスブルク朝最後のイスパニア王カルロス二世は、二流れのハプスブルク家の間で繰り返された血族結婚の悪影響で、肉体的にも精神的にも生まれながら障害を負っていたという。

(っと……)

頭の中をよぎったハプスブルク家の挿話を、芹はあわてて振り払う。口には出さなくとも、鋭敏なジェンティーレには胸の中を読まれてしまいそうな恐れがあった。無論カール五世とフェルディナンド一世の確執は、以前少年自身の口から語られたことでもあったが、兄であるアベーレもいるここで兄弟の葛藤や、生まれながらの障害といったことはほとんど地雷のようなもので、思い浮かべるのもためらわれた。

もっとも兄弟の争いは、ハプスブルク家では珍しくはない。たったいま少年が口にした、ルドルフ二世を玉座から追い落としたマティアスもその実の弟だった。さっきのジェンティーレは弟ということばを省いて語っていたが、それも兄の耳をはばかってのことだったのだろうか——

(ああ、もう止めよう。いまはそんなこと、考えても仕方がない)

ルドルフ二世の統治期間は一五七六年から一六一

二年。通常の歴史書ではこの皇帝は、政治を放擲してプラハの王宮に引きこもり、芸術品の蒐集、占星術や錬金術に耽るのみで、最後は弟の反乱に遭い惨めに亡くなった無能な人物とされている。だがその見方は、近年になって訂正されつつあるらしい。今日まで残された彼の蒐集品や、その目録を研究することで、彼が決して現実逃避に憂き身をやつす無能な好事家ではない、当時最高レベルの見識と鑑賞眼を持つコレクターであり、広い視野を持った教養人、知識人だったということがわかってきたからだ。

また近世には迷信の代名詞でしかなかった占星術、錬金術が、天文学や化学に通ずる萌芽として、あるいは合理主義を超克する別種の知の体系として、認められるようになったということもある。だが、それでもなおというべきか。だからこそというべきだろうか。いまなおプラハのルドルフ二世という名には、ある種謎めいた魅力が備わっている。魔術の首都の異名を持つ黄金のプラハ、百塔のプラハ。後に映画にもなった伝説の人造人間ゴーレムを作ったのは、ルドルフ治下のプラハに棲んでいたユダヤ人ラビ・レーフだった。

それは物語に過ぎないとしても、例えば皇帝が庇護した画家アルチンボルドは、その奇矯な作品からシュールレアリスムの先駆者といわれる。皇帝はデューラーもコレッジョも蒐集したのであり、アルチンボルドによってその美意識を代表させるのは的外れかもしれないが、彼が時代に先駆けた鑑賞眼を持っていたこと、それがアルチンボルドを選び取ったことによって証明されているのは否定できまい。

占星術の研究は、やがて来る地動説を準備した。いや、少なくともルドルフ二世の時代、占星術師と天文学者の間に鮮明な境界はなかった。ヨハネス・ケプラーはその発見した惑星運動の法則に名前を残す天文学者で、彼もまたプラハ宮廷の寵臣のひとりだった。

その先達のティコ・ブラーエはルドルフの死を予言したといわれるが、ケプラーの法則を導き出すもととなった惑星観察のデータ表は、ティコの取ったデータを引き継いでおり、彼はこれにパトロンであった皇帝の名を冠して『ルドルフ表』と命名している。さらにケプラーは光学にも関心を抱き、数々の実験を行っていたと聞くと、それは鏡製造の職人から錬金術師の職掌に重なってくるだろう。

現代のように知も技も科学も分化していない時代の、それゆえに豊饒な混沌たる坩堝のような宮廷を芹は思い浮かべる。そこには多くの可能性が渦巻いていたのではないか。現代の科学体系というのは、その選択肢の中のひとつに過ぎず、もしもそこで違った道が選ばれていたなら違った現代があり、違った科学が世界を作っていたのではないか。パラレル・ワールドのように。そんなふうにさえ思われるのだった。

「セリはルドルフ二世については詳しいの？」

「いいえ、残念ながら常識程度のことしか知らないわ。興味は結構あるのだけれど、プラハにも行ったことはないし」

「そうか。でもいまのプラハには、彼の統治時代の面影はほとんどないらしいよ。膨大なコレクションもその死後に、スウェーデン軍が侵攻して略奪してしまったから、ほとんどはちりぢりばらばらになってしまった。それでも略奪以前にウィーンに送られたものは、そうして残されているけれどほんの一部でしかない」

「でも、この時計はとてもきれい。そんな数奇な運命をかいくぐってきたなんて信じられない。まるで昨日作られたみたいに、傷ひとつないのね」

略奪され、散逸してしまったはずのルドルフ二世のコレクション。それも世に知られているウィーンの収蔵品より質的に高いものが、人知れず聖天使宮に秘蔵されているとなれば、いよいよアンジェローニ・デッラ・トッレ家は美術史家にとって底知れぬ存在だ。もしかしたら、と芹は思う。スパディーニ教授はいくらかは、そうしたことにも気づいていたのではあるまいか。自分の過去の汚名を雪《そそ》ぐことだけでなく、一目でも門外不出の秘蔵品を目にしたいという思いに駆られて忍び込んできたのでは。

体をかがめた芹に、少年は指さしてみせる。

「もっと顔を近づけて見てごらんよ。ガラスの中を」

円筒形をしたガラスの中に、時計のムーヴメントらしい金色の歯車が見える。時計の機構を芹は理解していないが、比較的単純な、しかし見るに美しく幾何学的な形態を持った金属部品が組み合わせられている。それだけでなくチェスの駒のような、台座に載った壺やなにかも並んでいて、どこまでが実用でどこまでが装飾なのか、一見しただけではわからない。

現代人には、装飾とは余分な付加物であるとする観念が強固に存在する。

だがそれはモダニズムが生まれ、流布されてからのことだ。それ以前、装飾はより本質的なものであり、それなくしてはなにものも存在し得ない要素だった。だからここで時計の機械を、機能部分と装飾部分に分離するのは十七世紀的な思考からは外れているだろう。

テーブルに手をついてじっとそれを見ていると、だんだんと大きさの感覚が変化してくる。ガラスの容器の中が、ひとつの部屋ほどもあるような感じ。子供の頃見たアニメ映画で、巨大な時計塔の内部で、主人公と悪役が追いつ追われつ、動き回る歯車の間を駆け抜けたり飛び乗ったりして闘う場面があった。指先ほどの小人がこの中にいて、時計が動き出したらそんなふうになるかも知れない。

(え?……)

芹は息を止めた。音がしているような気がする。どこか、このすぐ近くから。それは時計の発するかち、かち、かち、という音だ。

いや音だけではない。さっきまでは確かに止まっていたガラスの中の歯車が、微かにではあるが動き出している。いま、歯がひとつずれて、その向こうを指先ほどの人影がさっとかすめた——

思わず小さな声を上げて体を起こした芹に、

「セリ、どうしたの？」

「どうしました？」

アベーレとジェンティーレがほとんど同時に尋ねた。芹はふたりの顔を等分に見比べながら、

「この時計が、いま、動いたような気がして——」

「——ああ」

アベーレが白い歯を覗かせる。見事な、といいたいようなそれは微笑だった。落ち着き払い、高雅な気品に溢れた、一瞬にして人の目を奪い、他のことを忘れさせてしまう、生まれながらに選ばれた者のみが持ち得る完璧な微笑み。しかし芹に対して狙い通りの効果を発揮するには、その完璧すぎることがかえって逆効果だったかも知れない。


「数百年振りに美しい人が顔を寄せたので、あなたのかぐわしい吐息の香りを嗅いで、冷えこごえていた機械も目を覚まして身じろぎしたのでしょうね」

そんなぬけぬけとした口舌《くぜつ》に慣れるわけもない芹は、計算されたような笑みもあって鼻白んで顔を退いたが、それでも思い直す。

彼のいまのことばは、油の滓などが詰まって止まっていた時計が、人の手に触れられたり、息がかかったりすると体温で油が溶けて動き出す、そのことをいっているのではないか。自称超能力者ユリ・ゲラーの有名な手品の種だ。もっとも芹は時計に触れてはいない。そばに寄って覗き込んだだけだったが。

アベーレはすでに歩き出していた。肩越しに軽くこちらを振り向いて、

「そろそろ一休みしませんか。隣に飲み物と軽食の用意をさせましたから。シニョリーナ・セリ、あなたは昼食も食べておられないのだから、少しはなに

か召し上がらないといけませんよ」

「あ、——でも」

いまはまだいらないので、といおうとしたが、そのときはもう彼の姿は向こうの部屋に消えている。いつの間にか見えなかったウラニアが、そちらでテーブルの支度をしているらしく、彼女に話しかけるアベーレの声、答える老女の声が微かに聞こえてきた。見返ると、ジェンティーレは小卓の前から動いていない。依然時計にじっと目を据えている。

「行きましょう、ジェンティーレ」

芹は声をかけた。自分は別にまだ休む必要を感じないが、彼のことを考えなくてはならない。ここまでも暖房のない画廊の部屋部屋は氷室のように冷え切っていたし、彼のためには体を温める飲み物が必要だろう。しかし少年は、カメオのような白い横顔をこちらに向けたまま、——少し待って、セリ、とつぶやいた。

「前にいったでしょう？　兄様のいうことを聞かないで、ぼくが教えてあげるから、ぼくのいうことを聞いてって。ねえ、覚えている？」

「ええ。『神秘の薔薇』を見せてもらう前にね」

少年は前を向いたまま、うなずく。

「ぼくのことばと兄様のことば、どちらを信じるかは君が決めればいい。でも兄様はこうして君を案内しながら、肝心のことはなにもいわないし見せないつもりのようにぼくには思える」

「肝心のことって？」

「ルドルフ二世は時計を好んだ。多くの時計職人を集めてさまざまな時計を作らせた。それだけでなく天体の運行に合わせて二十四時間で一回転する天球儀や、ツィターを弾く人形、さえずる小鳥、角笛を吹く狩人や自鳴鐘といった自動機械《オートマタ》のたぐいも」

「ええ、それは聞いたことがあるわ」

皇帝治下のプラハでユダヤ人が動かした人造人間ゴーレムの伝説も、そうした自動人形の記憶に繋がっているのではないかと考えたこともある。

「でも、それだけじゃあない。ぼくは考えている。皇帝のお抱え技術陣は未だに人類が生み出していない夢の産物、永久機関《ペルペトウム・モビレ》を開発したのじゃあないかと」

「ペルペトゥム・モビレ?――」

芹は思わず鸚鵡返しに聞き返していた。確かにそれは見果てぬ夢の存在だ。そして二十世紀末の現在にいたっても、完全に消え失せてはいない夢だ。しかし、どこまでも夢でしかないはずだ。なぜなら、

「ジェンティーレ、永久機関は不可能だということは、物理学で証明されているはずよ」

「そうはいうね。でもエネルギー保存の法則なんていわれても、ぼくはその証明を理解できない。だから自分の目で見て、触れるものの方を信ずるよ」

そういわれてしまうと、自分でも決してそれを理解しているといい切る自信のない芹は、躊躇を覚えて絶句せざるを得ない。しかし彼はその目で、永久機関といい得るものを見ているというのか?

「まさか、その時計がそうだというの?」

「これの場合、永久というのは少々誇大宣伝ということになるだろうね。でも、セリ、君が気づかなかっただけで、この時計は最初から動いていたんだよ。そしてこの部屋を開くのは一年振りのはずなんだ。電池式でもないのに、その間ずっと動き続けることのできる時計があったとしたら、かなり永久機関に近づいたといえるのじゃない?」

「まさか――」

芹は笑おうとしたが、顔が寒さに凍ったようでうまく表情が作れなかった。いくらジェンティーレが熱心に言い張ったからといって、永久機関などというものの存在を容易く信じられるはずがない。もちろん、物理学の法則を理解できているわけでもないが。そんな芹の強ばった顔を見上げて、

「でも、これだけじゃないよ」

少年はささやいた。

「もっとちゃんとした永久機関が存在する証拠が、

このパラッツォにあるんだ。兄様は信じないふりをしているし、たぶんそれも見せまいとするだろうけど、ぼくが教えてあげる。

君はもう『神秘の薔薇』を見た。そしてこれの前に立てば、聖天使宮の秘密はすべて君の前に開かれたも同然なんだ。それがぼくの君にあげる贈り物だよ。君にとってどれくらい、価値があるかはぼくにはわからないけれど——」

V

次の部屋はまた、まったく雰囲気が違っていた。開かれたカーテンの中にガラス窓が明るい部屋は、角を落とした正方形で、天井も低いからとてもこぢんまりとした印象を与える。壁紙は枯れた薔薇のようなローズ・ブラウンの地に、図案化された百合の花らしい連続模様が白で抜かれて、足元の絨毯も椅子に張った布もそれと同系色の、暖かみのある風合いだ。

暖炉回りの装飾も、壁際に置かれた小箪笥や椅子も、正円の円弧と直線だけで構成されたアール・デコ調だ。一九二五年にパリで開催された国際装飾博覧会を出発点に、博覧会の略称を様式名として用いて『アール・デコ』と称する。つまりそこにはまだ、装飾を余剰として忌避するモダニズムの感覚は生まれていない。

かつて、上は芸術家として認められる造形作家から下は市井の職人まで、あらゆる装飾は手仕事として成立していた。しかしアール・デコは、勃興しつつある市民大衆に消費財が大量供給される時代の幕開けに出現した。機械化された工場からの大量生産である以上、意匠は均一で単純化されざるを得ない。そうした限界の中で、「やむを得ない」ではなく「いや、これこそが美しい」という価値観が生まれ、定着して、人間社会における芸術の歴史はまた新しい一歩を刻んだとはいえるだろう。

富の余剰があって初めて芸術は生まれる。かつては持つ者と持たざる者が画然と分かたれ、その不均衡によって生み出された余剰が芸術の苗床となった。その代わり持たざる者は飢えた。無論近代以降にも富の不均衡は存在し、餓死せざるを得ない人々も消えたわけではない。持つ者と持たざる者は、持つ国と持たざる国となった。持たざる国では飢えて死ぬ者がまだいて、しかし持つ国にも芸術家を庇護する王侯はいない。大衆という、名もなき消費者のみがいる。

ルドルフ二世の膨大な蒐集は、世界を所有しようとする皇帝にふさわしい欲望の表現だったが、それもはや意味をなさなくなった。

なぜなら同一にして均一な大量生産品は、近代以前の稀少品のような、探し求め、買い集める価値を持たないと考えられるからだ。それこそひとつの無血革命であったろう。

もっともそれは巨視的に見てということで、持つ国、いわゆる先進国にも、路上で眠る人間もいれば自分の所有する財産を数えたこともない富豪もいるだろう。大量生産大量消費の時代は後戻りする気配もないが、旧来の一点物の造形芸術が消滅したわけではなく、工業製品も時が経って数が減ってくれば違う価値を付加される。蒐集という欲求もまた人間の根本的なところに位置しているのか、大衆化一般化して存続している。

つまりは現代も続くそうした時代の幕開けに、花開いたのがアール・デコ様式だ。高度な手作業を必要としない、機械生産に適した簡素な幾何学的なデザイン。宝石や貴金属など、高価な素材に替えてガラスや合金、メッキが使用される。ガラスもハンドメイドのカットグラスではない、パート・ド・ヴェールといわれる型抜きガラスだ。織物も機械織り、油絵より多色刷りのポスター。シャープさ、スピード感、機能性といった、モダニズムの価値観もすでにそこには位置を占めてきている。

だから芹は、妖しげな起源を持ち伝説に包まれ、事実『黒死館』のような壮大な宮殿に門外不出の宝物を隠し持つアンジェローニ・デッラ・トッレ家と、アール・デコほど、不調和な、木に竹を接いだようなものはあるまいと思っていた。だが意外なことに、枯れ薔薇色の壁紙を背景にして、正確な四分の一円を描く椅子の肘掛けに片肘を突き、軽く身を寄せかけてこちらを向いたアベーレ・セラフィーノは、少しも不調和ではなかった。首から肩に巻きつけた、金属的な光のあるストールのブルーが、背景の薄くピンクがかったベージュと、そのために選んだかのようなコントラストを見せていた。

その背後、部屋の角には火の入った白大理石の暖炉、そして両側には窓。最初五角形の北の頂点近くに位置する彼の居室の前から歩き出して、無論絵や収蔵品を眺めながらとはいえ一時間以上かけてここまでたどりついた。この部屋が位置するのは五角形の北東角らしい。つまり芹はようやく、二階のひとつの辺の中を歩き抜けたに過ぎないのだ。その規模の大きさに、改めて脱力しそうになる。

テーブルにはすでに白い卓布がかけられ、お茶道具の他に支柱に支えられて重ねられた銀の盆が五段。そこには小さく切ったサンドイッチや焼き菓子、スコーン、タルトレットがたっぷりと載せられていて、香りを嗅げばポットの中は紅茶のようだ。イギリス風のハイ・ティーというわけらしい。

少年からマントと帽子と手袋を取ったウラニアが、無言のまますっと背後に回って車椅子を押す。両手の下のボタンで自在に操作される電動椅子だが、物を載せたテーブルの前にぴたりと寄せるのは案外難しいものかも知れない。

「どうぞ、シニョリーナ・セリ。おかけ下さい」

椅子から腰を浮かして、アベーレが招く。ずっと暖炉を焚き続けてあったのか、部屋の中は寒さに慣れた体には汗ばみそうなほど暖かい。コートを脱いでふたつに折りながら、

「すてきなお部屋ですね」

「私も気に入っています。それにこれくらいこぢんまりした部屋の方が、あなたも落ち着かれるかと思ったのですよ」

こぢんまりとはいっても、私の生まれた家のダイニングキッチンと、風呂とトイレを合わせたよりまだ広そうだわ、とは思ったが、口には出さない。

「アール・デコなんて、ちょっと意外でした」

「この部屋は、私の母の趣味だそうです。彼女は父と結婚する以前に、しばらくパリで暮らしたことがあったそうで」

芹はちょっと目を見張った。彼が母親のことを口にしたのはこれが初めてだ。もう亡くなっていることだけは確かなようなのだが、依然静かな表情からはその思いをうかがうことはできない。

「とってもきれいな方だったたよ。もちろんぼくが見たのは、肖像画だけだけれど」

脇からジェンティーレが口を挟んだ。

「兄様、あの絵はここに飾ってあるのでしょう。どうして隠してしまうの？」

彼は苦笑するようにちょっと唇の端を曲げ、弟ではなく芹を見た。

「ごらんに、なりますか？」

「ええ、お差し支えなければ」

椅子を立ち上がり長身を伸ばして、暖炉の上の壁から白っぽい布を引く。最初部屋の中を見回したときにも、それはなんとなく気になっていた。一分の隙もないインテリアの中で、なにかを覆い隠したらしい布はいかにも無様に思われたのだ。

布の下から現れたのはそれほど大きな絵ではなかった。ひとりの女性の立ち姿だ。金褐色の髪は細かに波打つ巻き毛となって顔の周囲を囲み、肩まで達している。目は淡い青緑で大きく見開かれ、どことなく虚ろな、放心しているような表情だ。とても若い、十代の少女のようにも、すでに生きることに疲れてしまった中年の女性のようにも見える。

その色が好みなのだろう。部屋の壁紙に近いベージュ・ローズのドレスは、ハイウェストの、スカートが真っ直ぐに床近くまで垂れている形のもので、彼女は片手を椅子の背に載せて体を支え、きつく顎を引いてこちらを見つめている。絵を見る者に向かって身構えながら、実は怯えて椅子の向こうに退こうとしているような、そんな印象を芹は受けた。

彼女は、アベーレとはあまり似ていなかった。目の色も形も鼻や唇、顔の輪郭も、彼のくっきりと強い線とはまったく別物だ。似ているといえばむしろ、ジェンティーレの方こそよく似通っている。髪を除いては大きな瞳の色も、小作りな鼻や唇も。しかしこれまで聞かされたことを信ずるなら、ジェンティーレの母親はこの女性ではないはずなのだが。

「お名前は、なんとおっしゃったのですか?」

「エリザベータ」

ぽそっと、それまでにないぶっきらぼうさでアベーレは芹の問いに答える。

「パルマの旧家の出で、祖先をたどればハンガリィの王族だとか。だが私も彼女のことは、ほとんどなにも覚えていません。彼女が死んだとき私は、一歳にもなっていなかったから。その後はウラニアに育ててもらったわけです。もっとも生きていたとしても、生粋の貴族女性は育児などしなかったでしょうが」

「それでもやっぱり、初めからいないよりはいいと思うよ」

小さくつぶやいた少年のことばに、芹以上にアベーレが狼狽したようだった。もっともそれは一瞬のことで、引き落とした布をまた額の上にかけてしまい、振り向いたときには元の落ち着きが戻っている。

「気分はどう、ジェンティーレ。なにか食べられそうかな?」

「いいえ、兄様。でも、お茶だけいただきます」

「そう。じゃあ頼むよ、ウラニア」

老女は無言のまま一礼し、テーブルに寄って大きなティーポットを取り上げる。

ポットとカップ、ミルクピッチャーやシュガーポットは、揃いで部屋の壁紙よりもう少し赤みのある薔薇色をしている。花びらのように開いたカップの縁は薄く、唇に当たっても澄んだ紅茶の味と香りを妨げない。

「美味しい……」

思わずつぶやいていた。こんなに美味しい紅茶は、イタリアに来て初めて飲んだ、と芹は思う。バールの料金表には必ず『the《テ》』が載っているが、イタリア人はあまり紅茶は飲まない。コーヒー以外ならカモミッラなどのハーブ・ティーになる。たぶん水質が紅茶には合わないのだ。街によっても違いはあるが、概して石灰分の強い水は、コーヒーはむしろ美味になるのだが紅茶ではどうもいけない。どうしても飲みたいときは、軟水のガス無しミネラルウォーターを買って沸かすことになる。そうなると次第に面倒になって、コーヒーにばかり手を伸ばすことになるのだが。

「水が紅茶の葉とよく合っているみたい。これはなんてメーカーの水ですか？」

芹が尋ねたのはウラニアに対してだったが、彼女は視線を合わせようともしない。だがすかさずアベーレが、彼女に代わって答える。

「ここで使用する水は、すべて地下から汲み上げているのですよ。ああもちろん、水質の検査は毎年していますから、その点のご心配はいりません」

「井戸があるんですか――」

確かに庭園でも、まだ全部見てはいないが噴水がいくつもあったとは思ったが、山の方からでも水を引いているのだろう、というくらいしか考えなかった。

「本来は城塞として選ばれた場所ですからね。というか、水があるから選ばれたのでしょう」

「ええ」

確かにいくら防衛上の要衝だろうと、水源がなくては城壁の内で兵力を養うことができず、砦の役には立たない。籠城ともなれば、食糧以前に水の供給が死命を制する。だから西欧の城では、どんな高台に位置する城でも困難を押して深い井戸が掘られた。豪華な宮殿としての聖天使宮しか見ていなかったが、やはりその本質は砦なのだ。

「このパラッツォの建つピエトゥラ・サンタという岩盤の地下に、豊富な水脈があるのです。円筒形に岩を掘り抜いて、そこまでは螺旋斜路が下っています」

「オルヴィエトの井戸のように？」

聖天使宮の場合は山の斜面の中途に岩があり、その上に建築物が半ば岩にめりこむようにして建てられている。しかし中部イタリア、ウンブリア州の都市オルヴィエトは凝灰岩の崖上に、文字通り中空に浮かんだ街だ。守るに容易く攻めるに難い街は、当然ながら水の確保が防衛上第一の課題で、『サン・パトリッツィオの井戸』と呼ばれる巨大な井戸が掘られたのも、教皇領だったこの都市を城塞化するためだった。カール五世軍によるローマ劫略《サッコ・ディ・ローマ》の衝撃が、時の教皇クレメンス七世にそのような工事を思いつかせたのだ。

「ええ、もっともこちらは二重螺旋ではありませんし、いまはモーターで水を上げていますが。しかしよくご存じですね。街自体はともかくあの井戸までは、日本人の観光客はあまり来ない場所だと思いましたが」

「叔父の教え子だった人から聞いたんです。でも話を聞いただけで、私自身はまだ行ったことがありません。見に行きたいものがあまりに多すぎて、なかなか思うようにならないんです」

そうですか、というようにうなずいた彼は、弟の方へ視線をやってふと眉をひそめた。

「本当になにも食べないのか、ジェンティーレ？」

「ごめんなさい、兄様。でも昼は食べましたから」

あまり減っていないカップの中の水面に視線を落として、つぶやいた少年に、

「いや、おまえを責めているわけじゃない」

アベーレもことばを濁して横を向く。

「いつもご心配をおかけしているのはわかっています。でも、ぼくはだいじょうぶです。本当に」

兄は答えない。弟と心を通わせることを望みながら、いざこうしてテーブルを挟んで向かい合うと、どんな顔をしてなんとことばをかければ良いのか、彼は困惑しきっているように見えた。

「私はおまえのためになにをしてやればいいのだろう。いや、私にしてやれることがあるのかな……」

ぽつりとつぶやいた声に、

「ありますよ、兄様」

少年は微笑んだ。

「セリにも話したんだけれど、ぼくは兄様の役に立ちたいんだ。可哀想がられたり庇護されたりするのじゃなくね。ねえ、兄様。体はこんなふうだけど、頭はちゃんと働くよ。知識だって分野によっては、兄様より知っていることもある。

だからぼくを変に祭壇に上げてしまっておくのじゃなく、ぼくと話をして。そうしてなにか少しでも、ぼくの考えやことばが有用だったら、ちゃんとそういって。もしも兄様がそうしてくれるなら、ぼくはいまよりもっと元気になれる。わかってもらえる？　ぼくのいうこと、伝わっている？」

「あ、――ああ。そうだな」

見つめられるのを恐れるように、彼はまぶたを伏せた。テーブルの上で両手の指を組み、またほどく。

「しかしジェンティーレ、私はおまえを哀れんだことなどないよ。それどころかおまえは、私の」

「うん、それはいいんだ。それよりもぼくは、兄様があんまり忙しそうでぼくをかまってくれないから、少しすねていたんだよ。でも兄様、ぼくと話すのは嫌じゃないでしょう？」

「もちろんだとも」

目を伏せたまま彼はうなずく。

「じゃあ、昨日の真夜中から起こったことの話をしよう。セリが中庭で目撃した死体のこと、それが消失したこと。本当に起こったのはなんだったのか、三人で考えてみようよ」

「ジェンティーレ様——」

それ以上我慢できないというように、ウラニアが震える声をもらす。同時にアベーレが芹の顔を一瞥した。君が彼に話したのか？　と問いただすきつい声が聞こえた気がした。

「違うよ、兄様。セリはぼくにはなにもいっていない。ぼくは聞きたくて彼女に部屋へ来てもらおうとしたのだけれど、ウラニアに邪魔をされてしまったんだ」

天国のように青く澄んだ瞳が、芹からアベーレ、そしてウラニアの顔へと視線を巡らす。

「私は、ジェンティーレ様はそのようなことに関わられるべきではないと思ったのです。それは、間違っていたとは思いません」

老女は小刻みに身を震わせながらも、きっぱりとことばを返す。

「私のしたことは、お気に召さなかったかも知れません。それでも私は、ジェンティーレ様のことだけを考えております」

「そうだね、おまえはいつも兄様にはやさしくて、ぼくには忠実なんだ。兄様は君の大切なエリザベータお嬢様の子供で、ぼくのことは父様が君にそう命じたから。

おまえには本当に感謝している。でも、ぼくはいつまでも無力な子供じゃない。どうかこれからは、ぼくの命じたことにいちいち口を挟まないでもらいたい。そうすることでおまえはぼくを守っているつもりなのだろうけれど、むしろそれはぼくに対する絶え間ない侮辱なんだ。わかってくれとはいわないが」

ウラニアは震える手で、それでも落とすことなくポットをテーブルの上に置いた。無言のまま、誰にともなく一礼すると、静かに踵を返して部屋を出ていった。その背を見送るでもなく少年は、カップを取り上げて冷めた紅茶をこくり、と飲む。そして芹が口を開くより早く、それを封ずるように、

「兄様、ぼくがウラニアにいったこと、なにか間違っていると思われます?」

芹は当然のように、アベーレが弟を叱責するものと思ったが、

「――それは、おまえが考えればいいことだ」

さすがに表情は硬かったが、口調は淡々としている。

「だが、身の回りの世話をする者を新しくしたいというなら」

「ううん、それはかまわないんだ」

ジェンティーレはどこまでも無邪気な表情だ。

「そういうことはやっぱり、慣れているウラニアがいい。ただ、自分が決めたことにいちいち逆らわれるのは御免だというだけ」

芹は今度こそ口を挟もうとしたが、またしても機先を制された。

「じゃあセリ、聞かせてくれる? 昨日の夜君がなにを見たのか」

アベーレがそれを止めるそぶりもなかった。

「わかったわ」

芹はうなずいた。こうなったらためらっていても仕方がない。それにこの怜悧な少年がどんな推理をするか、興味がないわけでもなかった。

「昨日の夜、私が晩餐から一足先に失礼したことから話すわね――」

一度アベーレに対して説明し、さらに幾度となく頭の中でことばにして整理していたことだから、芹の語りに無駄はなかった。しかしそれはたびたび、ジェンティーレの質問で中断された。少年はどんな

細部もなおざりにするつもりはないようだった。

「セリ。君がウラニアを呼びに来たときのことを、ぼんやりとだけど覚えているよ。ぼくはもうとっくに寝台に入って天蓋を降ろしてうとうとしていたから。誰か来たらしいというのと、彼女が出ていく物音を聞いた、というくらいのことだけどね」

「あなたは、何時頃三階に戻ったの？」

なんの気なしに尋ねた芹に、

「君が出てからそんなに後ではないよ。ぼくも疲れていたから、部屋に戻ってお茶を一杯飲んだら急に眠くなって、いつ服を脱いで寝台に横になったかもはっきりしないくらいでね。それから少ししてからウラニアが寝具を直してくれて、目が覚めかかった。その直後だったと思うよ、君がドアを叩いたのは。といっても、ぼくは君だともわからなかったんだけどね」

ふと、芹の胸を疑問が薙いで通った。

（まさか……）

「ジェンティーレ、そのお茶というのはいつも同じように飲むの？」

「そう。朝とは別のだけれどやっぱりうちの特製でね、カモミッラにラベンダーやいろいろのハーブを加えてある。体が温まってよく眠れるんだ」

いま芹の胸に浮かんでいるものを、ここで口に出すわけには到底いかない。だが、芹が疑っているのはウラニアだった。ジェンティーレのお茶に睡眠薬が混ぜてあったとすれば、眠り込んだ少年をベッドに入れてしまえば彼女は自由に動くことが出来る。

リフトで中庭に降りて、スパディーニ教授を殺して、芹が螺旋階段を上へ上がるのと合わせて別の階段で三階に戻る。芹は二階の回廊を一旦一周したから、その間に部屋に入って、わざと音を立ててジェンティーレの目を覚まさせればアリバイめいたものはできる。彼女には大きな動機がある。教授が先代の伯爵と贋作事件の真相を探るために忍び込んできたなら、主家に災いする侵入者を葬ることは彼女にとって、なんら倫理とは抵触しない行為ということになるかも知れないのだ。

だが、それでは教授の死体を隠す時間がない。二階の回廊から中庭を見下ろしたとき、死体はまだそこにあった。その後では、芹に先んじてジェンティーレの寝室に戻ることはできなかっただろう。それは共犯者のしたことだとする？　しかしそれなら小柄で非力な老女の手で、若くないとはいえ体格の良い教授のような男性を殺害できたか、という疑問もまた生まれてくる。

動機と殺人のチャンスがあったかも知れないというだけでは、到底人を告発するには足りない。当たり前すぎるくらい当たり前のことだ。だが、ミステリ紛いにこんな話を繰り返していると、そのへんの常識がどんどん摩滅してくる気がする。

「ドットーレ・ファビオ・スパディィーニ、ね――」

少年が歌うようにつぶやいて、芹はハッと短い物思いから醒める。

「それじゃ兄様はもう、セリの見たのがその教授の死体だった、ということは疑っていないんだね？」

アベーレはだらしなく椅子の背にもたれたまま、肩を軽くすくめてみせた。

「それは、どうかな」

「それともやっぱり教授自身が、死体に化けてセリを驚かせたのだと思っているの？」

「少なくとも、それが『死体』を消す一番簡単な方法であり、かつシニョリーナにそんなものを目撃させた理由にもなっていると思うのだけれどね」

「違います」

芹は思わずいい返していた。

「あのとき教授は生きてなんかいませんでした」

「しかしあなたは脈を確かめたわけではない。明かりも空の月だけだ。そしてひどく動転していた。教授に多少の演技力があれば、騙されたとしても少しも不自然ではないと思いますが」

そこでことばを切った彼は、額に一房垂れかかってきた前髪を掻き上げながら、ちらりと芹に目を走らせた。

「それともその後になにか、新しい証拠か証言でも得られましたか。ならば私たちにもそれを聞かせていただかなくては」

教授が死んでいたことはもはや疑い得ない。芹はわずかに触れただけだったが、クリスティーナは愛しい人の骸に取りすがってその死を確認したのだ。教授がひそかに侵入したのなら、使用人の中に共犯がいるに違いないとしたアベーレの推測は当たっていた。

いまも彼女は使用人のお仕着せに身を包み、なろうなら恋人を殺した犯人を突き止め、復讐してやろうと機会を待っていることだろう。芹はクリスティーナの存在をここで告げ、無茶をしないよう引き留めてもらうべきだろうか。彼女は決して冷静とはいえなかった。まさかとは思うが、あれ以上逆上して食事に毒を入れでもしたら大変だ。

だが、それでも芹はためらってしまう。スパディーニ教授を殺害した犯人は、間違いなく聖天使宮の中に存在する。ここで不用意にクリスティーナのことを明かして、それが犯人に伝わって、彼女もまた殺される。そんなことが絶対にないといえるだろうか。

重ねて問われたなら、実は、といってしまっただろう。いまここにいるふたりが犯人ではあり得ない以上、話が洩れないよう注意してもらうことも不可能ではないだろうし、その方がクリスティーナの安全のためでもある。しかし、芹がそれを口にする機会はすでに失われていた。ジェンティーレが口を開いていったのだ。

「ぼくは、スパディーニ教授はやっぱり死んでいると思うな」

アベーレは片方の眉を吊り上げた。しかし声だけは依然穏やかに、

「なぜそう思うんだい？」

「だって、セリをわざわざ手紙で呼び出しておいて、そんなことをして驚かす理由がある？」

「死体探しの騒ぎを引き起こして、閉ざされた一階の部屋を開かせるのが目的だったろう、というのが私の立てた仮説だったんだが」

「でも兄様、ぼくは兄様よりこのパラッツォで過ごす時間が長いから知っているのだけれど、女性の使用人はともかく男性の方は、それほどお互いの顔を知らないというわけではないんだよ。特に束ね役の男は必ずこの下の村の村長の家から出すことになっていて、監督はきちんとしている。中に見知らぬ人間が混じって、違うなまりで話したりしたら、ましてそれがずいぶん年輩の男だったりしたら、気がつかれないはずはないんだ。だから兄様の仮説は成り立たない」

そういうジェンティーレのことばを耳に聞きながら、芹の心は自分の考えを追いかけていた。

（やはりこの後なんとかしてクリスティーナを見つけ出して、彼女をアベーレのもとへ連れていこう。彼女に馬鹿な真似をさせないよう説得することも、彼だったらきっとできるわ……）

だがそのとき耳に、アベーレの声が飛び込んできた。

「ジェンティーレ、なぜおまえは教授がかなりの年輩だということを知っているのだ？」

「父様も関わりのあった贋作事件のことを考えれば、それなりの年齢だということはわかるじゃない。下で使っている男たちは二十代がほとんどだよ」

「おまえは、あの事件のことを知っていたのか」

「本で読んだだけだけど、もしかすると父様には、彼に恨まれても当然なくらいの責任があったのかも知れないね。違う？」

「いまはそのことはいい。しかし、おまえはいつからスパディーニ教授の名を知っていたのだ。そして昨夜、シニョリーナが見た死体が彼のものだったということを。ウラニアはおまえにそこまで話してはいないはずだ。さっきシニョリーナが口にした名前を聞いただけで、すぐにそこまでわかったというのか？」

　ジェンティーレの口元が、小さくふっと笑った。

「さすがに、兄様はごまかせないみたいだね」

「ジェンティーレ」

「うん、正直にいうよ。ぼくは彼と会ったんだ。昨日の夕方、セリと別れてから晩餐までの間にね。ぼくがひとりでいる部屋に、彼が訪ねてきた。彼は兄様が父親の罪を隠しているといって、ずいぶん憤激していたよ」

「どうしてそんなことを、私にいわなかった？」

「だって、いう暇なんかないじゃないか。兄様のそばにはいつもあの女がついていて、ぼくがそばに来るのを見張っているんだもの」

「あの女——ナスターシアのことか」

「そうだよ。彼女はぼくが嫌いだから。兄様だってそのことは知っているのでしょう？」

「そんなことは、ない」

　否定しながらも、彼はまぶたを伏せている。

「うん。でもいまその話はよそうね」

　表情はジェンティーレの方が遥かに落ち着いていて、大人びているようにさえ見えた。

「彼は、ウラニアも晩餐の用意に回ってぼくがひとりでいるところに訪ねてきて、強引に部屋に入り込んで、父様が贋作事件に関与していたことを知っているか、その証拠書類がどこかに保管してあるはずなのだがわかるか、そんなことを詰問した。でもぼくは、父様の関与については予想していたから驚かなかったし、書類のことなんて全然知らなかったから答えようがなかった。

　それで逆に、ヴェネツィアのパーティのときに兄様と話していたオーストリア人が死んだのを知っているか、あれにあなたは関係しているのかと聞いてみたんだ。そうしたら彼はひどく動揺してね。でもそのときの様子はなんとなく胡散臭くて、怪しもうと思えば怪しめるような動揺のしかただったよ」

「なにも、されなかったんだな？」

「そう。でもこれだけ、ちょっとね」

少年は右腕をテーブルの上に上げた。マントの下に着ていたゆったりとした白いアンゴラのセーターの、袖をずらして見せる。見ただけで胸が苦しくなるほど細い、華奢な手首。その皮膚に紫色に変色した、手の痕のようなものが印されている。ガタッと椅子を鳴らして、アベーレが立ち上がった。

「なぜ放置しておくのだ。治療しなくては」

「これくらいだいじょうぶだよ、兄様。痛くもなんともないんだ。少しぶつけたくらいでも、すぐこんなふうになるんでみっともないんだけどね」

「摑まれたのか、そこを」

「でも、ぼくを傷つけるつもりはなかったんだと思う。彼はひどく怯えていたから」

「しかしおまえの部屋に現れたということは、やはり内通者がいるのだな」

「ぼくはそれが誰だか、わかったような気がする」

（まさか――）

芹は息を詰めたが、その口から聞こえたのはまったく思いもかけなかった名前だった。

「スパディーニ教授というのは基本的に善人で、ただしいくらか常識を欠いたところのある学者馬鹿ってやつだ。そしてそういう人間にはありがちなように、プライドは高く幼児性が強い。フィレンツェ大学の教授という顕職を得て、社会的に成功した身ではあっても、人生の最初のつまずきを忘れることも赦すこともできなかった」

セーターの袖を引き下ろして、白い皮膚に印された指痕を隠しながらジェンティーレは続けた。

「そういう人間の背中をつついて、常識を外れた行動を起こさせるのはさほど難しいことじゃない。犬や馬を調教するのと一緒さ。飴と鞭、報酬と脅迫は、人間に対してもいつだって有効な操縦の手段なんだ。そういう哀れにも愚かしい人間を操って、パラッツォの中に騒ぎを起こさせるつもりだった」

「なんのために？」

アベーレが尋ね、

「それに、騒ぎなんて起こらなかったわ。昨日の夜、私が」

彼の死体を見つけるまでは、と芹がつけ加える。少年はふたりを見てうなずいた。

「だから、それは犯人の思惑通りに行かなかったんだろう。教授が指示したように動かなかったのか、それとも犯人に疑いの目を向けてきたのか。深夜の中庭で思いがけず争いになって、殺さざるを得なくなってしまった。いや、それとも最初から教授を殺すつもりだったとも考えられる」

「最初から、殺すつもりで……」

芹は膝の上で両手を握りしめる。そうしていないと昨夜のように、また声を上げて叫んでしまいそうだった。いくら信じられなくとも、それがいま自分を取り巻いている状況だ。私はいつの間に、いったいなんていう悪夢の中に紛れ込んでしまったのだろう。

「だから、それはなんのためだ」

アベーレの声はいつになく尖っていた。眉間には不機嫌な縦皺が刻まれている。だがそんな顔を見ても、ジェンティーレの口元からは余裕の笑みが消えない。

「動機についてはもう少し待ってよ、兄様。それより前にぼくがひとつ忘れてはならないと思うのは、教授の首に印されていたという六本指の手の痕だ。これはウラニアから聞いたのだけど、間違いはないね、セリ？」

「ええ」

「もちろん死体を確かめることはできないのだから、それが教授を扼殺した痕跡か、それとも絵具かなにかで偽装されたものなのかは決められない。けれど現在聖天使宮に六本指の人間はいない。

とすればそれは犯人が予期しないでつけてしまったものというより、目撃者の目に留まるように故意につけられたものだったと考える方が蓋然性は高いだろう。つまり昨夜の殺人は計画的か突発的かまだ決められないけれど、いずれなんらかの形で六本指の痕を残す計画を犯人は持っていたと考えられる。

ここまではいいかな？」

確認の問いは、再び芹の方を向いて発せられた。芹は仕方なく黙ってうなずく。聞き返したいことは山ほどあったが、それはいましばらく彼のことばを聞いてからにした方が良さそうだった。

「では、アンジェローニ・デッラ・トッレ家の伝承を知る者にとって、六本指の手とはなにを意味するか。もはやいうまでもない。それは始祖であるルイジ・アンジェローニ・デッラ・トッレの特徴だ。我が家で信じられているところによれば、皇帝マクシミリアン一世とビアンカ・スフォルツァの息子。紛れもなく神聖ローマ皇帝の嫡子でありながら、貴賤結婚と生まれついての身体の異常を理由に歴史から抹殺された男、そうして不老不死の霊薬を発見したといわれ、その生死も明らかでない彼の」

「でも、まさかあなたはルイジがスパディーニ教授を殺したなんて、考えているわけではないんでしょう？」

耐えきれなくなって、芹は口を開いてしまう。

「もちろんだよ、セリ。ぼくがいいたいのは、犯人があたかもルイジが手を下したかのように見せかけた、ということだ」

「馬鹿げているわ、そんなの。まともな頭のある人間だったら、伝説を鵜呑みにしてルイジが殺人を犯したなんて信ずるはずがないわ」

「そう、まともな人間ならね」

少年の口元の笑みが深くなる。

「でも犯人には、それなりの勝算があったんだよ。兄様はもちろんそんな迷信は信じないだろうけれど、父様の醜聞に通ずる事件が表沙汰になることを望むはずもない。死体が目の前にころがっているならともかく、可能なら闇に葬れる方が望ましいと計算するに違いない。

そしてもうひとりのアンジェローニ・デッラ・トッレ、つまりぼくならば不死のルイジが子孫に仇なす侵入者を葬った、という見せかけに喜んで飛びつくだろうと思われたのさ。つまりぼくはこの通り、肉体的に健常者ではないし、それなら頭の中もまともではないと思われたとしても不思議はないから」

「誰だ、ジェンティーレ」

アベーレが硬い声で割って入った。

「誰がおまえをそんなふうに」

殺された教授よりも、弟を愚弄されたことの方が許し難いといいたげなアベーレの表情。彼はやはり歳の離れた母の違う兄弟を心から愛しているのだ、と芹は思う。でもここで高ぶるくらいなら、秘書のアナスタシア・パガーニが彼に嘲笑的な態度を取っていることにも、注意を払うべきだろうに。

(もしかして――)

少年は、彼女が犯人だというつもりなのだろうか。

「いってくれ、ジェンティーレ」

「兄様、いっても怒ったり、笑ったりしないと約束してくれる?」

「当然だ」

「じゃあいうよ。ゼフュロスと名乗っているあの男が、教授を操っていたのじゃないかとぼくは思う。そうして彼を殺した犯人でもある。兄様はどう思う?」

VI

アベーレはすぐにはなにもいわず、テーブル越しに弟の顔をまじまじと眺めていた。

「兄様の招待した客人に対して、失礼なことをいうようだけど――」

ジェンティーレがそういいかけると、ようやく我に返ったように頭を振って、

「それは違う、ジェンティーレ。私は彼らを招待してはいない。あれは父の代から毎年、否応なしに押しかけてくるだけだ。それはおまえも知っていたはずだ」

「でも、兄様は彼らを拒まない。どう考えても普通の人間には見えないけれど、彼らが好き勝手に振舞うのを許している。あの連中、特に女三人はルイジの霊薬が目当てなのでしょう？　聖天使宮の中にその製法かそれそのものが隠されていると信じて、毎年やってきて、人の許しも得ずにあちこち掻き回して探り回っているんだ。

あの三人には人をそそのかして操るほどの頭も、殺人を犯して平然としているほどの度胸もないと思う。でも、ゼフュロスという男は一番底が知れない。あいつは頭も切れるし、必要とあらばどれほど冷酷にもなれる。女たちに命令してこき使うこともできると思うんだ。四人が共犯なら死体ひとつ片づけるのも、ひとりでやるよりずっとたやすい。それに彼らは毎年来ているんだから、庭の様子も充分わかっているだろうし」

土を掘って埋めた、ということか。しかしそういえば、今朝外でゼフュロスと顔を合わせたのだった、と芹は思い出す。煉瓦塀で囲まれた秘園のようなあの場所の中は花壇。花が咲いているということは、つまり土が軟らかい。草が茂っているのがほとんどだったが、黒い土が露出しているところもあった。この季節だから、草が青々として花がたくさん咲いていることの方が驚きで、土の部分がどの程度残っていたかまでは思い出せない。まさかゼフュロスは、あそこに教授の死体を埋めたのだろうか。そして芹がそこに入っていったのに気づいて、万一見つけられてはまずいというので後を追いかけてきて、芹をごまかすためにあんな話をした。そういうことだったのか——

「あの男には、スパディーニを殺す動機がない」

ようやくアベーレが弟にことばを返した。すかさずボールを打ち返すように少年が尋ねる。

「だったら、あの男はいったい何者？」

「私は、知らない」

「嘘だ」

ジェンティーレの声は鋭い。

「兄様はまだ、ぼくのことが信用できないんだね。ぼくにわかっていることはあいつがドイツ人で、ナチ体制の下では親衛隊の隊員だったろうってことだ。なぜってあいつがここにいる間これ見よがしにつけている髑髏の指輪は、親衛隊SS将校に与えられたというやつでしょう？　どうせ戦争裁判の被告になるほどでもない、ほんの下っ端だったのだろうけれど、さすがに祖国であれを身につけるわけにはいかない。だけどここでなら誰にもとがめられないってわけ。

確かにイタリアではドイツ本国のように、ナチズムの象徴を身につけていたからといって非難されることもないだろう。でもそれだけだとは思えない。もしかしたら父様やお祖父様は、昔ナチス政府と関係を持っていたのじゃない？

そこでなにか弱みを握られて、父様が亡くなった後は兄様がいまも脅迫され続けている？　あの指輪はそのことを思い出させるためなんでしょう。それならぼくにもその秘密を教えてよ。兄様が背負わされている重荷を、ぼくにも分担させて欲しいんだ」

「ジェンティーレ、話がずれている」

そう答えたアベーレは、すでに常日頃の落ち着きを取り戻しているようだった。

「いまはスパディーニ教授の殺害と死体消失の謎について話しているんだ。なにもかも一緒にしない方がいい。混乱の元だ」

「それは兄様が動機はと聞くからさ。動機を問題にするなら、被疑者の素性を問うしかないもの」

「だが仮にゼフュロスの正体が脅迫者だとしても、

スパディーニ教授を使嗾《しそう》してここへ忍び込ませたあげく、殺すようなどんな理由があるというんだい。いままで私はどうやらあまり頭が良くないらしい。おまえのいうことを聞いていても、まったくわからないんだ」

子供をあやしはぐらかすようなその口調に、

「そう、兄様はやっぱりぼくには本当のことをいいたくないんだね」

アベーレの眉間に縦皺が刻まれた。それでも彼は答えない。少年は肩を落として、ふっと吐息した。

「ジェンティーレ」

「残念だ。とっても」

いえるはずがない、アベーレには――と芹は思う。彼はゼフュロスに脅迫されている。すでにジェンティーレが気づいている通り。だが伯爵家の名誉を守る代わりに彼らが要求しているのは、このパラッツォと他ならぬ弟ジェンティーレの身柄なのだから。

ゼフュロスが芹に語ったことばが、どこまで本気でのことか、自分を煙に巻いた与太話であったかはわからない。しかし仮にそれを本気だと考えれば、彼はナチズムの人種主義をゆがめたような、奇怪な信念を抱いているらしい。その彼が、アンジェローニ・デッラ・トッレの家系には天使の遺伝子が伝えられているといった。家長の資格といわれた金の髪青い目は、神聖ローマ帝国の血の証ではなく、天上の神の血のしるしだと。彼は自らの奉ずるオカルティズムのゆえにジェンティーレを欲しているのか、それともこの家に伝えられた膨大な財宝を私するために次男を相続者とさせて自分がその後見になろうとでもいうのか。

その両方ということも考えられる。少年の容貌はまさしく天使を思わせるし、ルイジの余分な指が『天使の翼』と呼ばれたことを考えれば、立つことも叶わぬその不具の身もまた、傀儡《かいらい》にふさわしい無力さと同時に、選ばれた者の聖性の証と映るだろうからだ。

アベーレは弟を愛しているといった。しかし芹の目には、彼はいざジェンティーレと向かい合うと、どこを見てなにをいえばいいのか、わからなくなってしまうように見える。どれほど求められても、彼は歳の離れた障害のある弟を対等に扱えない。弟を守ろうとすることはできても、ふたりで共に闘おうとは思えない。だからいくらジェンティーレに隠さずに話してくれと迫られても、ことばを濁らせればせっかく出来かけた心の絆が切れてしまうとはわかっても、彼はいえない。

端から見ているともどかしくてならないのだが、彼自身にもどうにもならないことのようだ。人間とはそういうものなのだろうか。兄弟のいない自分にはよくわからないことだけど、と芹は思った。

「――ちょっと失礼」

いいおいてアベーレが席を立った。

ポケットから携帯電話を取り出している。少し前までは日本と較べて、ずいぶん大きな携帯を片手にしゃべるイタリア人をあちこちで見かけたものだが、いつの間にか日本とさして変わらないくらい小型になってきた。いまはマナー・モードにしてあったらしい。壁の方を向いて小声でなにか話していた彼は、

「仕事で急用が出来て、少しの間出なくてはならなくなりました」

芹の方を向いていう。

「どちらまで」

「ミラノです。今夜の内か、遅くとも明日の午前中までには戻りますので」

一旦ことばを切って、

「それとも私とお戻りになりますか？　いまからなら、六時のミラノ発フィレンツェ行きインターシティに間に合うでしょう」

思いがけぬことばだった。そしてつい、――は

い、といいそうになった。犯人は誰であるにせよ、スパディーニ教授は殺害された。たぶん殺人者はいまもこのパラッツォの中にいる。安心して過ごせるような場所ではもはやない。

だが顔を動かしたときに、目の隅にジェンティーレの肩が入った。やわらかな衣類に包まれていても、なお薄く壊れそうな華奢な肩。もしもそこに彼がいなかったら、答えは違っていたかも知れない。しかし、ここにいる間だけでも話し相手になって下さいといわれた少年を横に置いて、殺人犯が徘徊しているかも知れないから帰ります、とは到底いえなかった。

それにクリスティーナのこともある。あのままにしてはおけない。今夜の内になんとしても彼女を捕まえて、落ち着かせて、どうするか考えなくてはならない。そのためにはアベーレが留守の方が、いっそ好都合かも知れない。

「いいえ、私はもう少しいさせていただきます」

そういうと彼は、驚いたというように軽く眉を吊り上げた。だがそれ以上なにもいわず、弟の方を向いて、

「疲れたらすぐにウラニアを呼びなさい。戻ったらまた話そう。今日は楽しかったよ」

「ぼくもです、兄様。お気をつけて」

ふたりは別れの挨拶を交わした。血の繋がった兄弟というには、あまりにも礼儀正しく。

まだ暗くなるにはいくらか時間があったので、芹とジェンティーレはふたりでサロンを後にし、正五角形の東面する一辺に当たる部屋を歩き出した。初めはそれまでと同じような画廊かと思っていたが、ここはどうやら様子が違った。

額に入って壁にかけられているのは、作り物のように色鮮やかな貝殻、かと思えば蝶の標本。ガラスケースに納められて並んでいるのは、変色した根っこのようなもの（たぶん例のマンドラゴラというや

つだ）、昆虫の化石があると思えば、鼠らしい小動物の骨格標本、なにかの動物の角を加工したもの、つまり見るからに妖しげなものばかりが並んでいる。

どうやらここからはドイツ語でいうWUNDER《ヴンダー》・KAMMER《カマー》、驚異の部屋らしい。自然の産物も人工物もふくめて、驚きというに足るような品々の蒐集。現代人の目から見ればひどく悪趣味で奇矯でしばしばグロテスクでもある。先のルドルフ二世を始め、ハプスブルク家の王侯たちもこうした驚異蒐集室の充実に血道を上げたそうだから、皇帝との血縁を主張するアンジェローニ・デッラ・トッレの居城に同様の趣向のコレクションが存在することにはなんの不思議もあるまい。

テーブルの上には、凝りに凝った工芸品のたぐい。真っ赤な珊瑚の足の上に彫金の駝鳥が載って、その背に駝鳥の本物の卵殻を載せた足付き杯とか、あちこちに自然銀がひかる黒い岩を山に見立てて台に載せ、十字架につけられたキリストと兵士とマリアや弟子たちを指先ほどの小さな像にしてちりばめたものとか、レエスのように繊細に組み上げられた象牙の卓上飾りとか、そばを通るだけで息を殺し、足を上げ降ろすにもそうっとせずにはおれないような品が、覆いもかけずに無雑作に並べられている。

壁にかけられている絵も、それまでとは違った。いきなり目に入ったのは、顔中が黒々とした毛で覆われた狼男のような人物の肖像画。隣にはもう一枚、彼と男の子、女の子らしい服を着たふたりの子供が並んで座っていたが、その子たちもやはり顔は毛に覆われていた。それに続いて子供の体軀に大人の顔を載せた小人や、頭が戸口に支えそうな大男、顔に髭を生やし豊かな胸を見せた髭女、さらには体に鱗の生えた人間や、頭蓋が著しく変形した人間など、昔の見せ物小屋の絵看板のような、本当にこんな姿をした者がいたのだろうかといいたくなる、異形の肖像画が並んでいる。

オーストリア大公であったハプスブルク家のフェルディナンド二世、あのルドルフ二世の従弟に当たる人物が、アンブラス城に残したコレクションの中には、こんなふうに奇形の人間の肖像画ばかりを集めた部屋があったとは聞いたことがある。絵を集めたわけではなく、わざわざ描かせたのだ。もっとも昔の宮廷では、道化師を雇うように障害のある人間を雇っていたということはあるわけで、現代のヒューマニズムを持ち込んでも仕方がないのだろうが、やはりあまりいい気持ちはしない。

例によって叔父に尋ねると、「他で働きにくい人間に職場を提供していた、ってえ考え方もできるぜ。運が良ければ大層な高給をもらって優遇されたそうだから、逆にうらやましがられたりもしたというさ」といわれたものだったが。

アンブラス城の展示品としてもうひとつ有名なのは、現在のルーマニア、当時のヴァラキア地方の支配者だったヴラド串刺し公の肖像画だ。東のオスマン帝国と対峙するキリスト教徒の最前線として、戦場での勇猛果敢さのみならず国内での残虐な弾圧で知られ、数百年後にはブラム・ストーカーの『吸血鬼ドラキュラ』のモデルにされた。

彼は当時ハンガリィ宮廷の捕虜にされていて、フェルディナンド大公はわざわざこの名高い男のもとに画家を派遣して、絵を描かせたらしい。いったい当のヴラド公は、自分の肖像がどういうところに飾られるか知っていたのだろうか。あるいは、知っていてもそんなことは気にもかけなかったかもしれないが。

聖天使宮の奇形絵画は、かなりの数にのぼって壁面を埋めていた。人だけでなく動物の奇形の絵もあった。どこまでが実際あったもので、どこからが空想なのかわからないが、腹でくっつきあった魚とか、背中から脚がもう一本生えた山羊とかもある。だんだん胸が悪くなってきて、足早に通り過ぎたくなったが、ジェンティーレがなかなか進まない。一

枚一枚興味深げに眺めやっている。先に行ってしまって、反対側の壁際に並んだ色褪せた鳥の剝製を見ていたりすると、

「ねえ、これごらんよ」

などと呼ばれてしまう。指さされた絵はまずいことに妙にリアルな赤ん坊で、サリドマイド奇形のように肩から直接手が生えている。その指がいやに長くて薔薇色をしていて、だが少年は興味深そうにその絵を見続けながら、

「こうして見るときれいだよね。ちょっと羽みたいに見えない？　天使の羽が肩から伸びているみたいじゃない。あれ、どうしたの、セリ。もしかして、こういうの苦手？」

笑われてしまったが駄目なものは仕方がない。視覚的な刺激には弱いのだ。グロいホラー映画はスチールさえ絶対見られないし、子供のとき薬屋に貼られていた皮膚病のポスターを見て硬直してしまったし、高校生のときには国語の教科書に載せられていた三好達治の詩で貧血を起こしかけた。「玻璃盤の胎児」という、フォルマリン漬けにされた赤ん坊を歌った詩で、どちらかといえば耽美的な作品だったのだが、それがありありと目に浮かび、薬の匂いまで感じてしまってはもう駄目だった。

「それとも、ぼくに気を使ってくれているのかな？」

とんでもない、と芹は頭を振った。

「子供っぽいって思われるかも知れないけど、本当に駄目なの。差別ではないと思うんだけど――」

気を使うつもりならむしろ、なんでもない顔をしているべきだったろう。しかし、ここでいまさら謝ったりするのはもっとまずい。

「あなたは平気なの？」

「だって、これこそ自然の驚異《ミラビリア・ナトウラ》って感じがするじゃない。多数派の健常者を基準にすれば醜悪で見るに耐えないかも知れないけど、希少なものは美しくて価値が高いという考え方もあるんだから、ぼくはち

っとも気持ちが悪いとは感じない。醜いとも思わない。でも、セリは気にしたら駄目だよ。君は心のままに振る舞ってくれたらいい。そうでないとぼくは、君まで信じられなくなってしまうもの」

　これでは、気を使われているのは芹の方だ。

「ジェンティーレ、でもお兄様のことは信じてあげて。先にいっておくけれど、これは私が彼に好意を持っているからいうわけじゃないのよ。でも」

　少年はちょっと唇の端を上げたが、芹を見たままなにもいわない。微笑の途中で止まってしまった、そんな表情。だが、いいかけたことばを途中で止めるわけにいかない。

「今日つくづくそう思ったの。あの人は、傍目からは信じられないくらい不器用でお馬鹿さんだわ。頭は良くても、山ほど知識を持っていても、あなたよりずっと子供だわ。あなたのことが大切でならないのに、いざとなるとどう振る舞っていいのかわからないの。

　あなたが自分よりずっと年下で、体も弱くて保護してあげなくちゃならないんだって、そこから離れられないの。私のいうこと、わかる？」

「——うん」

「だからあなたにお願いしたいの。あなたの方がアベーレより、ずっと理性的で私のいうことを理解してくれそうですもの。彼を助けて上げて、ジェンティーレ。彼がひるんでも、拒もうとしても、かまわないであなたから手を差し伸べて。彼を救うことができるのは、たぶんあなただけよ。逆にあなたがその気になれば、彼を破滅させることだってできるわ」

「ぼくが？——」

　少年はささやいた。

「ぼくがあの、太陽神《アポロン》のような兄様を破滅させられるって？」

「そうよ。彼はあなたを愛しているんですもの。あなたに裏切られたら、きっと彼の心臓は砕けてしまうでしょうよ」

「でも、ぼくが愛しているのはセリなんだ。兄様に対する気持ちとは、これは全然違う。君がぼくを嫌いになったら、ぼくが破滅することになるんだよ」

表情は少しも動かさないまま、小さな唇だけが動いてことばを紡ぐ。脅かさないで、といおうとして芹は唇を噛んだ。たったいま、自分が同じ論法を使ったばかりなのだから。答える代わりにそばに寄って、体をかがめて、車椅子の肘掛けに乗った少年の手にそっと触れる。それはひどく冷えていた。さっきまで手袋をしていたのに、お茶を飲むときに外してそのままなのだ。

「セリ、ぼくのこと少しは好き？」

目を伏せたままつぶやく。

「好きよ。少しじゃなく」

「だからさっき兄様に帰るかっていわれたときも、帰らないでくれたの？　それだけじゃなくとも、少しはぼくのために？」

「ええ。あなたのためだけではないけれど、でも決して少しではなくてよ」

首をねじってこちらを見上げた。

「じゃあ教えてくれる？　兄様はぼくになにを隠しているの？」

「それは——」

いってしまっていいものかどうか、芹は迷う。

「やっぱり、兄様の隠していることは君もいえない？」

「私が話したら、あなたは信じてくれる？」

芹は逆に聞き返した。

「彼が話せなかったのは、あなたのことをどうでもいいと思っているからじゃない。あなたを愛していて、心配だからこそいえなかったのよ」

「つまり君がいうのは、危険に晒されているのはぼくだということ？」

彼の聡明さに驚きながら、芹はうなずいた。

「でも、わからないな。伯爵家の家長は兄様なんだし、ぼくはごらんの通りの体の病弱な子供でしかない。ゼフュロスがルイジの霊薬の存在を信ずるにしても、そんなものが見つけられれば権利があるのは兄様だということくらいわかりそうなものだけどな。それとも彼はぼくを担ぎ出して、この家をふたつに割れるとでも思っているのかしら」

だとしたらとんだ時代錯誤だな、と無邪気な笑顔を浮かべる。だがあの男のことばを延々聞かされた芹は、とても笑う気にはなれない。彼にはそれなりの勝算があるのじゃないだろうか。そのために着々と布石を打っていて、その全貌が見えたときにはもう誰にも覆せないことになっている、とか。

「あなたはゼフュロスと、話をしたことはある？」

「あるよ。幾度か、そう長い時間ではないけれど、旧約聖書の解釈について議論したことがある。いちいちいうことがお世辞がましくて、こちらの反応をうかがっているみたいで、妙に不愉快だったからそれからは避けているんだけど」

「彼は危険な人間だとアベーレはいったわ。私に向かって話したことは、それこそいかれた猟奇魔とかいいようのないことだったけれど、それは彼の本音ではないかも知れないって。でも彼が私に向かって並べ立てたオカルトの妄説が、彼にとって根も葉もないものだとも私には思えない。彼は、あなたを狙っているようなの」

「そう、か……」

ジェンティーレはゆっくりと長いまつげをしばたいて、

「兄様はあの男に、なにを脅迫されているの？　ナチス時代に父様やお祖父様が彼らに荷担したとか、そういうことで？」

芹は答えなかったが、表情を見ればそれは肯定したのと同じだったろう。

「許さない」

少年は低く吐き捨てた。瞳が暗く翳っていた。

「ぼくの兄様をそんなふうに侮辱するなんて。そんな卑劣な人間だとわかっていたら、絶対に同じ食卓を囲んだりなんかしなかったのに」

その押し殺した口調の激しさに、芹はたじろぎを覚えた。

「ジェンティーレ。スパディーニ教授を殺したのも、本当に彼らなのかしら」

「少なくとも他の誰よりも、犯人にふさわしいということはいえるね。ぼくの推理によるなら、君の先生は彼の操り人形に過ぎなかった。兄様を追いつめるために、父様に関わるもうひとつの醜聞をつきつけるには、当人の口からいわせるのが一番効果的だろうから」

「そして、殺した？　計画的に？」

「うん。たぶん」

「でもそれなら、殺す必要はない気がするけど」

「いずれ口をふさぐ必要はあったろうもの」

なんでもないことのように、少年は答える。

「けれど、それならなぜ死体を隠さなくてはならなかったの？　むしろそのまま放置して大騒ぎになった方が、アベーレには痛手を与えられるでしょう？」

「それはいくつか理由が考えられるよ。ひとつは、六本指の痕跡が偽装であることを見破られたくなかったのかも知れない。あるいは死体に真犯人を指し示すような痕が残ってしまったのかも知れない。または、万一兄様が警察を呼ぶようなことがあってはまずいと考えたからかも知れない。もうひとつ、この家の家名に実際傷をつける危険を冒したくなかったのかも知れない。兄様を除いて、ぼくを傀儡に無傷の伯爵家を手に入れることが目的だとしたら」

「そして四人が共犯だったら、誰より死体を隠すのは容易いということね」

「死体って、重いからね」

思わずぎくっとして彼の顔を見た。

「触ったことあるの？」

「うん。昔ね、ぼくが飼っていた猫が死んだんだ。

真っ黒い猫だから『ノッテ《夜》』っていう名前だった。なにか悪いものを食べたらしくてすごく苦しんでね、気がついたときはもう手の施しようがなかった。ぼくはどうしてもそれを、自分の手で埋めてやりたくて、もちろんひとりではできないけど、庭に埋めるときに膝の上に抱いて行ったんだよ。シーツにくるんでね。

　それまでもよく膝に載せてやったのに、死んでしまったらどうしてかずっと重く感じるんだ。ぼくは不思議でならなくて、ウラニアに聞いたっけ。魂が抜けたらその分軽くなりそうなのに、逆に重くなるのはなぜだろうって。そうしたら彼女がいうんだ。『私にはわかりません。でもきっとノッテは天国に行きましたよ』って。あんまり通り一遍で、腹が立ったせいかな。ぼくはそんなことわからないじゃないか。こんなに重いんだから、天に昇るより地獄に堕ちる方がずっと簡単そうだなんていって、ウラニアを泣かせてしまったっけ……」


「猫、好きなの？」

「うん、でももう飼わないんだ」

「どうして？」

「だって、死ぬもの」

「そう――」

「人間よりずっと長生きで、丈夫な動物がいればいいのにね」

「そうね。可愛がっていた動物に死なれるのは、すごく辛いわね」

「セリ、スパディーニ先生が死んで辛かった？」

　そのときだった。どこからか、重々しく時計の時鐘が鳴り始めた。さっき回廊で聞いたのと同じ音だ。だが、さっきよりはずっと近く感ずる。部屋の壁や床が、びりびりと振動しているようだ。この近くの部屋に置かれているのだろうか。しかし奇妙なことに芹は今日まで、パラッツォの中でこの音を聞いた覚えがない。

腕時計を見た。四時を五分ばかり過ぎたところ。殷々とした鐘の響きは、四度鳴って余韻を引きずりながら止む。さっきも鳴り出したときは十二時を少し回っていた。いくらか遅れた時計らしい。

「あの時計も古いものみたいね。どこにあるの？」

だがジェンティーレは頭を振って、

「わからないんだ」

「え？——」

「どこか壁の中に封じられているのだと思う。でも、誰も見た人間がいないんだ」

「でも、そんなはずないでしょ」

「信じられないかもしれないけど、在処がわからないことは本当なんだよ。あの鐘の音だって、いつも必ず聞こえるわけじゃないし、聞こえる場所もあれば、全然聞こえない場所もある。

ぼくは確かめていないけど、聞こえる場所がそのときどきで変わるともいうね。まるで人工知能を備えたロボットか、さもなければ生き物みたいに、厚い石壁の中を時計が勝手に移動しているようだって」

「まさか」

それこそ怪談だ、と芹は思う。冗談でしょ、と笑い飛ばしてしまいたいが、頬は強ばっていうことを聞かない。このパラッツォに来てからあまりにも、信じられないことをたくさん聞かされ過ぎた。

「信じられないなら、兄様が戻ってきたら確かめてごらん。どこまで正直に話してくれるかはわからないけれど、あの時計がどこにあるかわからないことは否定しないはずだよ。見せて欲しいといわれても見せられないんだから、それは認めるしかないよ」

「だって、誰も知らないならどうして時計は動き続けているの？」

「いったでしょう。それが永久機関さ。ネロッツォ・ダ・カンゾがルドルフ二世の宮廷から持ち帰ってきた奇蹟の発明だ。ああして聞こえる鐘の音が、その存在のなによりの証拠なんだよ」

「でも――」

　さっきもあれほどはっきりと聞こえたのに、音源がどこにあるかわからないなどということが、本当にあるのだろうか。

「自分の目で見なくては信じられない？」

　からかうような微笑を口元に浮かべて、少年は芹を見上げる。

「見ても信じられないかも知れないわ。目なんて簡単に騙されるもの。簡単な手品の種だって見破れたためしがないのよ、私」

「君は正直だね、セリ」

「だけど見られるものなら見てみたいわね。永久機関なんかじゃなくても、プラハの天文時計くらいはありそうな音だったもの。あれが鳴っているときなら、どのへんから聞こえてくるかくらいわかるのじゃない？」

「ぼくもそう思ったけれど、結局わからないんだ。音は壁の中の隙間を伝ってくるらしい」

「だったら」

　いいかけた芹のことばを、いきなり少年は手を伸ばして止めた。

「しっ！」

「――ジェンティーレ？」

　それには答えず、

「誰ですか、そこで耳を澄ませているのは」

　ドアのない隣室から、くすくすっという笑い声が聞こえてきた。

「あらあら、見つかっちゃったわ」

「別に私たち立ち聞きなんてしていないわよ」

「そうよ。お邪魔してはいけないと思っただけ」

「せっかくおふたりで楽しそうだったのにね」

「そうよねえ」

　三様の声と共に現れた三つの影。そのシルエットだけで、相手が誰かは見違えようもない。がっしりいかつい体つきの、がりがりに痩せた枯れ枝のような、身動きするたびに贅肉が揺れる太りすぎの、アグライア、ターリア、エウフロジーネ。三美神の名を名乗る三人の、敢えていってしまえば醜女たち。

「ぼくは聞いていないのですが、兄がご招待したのですか？」

「あら、いけなかったかしら」

エウフロジーネがぼってりとした体を揺する。

「ごめんなさいね。でももちろん大事なお品に手を触れたりはしていませんわよ」

痩せこけたターリアがしなを作った。

「毎年うかがっているのに、こちらの展示室はめったに見せていただけないんですもの。前の伯爵様のときは、お願いすればすぐに入れて下さったのに」

男のようなつぶれた声音でアグライアがいう。

「ちょうど良かった。改めてお願いするわ。どうしても見たいものがあるのよ」

「なにをですか」

ジェンティーレの声は冷ややかだったが、彼女らはいとも平然としている。

「こちらにヴェヴェルスブルク城のハインリヒ王の間を再現した部屋があるとか聞いたのだけれど、見せてもらえないかと思って」

「ヴェヴェルスブルク？」

なんだか聞き覚えのある名前。午前中、アベーレがそんな名前を口にしたような気がするけれど。

「聖杯の城よ。前の伯爵はこの聖天使宮を新しい聖杯城にするつもりだったって。ねえ、ジェンティーレ？」

思い出した。ヴェヴェルスブルクというのはナチスの親衛隊長官ハインリヒ・ヒムラーが、親衛隊の聖地として改築した古城の名前だ。

先代の伯爵であるアベーレとジェンティーレの父親は親衛隊支配下の研究組織の一員で、アーリアン至上主義の信奉者であり、いずれこの聖天使宮を第二のヴェヴェルスブルクにするつもりでいた、と。アベーレの口から聞いたことだから、事実ではあるのだろう。

だが、そんなことをジェンティーレの耳には入れたくない。芹はいざとなれば体で彼を庇うつもりで、車椅子の脇に身を寄せ、三人の女を睨みつける。どうすれば彼女らを撃退できるのか、なんの手がかりも持たない自分の無力がもどかしい。

「ぼくは存じません」

少年はぴしゃりと答えた。

「兄様に聞いてみられたらいかがですか」

VII

もちろん三人の女は、それくらいで引き下がろうとはしなかった。ジェンティーレの車椅子の回りに張りついて、それは執拗に食い下がる。アベーレにはいうだけ無駄なので、彼の留守にどうしてもジェンティーレにうんといわせようとしているのが見え見えだった。

それでも芹は車椅子につきそって、なんとか相手を追い払おうと口を挟んだが、虚しい抵抗というか、あつかましさの塊のような相手は歯牙にもかけない。あんたになんの関係があるの、お嬢ちゃん、と鼻先で笑われる始末だ。

だが幸い数分の内に、といってももっとずっと長く感じられたが、ウラニアが姿を見せた。それを見た途端、少年の顔がほっとしたようにゆるんだ。目が彼女を追っている。迷子になりかけた小さな子供が、やっと母親を見つけたときのように。

「お薬の時間でございますから、お部屋に戻られましょうね」

そういわれて、こくりとうなずいたきり、精も根も尽きたというように頭を背もたれにもたせて目を閉じてしまう。肘掛けのスイッチを入れる気力も残っていないようだった。

「失礼します、皆様。シニョリーナもすみませんが、こちらは鍵をかけさせますので出ていただけるでしょうか」

「あ、はい。私も疲れたので部屋に戻ります。でも、お手伝いしましょうか？」

ジェンティーレの車椅子は大きく、小柄なウラニアの手には余るのではないかと思ったのだ。しかし彼女は昂然と、

「いいえ、私は慣れておりますから」

いい残して、車椅子を動かしながら回廊を去っていってしまう。疲れ切ったようなジェンティーレの様子が気がかりだった。彼が声をかけてくれたなら、ついていきたかったくらいだ。だがいまの様子では、部屋を訪ねてもウラニアに追い返されてしまうのが落ちだろう。

「あらまあ、私たちは無視してくれて」

「失礼よねえ、あの婆さん」

「本当だわ」

三人が口々にいっている。

「あら、でもあなたも王子様には無視されてしまったのねえ、シニョリーナ？」

アグライアが嬉しそうに芹を見た。間近に見ると男のようないかつい顔に、やけに化粧が濃くて不気味だったらない。

「失礼します」

一礼して回れ右しようとした、肘をいきなり後ろから摑まれた。

「まあお待ちなさいな。今朝はゼフュロスと仲良くお話したんでしょう？　私たちとも話してくれていいじゃない。アベーレは出かけたそうだし、王子様があれじゃあなたも退屈でしょう？」

「そうよ。良かったらあたしたちの部屋にいらっしゃいな。お茶をさしあげるわよ」

「ええ、あなたなら歓迎するわ」

「ありがとうございます。でも、お茶はもういただきましたから」

まだ肘はアグライアの指にしっかりと摑まれている。目の前にはターリアとエウフロジーネが立ちふさがって、行かせてくれるつもりはないらしい。

「あらそう。そこの、角の部屋で?」

「ええ――」

「それじゃあ当然いまは亡きエリザベータ夫人の肖像画は見たのね?」

「見ました」

「教えて上げるわ、あなた。この聖天使宮はね、アーサー王のキャメロットだったの。この意味わかる?」

「わかる?」

「ねえ、おわかりになる?」

三人の女が芹を取り囲んで、息がかかるほど近くから顔を覗き込んでくる。それぞれつけた香水と体臭が入り交じって、胸が悪くなってきた。三美神どころかこれじゃ三人の魔女だ。

「もちろん前の伯爵は、アーサー王というにはお歳を召していたけれどね、エリザベータは充分王妃ギネヴィアの役がやれたでしょうね」

「そうそう」

「それで、ランスロットは誰かという話になるのよ」

「知りたいでしょう。知りたくない?」

「教えて上げるわ」

「だからいらっしゃいな」

「失礼します」

芹は断固として摑まれていた手を引き離し、前に立ちふさがっていたふたりを肩で掻き分けた。

「まあー、最近の若い子は礼儀を知らないわねえ」

「本当にね。それに日本人ですものね」

「アーサー王といってもわからないのかも」

そんな声を背中に聞きながら足早に遠ざかった。無知だと思われるのは悔しかったけれど、その方が放っておいてもらえるだろう。

だが放たれたことばは、胸に矢が突き立ったように芹の中に残っている。アーサー王と王妃ギネヴィアと円卓の騎士ランスロットといえば、いうまでもなく伝説の中の有名な三角関係だ。騎士が城の奥方に純愛を捧げるというのは吟遊詩人の歌う宮廷恋愛で、ただしそれは飽くまでも精神的な愛情、ふたりは手も触れ合わないということになっている。現実的な話ではない。

芹の記憶する限りでは、ギネヴィアとランスロットの間にはもう少し深い関係があったはずだ。もっともアーサー王伝説を集大成したトマス・マロリーの本にしても十五世紀だから、性描写などあるはずもなく、現代の読者はいまいちピンと来ない。アーサー王は妻を愛し、高潔な騎士であるランスロットを愛しているので、ふたりの恋を許そうと努める。肉体関係抜きの精神的恋愛なら黙認する、ということか。世間に顕れるのでなければ許す、というのか。

だが悪しき家臣の告げ口により、不貞の罪で処刑されようとする王妃に、ランスロットは王に対する忠誠よりも恋を選んで反旗を翻しギネヴィアを救出に来る。王に付く者、ランスロットに荷担する者で、円卓の騎士の調和は破れ、アーサー王の宮廷も滅びることになる。

しかし同時に彼らは三者三様、恋と忠義、恋と夫婦の倫理、支配者の責務と情愛の矛盾に悩み続ける。千数百年も昔の物語にしては、その葛藤がやけに生々しく感じられたものだ。

要するにアグライアは、アベーレの母親のエリザベータ夫人が浮気をしていたといいたいのだろう。それもアーサー王に対するランスロットのような、夫の近しい人物と。それが事実にせよなんにせよ、当の夫人も夫もとっくの昔に亡くなっている。それでもアベーレが聞かされたりしたら、快くは思えないことに違いない。私の口から彼の耳に入るとでも思ったのだろうか。なんて嫌な人たちだろうと、芹は腹立たしくてたまらなくなる。

どこへ向かっても発散できないストレスに、胃のあたりがむかむかしたが、芹は頭を振ってそれを心から追い出した。とにかくいまはそんなことを、考えている場合ではないのだから。

夕方から夜まで芹はパラッツォの中をひとりで歩き回って、クリスティーナを探した。だがそれは思った以上に難しいことだった。個人の住まいというには巨大すぎる建物の中では、そもそも使用人の姿はほとんど見かけられない。

お仕着せの黒いワンピースが、時折回廊の向こう側を通っていったり、中庭を歩き抜けたりしているのが目に入らないわけではないが、あわてて近寄ってもそれは彼女ではなかった。かといって尋ねるわけにもいかない。彼女が本名を名乗っているとは限らないのだし。

庭にも出てみた。しかし刈り込まれた黄楊の間の園路に散った落ち葉を掃き集めているのは庭師の男だけで、他に人影はなかった。煉瓦塀に囲まれた庭園にもう一度行ってみた。花壇を注意深く眺めても掘り返したような跡は見えなかったが、確信は持てない。すでに冬の陽は落ちかけて、庭の背後に続く木々に覆われた山の斜面から、灰色の影がなだれてきている。

正五角形の二辺に接した正方形の整形庭園。上の庭から林苑を抜けて入ってきたのは、その内の西側の庭だ。東側の庭はまだ入っていない。ふたつの庭が作る扇形の要の部分に、例の煉瓦塀に囲まれた花壇がある。芹はその前を歩き抜けて東の方へ降りようとして、林の中に低い石塀があるのを見つけた。塀の切れ目には鉄柵の扉が閉まり、錆びた鎖に錆びた南京錠がかけられている。門の両側には台座に載ったスフィンクスが向かい合っていたが、その顔も欠け落ちて失われていた。

もしかするとそれは故意の破壊行為の結果だろうか。よく見るとどちらも顔の上半分が無くなり、弓形に笑みを浮かべた唇だけが残されている。中にはなにがあるのだろうと柵に顔を寄せて覗いてみたが、すでに暗くなっていてなにも見えなかった。

スフィンクスの台座には碑文があって、元は刻まれた文字に顔料が入れてあったのか、いくらか赤みが残っている。ラテン語らしいとは思ったが、それも剥落と苔でほとんど読みとれない。ただ右手の台座には『……opus magnum……』という文字があった。オプス・マグヌム、大いなる作業といえば、錬金術で黄金を生み出す過程のことだ。

「永久機関の次は錬金術？　いい加減にしてよね」

ぶつぶつ独り言をいいながら戻って、地下の厨房と使用人の部屋へ降りてみようとした。だがそれは料理人らしい厳めしい顔の女性に立ちはだかられて、「お客様がいらっしゃるところではありません」と追い返されてしまった。部屋に帰るとほどなく顔を知らない中年女性が夕食のカートを押してきて、食事する間中脇に立っていられた。だがひどく無愛想な相手で、どう話しかけてみてもまったく乗ってこない。

口止めされているのか、わかったのはアベーレが秘書のアナスタシアと出かけたまま、まだ戻って来ないというだけだ。とてもクリスティーナのことなど尋ねられない。ようやく気詰まりな食事が終わり、食べ終えた食器をカートに載せてその女性が立ち去ると、時刻は十時を回っている。芹は改めて首にスカーフを巻き、コートのボタンを留めた。もう一度、地下へ降りられないかどうかトライしてみよう。台所の仕事も終わって、そろそろ使用人も自分の部屋に引き上げる頃だろう。

どうやってクリスティーナを見つけるかまだ良い思案はないが、ここに座り込んでいても仕方がない。行動する方がましだ。ポケットには部屋に置いてあった懐中電灯を入れてきた。うかつな場所で点けるわけにはいかないが、それでもずいぶんと心強い。

部屋の外は冷え切っていた。冷たくなった石の方が大きな音を立てる、なんてことがあるのだろうか。螺旋階段を下る自分の足音が、いくらそっと足を降ろしてもやけに高く耳に響く。それでも最初の頃よりは、ずいぶんこの暗く急な階段にも慣れた。ようやく二階まで降りてきたときだ。下からゆっくりとした足音が近づいてくる。

誰かが上がってくるのだ。

もしかしたらクリスティーナだろうか。

でも、もしも違っていたらまずい。とっさに二階の回廊に出た。だが足音の主は、そのまま回廊に出てきた。右手に出て柱の陰に寄った芹とは反対方向に、足早に歩いていく。暗くて顔は見えない。ただ、女か男かといえば女のようだ。黒っぽいフード付きのマントを着ていて、長い裾が後ろに波打っている。

下から来たということは、例の三人の魔女やウラニアではない。たぶんクリスティーナだとは思ったが、確信が持てないまま芹は後を追いかけた。だがマントの後ろ姿はふいと回廊から消えた。いや、消えたわけでは無論ない。庭に出るつもりらしく、あの空っぽの部屋に入る戸口をくぐったのだ。

庭に出たら声をかけようと思った。だが、すぐに追いつけるつもりでいたのに意外にも手間取ってしまった。外側の扉が閉じていて、それを開けるのに時間を食ったのだ。別に鍵がかかっていたわけではなく、敷居に砂利でもはさまっていたのだろう、ちょっときついだけだったのだが、懐中電灯を点ける気にはなれなかったのだから仕方がない。

だが、庭は思いの外明るかった。欠け始めた月が東の空に昇ってきている。刈り込んだ黄楊に縁取られた整形庭園の花壇。しかしそこには人影がない。見失ったかと思ったが、マントの人影が歩いているのは東側の庭だった。ひどく足早に、北に向かって。

そちらの辺を限る塀にはアーチ形の口が開いていて、斜路が林苑の中を上がっている。道の行く手にあるのは、さっき芹が見た石塀と顔の欠けたスフィンクスの立つ門だ。そこに向かっているのか。しかしこんな時刻に、クリスティーナ(らしき誰か)はどんな用があってあんな場所に行くのだろうか。

いいや、あれがクリスティーナならさほどの不思議はない。いま彼女が探しているのはなによりも、殺された教授の亡骸のはずだ。久しく庭師も近寄っていないらしいあの塀の中に、遺体が隠されていると思ったのかも知れない。

そうだ。それ以外考えられない。芹はもはや足音をひそめもしなかった。白い小砂利を敷き詰めた園路を、小走りに走りながら声を上げる。

「クリスティーナ、待って。私よ。セリよ、クリスティーナ!」

だが前を行く人影は止まらなかった。逆に向こうも走り出している。芹に引き留められるとでも思ったのかも知れない。懐中電灯を点けた。白っぽい光の輪に、マントの後ろ姿が浮かび上がる。向こうは明かりを持ってもいないようなのに、恐ろしく足が速い。

(でも、どうせあの門のところで追いつけるわ。彼女が鍵を持っていても、開けるのにはそれなりの時間がかかるもの)

しかし芹をあっといわせたことに、マントの人影はそこで立ち止まらなかった。すでに鍵も外してあったというのか。鉄柵の門はきしみも上げずにさっと内開きに開き、人影はその中に速度も落とさずに走り込んだ。芹もそのまま後を追って中に飛び込んだ。

「クリスティーナ!」

しかし光の輪の中に、黒い人影は浮かばなかった。塀の外に数倍する密度で茂る樹木が目の前に立ちふさがっている。久しく人が出入りしていないというように地は茶色の落ち葉で覆われて、靴に踏む感触はふわふわと頼りない。だが木々の間に園路はある。門からすぐに右へ、視界をふさぐ樹の後ろへ回り込むように弧を描いて続いている。

「クリスティーナ? どこにいるの?」

芹は立ち止まって、奥へ向かって声をかける。答える声は聞こえない。だが、芹が口を閉ざせばしんとして物音ひとつない静寂の、その奥から、枯れた木の葉を踏んで動いているらしい、かさ、かさ……という音が確かに耳に届いた。

「私よ、セリよ。他は誰もいないわ。だから心配しないで。あなたが先生の行方を探しているなら、私も手伝うから」

ゆっくりと声をかけながら歩き出す。懐中電灯の光を前に向けて。

「あなたがどこにいるか、私からは見えないわ。でも、あなたは私が見えるでしょ。嘘をいってないのがわかるわよね。私だけでしょう?」

一群になって視界をさえぎる樹木の背後に、園路は入っていく。カーブを回り切って、あたりの開けたのが感じられる。しかし、依然目の前に立ちはだかっているのは闇。その闇を払うのは頼りない懐中電灯の光だけ。それをゆっくりと左から右へ動かした。なにかがふいと輪の中に浮かんだ。人の体のような。だがずっと大きい。彫像だ、たぶん。

光を当てたまま芹は近づく。高さ数メートルの巨人の像。レスリングのように素手で闘うふたりの巨人の像だ。息を呑んだ。迫真の彫像だったからではない。彫りはむしろひどく稚拙だ。体に対して頭や手足が大きすぎる。顔の表情もあまりに誇張され過ぎている。だが、その巨人がしていることに気づいて芹は体を硬くした。よく見れば地に押し倒されているのは女だった。もがく巨大な女を巨人は右手で押さえつけ、左手で脚を上げさせ折り曲げて——

(犯そうとしている……)

女の顔はなかった。もともと彫られていないのか、ただ石の塊がころがっている。顔などなんの意味も持たないというかのように。一方男の顔は、稚拙な彫り方ながら克明に刻まれていた。目を見開き口を開け歯を剝いた、グロテスクな獣のような顔。気がつくと体が震えている。気味が悪い、と思った。彫刻の技術は下手でも、そこに表されているのは見間違えようもなく男の剝き出しの欲望だった。

彫刻はそれだけではなかった。手にしたライトの中に次々と浮かび上がるのは、いずれも同じ手で彫られたとおぼしい巨人の像だ。

そのいずれもが女を組み敷き、あるいは首を絞めて殺そうとし、逆さに吊して股を裂き、果ては手足を引きちぎり、むさぼり食っている。口を裂いて、黒い哄笑を響かせながら。

中部イタリアはボマルツォという小集落の近くの谷間に、奇妙な庭園が残されている。怪物庭園《パルコ・デイ・モストリ》とも聖なる森《サクロ・ボスコ》とも呼ばれるそこは、十六世紀の領主ヴィチーノ・オルシーニによって築かれた。柏の森の中に不規則に点在する『闘う巨人』『狂気の仮面』『地獄の口』『斜めの家』などの見るからに異様な彫刻には、さまざまな解釈が下されてきた。フランスの作家マンディアルグは、領主が女性を誘拐してきて庭に閉じこめ、追い回し、恐怖に怯えるのを捕らえて凌辱したというサド紛いの説を立てているが、無論確かな根拠はなにもない。

だが、いつか芹は目をそらして走り出している。ボマルツォの彫像には奇矯さは感じられたが、狂気も嗜虐趣味も感じられなかった。かつてそのような欲望が庭を彩っていたとしても、時がそれを洗い流してしまったのだろう。しかしいま目の前にある巨人たちの像は、剝き出しの欲望のおぞましさを失ってはいない。形はへたくそな作り物でも、こめられた欲求は生々しい。

犯したい。殺したい。むさぼりたい。蹂躙したい。人間という生き物の、根源的に持つおぞましさを形にしたのがこの像だ。誰がなんのためにこんなものを作り作らせたのか、考えたくもなかった。見ているだけで自分の魂が汚され、人を信ずる気持ちが消え失せてしまう。なんのためにここまで来たのか、それすら意識から消えてしまいそうだった。

(だいじょうぶ。この塀に囲まれたところは、そんなに広そうじゃなかったもの。後戻りするよりこの

まま突っ切ってしまった方が早いわ、きっと）

足元だけを照らして走っていた。だが、芹は突然つまずいた。膝を嫌というほど地にぶつけ、痛みに声を上げる。だが大したことはない。脚はコートで隠れていたし、地面は枯れ葉に覆われていたから、擦り剝くまでは行かなかった。それより困ったのは、懐中電灯が手から飛んでしまったこと。明かりはつけたままだったから、近くに転がっていればわかるはずなのに、見えない。

明かりがなかったら戻れない。ふいに恐怖が喉を突き上げる。だが芹は息を詰めて叫びだしたくなるのをこらえた。大声を上げたりしたら、自分の声でパニックを起こしそうだ。

大丈夫よ、と自分にいい聞かせる。そんなに遠くまでいったはずがない。落ち着いて探せば、きっとすぐに見つかる。しゃがんだまま、そろそろと手を動かしてみた。触れるものは朽ちかけた木の葉の湿った感触ばかり。だが、腕になにか当たった。これは、紐？　足元低く張ってあるような。つまり、通るものをころばせるように。でも、誰がそんな。そしてなんのために。

ふいにすぐ近くで、かさっ……、と木の葉を踏む音が聞こえた。そして、懐中電灯のスイッチを入れる堅い音。ほんの数メートル先に、立っている人影があった。その手に芹が持っていた銀色の懐中電灯がある。黒いマントを着、フードの中からこちらを見ているようだ。

「クリスティーナ？　あなたが私をころばせたの？」

手にしたライトは体から離しているので、彼女の顔は見えない。だがフードに包まれた頭がうなずいたようだった。そして芹をからかうように、あるいは招いているように光を上下に振ってみせる。芹は立ち上がった。

「いったいどういうつもり。そっちへ行くわよ。いいわね？」

また、無言のままうなずいた。芹は大股に光に向かって進んだ。

「あなたスパディーニ先生を捜しているんでしょう？　それなら私も手伝うっていっているのに、なんで逃げたり人をころばせたりするのよ。ちょっとひどいんじゃない。なんとかいったらどう」

しかし人影は無言のまま、右手の地面に懐中電灯の光を向けた。芹はそちらを見て、半ば枯れ葉に覆われた石造りの穴を認めた。小さな穴ではない。一辺が一メートルほどの矩形の穴に、下り階段の降り口らしいものが見えている。

「地下室なの。先生がこの中に？——」

もしかしたらやはり自分の見間違いで、彼は生きているのだろうか。そうしてここに隠れている？　引き寄せられるように近づいた芹の顔は、いきなり間近から懐中電灯の光に照らされた。暗がりに慣れた目がまぶしさに眩む。

「止めて！」

叫んで顔を覆ったが、体はよろめいていた。そして自分から足を踏み外したのか、突き飛ばされたのか、石に腰や背中を打ちつけられながら転がり落ちる感触をはっきりと感じる。

階段は思いの外急だった。

痛みに悲鳴を上げ、腕を伸ばしたが体は止まらないまま、あたりが真っ暗になった。意識が飛んだ。

それでもたぶん失神していたのはほんの数分だった。

「い、いたたた……」

つぶやきながら体を起こす。体を止めようとした手のひらが切れるか擦りむけるかしたようで、ぬるぬるした。体中が痛い。その痛みからして、後頭部と背中と腰を打ちながら落ちたな、と思い、自分が意外に冷静なことに少し安堵した。それにしても、いったいなにが起こったのだろう。頭の上を見上げても、目の前と同じように闇が広がっているばかりだ。しかし少なくとも、立ち上がれるくらいの空間はあるらしい。そして体の下は、どうやら切石の階段だ。

体を支えようと伸ばした手が、自分の着ているコートではない、布の感触を探り当てた。やわらかな、カシミアのような手触りのたっぷりとした襞が、傷ついた手のひらを受け止める。これは、もしかしたらクリスティーナが着ていたマントか。彼女も自分と一緒に落ちてきた？　あのとき、何者かに襲われて？

「クリスティーナ、いるの？」

答えは聞こえない。では、落ちているのはマントだけか。しかし手に、布の中の体が触れた。人形のように強ばった、そして冷たい四肢の感触。まさか。抱き上げようとしたとき、その襞の中から転げ出たものが芹の膝に当たった。懐中電灯だ。消えている。

だがスイッチを入れると、光は点った。黒いマントを着た体が、目の前に横たわっている。フードが脱げかけて、仰向いた顔が覗いた。驚いたように見開かれた目に、光が当たって反射している。紫色になった唇から、前歯が覗いて笑っているみたいに見えた。

「クリス——」

声が途切れる。マントの合わせから覗く胸当てエプロン。白いはずのそれが、ワインをこぼしたように赤い。そしてそこから黒い柄が生えていた。昼間彼女が持っていた、ペティ・ナイフのように見えた。

「クリスティーナ……」

彼女はすでに死んでいた。

下巻へ続く

解説

皆川博子

篠田真由美さんの入魂の大作『アベラシオン』の、ラストのフレーズをここに記しても、これから本文を読もうという読者の興趣をそぐことにはならないと思う。
「私にも見えません、それは。それでも、（略）我々は天から射す光の気配を感ずることはできるのではありませんか」

鑑賞法だの美術史の知識だのを教えられる前に、己が目で直接美に触れ、心奪われるのは、幸いなことである。同時に恐ろしいことでもある。芸術は、受け止める感受性を持つ者にたいして、その先の生をさだめるほどの影響を及ぼす。

本作の視点人物藍川芹は、小学校低学年のとき、たまたま目にした画集の一葉の絵に強く惹きつけられた。芹の将来を決する力が、その絵にはあった。

本文の、その絵に関する部分は、ラストの言葉とみごとに照応している。十歳にもみたぬ芹は、何の知識もないまま、絵が、中から光っていると感じ、また、理由の分からない悲哀をおぼえもする。

後に、芹は、画集の持主である叔父からその絵について教えられる。十五世紀中葉、イタリア中部アレッツオの聖堂の壁に『聖十字架伝説』の各場面を絵巻物風に描いたフレスコ画の一つであった。

戦場で眠る皇帝が、夢の中で、戦勝を天使に告げられる場面である。天使の放つ光は、眠る皇帝の夢に注ぎ入るのだが、芹が惹きつけられたのは、皇帝の傍らに座す従者であった。

天使。光。光を視ることのできるのは、神に選ばれた者のみの特権であり、その訪れを仄かに感知しながら選ばれておらぬ身は、視るあたわぬ。選ばれぬ者の悲しみと諦めを、芹は、絵の外、すなわち現世に立つ自分に思い重ねる。

キリスト教美術にあらわれる天使。それは、単純に無垢な無邪気な存在とは言い切れない。キリスト教そのものが、ローマ帝国の公認宗教となりゲルマン民族のキリスト教化を経てヨーロッパ全土にひろまる過程において、人のもつ闇の部分、征服欲、富と名声への欲望、残虐嗜好などを包含することになる。しかしながら、一筋の光への渇望もまた、人は持たずにはいられない。

一枚の絵が芹に与えたヨーロッパの美術の光と闇の魅力は、彼女をして美術史を専攻させ、更にイタリア留学を志しフィレンツェに渡らしめるほど、強烈であった。

ヨーロッパの歴史は、淡白な日本人の想像を超えて血腥《ちなまぐさ》く酷薄で陰謀にみちている。絶え間ない戦争。疫病。迷信。啓蒙的と讃えられるルネッサンスにおいてさえ、死と血のにおいは、常に色濃く存在する。魔女狩りが陰惨を極めたのは、ルネッサンスを経た近世初頭においてである。

作者篠田さんは、かねがね、西欧建造物への偏愛を語っておられる。その該博な知識を裏付けに北イタリア・ベルガモの丘に創造された、《聖天使宮》の名を持つ、壮麗にして謎にみちた館に、若い日本人留学生藍川芹は招待された。

芹が踏み入るのは、ダンテが描く地獄のような暗黒と光への渇望、豪奢にして残酷、いわばヨーロッパの歴史が凝縮され具象化されたような、絢爛としたゴシック・ロマンの舞台にふさわしい迷宮である。

芹が否応なしに巻き込まれる殺人を含めた幾つもの事件には、グロテスク、天使、死の舞踏、ナチス、聖杯伝説、イコノロジー、マニエリスム、畸形、それらのキーワードが血の色の宝石のように鏤《ちりば》められ、ハプスブルク帝国の残光が六本指の怪となって揺曳し、天上の愛と地上の憎悪、世俗の欲が絡みあって、濃密に塗り重ねられた西欧の油彩画、あるいは人工の極《きわみ》である重厚なゴブラン織のようなミステリ世界が造り上げられている。

迫力にみちた、そうして酸鼻ともいえるラストにおいて謎は解明されるが、救済の薄明を読者が感じるのは、主人公藍川芹が、どれほど周囲から裏切られようと常に、天から射す光の気配を感じる力を失わないからである。それは、作者篠田真由美さんの、生きるスタンスでもあろう。

N.D.C.913　436p　18cm

定価はカバーに表示してあります

アベラシオン(上)

二〇〇六年三月六日　第一刷発行

KODANSHA NOVELS

著者―篠《しの》田《だ》真《ま》由《ゆ》美《み》

発行者―野間佐和子

発行所―株式会社講談社

東京都文京区音羽二-一二-二一

郵便番号一一二-八〇〇一

編集部〇三-五三九五-三五〇六

販売部〇三-五三九五-五八一七

業務部〇三-五三九五-三六一五

印刷所―大日本印刷株式会社　製本所―株式会社大進堂

ISBN4-06-182470-8

Whodunitに正面から挑んだ傑作！
マリオネット園〈あかずの扉〉研究会 首吊塔へ 霧舎 巧

ラブコメ・ミステリー
四月は霧の00《ラブラブ》密室 霧舎 巧

私立霧舎学園ミステリ白書
五月はピンクと水色の恋のアリバイ崩し 霧舎 巧

私立霧舎学園ミステリ白書
六月はイニシャルトークDE連続誘拐 霧舎 巧

私立霧舎学園ミステリ白書
七月は織姫と彦星の交換殺人 霧舎 巧

私立霧舎学園ミステリ白書
八月は一夜限りの心霊探偵 霧舎 巧

私立霧舎学園ミステリ白書
九月は謎《ナゾ》×謎《ナゾ》修学旅行で暗号解読 霧舎 巧

霧舎 巧を網羅する傑作を収録！
霧舎巧 傑作短編集 霧舎 巧

スラップスティック・ミステリ
タイムスリップ森鷗外 鯨 統一郎

スラップスティック・ミステリ
タイムスリップ明治維新 鯨 統一郎

爆笑です。
タイムスリップ釈迦如来 鯨 統一郎

妙なる狂気の調べ
四重奏 Quartet 倉阪鬼一郎

奇才の集大成
青い館の崩壊 ブルー・ローズ殺人事件 倉阪鬼一郎

ゴーストハンター・シリーズ最新作！
紫の館の幻惑 卍卍教殺人事件 倉阪鬼一郎

これぞ本格推理の醍醐味！
猫丸先輩の推測 倉知 淳

超絶仮想事件簿
猫丸先輩の空論 倉知 淳

密室本の白眉！
闇匣 黒田研二

初シリーズ作！
笑殺魔〈ハーフリース保育園〉推理日誌 黒田研二

シリーズ最新作
白昼蟲〈ハーフリース保育園〉推理日誌 黒田研二

第17回メフィスト賞受賞作
火蛾 古泉迦十《こいずみかじゅう》

第14回メフィスト賞受賞作
UNKNOWN《アンノン》 古処誠二《こどころせいじ》

心ふるえる本格推理
少年たちの密室 古処誠二

ノベルスの面白さの原点がここにある！
ST 警視庁科学特捜班 今野 敏

面白い！ これぞノベルス!!
ST 警視庁科学特捜班 毒物殺人 今野 敏

ミステリー界最強の捜査集団
ST 警視庁科学特捜班 黒いモスクワ 今野 敏

書下ろし警察ミステリー
ST 青の調査ファイル 今野 敏

書下ろし警察ミステリー
ST 赤の調査ファイル 今野 敏

書下ろし警察ミステリー
ST 黄の調査ファイル 今野 敏

書下ろし警察ミステリー
ST 緑の調査ファイル 今野 敏

書下ろし警察ミステリー
ST 黒の調査ファイル 今野 敏